kristen callihan

ÍDOLO

Traduzido por João Pedro Lopes

1ª Edição

2023

Direção Editorial:	**Revisão Final:**
Anastacia Cabo	Equipe The Gift Box
Tradução:	**Arte de Capa:**
João Pedro Lopes	Bianca Santana
Preparação de texto:	**Diagramação:**
Marta Fagundes	Carol Dias

Copyright © Kristen Callihan, 2018
Copyright © The Gift Box, 2023

Todos os direitos reservados.
Nenhuma parte do conteúdo desse livro poderá ser reproduzida em qualquer meio ou forma – impresso, digital, áudio ou visual – sem a expressa autorização da editora sob penas criminais e ações civis.
Esta é uma obra de ficção. Nomes, personagens, lugares e acontecimentos descritos são produtos da imaginação da autora. Qualquer semelhança com nomes, datas ou acontecimentos reais é mera coincidência.

Este livro segue as regras da Nova Ortografia da Língua Portuguesa.

CIP-BRASIL. CATALOGAÇÃO NA PUBLICAÇÃO
SINDICATO NACIONAL DOS EDITORES DE LIVROS, RJ
Gabriela Faray Ferreira Lopes - Bibliotecária - CRB-7/6643

C162i

Callihan, Kristen
    Ídolo / Kristen Callihan ; tradução João Pedro Lopes. - 1. ed. - Rio de Janeiro : The Gift Box, 2023. (Vip ; 1)
    320 p.

Tradução de: Idol
ISBN 978-65-5636-252-6

1. Ficção americana. I. Lopes, João Pedro. II. Título. III. Série.

23-82918   CDD: 813
                CDU: 82-3(73)

NOTA DA AUTORA

Para ver para onde você está indo, às vezes, você tem que olhar para o lugar de onde você veio. Killian e sua banda têm seus próprios ídolos que os ajudaram a criar seu estilo musical. Para esse fim, a maior parte das músicas mencionadas neste livro não pertence à década passada, mas um pouco mais antiga. Alguns de vocês podem descobrir novas músicas, e alguns de vocês – como eu – podem fazer uma viagem nostálgica.

Além disso, Collar Island, onde Libby vive, é um local fictício.

Principalmente porque, dessa forma, eu poderia criar o local e as pessoas que vivem lá com a minha licença poética. No entanto, se você estiver curioso de como a cidade se parece, Bald Head Island, na Carolina do Norte, é o que mais se aproxima da minha imaginação.

Obrigada e boa leitura!

Com amor,
Kristen

Dedicado a Cobain, Bowie e Prince – ídolos de rock que ajudaram a moldar a trilha sonora da minha vida. Eles foram tirados de nós muito cedo.

PRÓLOGO

"A música pode ser sua amiga quando você não tem ninguém, sua amante quando está carente. Sua raiva, tristeza, alegria, sua dor. Sua voz quando perdeu a sua. E fazer parte disso, ser a trilha sonora da vida de alguém, é lindo." – Killian James, cantor e guitarrista da Kill John

PASSADO

killian

O animal é uma fera temperamental. Pode te amar em um momento, depois te odiar no outro, e você nunca sabe o que vai acontecer até que esteja em cima de você. Quando ele te odeia, não há nada a fazer além de suportar tudo e esperar que você sobreviva sem ser completamente destroçado até que possa escapar em segurança. Mas quando te ama?

Porra, é a melhor sensação do mundo. Você deseja estar com o Animal. Anseia por cada encontro. Isso se torna sua vida. Seu propósito. Seu mundo inteiro. E por se tornar tão dependente disso, você chega a odiar o Animal também.

Amor. Ódio. Não há meio-termo. Apenas altos e baixos.

Está lá fora agora, esperando por mim. Rosnando em um grunhido lento e crescente. Eu sinto em meus ossos, na eletricidade sutil que ilumina o ar e no tremor debaixo dos meus pés.

Meu ritmo cardíaco começa a acelerar, a adrenalina fazendo efeito.

— Vocês estão prontos para dançar com o demônio? — Whip pergunta a ninguém em particular. Ele está bebendo uma garrafa de água, a mão livre tamborilando um ritmo agitado em seu joelho.

Demônio, animal, amante – todos nós temos um nome para isso. Não importa. Ele é nosso dono e, por algum tempo, nós o possuímos.

O rugido se torna cada vez mais alto, seguido por um *tum, tum, tum*. Meu nome. A fera está chamando por mim.

Killian. Killian.

Ofegante, eu me levanto. Um arrepio se alastra pela pele, minhas bolas se contraem.

Eu respondo ao chamado, e uma onda de som e pura energia recai sobre mim quando piso logo abaixo do feixe de luz.

Quente, cegante.

O animal grita. Para mim.

E eu sou o único que o controla. Ergo meus braços e sigo até o microfone.

— Olá, Nova York!

O grito de resposta é tão ensurdecedor que chego a dar um passo atrás. Uma guitarra é colocada na minha mão, o braço liso gerando tanto conforto quanto excitação.

Passo a alça pela cabeça; a bateria do Whip começa, uma batida pulsante que faz meu corpo se mover ao mesmo ritmo; Jax e Rye se juntam, os *riffs* da guitarra e baixo tecendo um padrão intrincado. Harmonia. Poesia do som. Um grito desafiador.

Eu começo a dedilhar, minha voz se elevando. Música corre em minhas veias. Sai de mim como lava quente, inflamando o ar, incitando uma onda de gritos ansiosos.

Poder. Tanto poder. O Animal responde, seu amor é tão potente que meu pau endurece, os pelos da minha nuca ficam eriçados. Tudo o que sou, imprimo em minha voz, no meu desejo por tocar.

Naquele instante, eu sou um deus. Onipotente. Eterno.

Nada, absolutamente nada nesse mundo dá uma descarga de energia assim. Nada se compara. Isso é vida. Mas essa é a beleza da vida; pode mudar em um instante.

Tudo o que é necessário é um instante. Para tudo isso... acabar.

FUTURO

libby

— Muitas matérias têm sido escritas sobre o seu envolvimento com Killian James. Mas você e James têm sido muito discretos sobre o assunto. — A repórter me dá um leve, mas encorajador sorriso, o cabelo azul deslizando sobre um olho. — Dada a performance da noite passada, você se importa de nos dar um pouco mais de informação?

Sentada em uma poltrona cromada e de couro do hotel, de costas para a vista panorâmica de Nova York, quase sorrio diante da pergunta que ouvi cerca de mil vezes.

No entanto, meu treinamento entra em ação. Um sorriso pode transmitir consentimento ou timidez. Não quero dar um "pouquinho de informação", e apesar do que os críticos dizem, Killian e eu nunca fomos tímidos. Apenas nunca quisemos deixar o público saber de tudo. O Killian que eu conhecia era meu, não deles.

— Não há muito a dizer que o mundo já não saiba. — Não é verdade, porém é o suficiente.

O sorriso da repórter agora tem um toque diferente: uma barracuda sentindo cheiro de sangue na água.

— Ah, não tenho tanta certeza sobre isso. Afinal, não sabemos o seu lado da história.

Resisto à vontade de mexer na manga do meu suéter branco de caxemira. Deus, o suéter – caramba, até minha calcinha – custa mais do que eu teria gastado em um ano antes de ele entrar na minha vida.

Eu viro a cabeça e tenho um vislumbre das garrafas de água em um balde de gelo prateado: uma garrafa de vidro verde-escuro, uma dourada e outra repleta de pequenos cristais. Mais cedo, um assistente orgulhosamente proclamou que a garrafa verde, supostamente do Japão, custava mais de quatrocentos dólares. Por uma garrafa d'água.

De repente, quero rir. Da loucura da minha vida. Para ir de água da torneira para a de marca. Pelo fato de essa suíte na cobertura ser o meu novo estilo de vida.

E então quero chorar. Porque eu não teria nada disso sem ele. E nem um pouquinho disso tem qualquer significado sem ele ao lado para compartilhar.

O vazio ameaça me engolir por inteiro. Estou tão sozinha agora que uma parte minha quer segurar a mão dessa mulher só para sentir o contato com outro ser humano.

Eu preciso falar. Preciso ser ouvida. Só uma vez. E talvez, apenas talvez, eu não sinta mais que estou desmoronando.

Com um suspiro profundo, volto a olhar para a repórter.

— O que você quer saber?

CAPÍTULO UM

PRESENTE

liberty

Tem um vagabundo dormindo no meu gramado. Talvez eu deva usar um termo melhor, algo mais correto. Sem-teto? Mendigo? Não, vou continuar com vagabundo. Porque duvido que ele realmente seja um desabrigado ou não tenha dinheiro. Seu estado atual parece mais por escolha do que por qualquer situação.

A grande Harley preta e cromada que bateu na minha cerca da frente é prova suficiente de alto poder aquisitivo. Essa porcaria arrancou metade do meu gramado quando caiu. Mas não é culpa da moto.

Entrecerro os olhos ao encarar o vagabundo. Não que ele fosse notar.

Ele está deitado de costas, os braços cruzados sobre a barriga e, nitidamente, apagado. Eu me pergunto se está morto, mas seu peito sobe e desce como se estivesse em um sono profundo. Talvez eu devesse me preocupar com sua saúde, mas já vi isso antes. Muitas vezes.

Caramba, ele fede. A causa do seu mau cheiro é óbvia. Sua pele está encharcada de suor.

Há um rastro de vômito manchando sua camiseta preta.

Meu lábio se contrai em desgosto, e eu tento conter a ânsia. O longo cabelo castanho escuro cobre seu rosto, mas estou supondo que o cara é jovem. Seu corpo é grande, mas magro, a pele de seus braços é firme. De alguma forma, isso o torna ainda mais deprimente. É o auge de sua vida e ele está, praticamente, em coma alcóolico. Que lindo.

Eu o rodeio, murmurando algo sobre bêbados, e então pego a mangueira do jardim e volto até ele, mirando em seu rosto. O jato d'água sai em alta velocidade, acertando meu alvo, que chia na mesma hora.

O vagabundo se agita e levanta o tronco, balbuciando e se debatendo, procurando a fonte de seu tormento. Eu não desisto. Quero acabar com o fedor.

— Saia do meu gramado. — Por ele estar completamente imundo, aponto a mangueira para sua virilha.

— Filha da puta! — Ele tem uma voz profunda e rouca. — Você pode parar, caralho?

— Hmm... não. Você está fedendo. E, sinceramente, espero que não tenha cagado nas calças, parceiro, porque isso seria terrível.

Aponto o jato para cima do seu corpo magro em direção à sua cabeça. O cabelo comprido e escuro chicoteia em todas as direções enquanto ele pula de novo.

E então ele ruge. O som ressoa em meus ouvidos e realmente deveria causar medo. Mas ele mal consegue ficar de pé. Um antebraço musculoso se levanta, no entanto, para afastar as mechas molhadas do rosto.

Eu tenho um vislumbre de olhos escuros brilhando em raiva e confusão. Hora de acabar com isso. Abaixo minha arma.

— Como eu disse antes, dê o fora do meu gramado.

Sua mandíbula flexiona.

— Você está louca, porra?

— Não sou eu quem está coberta de vômito e largada na propriedade de uma estranha.

O vagabundo do gramado olha ao redor como se tivesse acabado de perceber que está no chão. Ele nem olha para a roupa dele. Sentir o tecido encharcado em sua pele deve ser o suficiente para se conscientizar de seu estado.

— Aqui vai uma dica — digo, largando a mangueira no chão. — Não seja tão clichê.

Isso o faz parar e ele pisca para mim, a água escorrendo em riachos por suas bochechas e pela barba espessa.

— Você não me conhece o suficiente para me rotular.

Eu bufo uma risada de escárnio.

— Literalmente caindo de bêbado, bateu sua moto, que eu duvido que você realmente a pilote em outros dias, a não ser nos fins de semana. Cabelo longo demais, um rosto que não vê um barbeador há semanas. Mais uma vez, provavelmente porque quer que o mundo pense que você é um cara durão. — Eu olho para os braços dele. Fortes, musculosos. — A única coisa que não vejo são tatuagens, mas talvez você tenha um 'mamãe' tatuado na bunda.

Um som indignado segue minha análise. Quase uma risada, porém irritada.

— Quem é você?

Impressionante como ele consegue imprimir camadas de desdém nessa pergunta. Ainda mais com o estado em que o encontrei. Humildade, certamente, não é uma característica desse cara. Ao contrário do seu cheiro, infelizmente.

— A pessoa cujo jardim você ferrou. Eu te daria a conta desse prejuízo, mas não quero chegar muito perto do seu fedor. — Enxugando as mãos molhadas no meu jeans, lanço a ele um último olhar. — Agora pegue suas coisas e vá embora antes que eu chame a polícia.

Estou pau da vida agora. Marcho de volta o longo caminho até a minha casa, em vez de andar com calma e dignidade, como pretendia.

Mas isso é bom, meu ritmo furioso é libertador. Eu tenho estado tão quieta nos últimos meses. Reprimida demais.

Então, talvez eu tenha um motivo para agradecer ao Sr. Bebum Arrogante. No entanto, minha caridade não curte nem um pouco ele me seguindo. O que ele faz.

Eu o vejo se levantar pela minha visão periférica. Ele cambaleia, depois se equilibra antes de tirar a camiseta e jogá-la no chão.

Um show de *strip*. Credo.

Acelero o meu ritmo, praguejando pela calçada ser tão longa – pelo menos 50 metros do meio-fio até o capacho à porta.

Com outro movimento, ele arremessa uma bota na minha direção. Eu olho para trás, ligeiramente alarmada. E lá se vai a calça dele. Um metro e noventa de homem forte, bravo e pelado começa a andar atrás de mim. Lá estão as tatuagens que imaginei. Ou melhor, uma grande de linhas cruzadas que cobre seu braço e peitoral esquerdo.

Eu me concentro nisso, em vez do longo comprimento de seu pau pendurado entre as pernas, balançando como um sino com cada passo que ele dá em minha direção.

Entrecerro os olhos quando o encaro por cima do ombro.

— Se você se aproximar mais um pouco, vou atirar em você.

— E você teria uma espingarda, não é, Elly May?! — ele debocha. — Falando em clichê... Tudo que você precisa é de um macacão e um pedaço de palha para mastigar.

ÍDOLO

13

Não consigo me controlar, e me viro para ele.

— Você está me chamando de caipira?

Ele também para. Com as mãos nos quadris, sem um pingo de vergonha de sua nudez, o vagabundo está ali, olhando para mim como se fosse o dono do mundo.

— Você está dizendo que não é, Tortinha de Mirtilo?

Calor se espalha sobre a minha pele. Eu ando até ele – bem, não muito perto, pois ainda tenho nojo do mau cheiro. De perto, posso admitir que ele não é tão feio. Tirando toda a barba por fazer, os olhos ônix injetados, e o semblante de quem acabou de acordar, ele tem características ásperas, mas uniformes, e cílios longos o suficiente para deixar uma mulher com inveja. Isso só me deixa mais brava.

— Escute, amigo, perseguir uma mulher enquanto está pelado pode ser interpretado como um ato de intimidação sexual.

Ele bufa em deboche.

— Isso diz muito sobre sua vida sexual, Elly May. Mas não se preocupe. Mesmo que eu tivesse um mínimo de interesse em transar com você, estou com um clássico caso de pau de uísque, então nada vai acontecer agora.

— Acontece muito, não é? — Eu franzo o nariz, me recusando a olhar para baixo. — E você fala sobre minhas deficiências sexuais.

Um brilho cintila em seus olhos, e posso jurar que ele quer rir. Mas ele apenas sorri, o lábio se curvando em aborrecimento.

— Me dê uma hora e um pouco de café, então poderemos conversar sobre isso o quanto você quiser.

— Em seguida você vai exigir o café da manhã também.

Um sorriso insolente o ilumina.

— Bom, agora que você mencionou isso...

— Você sabe o que mais me deixa furiosa? — Eu disparo.

Suas sobrancelhas grossas e escuras se franzem como se ele estivesse confuso.

— O quê?

Ele diz isso como se não tivesse me ouvido direito, não como uma resposta à minha pergunta. Mas eu respondo de qualquer maneira:

— Você poderia ter machucado outra pessoa. Poderia ter me machucado, ou alguma pobre alma ao longo do caminho, com sua bunda bêbada dirigindo. — A mágoa crava os dedos no meu coração. — Você poderia ter destruído vidas, abandonado as pessoas para recolher os pedaços que sobraram.

Ele empalidece, aqueles ridículos cílios encostando nas suas bochechas enquanto ele pisca.

— Você quer se matar? — Eu cuspo. — Que seja de outro jeito... — Minha voz some quando um grunhido o deixa, e juro por Deus que ele arreganha e mostra os dentes para mim. Ele dá um passo decidido na minha direção, como se realmente pudesse me atacar, mas se detém.

— Não se atreva... Você não tem a menor ideia do que eu... — Seu semblante se fecha conforme ele me encara de sua grande altura.

Nós olhamos um para o outro enquanto ele meio que oscila em seus pés, todo pálido e trêmulo, a raiva tão à tona que os olhos flamejam.

É essa raiva repleta de angústia que me aprisiona... e me distrai dos sinais de alerta.

— Você não sabe... — Ele engole convulsivamente.

Só então percebo que estou com problemas. Dou um pulo para trás, mas é tarde demais. O vagabundo do gramado se debruça e coloca os bofes pra fora. Em cima de mim.

O choque me deixa parada no lugar por um momento agonizante. Então o cheiro me atinge. Eu me obrigo a olhar para cima para encarar meu atormentador. Mil xingamentos se atropelam pela minha cabeça, mas apenas uma frase passa pelos meus dentes entrecerrados:

— Eu te odeio.

killian

Normalmente, quando uma mulher diz que te odeia com um olhar frio e mortal, ela faz um esforço para evitar qualquer contato contigo.

Não é assim com Elly May. Ela, a garota da mangueira dos infernos.

Beleza, acabei de vomitar em cima dela, então ela pode ter uma razão para me odiar. Uma razão muito plausível.

Eu não me desculpo com ninguém há anos. Uma voz na minha cabeça está me dizendo que eu deveria fazer isso agora. Mas o uísque, ainda fazendo efeito, está abafando essa voz. Merda, tudo está se mexendo agora – o chão, meu cérebro, meu sangue. Consigo ouvir tudo.

Estou caindo. Sei que estou. Uma surpresa me toma quando minha agressora avança – não para longe, como pensei a princípio – e envolve meu corpo com seus braços. Ela está me segurando.

Boa sorte com isso, querida.

Ouço um xingamento, e sinto seus joelhos cederem com meu peso. Nós desabamos no chão juntos. Acho que eu estou rindo. Não tenho certeza. Tudo está se apagando. Exatamente do jeito que quero.

O mundo está desfocado. A água atinge o meu rosto. De novo. Caralho, isso é muito chato.

Tento limpar meu rosto, mas meus braços não estão me respondendo. Tudo está pesado e mole.

— Pare de se mexer, idiota — rosna uma garota.

Elly May. Não me importo se sua voz soa com um toque de meiguice, ela é o diabo. Um demônio aquático. Talvez o inferno não arda em chamas. Talvez seja um afogamento perpétuo.

— Você não vai se afogar — diz ela, jogando água novamente.

Eu me engasgo, cuspo um bocado de água que tem gosto de vômito e uísque. Não vejo nada além do dilúvio.

— Qual é o seu lance com a água? — consigo dizer antes de outro jorro me atingir.

— Ela tem essa habilidade mágica de lavar a sujeira — diz ela, enquanto uma mão esfrega o meu peito, não de uma forma suave, mas bruta, como se ela estivesse tentando arrancar minha pele. Bolhas de sabão. Com cheiro de laranja e baunilha. Sabonete feminino.

— Sim, sabonete. Água e sabonete lavam, sabia? — ela continua, como se eu fosse uma criança. — Eu sei. Doideira, não é mesmo?

Sarcasmo. Eu sou especialista nisso. Quando não estou tão bêbado a ponto de meus olhos se recusarem a abrir.

Mãos fortes esfregam meu couro cabeludo. Dedos se enfiam no meu cabelo.

— Caramba, quando foi a última vez que você lavou essa vassoura?

— Quando eu nasci. Agora sai. Me deixa levantar.

— Você vomitou no seu cabelo. Estou lavando essa porcaria.

Eu deixo ela me lavar, só escutando sua voz. Ela não é gentil. Não importa. Não suporto gentileza.

Estou sendo secado e repuxado. Tudo gira. Esquivando, balançando, girando. Não importa o que eu faça para me afastar, ainda ouço o ritmo vital.

— Não ouço nada além de você balbuciando — ela diz, seu rosto numa auréola confusa.

Sinto maciez abaixo de mim. Lençóis frescos. Cobertores pesados.

Ela me rola para o lado e empurra travesseiros nas minhas costas.

— Se vomitar de novo, vai ficar sozinho, parceiro.

Sempre estou, querida.

CAPÍTULO DOIS

killian

O travesseiro embaixo da minha cabeça é... bom pra caralho. Quero dizer, de verdade. Como uma nuvem. O que é estranho. Por que estou ficando excitado por um travesseiro?

Esse pensamento excêntrico me acorda o suficiente para me fazer abrir os olhos. A luz do sol brilha e eu estremeço, estreitando os olhos por um segundo. O quarto é branco. Paredes com painéis de madeira brancas, lençóis brancos, cortinas brancas balançando com a brisa suave que entra pela janela aberta.

Pressiono meu rosto contra o travesseiro frio que parece uma nuvem. Há uma pancada dolorosa dividindo meu crânio ao meio. Minha boca está com gosto de torrada queimada.

Na mesinha perto da cama tem um copo grande com alguma bebida vermelha. Está cheio de gelo, como se alguém tivesse acabado de trazê-lo. Próximo ao copo estão quatro pílulas azuis transparentes e um bilhete: *Para o idiota.*

Apesar de o movimento embrulhar meu estômago, eu ofego.

Lembranças da língua afiada da minha anfitriã e mãos ásperas invadem minha cabeça. Eu ignoro – porque realmente não quero lembrar o quão bêbado estava – e tomo o conteúdo do copo.

A bebida lembra vagamente um drinque *Bloody Mary*, mas também tem cheiro de algo cítrico. Não quero tomar isso, mas a agonia é mais intensa e estou com muita sede.

O líquido viscoso desce de uma vez, me fazendo engasgar; as pílulas ingeridas com a bebida quase ficam presas na garganta. A mistura é efervescente, o que é uma surpresa. Chego a pensar que pode ser *Bloody Mary* misturado com refrigerante de gengibre e limões, mas, caramba, talvez tenha arsênico aqui também. Assim que termino, até gosto do sabor e sinto que posso viver de novo.

Eu me deito na cama de nuvens brancas, sinto o cheiro de maresia no ar e ouço sinos de vento. Até que as batidas de panelas e de uma porta de armário chamam minha atenção.

Elly May.

Se o nome dela realmente for Elly May, eu vou rir muito. Mas Elly May soa mais como uma gostosa que anda de cavalo. O tipo que vai te secar e depois oferecer uma torta. Minha Elly May está longe disso.

Ontem foi confuso, mas eu me lembro bem dela: carrancuda. Boca suja.

Comprovo isso novamente quando ouço um "porra" abafado e outra batida de porta.

Grunhindo, eu me sento, inspirando algumas vezes até o cômodo parar de girar. Estou pelado, e isso me faz sorrir. Aquele foi o banho mais interessante que já desfrutei em um bom tempo.

Demora uma eternidade para tudo parar de rodar, ainda mais para pegar minhas roupas. Eu as encontro dobradas em uma cadeira e com cheiro de amaciante. Minha avó usava essa mesma marca. Eu me visto e sigo até a porta.

Dormi no quarto dos fundos de uma antiga casa de fazenda, aparentemente. Eu não me lembro de como é o lado de fora, mas por dentro é enorme, com piso de tábuas e móveis desbotados.

Há um belo violão recostado a uma parede tomada por uma estante repleta de discos de vinil. Ali deve ter alguns milhares de discos. Tirando alguns DJs que conheci, nunca conheci alguém que tivesse discos de vinil de verdade. A velharia dá ao quarto um cheiro de mofo.

Aparentemente, estou lidando com uma amante da música que toca violão. *Por favor, Deus, não deixe essa garota ser uma espécie de fã psicopata.* Mas então me lembro do jeito com que ela olhou para mim na noite passada. Duvido que ela seja minha fã número um.

Sigo o barulho e a encontro em uma cozinha, um amplo espaço com uma daquelas mesas no meio, típica de ranchos, e que podem acomodar uma dúzia de pessoas.

Ela me ignora quando me sento à mesa, com movimentos lentos e dolorosos. Dane-se essa merda. Nunca mais vou beber desse jeito. Nunca. Mais.

No silêncio, eu a vejo mexer algo em uma panela no fogão, como se ela estivesse tentando espancar o que quer que seja. Ela, definitivamente, não é uma caipira gostosa. Não é nenhuma *Daisy Duke*. Sua bunda está oculta sob um jeans surrado com buracos nos joelhos conforme anda a passos largos com botas pretas pesadas e mais adequadas para minha moto – a mesma que tenho certeza de que está enfiada no meio de sua cerca. Não me lembro de bater contra a porcaria, e não tenho um único arranhão no corpo. A vontade do universo é uma coisa estranha. Por que ele me trouxe a ela, de todas as pessoas, não faço ideia.

Minha anfitriã se movimenta para desligar o fogão, e seu perfil aparece. Cabelo comprido e liso, da cor de areia molhada, olhos cinzentos e um rosto oval que deveria ser suave de todos os ângulos, mas, de alguma forma, parece afiado e duro: Elly May é meio simples. Até abrir a boca.

Então é um fluxo contínuo de xingamentos que sai da boca da megera.

Faz um tempo desde que uma mulher me repreendeu por um período tão longo. Se o banho de água gelada não me chocou ontem, aquela língua ferina, seguramente, fez o trabalho.

Sim, ela tem uma boca suja. Embora não a esteja usando agora. E acho isso muito mais inquietante.

— Ei. — Minha voz soa como vidro trincado. — Eu, hmm, obrigado por... ah... — Engulo em seco. — Bem, obrigado.

E as pessoas me chamam de poeta.

Ela bufa como se estivesse pensando o mesmo. Devagar, ela se vira e me encara com o semblante marcado pelo desgosto.

— Você bebeu o que deixei na mesa de cabeceira?

— Sim, senhora — eu saúdo, lutando contra um sorriso.

Ela apenas olha para mim, então pega uma tigela e a enche. Suas botas fazem barulho quando ela caminha na minha direção e coloca a tigela à minha frente. Um monte de coisas brancas e irregulares me encaram.

— É papa de milho — diz ela, antes que eu possa falar. — Não quero ouvir porra nenhuma; apenas coma.

— Você é sempre tão simpática assim? — pergunto, pegando a colher que ela enfia na minha cara.

— Com você? Sim. — Ela pega sua própria tigela e se senta longe de mim.

— *"E embora ela seja pequena, ela é feroz."* — Embora Elly May possa ter uma bunda gostosa, ela não deve ter mais que um metro e sessenta.

Sua carranca assume proporções épicas.

— Você acabou de citar Shakespeare?

kristen callihan

— Vi em uma tatuagem — minto, porque é divertido provocá-la. — Pode ter havido algo antes disso. — Coço meu queixo barbudo. — Algo como... *"Oh, quando irritada, sarcástica ela fica e arrebatada!"*

— Nunca vi essa parte em uma tatuagem — ela murmura, me lançando um olhar duvidoso antes de comer uma colherada de papa de milho.

Dou um olhar vazio e inocente e depois comemos em silêncio. A comida é boa, saborosa até. A consistência, no entanto, não está exatamente ajudando com minha náusea.

— A bebida foi útil — digo, para preencher o silêncio. Uma vez, pensei amar o silêncio. Mas, na real, eu o odeio.

— A cura da ressaca do meu pai.

Um temporizador soa e ela se levanta. Sinto o cheiro dos biscoitos e a minha boca começa a salivar. Como um cachorro faminto, acompanho seus movimentos enquanto ela puxa a bandeja do forno e coloca os montinhos dourados em um prato.

Assim que ela coloca o prato sobre a mesa, avanço sobre eles, queimando os dedos e a língua na sequência. Não me importo. Eles são bons demais.

Nossa.

Ela me observa, os lábios curvados como se estivessem divididos entre um sorriso e uma carranca. Ela tem belos lábios, tenho que admitir. Lábios com o arco de cupido, eu acho. O tipo que, embora pequenos, são feitos para beijar.

— Quer manteiga com isso? — pergunta.

— Está perguntando isso de verdade? — murmuro, entre mordidas.

Ela se levanta, pega um pote que descubro estar cheio de manteiga de mel – caralho, isso é bom –, e enche uma xícara de café para nós, acrescentando creme para ambos sem perguntar se gosto ou não desse jeito. Eu costumo beber preto e adoçado, mas não vou reclamar. Não quando ela pode tirar os biscoitos de mim.

Engulo mais um bocado.

— Qual é o seu nome?

Não posso continuar chamando a garota de Elly May. Então, novamente, estou apenas matando o tempo, e não é como se isso importasse de verdade. No entanto, quero saber mesmo assim. Brava ou não, ela cuidou de mim quando eu chamaria a polícia se a situação fosse contrária.

Ela abaixa a caneca e me encara.

— Liberty Bell.

Eu me pergunto se ela está me zoando, porém a expressão em seu rosto diz que está falando sério.

— Isso é... patriota.

Ela bufa uma risada de escárnio e toma seu café.

— É ridículo. Mas meus pais amavam e eu amava meus pais, então... — Dá de ombros.

Amava. No verbo passado.

— Você está sozinha, então? — Estremeço assim que as palavras saem, porque ela fica tensa, os olhos cinzentos e suaves endurecem novamente.

Liberty se afasta da mesa.

— Sua moto foi rebocada esta manhã. Vou levá-lo para a cidade pra que você possa se resolver com o mecânico.

Eu também fico de pé, rápido o suficiente para fazer o piso ranger.

— Ei, espere. — Quando ela para e olha para mim, não tenho nada a dizer. Passo a mão pelo meu cabelo emaranhado e me lembro dela o lavando. — Você não quer saber meu nome?

Caralho, é a última coisa que quero dizer. Mas me irrita que ela já esteja me mandando embora. E nem sei por que isso me aborrece.

Ela me analisa, uma inspeção lenta que faz minha pele formigar. Não é um olhar normal. É um lance julgador. E eu, claramente, não passei no teste.

Seu cabelo balança e brilha sob a luz do sol enquanto ela meneia a cabeça.

— Não. Eu não quero.

E, então, ela me deixa com uma xícara de café quente e um prato de biscoitos.

liberty

Tenho estado sozinha por muito tempo. Não sei mais como agir com as pessoas. Especialmente com esse cara. Ontem, ele estava nojento. Bêbado demais para cooperar. Eu deveria ter deixado ele na varanda, chamado a polícia, e me limpado enquanto eles o levassem.

Mas não consegui. Nem todos os bêbados são ruins. Alguns estão apenas perdidos. Não sei qual é o problema desse cara. Eu só sei que, quando confrontada com a situação, não tive coragem de deixá-lo ali.

Então o arrastei para o banheiro e dei um banho nele. Não havia nada de sexual naquilo. Ele fedia e estava tão bêbado que tive que me controlar para não esganar o pescoço grosso dele por ser tão imprudente.

Sem mencionar que estava irritada por ter que ceder minha cama para o idiota, já que não seria capaz de carregá-lo até o quarto de hóspedes.

Mas agora, à luz do dia, estou indecisa no que se refere ao meu vagabundo bêbado. Sua presença em minha casa é expansiva. Como se uma simples sala não pudesse contê-lo.

Presença. Minha mãe costumava dizer que havia aqueles que simplesmente possuíam isso. Nunca entendi o que ela quis dizer até hoje. Porque mesmo que ele esteja atropelando suas palavras, ainda, claramente, de ressaca, esse cara vibra com vitalidade. Permeia o ar como um perfume, penetrando na minha pele e fazendo com que eu queira me esfregar nele só para ter um pouco mais desse sentimento — como se por estar perto dele, eu também pudesse ser algo especial.

Isso não faz sentido. Mas a vida raramente faz sentido para mim.

E agora que ele não está bêbado e imundo, posso ver a beleza viril dele. Seu corpo é longilíneo e firme com músculos talhados e fortes. Seu cabelo em tom de café escuro ainda está emaranhado, caindo até os ombros. Uma barba espessa e selvagem cobre a maior parte do rosto, o que é... irritante. Porque esconde demais.

Mas o que posso ver indica um homem atraente. Seu nariz é longo, com um calombo na ponte como se ele já o tivesse quebrado, mas o formato se encaixa em seu rosto. As maçãs do rosto proeminentes e o que parece ser um maxilar definido sob toda aquela barba lhe dão um ar de pura masculinidade.

Seus olhos, no entanto, são suavemente bonitos. Enquadrados sob as sobrancelhas escuras, brilham como obsidiana.

Como uma pessoa não ficaria mexida? Aqueles olhos observaram todos os meus movimentos pela cozinha mais cedo, me deixando nervosa.

Servi comida para ele apenas para fazê-lo desviar o olhar. No entanto, ele não desviou. Mesmo quando cheirou meus biscoitos como um homem faminto, ele me observou. Não de uma forma sexual, mas como se eu fosse um desastre que ele, inadvertidamente, encontrou. A ironia me faz querer rir.

ÍDOLO

Agora, só quero ficar longe dele. Falar sobre meus pais me faz lembrar do porquê eu deveria odiar esse cara – o estranho bêbado que tirou não apenas sua vida, mas a vida de todos que dividiam a estrada com ele e suas mãos trêmulas. Minha vida nunca será a mesma por causa de um motorista bêbado, e tenho pouco respeito por aqueles que fazem isso. Mesmo se eles citarem Shakespeare e tiverem sorrisos atrevidos e um tanto bonitos.

Sem olhar para trás, pego minhas chaves. Ele não está muito atrás, porém, suas botas ressoando tão alto no piso quanto as minhas, ecoando no vestíbulo. Ele tem um biscoito fresco na mão e está mastigando o resto de outro. Eu me recuso a achar isso atraente.

— Você não quer mesmo saber o meu nome? — ele pergunta.

Eu pego meus óculos de sol.

— Por que isso te incomoda? Não é como se nós fôssemos nos ver novamente.

Seu semblante se fecha ainda mais.

— Por educação.

— Depois daquele banho, acho que já passamos dessa fase.

Estranhamente, isso o faz sorrir, e, quando isso acontece? Ah, cara. É como se o sol tivesse atravessado nuvens de tempestade, cheio de brilho e alegria. Fico quase cega com isso e tenho que piscar e desviar o olhar.

— Está vendo, é isso aí. — Ele aponta para mim com seu biscoito, antes de dar uma grande mordida. — Você me viu pelado...

— Não fale com a boca cheia. É nojento.

Ele continua mastigando.

— Você lavou meu pau...

— Ei, eu não cheguei nem perto das suas partes, parceiro.

Ele sorri em meio a uma mordida.

— Pra mim, você chegou. E você lavou meu cabelo. Você não pode lavar o cabelo de um homem e não saber o nome dele. Isso dá azar.

— Azar? — Tento segurar o riso a caminho da porta. — Você ainda está bêbado.

— Estou puro como cristal, Libby. — Ele está bem atrás de mim, seguindo meus passos. — Agora, pergunte meu nome.

Paro e me viro rapidamente, e meu nariz se choca com o centro de seu peito. O impacto me faz recuar um passo, e eu inclino a cabeça.

Ele me dá um olhar levemente presunçoso e antagônico. Mas seu timbre de voz diminui, doce e persuasivo.

— Vamos, pergunte.

Nossa, essa voz. Eu tenho tentado ignorá-la, porque é o tipo de voz que pode te subjugar, fazer você perder sua linha de raciocínio. Baixa, profunda e poderosa. Ele fala e sai uma melodia.

Ele está olhando para mim, esperando, o olhar sombrio.

Isso dispara um *tum, tum, tum* lento no meu peito. Não fico tão perto de alguém assim há muito tempo.

Engolindo em seco, encontro coragem e pergunto:.

— Tudo bem, então, me diga.

Mas ele não diz nada. Ele congela como se estivesse preso e, de repente, me encara com um olhar desconfiado.

— Você está brincando comigo, certo? — Dou risada, não achando graça nenhuma. — Você me importuna para perguntar, e agora dá uma de João-sem-braço?

Ele pisca como se estivesse saindo de um transe e depois entrecerra os olhos.

— Ah, foi mal, me perdi em pensamentos. — Respira fundo e estende a mão. — Killian.

Eu olho para a mão dele. Grande, larga, as pontas dos dedos e a borda superior da palma da mão calejadas. Um músico de algum tipo. Provavelmente, um guitarrista. Esfrego meu dedão sobre meus dedos ásperos. Ele está esperando de novo, as sobrancelhas franzidas como se eu o tivesse insultado por não apertar sua mão.

Então eu aperto. É quente e firme. Ele me dá um aperto forte o suficiente para pressionar meus ossos, embora ache que ele nem faz ideia do quanto realmente é forte. Definitivamente, um músico.

— Prazer em conhecê-la, Liberty Bell. — Seu sorriso é agradável, quase juvenil, debaixo da barba espessa. Mais cedo, pensei que ele devia ter uns trinta anos. Mas agora estou supondo que ele tem algo em torno da minha idade, uns 20 e poucos.

Eu solto a mão dele.

— Eu não diria que isso foi exatamente um prazer.

— Ah, mas você tem que admitir que tenho boa pontaria. — Ele me dá uma cutucada quando reviro os olhos.

— Nunca mais falaremos sobre isso.

— Isso o quê? — Seu tom é leve conforme me segue para o lado de fora. Eu caminho em direção à minha caminhonete, mas ele me impede de seguir adiante com um toque no meu cotovelo. Ele está focado na casa da Sra. Cromley do outro lado. A Sra. Cromley morreu há seis meses e seu sobrinho, George, ficou com a propriedade. Ainda não o vi, mas sei que ele tem quarenta e poucos anos, é casado e tem filhos.

Duvido que ele vá morar aqui, já que a casa fica onde Judas perdeu as botas, e nossa pequena ilha no extremo de *Outer Banks* nem tem escola.

Então, novamente, a van do mercado do Al está na frente da casa e duas grandes caixas estão na varanda. Killian olha em volta, observando a grama ondulante que está mudando de cor, agora que o outono se aproxima, bem como o pico da colina e a pequena lasca do horizonte azul onde o Oceano Atlântico bate na praia.

Killian coça o queixo como se a barba dele incomodasse.

— Aquela casa ali. É de George Cromley, sabia?

Uma sensação embrulha meu estômago.

— Sim — digo, devagar.

Killian acena e capta meu olhar. Seu sorriso é tão lento e arrogante como de costume.

— Então, acho que não preciso de uma carona para a cidade, afinal de contas, vizinha.

CAPÍTULO TRÊS

killian

Eu disse meu nome, e ela não me reconheceu. Faz tanto tempo desde que alguém da minha idade olhou para mim como se eu fosse um completo estranho, e isso é, estranhamente, inquietante agora. Não é bizarro? Eu vim para longe, para me distanciar dos fãs, das pessoas me bajulando e querendo algo de mim. E agora que cruzei com uma garota que deixou claro que gostaria que eu fosse embora, fico irritado.

Bufando, tomo um gole de café quente e me inclino para trás na minha cadeira de balanço antiga. Do meu lugar na varanda, tenho uma boa visão da casa de Liberty. É de madeira branca e de dois andares. O tipo que você vê em uma pintura de *Edward Hopper*. Se passasse em frente, você suspeitaria que uma velhinha estaria lá dentro sovando um pão ou algo assim. Eu aposto que Liberty faz um pão incrível, mas ela, provavelmente, me bateria com o rolo por irritá-la antes de eu constatar o fato.

A marca que minha moto deixou ao longo do gramado dela é uma lembrança horrorosa do que fiz na outra noite. Pilotando bêbado. Eu não sou assim. Era eu quem mantinha os caras sob controle. Eu que impedia que se tornassem vítimas das coisas pesadas – de se tornarem clichês, como Liberty falou.

Algo forte se agita no meu peito. Todos os meus esforços não ajudaram Jax. Imagens de seu corpo flácido piscam diante dos meus olhos em cores vivas: pele acinzentada contra azulejos brancos, vômito amarelo, os olhos verdes encarando o nada.

Cerro os dentes, meus dedos doendo com a força do meu aperto na caneca.

Porra, Jax. Idiota.

É difícil respirar. Meu corpo retesa com a necessidade de me mover. De ir para outro lugar. Continuar me movendo até que minha mente esteja em branco.

Uma batida de porta me faz estremecer e café quente respinga da minha caneca.

— Porra. — Eu a coloco no chão e chupo meu dedo queimado.

Do outro lado, Liberty desce os degraus da varanda, indo em direção a uma horta cercada. Um sorriso curva meus lábios. A garota nunca anda. Aonde quer que ela vá, é como se estivesse embarcando em uma missão de urgência.

Ela se move debaixo de um raio de sol, e seu cabelo fica da cor de um carvalho. Tenho o desejo de registrar o momento, escrever uma música. O pensamento me faz levantar e andar.

Eu deveria entrar em casa. E então o quê? Me deitar no sofá velho estampado com rosas azuis feias? Beber o dia todo?

Caixas com as minhas coisas chegaram. Incluindo três das minhas guitarras favoritas. Scottie, o animal cretino, me enviou, embora eu nunca tivesse pedido. Ele acha que vou compor? Escrever uma música? De jeito nenhum. Caralho. Não sei o que estou fazendo aqui. A grande ideia do Scottie de me esconder em uma ilha que quase ninguém ouviu falar é estúpida. É o que ganho por dar ouvidos enquanto estava bêbado.

Talvez Scottie tenha habilidades psíquicas, porque meu celular começa a tocar. E poucas pessoas têm esse número. Meus olhos estão em Libby, ajoelhada entre fileiras de plantas verdes, quando atendo o telefone. Só que não é Scottie.

— *Oi, mano* — diz Whip.

Não ouço a voz dele há quase um ano. O som familiar é um golpe na cabeça, então me sento de volta na cadeira.

— Oi. — Pigarreio de leve. — O que houve?

Deus, que não seja sobre o Jax. Meus dedos ficam gelados, sangue fluindo para a minha cabeça. Eu respiro fundo.

— *É verdade que você está escondido em algum lugar na selva da Carolina do Norte?*

Solto um rosnado.

— Ele está bem?

Há uma pausa e depois Whip pragueja.

— *Porra, mano, eu não tava pensando. Sim, ele está bem.* — Whip dá um suspiro audível. — *Ele está muito melhor. Sendo acompanhado por um psicólogo.*

Ótimo. Que legal que o Jax me ligou para dizer isso. Eu passo uma mão pelo rosto, fechando os olhos.

— Então, o que está rolando?

— *Só estava pensando.* — A voz de Whip fica distante. — *Todos nós estamos espalhados pelo país. E... merda, só queria conversar. Saber onde você estava.*

Jax foi o que nos espalhou. Ele nos destruiu naquele dia, estilhaçando todos nós como se fôssemos de vidro e ele tivesse atirado uma pedra na janela. E enquanto Jax e eu, geralmente, cumpríamos o papel de mãe e pai no grupo, Whip sempre foi a âncora, nossa cola. Ele me daria um soco se eu dissesse isso pessoalmente, mas Whip também é o mais sensível. Eu sei que ele está sofrendo.

Lanço um olhar para Libby novamente. Sua bunda sacode enquanto ela puxa as ervas daninhas. A visão quase me faz sorrir; ela odiaria saber que a estou observando. Pouco depois, encontro o que dizer:

— Você falou com os outros? — pergunto.

— *Passei algum tempo com o Rye. Nós gravamos algo novo.*

Isso é novidade. Normalmente, eu e Jax compomos. Eu me sento um pouco mais ereto na cadeira, tentando me concentrar. Preciso ser solidário. Eu sei disso. Mas é difícil transmitir entusiasmo. Mesmo assim, digo o que precisa ser dito:

— Você gravou alguma coisa que eu possa ouvir?

— *Claro. Vou te mandar.* — Whip faz uma pausa, depois acrescenta: — *Talvez você possa fazer um ajuste. Nos dar algumas dicas.*

Não sei como me sinto sobre isso. Não estou chateado, e gosto que eles estejam compondo. Mas algo se agita dentro de mim – hesitação, o desejo de fugir e, com isso, a necessidade de desligar o telefone.

No entanto, Whip ainda não terminou:

— *Ou, talvez, você possa voltar e trabalhar com a gente.*

Eu me levanto outra vez, e ando até a porta de tela da varanda, recostando a testa à estrutura frágil.

— Ainda não. Mas em breve.

— *Sim. Claro.* — Whip soa tão sincero quanto eu.

— Te ligo depois. — Esta pode ou não ser uma mentira. Não pego minha guitarra há quase um ano, e não tenho a menor vontade de fazer isso agora.

— *Beleza.*

Quando ele desliga, o silêncio incomoda meus ouvidos. Não sei mais como ser eu mesmo, não sei como fazer parte da *Kill John*. Como continuamos? Nós seremos capazes de seguir sem o Jax? Com ele? E o tempo todo apreensivos, com medo de que ele tente de novo?

Parte disso nem é sobre o Jax. Estou cansado. Sem inspiração. Isso faz eu me sentir culpado demais.

Embora eu esteja em uma varanda, as paredes começam a se fechar sobre mim, roubando meu ar. Eu deveria entrar, fazer... alguma coisa. Meus pés me levam na direção oposta, saindo da varanda e seguindo direto até Liberty.

Ela está debruçada sobre uma fileira de ervas e não olha para cima quando apoio meus punhos cerrados no alto da cerca, na altura do meu queixo. Eu a observo trabalhar, sem me importar com o silêncio. É divertido o jeito que ela me ignora, porque não faz um bom trabalho. Sua expressão toda plácida apenas me diz que ela liga, sim. Ela só não quer admitir.

Eu sorrio com o pensamento. Há algo tão normal nisso tudo.

— Sabia que já tive um monte de mulher ajoelhada na minha frente muitas vezes? Mas elas, geralmente, fazem isso com um sorriso.

Ela bufa uma risada de deboche.

— Eu ficaria mais impressionada se fosse você quem ficasse de joelhos. Eu gosto de quem dá, não de quem recebe.

Caralho. Posso imaginar as coxas macias bem abertas, usando aquele tom autoritário para me dizer o que mais gosta enquanto eu a chupo. Eu movimento os quadris, me afastando da cerca. Não há necessidade de ela ver o volume crescente na minha calça; não sei se estou atraído por ela ou se, de repente, me tornei masoquista.

— Que tal dar e receber? Você gosta disso?

Mesmo brincando, uma pontada de culpa me atinge. Quando foi a última vez que dei, afinal? Porque ela está certa; eu me tornei arrogante, me sentei como um rei, com um monte de garotas me chupando enquanto eu pensava em letras de músicas ou planejava o próximo álbum. Chegou a um ponto em que não ligava para o que aquelas mulheres faziam ou para onde iam quando acabavam.

Liberty olha para mim.

— O que você está fazendo aqui, afinal? Você não trabalha?

Reprimo uma risada, mordendo o lábio inferior.

— E você? Não é tipo, terça-feira?

— É quarta-feira e eu trabalho em casa, obrigada.

— Fazendo o quê?

— Se eu quisesse que você soubesse, eu teria dito.

— Você é uma DJ?

— DJ? — Ela parece chocada. — Você está falando sério? Onde eu tocaria? Na Igreja?

Sinto meu rosto esquentar. Não me lembro de ter ficado tão envergonhado em minha vida. Olho para cima tentando disfarçar, e murmuro:

— Você tem um monte de discos.

— Aaah. — Ela me dá um aceno firme. — Aqueles eram do meu pai. Ele era DJ na faculdade.

— É uma coleção impressionante.

— É, sim.

— E o violão?

Seus ombros se encolhem.

— Também do meu pai.

Agora sei como os repórteres se sentem quando me entrevistam. Chego até a simpatizar com ela. Essa garota me deixa em maus lençóis.

— Você realmente não vai me dizer? — Não sei por que estou pressionando, mas a determinação dela de me calar me diverte.

— Acho que não. — Ela pega uma tesoura e corta ramos de sálvia, tomilho e alecrim. Minha avó costumava ter um jardim de ervas em uma pequena caixa colocada no peitoril da cozinha, no Bronx. Quando era criança, implorava para ela me deixar ajudar a cortar as coisas que ela precisava, e ela sempre fazia questão de me lembrar de não esmagar as folhas.

Afasto as recordações do passado antes que elas me sufoquem.

— Bem. Vou deixar isso para a minha imaginação. — Coço meu queixo, agora barbeado; aquela coisa coça demais, ainda mais nesse calor. — Vou chutar profissional de telessexo.

Libby enfia as ervas na cesta e se senta sobre os calcanhares.

— Isso é ridículo. Eu pareço fazer isso?

— Na real? Sim. — Pigarreio de leve, porque praticamente posso ouvir sua voz doce e suas exigências. — Sim, você parece.

Ela franze o cenho, os olhos, finalmente, encontrando os meus. O que quer que ela veja em minha expressão faz sua testa franzir ainda mais e o rosto corar. Ela rapidamente volta o olhar para sua horta.

— Eu tenho trabalho a fazer. Você vai ficar aí me observando o dia todo? Ou talvez haja uma garrafa que você queira esvaziar...

— Fofa. E, não. Sem bebidas para mim.

Ela faz um som duvidoso.

Eu deveria ir embora. Lanço um olhar na direção da casa, parecendo completamente abandonada e silenciosa. Aquela sensação angustiante se avoluma dentro do meu peito novamente. Tenho que me conter para não levar a mão sobre o peito. Libby não está olhando, pois ainda está entretida arrancando ervas daninhas.

Suspirando, pigarreio novamente.

— Posso ajudar?

libby

Ele não vai embora, e não tenho certeza do que fazer. Não gosto de tratá-lo dessa maneira. Com cada palavra áspera que digo, consigo sentir minha avó revirando em seu túmulo. Fui criada para ser educada acima de todas as coisas. Mas Killian tira minha paciência por várias razões.

Eu imaginava que o veria novamente, claro. Somos vizinhos, afinal. Mas não esperava que ele me procurasse tão cedo e que quisesse permanecer na minha companhia. E embora eu não tenha sido acolhedora, isso não parece chateá-lo. Ele meio que me lembra aqueles garotos da escola que se divertem puxando as tranças das garotas.

E a verdade é que caras que se parecem com Killian, simplesmente, não se importam comigo. Nunca se importaram. Então, por que agora? Ele está entediado?

Seja qual for o caso, estou inquieta com a presença dele e incomodamente curiosa sobre sua presença aqui.

Ajoelhado no terreno e removendo as ervas daninhas, Killian deveria parecer menor. Entretanto, ele parece maior agora, os ombros largos se ondulando sob uma camiseta desbotada com o desenho do Captain Crunch. As mechas de seu cabelo escuro caem ao redor dos ombros, e, na boa, estou morrendo de vontade de lhe oferecer um corte de cabelo. Não me importo com caras de cabelo comprido, mas o de Killian está uma bagunça. Acho que o homem não conhece um pente.

No entanto, ele se barbeou. Cheguei a ficar meio chocada com a visão, porque estava esperando aquela barba de lenhador quando ouvi sua voz mais cedo. Mas, em vez de um rosto peludo, fui saudada pela mandíbula suave e barbeada, o queixo forte e um sorriso grande e com covinhas. Como alguém poderia resistir a isso?

— Como aprendeu a diferenciar ervas daninhas e plantas? — Sua voz de veludo me envolve, mas ele não olha para cima. A pequena ruga de concentração entre suas sobrancelhas é meio que cativante. — Porque tudo parece o mesmo para mim.

— Minha avó me ensinou. — Pigarreio e puxo com força uma erva daninha.

— Avós são boas nisso.

Nem consigo imaginá-lo passando um tempo com uma avó. Ou, talvez, eu consiga. Ela, provavelmente, lhe serviria leite e biscoitos e o obrigaria a cuidar melhor de si mesmo. Arranco outra erva.

— Com o tempo, fica mais fácil identificá-las.

— Se você diz. — Ele não parece muito feliz, mas continua trabalhando. Estamos em silêncio novamente, cuidando das nossas tarefas. — Espiã ultrassecreta?

Eu levanto a cabeça por conta da pergunta de Killian.

— O quê?

Ele agita as sobrancelhas escuras.

— Seu emprego. Ainda estou tentando descobrir. Você é uma espiã?

— Você descobriu. Agora venha comigo. — Inclino a cabeça em direção à minha casa. — Tenho algo para te mostrar lá dentro.

Dentes brancos mordiscam o lábio inferior rechonchudo.

— A menos que envolva palmadas, eu não vou.

Dou uma risada, mesmo sem querer.

— Você é algum tipo de examinadora de brinquedos sexuais?

— Hmm. Não.

— Escritora erótica?

— Por que todas as opções, de repente, são relacionadas a sexo?

— Porque a esperança é a última que morre.

— Melhor esperar que eu, acidentalmente, ou de propósito, não decepe suas bolas.

— Tá bom, tá bom. Faz compras de casa?

— Odeio fazer compras.

ÍDOLO

— Sim, eu posso ver.

Levanto a cabeça de supetão.

— O que isso deveria significar?

Ele dá de ombros, com indiferença.

— Uma garota que anda de um lado para o outro de botinas não costuma ser do tipo que fica animada com uma liquidação.

Eu me sento de novo contra os calcanhares.

— Okay, não sou uma apaixonada por moda, mas isso não significa que não possa comprar uma coisa ou outra.

— Você acabou de dizer que odeia fazer compras. Tipo, acabou de dizer.

— Sim, mas você não deveria saber disso só de olhar para mim.

Seu nariz enruga quando ele coça a nuca.

— Estou confuso.

— Talvez eu seja viciada em comprar bonecas. Talvez tenha um quarto cheio delas nos fundos da casa.

Um arrepio percorre o corpo todo de Killian.

— Não brinque com isso. Vou ter pesadelos com a Annabelle por meses.

Penso em um quarto cheio de bonecas me encarando e estremeço também.

— Você está certo. Sem bonecas.

Ele pisca para mim. Não tenho ideia de como ele consegue fazer isso sem parecer um idiota, mas é fofo.

— Viu? — diz ele. — Não é uma compradora.

— E você é o quê? Um detetive?

Ele se apoia em seus calcanhares também.

— Se eu fosse, eu seria um incompetente, já que não consigo descobrir o que você faz.

Nós nos encaramos por um tempo, seu olhar me perfurando, esperando. É surpreendentemente eficaz, porque juro que estou começando a suar.

— Tudo bem — disparo. — Sou designer gráfica de capas de livros.

Ele pisca, como se estivesse surpreso.

— Sério? Isso é... bem, a última coisa que eu teria adivinhado, embora seja muito legal. Posso ver o seu trabalho?

— Talvez mais tarde. — Volto para o meu afazer em remover ervas daninhas, embora, na verdade, esteja futucando o mesmo lugar várias vezes. Não há mais nada além de um sulco escuro no solo. Alisando a terra fria, eu o encaro.

kristen callihan

— E o que você faz?

Ele é bom; mal vacila antes de disfarçar com um sorriso largo.

— Atualmente estou sem emprego.

Estou prestes a perguntar o que ele fazia antes, mas algo frágil e sofrido permanece naqueles olhos cor de café, me fazendo perder a coragem. Ontem ele estava bêbado no meu gramado. Não acho que a vida esteja numa boa para ele no momento, e não tenho vontade de mexer na ferida.

Ele rompe o silêncio apontando para uma videira verde.

— Arranco isso?

— Não. Isso é um pé de tomate.

Fica evidente que Killian não se sente confortável com longos silêncios.

— Então esse lugar era uma fazenda?

Eu poderia até achar que ele fala para si mesmo, mas ele olha para mim com genuíno interesse toda vez que faz uma pergunta. Eu levo um instante para observar o terreno ao redor. Collar Island faz parte de uma área conhecida como *Outer Banks*. Enquanto no extremo norte existe uma cidade com inúmeras mansões de veraneio, a ponta sul – onde a casa da minha avó está localizada – é bem isolada. Nada além de algumas casas espalhadas e grama verde e castanha, cercada por praia dourada e oceano azul vívido.

— Quando meus avós eram jovens, sim — digo. — Eles cultivavam hortaliças. Assim como os donos da casa em que você está hospedado. Agora, eu apenas cuido do terreno mais próximo da casa e deixo o resto livre.

— É um lugar lindo — admite Killian. — Só que meio solitário.

Não tenho muito o que dizer sobre isso, então, simplesmente aceno. Em seguida, voltamos ao trabalho. O que é bom. Até Killian tirar a camiseta e enfiá-la no bolso traseiro da calça.

Eu já vi o homem pelado. Mas aquilo foi diferente. Eu estava muito irritada e ocupada demais tentando limpar seu vômito para reparar em todos os detalhes. Agora ele está sob a luz do sol, a pele bronzeada brilhando com uma fina camada de suor. Ele é magro e forte, e seus músculos são uma obra de arte. A enorme tatuagem que cobre o ombro esquerdo e seu torso é, na verdade, um mapa-múndi antigo, como um globo aberto.

— Você está secando a minha tattoo, Libs? — Ele parece estar se divertindo.

Encontro seu olhar e vejo o brilho divertido nos olhos profundos, aqueles cílios ridiculamente longos tocando suas bochechas. Não é justo que um cara tenha olhos tão bonitos.

ÍDOLO

— Sim. Acho que se você tatua imagens em seu corpo, é compreensível que as pessoas as vejam.

Seu sorriso é rápido, diabólico, as pequenas covinhas nos cantos da boca se aprofundando e depois desaparecendo com o sorriso dele.

— Não disse que me importava. — Ele se senta sobre os calcanhares para que eu possa ver tudo.

Infelizmente, eu me vejo querendo estudar a parte inferior de seu abdômen, onde os músculos são como degraus que guiam o caminho até o amigo dele.

Droga. Não estou atraída por esse cara. Não. Estou apenas há muito tempo sem sexo e preciso dar um jeito no assunto. Em breve. Mas não com Killian. Não dá para esquecer como o conheci. Alcoolismo é algo que me leva ao limite, pois destruiu tudo o que eu mais amava.

Ignorando meu argumento interior, volto à sua tatuagem. Os traços finos e precisos apenas enfatizam as nuances do globo terrestre, ao invés de ser carregado de detalhes. É um trabalho lindo, diga-se de passagem.

— Tem algum significado? — sondo. — Ou foi por diversão?

Killian afasta uma mecha do cabelo escuro do rosto.

— Começou como uma maneira de encobrir um erro.

Ele se inclina, exalando o cheiro de suor limpo e feromônios masculinos inebriantes. Caralho. Não há uma boa maneira de descrever essa fragrância além de deliciosa e viciante. Cruzo os braços conforme ele indica um ponto acima do mamilo onde há uma rosa dos ventos.

— Eu queria cobrir um nome. Darla.

— Não acabou bem?

Ele me dá um sorriso irônico.

— Isso seria pelo menos romântico. Mas, não. Era a formatura do ensino médio. Eu e… — Seu semblante se torna inexpressivo, um olhar assombrado cintilando em seus olhos, até que ele pisca e desaparece. — Meus amigos e eu ficamos bêbados e fomos atrás de um dos nossos outros amigos que estava praticando para se tornar um tatuador. Eu fui a cobaia.

— E ele tatuou 'Darla' em você?

— Sim. — Killian se senta e começa a capinar novamente, porém com um sorriso no rosto.

— E quem é Darla?

Ele ri.

— Esse é o lance; foi apenas um nome que ele achou engraçado. Eu poderia ter mantido a tatuagem. Mas, puta merda, era feia pra caralho; toda torta e confusa. — Killian balança a cabeça. — Parecia um desenho feito por criança do primário.

Não consigo me segurar e acabo rindo também.

— Legal.

A expressão de Killian suaviza, o olhar percorrendo meu rosto. Seu sorriso se alastra ainda mais.

— O que foi? — pergunto, desconcertada pelo brilho em seus olhos. Isso faz minha respiração falhar.

— Você é bonita.

Ele diz como se fosse um fato, e eu dou uma risada de escárnio.

— Você parece surpreso.

Killian se inclina um pouco.

— De verdade? Estou mesmo. Você tem feito tanta careta para mim... Ah, aí está de novo. O ódio gritante destinado à minha pessoa. — A ponta calejada de seu dedo traça minha bochecha, e meu estômago se contorce em estado de choque. Sua voz se torna gentil. — Mas quando você sorri? Você meio que brilha.

— Como uma lâmpada? — replico, tentando não abaixar a cabeça.

Com o cenho franzido, os olhos de Killian mal conseguem disfarçar o divertimento.

— Tudo bem. Você fica radiante. Isso é claro o suficiente?

As palavras ficam presas na minha garganta. Tudo isso porque um homem nunca me chamou de bonita antes. Nem uma única vez. Como pode? Eu não sou feia. Objetivamente falando, sei que sou bonita, ou posso ser. Já saí várias vezes com alguns caras e cheguei a ter um namoro curto na época da faculdade. Já recebi cantadas antes, claro. Mas nunca fui elogiada de maneira tão simples e honesta. A percepção desse fato faz com que um formigamento se alastre pelo meu corpo, e, de repente, não quero que Killian olhe para mim.

Minha pá cava o solo com violência suficiente para fazer terra voar para todo lado.

— Então, como essa tatuagem da Darla sumiu?

Killian encara o movimento frenético da minha pá por um segundo, com o cenho franzido, antes de voltar ao normal.

— Minha mãe ficou tão enojada com isso que me deu o dinheiro para fazer uma nova para cobrir.

— Eu pensei que ela ia querer que você removesse.

— Nada... — Ele puxa uma erva. — Ela não se opôs à tatuagem, só ao fato de ser malfeita pra caralho. Outra coisa, ia ficar uma cicatriz, e ela não é grande fã de cicatrizes. Enfim, decidi tatuar uma rosa dos ventos. O mapa veio depois. — Ele confere o próprio peitoral. — Tipo, 'Ei, Kills, aqui está o mundo. Ele é todo seu se você não foder tudo.

O arrependimento em sua voz, embora esteja nitidamente tentando esconder, toca algo dentro de mim. Eu respiro fundo, meu olhar vagando para o céu azul-claro acima. O mundo. Vi muito pouco dele. Apenas esse pequeno canto azul da Carolina do Norte e a faixa de terra um pouco maior quando fui a Savannah, para cursar faculdade. Tenho vinte e cinco anos e sou uma eremita.

Meu peito se aperta a ponto de sentir dificuldade para respirar. Tenho um enorme desejo de fugir para dentro de casa e me deitar na minha cama macia, onde é escuro e silencioso.

— Isso é surpreendentemente relaxante — diz ele, e seu comentário chama minha atenção.

— O quê? Remoção de ervas daninhas?

Ele olha para mim por baixo de seus cílios.

— Sim. Eu gosto de fazer algo construtivo. — Killian para e esfrega a nuca. — Você tem alguma cerca para consertar ou madeira para cortar? Algo do tipo?

— Você precisa de trabalho árduo para se transformar em uma pessoa melhor?

— Sim. — Ele sorri. — Sim, eu acho que sim.

— E você quer que eu... seja o seu Sr. Miyagi?

Sua risada vem como uma onda, profunda e quente.

— É! Pintar a cerca. Lixar o chão.

— E quando você terminar, podemos ir até o mar e nos equilibrar em uma perna.

— Porra, isso seria épico. — Killian abre bem os braços, e os levanta em uma comemoração meia-boca. Seus músculos ganham vida, mas eu imediatamente ignoro.

Eu me levanto, espanando a terra dos joelhos antes de pegar a cesta de legumes.

— Venha, então. Você pode cortar a grama se estiver falando sério. Isso é o máximo do Sr. Miyagi que posso te oferecer agora.

Ele fica de pé em um pulo.

— Killian-san pronto para o dever.

Reviro os olhos, fingindo achá-lo irritante. Mas eu não acho. E isso me assusta.

CAPÍTULO QUATRO

killian

Estou cortando o gramado da Libby. Infelizmente, isso não é um eufemismo para algo mais prazeroso do que empurrar um velho cortador para trás e para a frente em seu vasto pátio irregular. Aqui do lado de fora, sob o sol quente, com meus músculos se movendo e o suor escorrendo pelas costas, me dou conta de que não transo há meses. Seis, para ser exato. Nunca fiquei sem sexo por tanto tempo assim desde que comecei a transar. O que realmente me assusta é que não senti muita falta.

Durante minhas viagens, conheci muitas mulheres gostosas prontas e dispostas a uma aventura. Dispostas não é a palavra certa. Elas estavam desesperadas para me foder. Não é a arrogância que me faz dizer isso. É a verdade. Elas sabiam quem eu era e fizeram o possível para ser a garota que me levaria à loucura a ponto de eu não conseguir me separar. A mesma história se repetiu nos últimos oito anos. As legítimas caçadoras de pau famoso.

Empurrando o cortador, penso em todas aquelas mulheres. Caramba, algumas delas realmente foram espetaculares. As coisas que me deixaram fazer, que fizeram comigo, chegavam a ser surreais – o mais perto de me sentir no paraíso que eu conseguia quando não estava no palco. No entanto, a sensação sempre acabava assim que meu pau amolecia. Eventualmente, o sexo com *groupies* tornou-se quase outra forma de masturbação. O tesão havia desaparecido há muito tempo. Não importava quão boa era a técnica de uma garota, elas nunca me viram como outra coisa senão um meio para um fim. E essas garotas nunca expressaram uma opinião que contradissesse minhas necessidades. Eu poderia dizer que um dos caras que trabalhava nas turnês fazia parte da banda, e elas se prontificavam para trepar com ele também.

Eu usei aquelas mulheres, da mesma forma que elas me usaram. Meter, gozar e ir embora.

Trepadas sem alma, desumanas.

Foi isso que Jax se sentiu? Desumano? Desorientado?

Pela primeira vez em anos, sinto que estou andando em terra firme. E não estou fazendo mais que um trabalho de jardinagem. Libby me lançou um olhar enviesado quando pedi para fazer mais, e fiz uma piada com isso. Mas eu estava falando muito sério. Eu me sinto bem. Quero mais disso – saber que sou tão normal e humano quanto o resto do mundo.

Puxando a camisa do bolso traseiro, limpo o suor da testa e sigo para a grande garagem mais parecida com um celeiro na parte dos fundos da propriedade. O gramado está pronto. Não está perfeito... as linhas estão um pouco tortas.

Estou alongando os ombros quando Libby aparece na varanda dos fundos. Ela está segurando dois copos grandes de limonada gelada. Ela me encontra no meio do caminho e eu mal consigo soltar um sincero agradecimento antes de tomar a bebida em um gole só. Gelada. Fresca. Perfeita.

Estou começando a achar que essa garota nunca me dará nada que não seja sublime. Então, dou uma olhadela dentro do galpão e quase engasgo com a boca cheia de limonada.

— Você tem um trator cortador de grama... — comento, tossindo a bebida enquanto encaro o John Deere que teria reduzido mais de uma hora do meu tempo de trabalho.

Liberty, a diabinha, apenas dá de ombros, tomando um gole de sua limonada.

— O Sr. Miyagi teria deixado o Daniel-san usar uma lixadeira elétrica? Eu acho que não.

Ela solta um grito surpreendentemente feminino quando eu me lanço para ela, pegando-a pela cintura e a colocando sobre o meu ombro.

— Você derramou minha limonada, babaca! — ela grita, mas está rindo.

Graças a Deus. Porque eu, realmente, não pensei nas consequências quando agi. Eu raramente penso. Mas não quero irritá-la ou assustá-la. Com um sorriso estampado no rosto, eu a giro em um círculo e dou um tapa na bunda gostosa dela.

Dessa vez, ela grita de verdade, os pés acertando chutes nas minhas coxas, as mãos esmurrando minha bunda.

— Você vai morrer por isso, senhor.

ÍDOLO 41

— Posso muito bem me divertir, então — digo em alto e bom tom, sobressaindo aos seus protestos, e bato em sua bunda novamente.

Caralho, preciso parar, porque agora quero agarrar essa bunda redonda e firme e dar um aperto. Talvez escorregar os dedos por entre as nádegas e… Calma, garoto.

Eu culpo o calor e minha falta de sexo, mas não tenho certeza. Há algo estranhamente atraente sobre essa Libby rabugenta, mas tão macia.

Com relutância, eu a coloco no chão e me preparo para levar um chute no saco. Porém, ela só bate no meu braço, o rosto vermelho como um de seus tomates.

— Babaca — resmunga. — Estou tonta agora.

— Ah, essa é a melhor parte. — Antes que ela possa cambalear, seguro seu cotovelo apenas o suficiente para firmá-la. Agora que ela não está em meus braços, estou estranhamente hesitante em tocá-la novamente. Ontem, nós estávamos discutindo. E, agora, eu quero tocá-la quantas vezes ela me deixar.

— Você é um louco, sabia disso? — Sua cara fechada é meio fofa.

— Já me disseram isso antes.

— Não estou surpresa. — Libby passa os dedos pelo cabelo, os fios brilhando sob os raios do sol. — Eu ia oferecer para levá-lo para a praia…

— Nós vamos. — Tento segurar a mão dela, mas ela me evita desta vez.

— Eu não sei…

— Liberty — murmuro, em tom de advertência. — Não me faça te jogar por sobre o meu ombro e levar sua bundinha para lá.

— Okay, certo. Aposto que você só ladra, mas não morde, colega.

Eu me aproximo tão rápido que, cuidadosamente, a imprenso à parede lateral do galpão. Nós não estamos sequer nos tocando, mas ela fica imóvel mesmo assim. Eu aproveito e me inclino até nossos narizes quase se tocarem.

— Ah, eu mordo, querida. Mas garanto que você vai gostar.

Então me dou conta do que estou fazendo. O cheiro que exala da pele dela é como sol, limões e açúcar mascavo. Os alarmes começam a soar na minha cabeça, gritando 'perigo' e 'se afaste, porra'. No entanto, não consigo evitar e acabo encarando sua boca. Um grande erro.

Seus lábios entreabertos são macios e rosados, à espera de serem tomados. O calor me aquece por dentro, meu pau ganha vida e tenho que reprimir o desejo de empurrar meus quadris para frente. Que porra é essa? Estou perdendo a cabeça.

kristen callihan

A prova de que essa é uma péssima ideia, vem por meio de Libby contraindo os lábios.

— Eu mordo de volta, Kill, e você não vai gostar.

Dou um imenso sorriso falso.

— Isso é o que você diz. Agora, vá vestir um biquíni ou vou encher o seu saco o dia todo.

Ela revira os olhos, mas, felizmente, se vira e vai para a casa.

— Vou preparar algo para a gente comer.

Meu Deus, ela vai me alimentar. Eu gostaria dessa garota só por isso. Porém tenho que me segurar, porque ela não é do tipo que gosta de brincar. Qualquer cara com metade de um cérebro pode ver isso. Ela pode ser durona por fora, mas se parece mais com uma concha frágil. Caramba, ela me lembra o Jax por causa disso. O pensamento me gela por inteiro. Talvez eu devesse dizer a ela para esquecer a coisa toda e ir sozinho.

No entanto, ela enfia a cabeça pela porta aberta.

— Entre aqui. Tenho um monte de coisas pra você levar.

Simples assim, estou fisgado novamente. Há algo nela que não consigo ignorar. Eu me afasto do galpão e vou para as escadas.

— Contanto que você não se esqueça da comida, sou todo seu, senhorita Bell.

libby

A área de praia perto de casa é estreita, situada entre dunas. Ajeito minha toalha, guarda-chuva e cadeira sob o olhar atento e perplexo de Killian.

— É como se você estivesse se preparando para acampar — ele comenta, quando pego o cooler de sua mão e o coloco na sombra atrás da minha cadeira de praia. — Você vai puxar um colchão de ar em seguida? A pia da cozinha?

— Eu gosto de conforto. E prefiro não fritar no sol como um bolinho.

Killian ri baixinho.

— Eu vou ser o bolinho.

Tiro minha camiseta e o short jeans.

— Vá em frente, mas depois não venha chorando para mim se você se queimar. Não vou esfregar *Aloe Vera* nas suas costas. — *Mentira*. Eu ficaria feliz em fazer isso.

— Você vai, Libs. — Sua voz está estranhamente fraca, distraída. — Você só late, baby.

— Baby? Isso não é jeito de me... — Eu olho para cima e deparo com ele me observando. Não com malícia, mas, definitivamente, olhando.

Na mesma hora, sinto vontade de vestir a camiseta novamente. Meu biquíni preto é feito para ser confortável ao invés de sedutor, e cobre tanto quanto meu sutiã e calcinha cobriria. Mas não estou acostumada a um homem vendo tantas partes descobertas minhas. Não tenho vergonha do meu corpo, embora não reclamaria se, de repente, minha bunda diminuísse e os seios aumentassem. Por ter seios pequenos, não preciso usar sutiã todos os dias e nem sequer preencho tudo quando uso um. Algo me diz que Killian viu sua cota de peitos espetaculares. Sei lá por que, fico incomodada por temer não fazer parte dessa lista.

Encaro seus olhos entrecerrados, a expressão indecifrável, e o ar ao nosso redor parece estagnar. Eu me pergunto o que diabos ele está pensando, e meu coração começa a martelar, pequenos zunidos de calor se avolumando na minha barriga.

Não sei quanto tempo ficamos ali, olhando um para o outro como se fôssemos estranhos que se cruzaram nesta praia. Provavelmente, foram apenas alguns segundos, mas pareceram uma eternidade. Então ele pisca, rompendo o feitiço e dá uma olhada de relance para as cercanias da praia. Estamos sozinhos aqui. Embora, ao longe, algumas pessoas estejam caminhando pela costa.

— Vou nadar — anuncia. — Quer vir?

— Você não vai querer seu sanduíche? — Algo no meu peito se aperta, porque sinto que ele está nervoso, como se quisesse fugir.

Killian olha para o cooler e solta um suspiro.

— Certo. Esqueci disso.

Ele se senta ao meu lado na toalha de praia, perto o suficiente para que sua coxa quase esbarre na minha, e posso sentir o calor de seu corpo. Ele tem pernas bonitas e musculosas, com pelos escuros, a pele já profundamente bronzeada.

Não deveria estar reparando esse tipo de coisa, cacete. Eu não deveria estar inquieta, remexendo nos pratos descartáveis.

— Você vem sempre aqui? — ele pergunta.

— Eu visito a praia quase diariamente.

— Com seus amigos?

Seco as mãos suadas nas minhas coxas.

— Não. Sozinha mesmo.

Ele dá uma mordida em seu sanduíche, o olhar focado no mar.

— Sem amigos?

Caramba, o homem é como um cão farejador. Ou um rato pentelho, mordiscando todas as minhas fraquezas. Com essa linda imagem flutuando diante dos meus olhos, abaixo meu sanduíche.

— Não tenho muita vida social aqui. A maioria dos meus amigos são virtuais. — E quando foi a última vez que conversei com algum deles? É um tapa na cara quando percebo que não enviei e-mails a ninguém em meses. E ninguém me enviou um sequer.

Não sou tímida, porém sou introvertida. Sair nunca foi algo que eu gostasse de fazer. Mas quando fiquei tão isolada? Por que não percebi isso? Ou não me importei?

— De qualquer forma, gosto da minha privacidade, fazer minhas próprias coisas... — Sinto um nó na garganta e bebo longos goles da minha limonada.

Não tenho ideia do que Killian está pensando. Ele apenas balança a cabeça e come seu sanduíche em grandes mordidas. Um suspiro de contentamento o deixa antes de olhar para o cooler, com o cenho levemente franzido.

— Aqui. — Entrego outro sanduíche. — Eu fiz três pra você.

Seu sorriso é amplo.

— Eu sabia. Só late.

Não vou sorrir. Não vou.

— Coma seus sanduíches.

— Estou vendo esse sorrisinho aí, Libs.

— Posso pegar de volta a comida.

Ele pega o terceiro sanduíche e o coloca no colo, curvando-se sobre ele de maneira protetora enquanto devora o segundo.

— Você cresceu aqui? — pergunta, depois de engolir um pedaço enorme.

— Não. Cresci em Wilmington. A casa era da minha avó, e ela deixou para os meus pais quando morreu... e eles deixaram para mim. — Aí está. Eu disse em voz alta, e doeu só um pouco. Uma dorzinha chata, como uma dor martelando as costelas. — Eu estava morando em Savannah, mas

ÍDOLO 45

depois... bem, eu só queria ir para casa. Esse era o lugar mais próximo disso para mim.

Killian franze o cenho, a voz agora em tom mais suave.

— Quando eles morreram, Libby?

Não quero responder, mas ficar em silêncio é pior.

— Há pouco mais de um ano. — Eu respiro fundo. — Minha mãe e meu pai saíram para jantar. Meu pai ficou bêbado, mas saiu dirigindo mesmo assim.

Não posso dizer a ele que meu pai sempre estava bêbado em seus últimos dias, sentindo falta de um estilo de vida do qual prometeu renunciar quando nasci. Será que fui a causa das péssimas escolhas do meu pai? Não. Mas, em alguns dias, com certeza era o que parecia. Eu engulo em seco.

— Ele bateu contra uma van com uma família. Matou a mãe naquele veículo, assim como ele e minha mãe.

— Puta merda.

Tento dar de ombros, com indiferença, porém falho.

— Acontece.

— É um lance muito fodido, querida.

Assentindo, vasculho o cooler em busca de outra limonada.

— Liberty? — Sua voz é tão suave e hesitante que eu, na mesma hora, congelo e levanto a cabeça.

Killian massageia a nuca, a mandíbula contraída. Mas ele não desvia o olhar, embora esteja claro que é o quer fazer.

— Eu... Porra... — Ele respira fundo novamente. — Sinto muito. Pela maneira como nos conhecemos. Por estragar o seu gramado e vomitar em cima de você. — Ele fica vermelho, o que é meio fofo. — Mas, principalmente, por forçar você a cuidar de um motorista bêbado.

Ele limpa alguns grãos de areia do joelho.

— Foi uma estupidez do caralho, e... eu não sou esse cara. — Seus olhos escuros estão arregalados e ligeiramente assombrados. — Ou não era até recentemente. Eu só... passei por uns maus bocados nos últimos tempos — conclui, com um murmúrio, antes de franzir o cenho ao encarar o mar.

— E você procurou conforto na bebida. — Não é meu direito criticá-lo, então tento suavizar o tom de voz: — Isso nunca funciona, sabe?

Ele bufa uma risada desprovida de humor.

— Ah, eu sei. — Ele olha para mim, os lábios curvados em um sorriso amargo. — Eu fracassei miseravelmente nesse experimento, é óbvio.

— Se você tivesse fracassado — digo, baixinho —, você estaria morto. Seu rosto empalidece.

— Acho que você está certa — admite, quase em um sussurro.

Ficamos calados por um momento, o barulho das ondas e os gritos de gaivotas ressoando ao redor. Então, entrego meu sanduíche para ele.

— Estou feliz que isso não aconteceu. — *Estou feliz que você esteja aqui. Comigo.* Mas não tenho coragem de dizer isso.

Ele balança a cabeça como se estivesse rindo de si mesmo, mas quando encontra meu olhar, há uma leveza em sua expressão.

— Estou feliz também, Liberty Bell. — Killian se inclina e olha para mim. — Estamos bem agora?

Ele parece tão esperançoso – e um pouco inseguro –, que os últimos vestígios de raiva em relação a ele desaparecem. E isso também me deixa apavorada. A raiva é um muro que construí para me proteger. Eu sei isso. O que não sei é como me proteger da mágoa sem ela. No entanto, quero tentar.

Consigo dar um sorriso.

— Nós estamos bem.

CAPÍTULO CINCO

libby

Nós somos amigos. Nem sei como isso aconteceu. Eu estava preparada para odiar Killian, mas ele atraiu meu interesse com um esforço embaraçosamente pequeno. Talvez porque, conforme o passar dos dias, ele nunca tenha se afastado. De alguma forma, ele sempre está aqui para o café da manhã no dia seguinte, e acaba passando o dia inteiro comigo até anoitecer novamente. Ou, talvez, porque eu tenha passado a desfrutar de sua companhia, esperando, depois, que ele voltasse para mim. Juro, é como se eu estivesse esperando por ele, mesmo em meu sono, meus pensamentos consumidos com todas as coisas relacionadas ao Killian – o que ele está fazendo? O que está pensando agora? Quando vem de novo?

O mais chato é que eu estava perfeitamente contente antes de ele aparecer. Minha vida obedecia a um padrão e era confortável. Confiável. Agora, é tudo menos isso. Tudo é conduzido por esse impulso da expectativa por ele.

Eu digo a mim mesma que não é minha culpa. Acho que não deve existir uma pessoa na face da Terra capaz de resistir ao homem. Killian é um pavão num mundo de pardais. Ele chama a atenção e a mantém. Estranhamente, nem é sobre aparência. Suas feições são ásperas e intensas; ele é bonito, claro, mas nada extraordinário. E, mesmo assim, ele é, porque tudo o que o torna *Killian*, em seu jeito de ser, o ilumina e atrai as pessoas como um farol na escuridão.

A evidência mais concreta de que não sou a única afetada é que a rabugenta Sra. Nellwood está sorrindo para Killian como se ele fosse seu neto favorito, mesmo que o homem esteja vasculhando sua loja e fazendo um barulho enorme.

Killian me arrastou para longe do trabalho e para a cidade. Eu odeio vir à cidade, mas ele choramingou e fez beicinho, então sorriu e cutucou minhas costelas até que concordei em dar uma carona para ele.

— Você não vai me fazer andar tudo aquilo, não é, Libby? — murmurou, com aquele sorriso torto dele, que faz as ruguinhas aparecerem nos cantos de seus olhos escuros. — São o quê? Pelo menos dois quilômetros. Talvez três.

— Você é jovem. Vai sobreviver.

— Sou novo na área. Eu poderia me perder. Quando você menos esperar, estarei morrendo de fome, e em minha condição debilitada, eu poderia ser devorado por coelhos selvagens e raivosos.

— Coelhos? — Eu não queria rir, mas não consegui segurar. — De todos os animais, você vai ser morto por um bando de coelhos?

— Você já olhou nos olhos de um coelho, Libs? Eles estão apenas esperando por uma chance de dominar. Por que acha que eles estão sempre tão nervosos?

— Porque estão assustados, com medo de virarem o jantar de alguém?

— Não. Eles estão planejando. É só uma questão de tempo antes que ataquem. Anote minhas palavras.

Então, aqui estamos nós, na Mercearia Nellwood, com Killian vasculhando todas as prateleiras, com a intenção de, pelo que parece, tocar em tudo.

— Ah, porra — diz ele, arrastado. — Olhe isso, Libs.

Ele pega um boné vermelho e o experimenta.

— O que você acha?

Claro que ele fica bem com isso, mesmo com o cabelo longo e emaranhado.

Na verdade, ele parece um caminhoneiro gostoso. Não ajuda que sua camiseta preta desbotada de *Star Wars* se agarre ao seu peitoral e deixe os bíceps fortes bem à mostra. Fantasias perturbadoras envolvendo um grande caminhão e um estacionamento para caminhoneiros enchem minha cabeça e tenho que me dar um tapa mental para me concentrar no que estamos falando.

Seu sorriso é de felicidade, e não posso deixar de retribuir.

— É totalmente a sua cara. Na verdade, você realmente deveria comprar um de cada cor que eles têm aqui.

Killian aponta para mim.

— Você também vai comprar um.

ÍDOLO

— É... não.

— Isso protegerá sua pele contra a ameaça de queimadura solar que você tanto fala.

Atrás do balcão, a Sra. Nellwood se intromete na conversa:

— Ain, que fofo, cuidando de você. Liberty, querida, quem é o seu rapaz?

Meu rapaz? Afe...

Sob a aba do boné, Killian sacode as sobrancelhas escuras, embora consiga manter uma expressão neutra ao fazer isso.

— Esse é o meu novo vizinho... — Lanço um olhar para ele e percebo que não tenho ideia de qual é seu sobrenome. Bom Deus, deixei um estranho entrar em minha vida. E fiquei muito apegada a ele.

Killian não olha para mim, então está alheio ao meu pânico quando vai até o balcão e estende a mão.

— Killian, senhora. Estou alugando a casa dos Cromley por alguns meses.

A Sra. Nellwood balança a cabeça, sacudindo o coque branco.

— Bem-vindo a Collar Island, Sr. Scott.

Killian franze o cenho, como se estivesse confuso.

— Sr. Scott?

Os pálidos olhos azuis da Sra. Nellwood são perspicazes.

— Pensei que Sr. Scott era o nome no contrato de locação. Estou enganada?

As costas de Killian retesam, em surpresa. É nítido que ele não tinha noção de como uma cidade pequena pode ser intrometida. Ele se recupera rapidamente e dá seu sorriso encantador.

— O Sr. Scott cuidou do aluguel para mim. Eu estava viajando no momento.

É estranho. Observando Killian, tenho a sensação de que ele está dizendo a verdade, no entanto, parece estranhamente perturbado. Talvez ele seja como eu e valorize sua privacidade. Eu não o culpo. Passei todos os verões da minha vida aqui. Ainda sou tratada como uma forasteira e objeto de curiosidade.

Eu me mantenho escondida, desde que me mudei de vez. A ideia de que eles estão apenas esperando que eu cometa um deslize e despeje meus segredos mais íntimos, faz meu maxilar se flexionar. Odeio conversa-fiada, sempre odiei. Detesto o efeito estranho que causa na minha pele, o nó na garganta. Estou melhor sozinha. É por isso que raramente venho à cidade.

Killian está pagando por suas coisas – uma montanha de doces, salgadinhos, refrigerante, bugigangas desnecessárias e o boné – quando o sino sobre a porta faz barulho e um grupo de garotas entra dando risadinhas.

Elas parecem ter dezesseis anos, e me ocorre que eu, realmente, me escondi por um longo tempo, porque não reconheço nenhuma delas. No balcão, Killian se posiciona de costas para as garotas. Eu não teria notado, exceto que minha atenção, aparentemente, está de alguma forma sempre focada nele.

Ele agradece a Sra. Nellwood com um sorriso tenso, e, em seguida, vem na minha direção com pressa. Na verdade, ele não se move rapidamente, mas cada passo dado deixa nítido que sua intenção é a de dar o fora daqui. Por mim tudo bem.

O grupo de adolescente agora está dando gritinhos histéricos no corredor de produtos de maquiagem. Elas, definitivamente, notaram a presença dele ali. As garotas continuam sussurrando, encarando as costas largas de Killian, o que não é surpreendente. Ele é alto e tem o corpo sarado. Um homem estranho bem gostoso. Ele pode muito bem servir de isca em um gancho para a população feminina local.

Fico surpresa, no entanto, quando Killian segura a minha mão e me puxa porta afora. Não surpresa por ele querer sair, mas por fazer isso de uma forma que dá a entender que somos um casal. Em silêncio, caminhamos pela rua principal, e tudo em que consigo pensar é na sensação áspera e quente de sua mão entrelaçada à minha. O domínio que ele exerce sobre mim é seguro, tranquilo, seu passo diminui para coincidir com os meus muito mais curtos.

Minha nossa, eu preciso me controlar. Não posso me apaixonar por esse homem. Nós já estabelecemos um padrão em nosso relacionamento. Ele me provoca, eu bufo uma risada de escárnio. A ideia de ele descobrir que estou atraída por ele faz meu estômago embrulhar. Eu nunca sobreviveria a isso. Nunca.

— Aquele lugar é bem legal — comenta, me tirando do ataque súbito de pânico.

— Acho que nunca ouvi alguém descrever a mercearia como 'legal'. Mas se você gostou, isso é tudo que importa.

Olhando para mim, seus olhos escuros brilham com bom humor, embora as linhas ao redor de sua boca ainda estejam tensas. Ele me dá um empurrãozinho conforme caminhamos.

— Muito magnânimo de você, Libby.

Essa é a outra coisa. Apesar de sua aparência comum de vagabundo rebelde, Killian claramente recebeu uma boa educação. Melhor que a minha, para dizer a verdade. Quero perguntar a ele, mas toda vez que tocamos em algo remotamente pessoal, ele recua e muda de assunto.

— Ah, ei. — Ele para e se posta na minha frente enquanto procura algo na sacola. — Peguei uma coisa para você.

— Ah, puta que pariu — deixo escapar quando ele levanta um boné de caminhoneiro parecido com o dele, só que roxo.

— Ah, Libby, não reclame até você experimentar.

Antes que eu possa fugir, ele coloca o boné na minha cabeça. Ele está tão perto de mim que quase me vejo envolta em um abraço quando ele ergue os braços para ajustar a aba. Perto o suficiente para que eu sinta o leve perfume do sabonete em sua pele. Perto o suficiente para que um suave fluxo de calor caia sobre mim, a ponto de eu ter que me esforçar para não me aconchegar a ele.

— Prontinho — diz ele. — Você está...

Ele fica em silêncio. O som da minha própria respiração, e a dele, se torna audível. Com vergonha, olho para cima. Ele está mordendo o lábio inferior em concentração, aqueles dentes brancos e alinhados fazendo pequenas marcas na boca carnuda e exuberante.

Olhos da cor de café encontram os meus, e meu coração martela com força em resposta. Estremeço, e meu corpo aquece tão rápido que estou surpresa por não ter começado a suar. Quero desviar o olhar, mas não consigo. Ele olha para mim como se estivesse confuso, os lábios se entreabrindo ligeiramente.

Meus próprios lábios parecem inchar, o sangue pulsando através deles. Quero pressioná-los aos dele e aliviar essa dor estranha. No entanto, não me movo.

Desesperadamente, tento pensar no que estávamos dizendo, onde estamos. Pigarreio de leve.

— Estou o quê? — Minha voz sai rouca.

Killian pisca, as sobrancelhas escuras agora franzidas. Ele umedece o lábio inferior, e quando fala, sua voz profunda também soa com rouquidão:

— Fofa — dispara. — Você fica linda com esse boné.

O toque suave dos seus dedos ao afastarem uma mecha do meu cabelo do rosto me faz tremer.

— Pensei que seus olhos eram cinza — diz ele, ainda sem se afastar. Não, ele está se inclinando, a respiração enviando uma suave carícia sobre os meus lábios. — Mas eles parecem verdes agora.

A observação me dá forças para romper o contato visual. Dou um enorme passo para trás e olho para um ponto ao longe, sentindo a angústia comprimir meu coração.

— Eu tenho os olhos da minha mãe. Eles mudam de cor dependendo da luz. Cinza, verde, azul. — Não quero pensar nos olhos da mamãe. Ou que a única maneira de ver algo próximo a eles agora é olhando no espelho.

Killian coloca a mão no meu cotovelo, com a expressão melancólica.

— São lindos. — Ele parece estar prestes a dizer algo mais, porém o grupo de garotas sai da loja em outra onda de risos.

Dou uma olhada de relance para elas e as vejo olhando para nós. Não, para nós, não. Para ele. Cabeças inclinadas juntas, as meninas espiam Killian e franzem os cenhos.

Estou prestes a franzir as sobrancelhas quando Killian toca a aba do meu boné com um toque brincalhão.

— Vamos, pequena caminhoneira, nós temos lanches para comer.

Ele segura minha mão de novo, me puxando com ele. O simples fato de nunca olhar na direção das meninas me faz acreditar que ele está tentando evitar de alguma forma a interação.

— Você conhece alguma delas ou algo assim? — pergunto, quando seguimos rumo à minha caminhonete.

— Quem?

— Não se faça de desentendido. Não é o seu tipo. Você está se afastando daquele grupo de garotas como se suas bolas estivessem pegando fogo.

— Parece um lance doloroso. — Ele estremece. — Na verdade, nunca fale sobre minhas bolas estarem pegando fogo novamente. Adicione isso à nossa lista de proibições.

— Killian, aquelas garotas. Você conhece alguma delas?

— Eu tenho vinte e sete anos. Por que eu conheceria algumas adolescentes aqui? Ou em qualquer lugar? Isso me tornaria algum tipo de esquisitão.

— Não sei por quê. Mas elas estavam olhando para você como se te conhecessem. E você está claramente as evitando.

— Agora, quem está bancando a detetive?

Paro do lado da porta do passageiro da caminhonete. Ele solta a minha mão, mas se vira de frente para mim com o semblante fechado. Eu faço o mesmo.

ÍDOLO 53

— Anda logo. Me conta. O que está acontecendo?

Ele cede, bufando.

— Certo. Apenas... entre na caminhonete, tudo bem?

Gesticulo para a porta, já que sou eu quem está dirigindo. Ele rosna baixinho e abre a porta, jogando suas sacolas no banco de trás.

Somente quando estamos quase chegando em casa é que ele fala:

— Beleza. Não, eu não conhecia aquelas garotas. Mas acho que elas podem ter me reconhecido. Ou estavam tentando descobrir se me conheciam. — Ele franze a testa e esfrega o queixo. — Eu não deveria ter raspado a barba.

— Quem é você e por que essas garotas te reconheceriam? — Jesus, ele é algum criminoso infame que foi solto por alguma brecha na lei? — Killian é seu nome verdadeiro?

Eu pareço um pouco em pânico e ele me dá um olhar apaziguador.

— Sim, é meu nome verdadeiro.

A caminhonete sacode quando passo por um buraco, e Killian se segura no apoio da porta.

— Olha, você pode parar enquanto conversamos sobre isso? Prefiro não acabar em uma vala.

— Tudo bem. — Pego o acesso para uma praia pública. O oceano Atlântico se estende à nossa direita, uma faixa escura brilhando sob a luz solar.

Killian olha para o sol.

— Meu nome é Killian James.

Eu olho para ele, tentando entender por que o nome soa tão familiar. E então a percepção me atinge com tanta força que chego a ofegar. Eu devo ter feito isso sem a menor classe, porque ele se vira para mim com o olhar cauteloso.

Killian James. Vocalista e guitarrista da Kill John. A maior banda de rock do mundo, porra. Ah, meu Deus, eu quero rir. Surtar aqui e agora. De todos os homens que o destino poderia colocar no meu caminho. Um roqueiro. E não apenas qualquer roqueiro – uma das maiores estrelas da nossa geração.

— Você tem mãos de guitarrista — comento, baixinho, como se isso importasse.

Suas sobrancelhas se arqueiam, provavelmente, temendo que perdi a sanidade.

— Quando você apertou minha mão, notei os calos — acrescento, ainda meio confusa. Caracas, Killian James está no meu carro. — E eu me perguntei se você era músico.

Ele olha para as mãos e acena com a cabeça.

— Sim. Eu sou. — Solta uma risada.

Calor aquece minhas bochechas. Eu me sinto uma idiota por não tê-lo reconhecido antes. Em seguida, vem a mágoa por ter escondido isso de mim. Por que por que diabos eu o reconheceria? Eu mal entro nas redes sociais. Conheço a voz dele, as músicas, mas o rosto? Não muito. E ninguém espera que um deus do rock caia em seu gramado. Bêbado e todo desgrenhado.

— Por que você está aqui? — murmuro.

Ele recosta a cabeça no suporte do assento.

— Jax. Eu não consegui lidar... — Ele morde os lábios, as bochechas vermelhas.

Jax, o outro vocalista da banda. Agora, essa história eu sei. Principalmente, porque passava no noticiário noturno. No ano passado, John Blackwood, Jax, como o mundo o chama, tentou cometer suicídio por overdose de pílulas para dormir.

Isso veio a público e foi o caos. E do pouco que ouvi sobre o assunto, sua tentativa tinha destruído a banda.

— Killian... — Estendo a mão, mas ele se afasta, se curvando para frente.

— Eu que o encontrei, sabia? — Ele olha para o nada. — O meu melhor amigo. Tão chegado quanto um irmão. Pensei que ele tivesse morrido. Depois disso... Nós estávamos destruídos. Nada parecia real ou seguro mais. E eu precisava me afastar.

— A bebedeira? — pergunto, baixinho.

O olhar escuro e assombrado encontra o meu.

— Era o aniversário do dia fatídico. No caminho até aqui, parei em um bar. — Ele balança a cabeça. — Não estava pensando direito. Não estava pensando em nada.

Meu coração dói por ele.

— Sinto muito pelo seu amigo. E pelo seu sofrimento também.

Ele acena, mas, mesmo assim, franze o cenho e encara a estrada adiante.

— Então agora você sabe.

O silêncio toma conta do carro. Quero encará-lo, e não consigo evitar. Killian James, porra. No meu carro.

Não sou uma dessas fãs que sabe de cor tudo sobre seus membros favoritos da banda e segue cada movimento deles. Mas eu amo música. É algo pessoal para mim, parte da minha vida e meu legado. Tenho todos os álbuns da Kill John. Acontece que, além de ver fotos do Jax no noticiário, não tenho ideia da aparência dos outros membros da banda – eles nunca expõem seus rostos nas capas dos álbuns. Eu quero perguntar a Killian sobre isso. Sobre um milhão de coisas.

Mas fico calada. Ligo o carro e saio para a rodovia.

— Vamos comer alguma besteira agora. E, depois, vou cozinhar pra você os famosos bolinhos de frango da minha avó.

Posso jurar que o ouvi dar um suspiro. Quando ele fala, seu tom de voz soa como o velho e encantador Killian:

— Ótima ideia, Liberty Bell.

Fiel à minha promessa, faço os bolinhos de frango para ele, assim como uma torta de pêssego para a sobremesa. Cozinhar ajuda a me distrair. E eu preciso disso essa noite. Parece que um enxame de abelhas resolveu morar na minha barriga, voando e duelando pela supremacia no pequeno espaço. Eu me vejo colocando uma mão contra o estômago ao longo da noite, tentando acalmar a sensação.

Não sei mais como agir. Por que ele está aqui comigo, quando poderia sair com qualquer pessoa? Sério, tenho dificuldade em pensar em qualquer pessoa rica e famosa que recusaria sua companhia. Eu? Eu sou rabugenta, introvertida e simples. Uma mulher bem chata que se esconde em casa. E isso é um fato. No entanto, me incomoda que eu questione o meu valor. Mas não posso me livrar disso. Eu não o entendo.

Por sua vez, Killian está calado essa noite, como se estivesse cansado. Mesmo assim, ele não vai embora. Continua sentado tranquilamente à mesa da minha cozinha, me observando com um olhar enigmático.

Isso me deixa mais nervosa ainda e me vejo andando de um lado ao outro, como uma barata tonta, para pegar isso ou aquilo.

Eu faço de novo e Killian bufa uma risada.

— O quê? — sonda, encontrando seu olhar.

Ele aponta um dedo acusador para mim.

— Você está agindo de forma estranha.

Congelo no ato de encher sua xícara de café já cheia.

— Merda. — Estremeço e me sento. — Eu estou mesmo.

— Bem, então pare com isso. — Sua mandíbula se contrai quando ele abaixa o garfo. — Está me irritando.

— Me desculpa. — Ergo as mãos em um gesto impotente. — Não é a minha intenção. É só que continuo pensando nisso. — Ele é Killian James. Na minha cozinha. Surreal.

Ele me encara com os olhos que parecem ver através de mim.

— Você não, Liberty — diz ele, em voz baixa e áspera. — Tá bom? Só... você não.

Meu coração martela no peito.

— C-como assim?

Killian apoia os antebraços na mesa, a expressão cansada.

— Você já me pesquisou no Google?

— Não. — Meu tom sai meio irritado. Tudo bem, estou sendo um pouco ridícula, mas não nesse nível. — Imaginei que me contaria sobre você mesmo... se quisesse.

Ele me dá uma espécie de sorriso mal-humorado, como se quisesse aliviar o clima, mas sem conseguir.

— Minha mãe é meio famosa. Ela era uma top model. O nome dela é Isabella. — Seus lábios se contraem. — E ela só aceita que a chamem de Isabella.

— Aquela Isabella? — digo, boquiaberta. Ele me dá um olhar de soslaio.

— Sim, a própria.

Isabella Villa, supermodelo famosa e segunda geração cubano-americana. Ela é linda, tem a pele bronzeada perfeita, maçãs do rosto salientes, olhos escuros luminosos e cabelo negro e sedoso. Killian tem seus olhos, o mesmo tom de pele, seu carisma. Ele deve ter herdado os traços do rosto de seu pai, porque Isabella é tão delicada quanto uma boneca.

— A foto dela estava em toda parte quando eu cursava o ensino médio — comento.

Ele esfrega a nuca, enrugando o nariz de leve.

— Sim. Agora, tente ser um adolescente com todos os caras ostentando a foto da sua mãe pendurada nos armários.

A imagem icônica de Isabella vestindo um sutiã de diamante e calcinha, com asas brancas de anjo, esvoaçando às costas, enquanto percorria a passarela me vem à mente. Não sou nem bi e achei essas fotos irresistíveis.

ÍDOLO 57

— Aposto que você se envolveu em muitas brigas.

Um sorriso fugaz cintila em seus olhos.

— Você não faz ideia. — Com uma risada sombria, ele balança a cabeça. — A coisa é que ela é uma boa mãe. Amorosa, mas um pouco inconstante.

— E seu pai?

— Killian Alexander James, o segundo. — Ele me lança um olhar irônico. — Eu sou o terceiro. Meu pai é empresário; conheceu a minha mãe em uma festa beneficente. Eles eram bons pais, Libs. Bem, tão bons quanto poderiam ser. Só que também estavam sempre ocupados e viajavam muito. Minha avó cuidava de mim a maior parte do tempo. Ela foi ótima, sabe? Não aceitava minhas merdas, sempre me mantinha com os pés no chão, me obrigava a fazer as minhas tarefas, me ensinou a cozinhar, esse tipo de coisa.

— Ela parece ser adorável.

Killian acena com a cabeça, mas não está focado em mim.

— Ela morreu há dois anos. E ainda sinto falta dela. Foi ela quem me incentivou a começar a banda. Porra, ela que nos incentivou a continuar. Nós praticávamos e ela ouvia. Mesmo quando a gente tocava mal pra caralho, ela nos elogiava. — Ele olha para frente, o semblante fechado. — Quando o nosso álbum se tornou disco de platina, ela foi a primeira pessoa que fui ver.

Ele para de falar, apenas franze o cenho enquanto encara a mesa da cozinha. E eu me vejo esticando a mão para ele. Ao toque dos meus dedos nos dele, Killian olha para cima.

— Ela corria de um lado ao outro pelo apartamento em que praticamente me criou, limpando o sofá para mim, correndo para me pegar café e pão. Minha *abuelita* — ele sussurra, se inclinando. — Como se eu fosse a porra do presidente ou algo assim.

Meus dedos se entrelaçam aos dele.

— Eu sinto muito, Kill.

Ele segura a minha mão, mas parece não me ver.

— Eu me sentei lá no velho sofá de dois lugares onde fiz xixi quando tinha dois anos, enquanto ela dava risadinhas, e eu sabia que minha antiga vida tinha acabado. Eu nunca mais seria o mesmo. Não importava o que eu quisesse, haveria uma linha divisória entre o mundo e a pessoa em quem eu me tornaria.

— Killian...

— Nem tudo é ruim, Libby. Estou vivendo o sonho. — Seus lábios tensionam. — Mas é solitário pra caralho, às vezes. Você começa a se perguntar quem você é e o que deveria ser. E eu acho... merda, eu sei por que Jax não aguentou as coisas.

Seus olhos encontram os meus.

— Eu não queria te contar quem eu era porque você olhou para mim como se eu fosse apenas outro cara qualquer.

— Mais como se você fosse um pé no saco — corrijo, com um sorriso.

— Sim — ele diz, suavemente. — Isso também.

— Ok, então pode ser que eu tenha ficado um pouco deslumbrada... mas ainda acho que você é um pé no saco.

— Promete? — A preocupação em sua voz, em seus olhos, faz com que eu aperte sua mão novamente.

— Meu pai era um guitarrista de estúdio — digo a ele. — Tocava como apoio em sessões de gravações para muitas bandas enormes nos anos noventa. — Killian se sobressalta, surpreso, mas prossigo antes que ele possa falar: — Minha mãe era *backing vocal*. Foi assim que eles se conheceram.

— Caralho, isso é incrível.

— Sim, eles achavam que eram. — Eu ainda acho.

O sol nascia e se punha na minha mãe e no meu pai. Eles faziam um dueto e a alegria me inundava. A música sempre foi uma parte da minha vida. Uma maneira de se comunicar. O silêncio entrou no meu mundo quando eles morreram.

O vazio ameaça me puxar para baixo. Eu me concentro no presente.

— O problema é que meu pai estava sempre por perto de pessoas famosas. Ele nunca pensou muito sobre isso. Era um talento que ele respeitava, até mesmo por ética de trabalho. Mas um dia, David Bowie veio para uma sessão e meu pai, literalmente, caiu da cadeira. Não conseguia tocar merda nenhuma, ele estava superdeslumbrado. Porque Bowie era um ídolo para ele.

Killian ri.

— Eu posso imaginar isso.

— Você já conheceu alguém de quem é fã? — pergunto.

— Tantas pessoas — ele admite. — Eddie Vedder foi o mais importante. Acho que fiquei sorrindo como um idiota por uma hora. Ele é um cara legal. Bem de boa.

— Bem, aí está. Você é meu Bowie, meu Eddie Vedder.

Começo a afastar a mão, mas ele a segura com firmeza e eu, finalmente, vejo o brilho em seus olhos.

— Você gosta mais de mim do que do Eddie.
— Se você diz, querido.
Mas ele está certo. Estou começando a achar que gosto mais dele do que de qualquer outra pessoa.

Killian pede uma segunda fatia de torta quando nos sentamos no chão e analisamos os discos antigos do meu pai. Estou determinada a não agir mais como uma louca.
Nós ouvimos Django Reinhardt, um dos favoritos do meu pai.
— Sabe, ele só tinha o movimento de três dedos na mão esquerda — digo a Killian, conforme balançamos nossas cabeças ao som de *"Limehouse Blues"*.
— Um dos maiores guitarristas de todos os tempos — ele concorda, e, em seguida, pega outro álbum da pilha que coloquei no tapete entre nós. — *"Purple rain"*. Agora, fale sobre um guitarrista brilhante pra caralho. Prince era um monstro, tão... natural, mas com uma alma tão foda.
Descansando a cabeça na minha mão, dou um sorriso.
— Você já viu o álbum original?
Suas sobrancelhas se unem.
— Não.
Meu sorriso se alarga ainda mais quando ele tira o disco da capa e seus olhos se arregalam.
— É todo roxo!
O jeito que sua voz profunda sai quase como um gritinho me faz rir.
— Sim.
Eu tive a mesma reação quando tinha oito anos e o encontrei. Meu pai brigou comigo quando me pegou o usando como uma bandeja de chá para minhas bonecas.
Com cuidado, Killian coloca o disco roxo de volta na capa.
— Acho incrível que você tenha crescido com a música desse jeito. Minha família sempre gostou, mas não com o mesmo amor intenso que eu.
Murmuro um reconhecimento, mas a tristeza segura minha língua. A vida tem sido tão silenciosa desde que meus pais morreram. Muito silenciosa.

Nunca pensei em como virei as costas à simples alegria de amar a música e o quanto isso me afetou.

Estou tão distraída com meus próprios pensamentos que não vejo Killian pegando a caixa de arquivos preta até que ele já esteja a abrindo.

— Não, não... — Minhas palavras vacilam quando ele levanta uma pilha de papéis.

Seu olhar passa na primeira página.

— O que é isso?

Ai, pelo amor de Deus, me mate agora. Só... me leve para fora e atire em mim. Sinto um calor descomunal por todo o corpo.

— Nada. Só rabiscos.

Eu tento pegar a pilha de sua mão, mas ele me evita com facilidade ao esticar um de seus braços estranhamente longos, segurando meu ombro com uma força estranhamente bizarra.

— Espera. — Um sorriso começa a curvar seus lábios, e ele usa um polegar para folhear algumas das primeiras páginas. — São músicas. — O olhar escuro se move para encontrar o meu, com um brilho de surpresa iluminando sua expressão. — Suas músicas.

— Como sabe que são minhas?

— Você escreveu seu nome no topo de cada página.

Eu me deito no chão e cubro os olhos com o antebraço.

— Elas *eram* confidenciais.

O silêncio me cumprimenta, mas não me atrevo a olhar. Estou tão exposta agora. Pior do que estar pelada. Ficar pelada com Killian pelo menos resultaria em prazer. Agora, isso? Tortura. Engulo em seco e cerro os dentes.

Sinto o piso ranger, seguido de seu calor me inundando. Seu toque é gentil quando ele descobre meu rosto e sorri para mim.

— Elas são ótimas pra caralho. Por que você está envergonhada?

— Você acabou de ler o equivalente do meu diário. Por que eu não ficaria envergonhada?

— Você está certa. Sinto muito.

— Engraçado, não parece que você sente.

Ele morde o lábio inferior, claramente tentando conter a diversão.

— Bem, quando eu encontro um diário como esse? — Ele segura minha pilha de músicas um pouco mais alto. — Como eu poderia estar? É como encontrar um unicórnio.

ÍDOLO

— Gosta de unicórnios, é?

— Rá-rá. Pare de se esquivar. — Killian cruza as pernas diante dele e continua folheando minhas músicas como um nerd que encontrou um capítulo perdido de O Senhor dos Anéis. — Por que você não me disse que escrevia músicas?

Eu me inclino e puxo os papéis de suas mãos.

— É algo que fiz quando era mais jovem. Um passatempo. — Algo que meus pais deixaram bem claro que era um beco sem saída.

— A última tem apenas alguns anos. — Sua expressão nubla ao me observar guardar os papéis e fechar a tampa da caixa de arquivos. — Não é nada para se envergonhar, Libs.

Com um suspiro, pressiono as mãos na tampa da caixa.

— Eu sei. Honestamente, não penso nelas há um bom tempo. Okay, depois que me disse quem você realmente era, elas entraram na minha mente. Mas eu não queria que você tivesse ideias.

— Ideias?

Não consigo olhar para ele.

— Você me falou para não ficar estranha com você, agorinha há pouco. De jeito nenhum eu ia dizer: "Ei, escrevi essas músicas!" Sei lá, como se fosse uma estratégia de vendas ruim. Eu não faria isso com você, Killian.

— Libs. — Ele toca meu braço, então sou forçada a encontrar seu olhar. — Eu nunca acharia que você estava fazendo isso.

Concordo com um aceno de cabeça.

— De qualquer forma, isso realmente não é grande coisa. Foi por diversão.

Ele faz uma careta, como se ainda quisesse fazer uma série de perguntas que não quero responder.

O pânico aperta meu peito.

— Estou falando sério. Podemos, por favor, esquecer isso?

Killian respira fundo.

— Okay, Libby.

Ele olha ao redor, perdido. Estou me sentindo do mesmo jeito. Mas antes que possa ficar mais estranho ainda, ele dá de ombros e volta a folhear os discos como se nada tivesse acontecido.

Eu fico muito grata, e minha visão embaça antes de eu piscar e afastar as lágrimas.

— Ah, mano, *Nevermind*. — Ele segura o álbum do Nirvana e vira para ler a parte de trás. — Caramba, eu me lembro de quando Jax e eu descobrimos o *Grunge*. Era tipo essa linda raiva e um perfeito desdém. O poder por trás disso, como uma onda sonora que cai sobre você, te derrubando. — Ele sorri amplamente. — Escutamos, estudamos e depois fizemos essas tentativas horrendas de copiá-lo.

Agora deitada de bruços, descanso meu queixo na palma da mão. Por dentro, ainda estou um pouco abalada, mas falar sobre figuras lendárias é mais fácil. Chega quase a ser confortável.

— Você não copiou. Você encontrou sua própria voz.

O Nirvana tinha *"Smells Like Teen Spirit"*. Kill John tem *"Apathy"* – o grito de guerra de nossa geração. *"Apathy"* é tão forte e agitada quanto *"Teen Spirit"*, mas há mais dor, menos raiva. Um questionamento do porquê estamos aqui. Uma canção que fala sobre a solidão e se sentir inútil.

— Quando meus pais morreram — digo, em voz baixa —, ouvi *"Apathy"* sem parar por uma semana consecutiva. Fez eu me sentir... eu não sei, melhor, de alguma forma.

Os lábios do Killian se abrem em surpresa, seu olhar percorrendo meu rosto.

— É? — Sua voz é suave. — Fico feliz, Libs.

Ele estende a mão como se temesse que eu o morda. Mas ele é corajoso. As pontas dos seus dedos traçam minha bochecha. Minhas pálpebras se fecham sob o som de sua voz baixa e rouca:

— Se eu estivesse com você na época, gostaria de ter lhe dado consolo.

O calor se alastra pela minha barriga, se espalhando de dentro para fora. Eu desejaria que ele tivesse dado. Pigarreio de leve e me obrigo a abrir os olhos.

— Então, eram só você e o Jax no começo?

Killian apoia a mão em sua coxa.

— Sim. Nós crescemos juntos e depois fomos para o mesmo colégio interno. Nós conhecemos Whip e Rye lá.

Não consigo conter o riso.

— Não consigo te imaginar em um colégio interno.

Killian faz uma careta.

— Eu era um santo, sabia? Boas notas. Seguia as regras.

— Então, como você se tornou uma estrela do rock?

Ele abaixa a cabeça, meneando de leve.

— Não me considero uma estrela do rock. Eu sou um músico. Sempre amei música, amo fazer música.

— Se você ama fazer música — sondo —, por que, então, está aqui? Por que não em um estúdio?

Seu semblante se fecha.

— Você não me quer aqui?

Quero você de qualquer jeito que eu possa te ter.

— Aqui é o lugar menos provável que alguém na face da Terra esperaria que você estivesse. — Olho para ele. — É por isso? Você está se escondendo?

Ele bufa uma risada.

— Credo, Libs. Por que esse interrogatório?

— Não é um interrogatório — respondo, calmamente. — É uma pergunta legítima. Você ficando todo estressadinho só prova que toquei num ponto fraco.

Killian fica de pé, me fuzilando com o olhar.

— A maioria das pessoas deixaria isso pra lá.

— É, eu sou irritante assim. — Eu o encaro de volta.

Ele solta um suspiro, entrelaçando as mãos à nuca.

— Eu não sinto a música, tudo bem? — Seus pés descalços fazem barulho no piso conforme ele anda de um lado ao outro. — Não quero cantar. Não quero tocar. É só... um vazio.

— Quando foi a última vez que você tentou?

Ele abre bem os braços, irritado.

— Não quero tentar agora. Eu só quero ser eu. — Ele faz uma pausa, olhando para mim por cima do ombro. — Está tudo bem pra você? Posso ser eu apenas por um segundo?

Eu olho para ele por um longo momento, depois me levanto.

— Você pode ser o que quiser. A pergunta é: você está feliz?

— Quem é você para falar? — ele dispara de volta, vindo em minha direção. — Me diga agora que não está se escondendo da vida nessa casa velha. Jesus, você é uma jovem mulher que vive como uma idosa. Nem sequer quer falar sobre seu talento oculto. Na boa, não seria surpresa alguma se preferisse que eu pensasse que você faz coleção de pornografia.

Um tremor se instala no fundo da minha barriga, frio e forte.

— Não quero brigar com você — digo, baixinho. — Só quero que você seja feliz. E acho que você não está.

— É, bem, a mesma coisa vale pra você, gata.

— Tudo bem, agora estou irritada.

Ele bufa, com as mãos nos quadris, me encarando.

— Obrigado pela atualização. Eu não tinha percebido.

— Vá se foder, Killian.

Sua mandíbula se flexiona quando ele range os dentes.

— Quer saber? Foda-se. Aqui vai a verdade: eu não estava feliz... até conhecer você.

Eu, literalmente, oscilo em meus pés, quase explodido com sua sinceridade. Suas mãos cerram em punhos conforme ele dá um passo para frente.

— Estou aqui há quase dois meses. E eu nunca fico em um lugar por tanto tempo. Por que você acha que ainda estou aqui? Por causa da paisagem? Não. É porque não quero te deixar.

— Eu... eu não... Você não deveria... — Engulo em seco.

Não, não, não. *Nunca se apaixone por um músico*. Não é isso que minha mãe sempre disse? Eles vão partir seu coração do mesmo jeito com que sempre estão pilhados pelo próximo show.

A boca do Killian se contrai.

— Isso é real demais para você? Que choque.

Estremeço com a amargura em seu tom e tento falar com calma:

— O que você faz, como toca as pessoas no mundo inteiro, eu só posso sonhar em como deve ser.

Ele bufa novamente, mas eu continuo:

— Eu tenho seus álbuns. Ouvi você cantar. Há muita vida na sua música. Deus, as pessoas matariam para ter esse talento, esse poder de transmitir tanta emoção. E eu... — Balanço a cabeça. — Eu te esconder aqui, ou por trás da nossa amizade... Não posso fingir que é certo, Killian. Eu não seria uma boa amiga para você se fizesse isso.

Ele fica em silêncio por um longo momento, o rosto inexpressivo. Então ele dá um aceno curto.

— Entendido. — Ele olha ao redor como se, de repente, tivesse acordado e não soubesse onde está. Seu olhar desliza por mim, mas se desvia em seguida. — Está ficando tarde. Eu vou embora.

Antes que eu possa dizer qualquer coisa, ele sai. E preciso me segurar para não pedir que ele volte.

CAPÍTULO SEIS

killian

Eu me mantenho afastado de Liberty pelos próximos dias. Não tenho certeza do que fazer, mas fico distante até me acalmar. Ela acertou um ponto fraco quando falou a verdade – droga. O pior foi quando ela alegou que não queria que eu a usasse como uma desculpa para ficar.

Desculpa? A última coisa que vejo em Libby é uma desculpa para me esconder. Por pouco eu não a beijei quando ela olhou para mim com olhos arregalados sob aquele boné horroroso. Porra, há dias eu quero beijá-la. Toda vez que olho para ela. Normalmente, eu não hesitaria em agir, mas nada sobre o meu relacionamento com Libby é normal.

Não sou de passar tanto tempo assim com garotas. Não passo tanto tempo assim com ninguém. É compor, tocar, gravar, fazer turnê, transar, dormir. O mesmo disco antigo rodando e rodando. Eu costumava sair com os caras, mas isso diminuiu assim que ganhamos o disco de platina. Nenhum tempo livre e muita atenção em nós quando estávamos em público fizeram isso.

Sou um cantor e guitarrista multimilionário de 27 anos, da maior banda de rock do mundo, e não faço ideia de como me relacionar com uma mulher. Dá até vontade de rir. Só que não acho a menor graça.

Porque quero Liberty Bell para mim.

Caralho, eu sabia que estava em apuros quando ela tirou a roupa, expondo aquele biquíni preto, e, de repente, meu pau ficou duro. É nítido que ela tenta se esconder por trás das roupas que usa, porque seu corpo é lindo. Ela não é uma modelo perfeita. E olha que eu já peguei muitas modelos perfeitas. Em algum momento, corpos se tornam apenas corpos. A atração é uma criatura totalmente diferente.

A bunda redonda e firme de Liberty, a cintura estreita e os pequenos peitos empinados fazem isso por mim. Nossa, os peitos dela. Eles caberiam perfeitamente nas minhas mãos, aquelas pontas doces apontando para cima, apenas implorando para serem chupadas.

Naquele dia, na praia, eu queria tanto colocar minhas mãos e boca neles, que quase corri para o oceano para não partir para cima dela.

Então, sim, estou com problemas. Ela ficou chocada quando descobriu quem sou e, mesmo sabendo que ela ainda gosta de mim por mim, quando tento visualizá-la entrando no meu mundo, eu fraquejo. Não porque ela não se encaixaria. Mas porque tudo o que sei sobre Libby me diz que ela não iria querer isso. Quando ela abaixa a guarda, vejo que também gosta de mim. Mas ela está lutando contra isso, criando muros ao redor quase desesperadamente. O que um cara deveria fazer?

Por isso, coloquei alguma distância entre nós da maneira mais literal possível.

Depois de pegar minha moto de volta da oficina, resolvo fazer uma longa viagem pelo litoral, me hospedando em hotéis baratos, pegando a estrada assim que acordo, comendo quando estou com fome. É lindo, relaxante. Solitário. Eu sinto a falta dela. O que é estranho, já que a conheço há pouco tempo. Mas eu a conheço bem. Depois de passar semanas juntos, conheço tudo sobre Libby.

Eu sei que, embora ela faça os melhores biscoitos do mundo e a torta de pêssego perfeita — comida que me faz gemer de prazer —, Libby gosta de comer macarrão com molho *barbecue* e manteiga, o que é repugnante. Sei que ela adora o desenho do *Scooby-Doo* e realmente fica com medinho durante as cenas "assustadoras".

E ela me conhece. Ela sabe que o primeiro show que fui era da Britney Spears, não o do The Strokes, como o público pensa — embora, bem que eu queria que fosse verdade. Ela sabe que odeio feijão, não por causa do sabor, mas porque não suporto mastigar a pelinha que os recobre.

Nós nos conhecemos. Podemos falar sobre qualquer coisa ou sobre nada. Nunca fica chato. Libby é minha caixa de ressonância. Quando estou por perto, fico, de repente, em uma frequência diferente. E não me importo se isso é brega. É a verdade.

Não posso mais ficar longe. Se tudo o que posso ter dela é amizade, terei que aceitar.

Leva o dia inteiro para eu voltar para casa. Quando piloto pela longa estrada dupla em direção às nossas casas, o céu está se transformando em uma cor de azul com esfumado rosa. Minha casa está imersa em sombras. Luz emana da janela de Libby, iluminando o gramado. Avisto sua silhueta pela janela da cozinha, imaginando que ela esteja cozinhando algo incrível.

À medida que minha moto se aproxima do cruzamento na estrada, onde um caminho me leva para ela, e o outro para a minha casa, sinto a angústia apunhalando o peito. Quero tanto ir para a casa da Libby; quero sentar em sua cozinha com cheiro gostoso de comida, ouvir o barulho das panelas e frigideiras enquanto ela fala sobre nada em particular, e observar a maneira eficiente como ela se move em seu espaço.

Eu quero isso.

Ao invés disso, me dirijo para a minha casa. E isso dói.

Depois de um banho, pego uma cerveja e me sento na grande cadeira de balanço na varanda. Em seguida, checo o celular que deixei, de propósito, na pequena mesa lateral.

Cinco chamadas perdidas de Scottie e uma mensagem:

> Jax está pronto. Volte para NYC.

Bem, pela primeira vez, *eu* não estou pronto. Envio uma mensagem para Scottie esperando que ele não me incomode.

> A turnê só começa em um mês. Nós temos tempo.

Sua resposta é imediata.

> Os caras querem voltar. Eles estão me pedindo para agendar alguns shows antes.

Porra. Uma parte minha está irritada por eles mesmos não terem me ligado. No entanto, não tenho sido exatamente comunicativo. E todos nós sabemos que a melhor maneira de fazer com que qualquer um de nós faça alguma coisa é falando para o Scottie.

Massageando a nuca, penso no que fazer. Libby está certa: eu não posso me esconder para sempre. Mas não estou pronto para ir embora. Ainda não. Decidido, envio uma última mensagem para o Scottie:

kristen callihan

> Ligo pra você daqui a alguns dias.

E então desligo o celular.

A noite está abafada, a cerveja gelada. Acima do zumbido das cigarras vem o som de um violão. É uma versão acústica de *"You're The One"*, do *The Black Keys*. Deve ser uma nova gravação, porque nunca a ouvi antes.

Então percebo que não se trata de uma gravação. A música está sendo tocada ao vivo. Libby está tocando violão. É claro que é a Libby, a garota filha de músicos, que escreve canções de uma beleza poética ímpar e as esconde como um segredo perverso. Claro que ela esconderia isso de mim também.

Quero ficar puto, mas o som me distrai. Os pelos dos meus antebraços se arrepiam quando me sento mais ereto. Ela é boa. Muito boa. Seu estilo é suave e calmo, não é igual ao meu, pesado e denso. *Folk* demais para o meu rock. Mas eu gosto disso.

Meus dedos se contorcem com o desejo de pegar meu violão. Pela primeira vez, em meses, quero tocar. Foda-se, eu *preciso* tocar, dar o ritmo para sua melodia, ou a melodia para o ritmo dela. Descobrir o que ela pode fazer.

Ela se encaixa em *"The Last Day of Our Acquaintance"*, da Sinead O'Connor.

É uma música mais antiga, que não ouço tanto. Mas Rye desenvolveu uma paixão enorme por O'Connor depois que assistiu ao clipe de *"Nothing Compares 2 U"* em algum documentário dos anos 90; foi preciso um esforço da nossa parte para fazermos com que ele parasse de ouvir a música. Tenho certeza de que agora sua garota dos sonhos tem a cabeça raspada.

Lembranças do Jax jogando um sanduíche de salame no Rye, em nosso ônibus, depois que *"Mandinka"* tocou pela quinquagésima vez passa pela minha cabeça, me fazendo sorrir. E então Liberty começa a cantar.

A garrafa de cerveja escorrega da minha mão. Puta. Merda.

Sua voz é como manteiga derretida sobre uma fatia de pão. É cheia de saudade, suavidade e rouquidão. E dor.

Estou de pé antes de me dar conta. Entro em casa e pego meu violão Gibson do suporte. O braço é leve e familiar contra a palma da minha mão. Um caroço se aloja na garganta. Cacete, estou prestes a chorar.

Controle-se, James.

Meus dedos apertam o instrumento. Da porta aberta, Liberty canta sobre perda e separação com a voz rouca. Essa voz me guia, faz meu coração bater forte.

Ela não me ouve aproximando, nem abrindo a porta. Seus olhos estão fechados, o corpo curvado de forma protetora sobre o violão. Sua voz ressoa com um timbre poderoso, mesmo sentada daquela forma, o que é impressionante. Mas é a expressão em seu semblante, perdida, mas calma, que me atinge.

Ela sente a música, sabe como expressá-la e possuí-la.

Fico com um tesão da porra só de estar perto dela. Minhas bolas se contraem quando ela chega ao último refrão, a voz me golpeando como uma bigorna e eu juro que não consigo respirar. É igual à primeira vez em que cantei em um palco e senti o mundo se abrir em possibilidades.

Acho que me apaixono um pouco por Liberty Bell naquele instante. Então ela me nota e dá um grito, abruptamente matando a última nota.

— Jesus! — ela diz, quando se recupera. — Você me assustou, porra.

E você está me trazendo de volta à vida.

O pensamento passa pela minha cabeça, claro como cristal. Mas não digo isso em voz alta. Eu mal consigo falar qualquer coisa. Fico ali parado como um idiota, meu peito arfando, segurando meu violão como se minha vida dependesse disso.

Um rubor sobe pelo seu pescoço e por suas bochechas. Ela abaixa a cabeça, como se estivesse com vergonha. De jeito nenhum vou deixá-la se esconder.

— Linda — tento falar, com o nó na garganta. — Você é linda.

Eu sei, com uma estranha calma, que nunca verei nada ou alguém mais impressionante na minha vida. Tudo mudou. Tudo.

libby

Meu coração ainda está tentando pular para fora do peito depois do susto que Killian me deu. Mas está lentamente se acalmando e logo em seguida vem algo que parece muito com mortificação. Killian me pegou cantando.

Alguns dias atrás, eu o ouvi sair de moto, e quando ele não voltou naquela noite ou na seguinte, meu coração apertou e um nó se formou no meu estômago. Eu poderia ter pensado que ele tinha ido embora de vez, só que Killian grudou um bilhete na minha porta antes de sair:

> *Vagando por aí. Não faça nada que eu não faria. Pelo menos, não sem mim.*

Ao mesmo tempo, fiquei magoada por ter sido tão facilmente deixada para trás e irritada por ele não ter se incomodado em se despedir pessoalmente. Mas não sou sua dona. E eu, claramente, não consigo fazer ninguém ficar na minha vida.

Então, voltei à rotina, como de costume, tentando ignorar o nó por dentro, apenas para descobrir que o meu "de costume" agora era vazio e quieto, muito quieto.

Para preencher o vazio, toquei meu violão e cantei. Todas as noites. Algo que eu não fazia há meses. Isso me fez pensar em meus pais e me doeu também, como uma ferida que você continua cutucando apesar da dor ou talvez por causa dela.

E agora Killian está de volta, preenchendo a porta da varanda e iluminando a sala. Ele está aqui. Meu próprio ímã pessoal. Sua presença é tão forte que tenho que lutar para não me levantar e correr até ele. Lutar para não sorrir como uma idiota, mesmo que ainda esteja magoada. Só que quero sorrir. Porque... Ele. Está. Aqui.

Ele deixa tudo certo novamente. E, no entanto, também deixa o meu mundo fora de ordem.

A maneira como está olhando para mim... Caramba, isso me incendeia, envia faíscas e chamas ao longo das minhas terminações nervosas.

Linda. Ele me chamou de linda, seus olhos escuros vagando sobre mim como se eu fosse sua razão, a única razão de viver.

Eu me sento congelada sob a força daquele olhar. Ele não está dando seu habitual sorriso brincalhão. Parece quase irritado, desesperado.

Ele aperta o braço do violão até os nódulos dos dedos ficarem brancos.

— Toque comigo, Liberty.

Eu deveria ter esperado isso – ele está segurando seu violão, afinal de contas –, mas não esperava esse pedido mais parecendo como um soco na garganta.

Um som estrangulado me escapa. Não posso tocar na frente de Killian James. Embora eu fique à vontade com Killian, o homem, Killian, o músico, me intimida. Seu vocal é típico de uma lenda – forte, limpo e poderoso com uma crueza que se engancha em sua alma e dá um puxão. Ele canta, e você sente que ele está fazendo isso apenas para você, lhe tirando sua dor,

ÍDOLO

frustração, alegria, raiva, tristeza e amor, dando uma voz para isso. E embora eu saiba que posso cantar, sou uma amadora.

Os olhos de Killian se arregalam quando ele dá um passo para frente.

— Por favor.

Ele se posta no centro da sala, ainda segurando o braço do violão como se fosse a única coisa que o mantém de pé. Mas é para mim que ele olha, as ruguinhas ao redor de seus olhos se acentuando, o peito arfando, como se estivesse respirando com dificuldade.

Ele quer isso. Muito. E suspeito que ele precise disso. Seja qual for o motivo, ele está empurrando sua música para longe. Mas quer deixá-la voltar agora. Negar parece o mesmo que pisotear uma flor primaveril que floresce no terreno de um frio inverno.

Eu umedeço os lábios secos e me forço a contar tudo a ele:

— A primeira vez que tentei cantar para alguém, sem ser os meus pais, foi no show de talentos da quarta série. Era para eu tocar *"In My Life"*, dos Beatles.

Killian dá um sorriso, mas eu balanço a cabeça.

— Não foi bom. Quando cheguei ao palco, eu tremia tanto que achei que fosse desmaiar. E apenas fiquei lá, parada, olhando para frente. E então ouvi alguém rir. Eu saí correndo de lá e fiz xixi na calça nos bastidores. — Uma careta aflita curva meus lábios. — Eles me chamaram de Bell Mijona até o último ano.

— Babacas. — Killian fecha a cara. — E eu sei, de uma fonte segura, que Jax mijou nas calças durante uma peça de teatro no jardim de infância. No palco.

Minha mão acaricia a curva suave do corpo do violão. Eu amo esse instrumento. Amo tocá-lo. Como pode ser, quando está ligado a tanto medo e humilhação?

— A segunda vez que tentei tocar no palco foi durante a faculdade. Noite de microfone aberto ao público. Nem consegui ir até o palco. Eu vomitei atrás de alguns amplificadores e saí correndo.

— Querida...

Percebo seu olhar triste.

— Eu parei, Killian. Parei de tentar. Parei de sonhar. E uma parte minha tem vergonha disso. Mas a outra parte está aliviada. Meus pais eram felizes. E não queriam essa vida para mim. Diziam que era muito brutal.

Com a mandíbula cerrada, ele range os dentes e quando volta a falar, é quase um grunhido:

— Quando eles te disseram isso?

— No começo. Eu só não queria acreditar neles.

Ele balança a cabeça, como se eu confirmasse algo para ele.

— Daí, eles estavam lá para dizer: 'Nós avisamos'. Fizeram você guardar suas músicas e se concentrar em outras coisas.

Meus dedos apertam o braço do meu violão.

— Não foi bem assim.

Mas foi... e isso também dói.

O olhar de Killian não vacila um segundo.

— Você escreveu essas músicas, tentou tocar para os outros, porque ama música, assim como eu. Está no seu sangue, quer você queira ou não.

— Sim — sussurro, porque não posso mentir quando ele olha para mim como se estivesse vendo minha alma.

Killian se aproxima um pouco mais.

— Toque comigo. Veja como isso pode ser bom.

— Eu não...

— Eu nunca vou rir de você — ele promete, com ímpeto. — Nunca. Eu sou seu porto seguro, Libby. Pode ter certeza disso.

Algo dentro de mim se solta um pouco, me dando espaço para respirar com mais facilidade, então, abafo meu medo.

— O que você quer tocar? Uma das suas músicas?

Sua tensão parece desaparecer aos poucos, mas ele franze o cenho.

— Não. Parece meio arrogante pedir para você cantar minhas músicas. Vamos com algo clássico. Porém divertido. — Ele morde o lábio inferior, as sobrancelhas unidas, até que decide:

— Você conhece *"Wanted"*, do Bon Jovi?

Não consigo evitar o sorriso. Se meu pai estivesse vivo, ele estaria gemendo só por Killian ter classificado Bon Jovi como clássico. Mas não posso culpar sua escolha. É inesperado, mas, mesmo assim vejo as possibilidades. A música pode funcionar bem em um violão e sem bateria para fazer o apoio. E é uma espécie de dueto.

— *"Dead or Alive"*? Sim, eu conheço essa. — Ajusto as cordas, afinando o tom. E então toco as primeiras notas, o som antigo, mas familiar, me fazendo sorrir.

Killian murmura, feliz, e puxa uma cadeira para perto, fazendo seus próprios ajustes. Bom Deus, só a visão de sua mão grande e os longos dedos se movendo ao longo dos trastes, os antebraços musculosos se

ÍDOLO

flexionando, faz minha boca secar. Killian com um violão em mãos dá vida à minha fantasia mais safada, assim como ao meu sonho mais apaixonado.

Meu coração está acelerado, a expectativa e nervosismo correndo em minhas veias. Não posso acreditar que estou prestes a tocar com ele. Cantar com ele.

Ele olha para mim, os olhos escuros brilhando.

— Você começa.

— O quê? — Meu estômago se agita. — Não. De jeito nenhum. Você é o guitarrista principal.

Ele ri.

— Hoje não. Você lidera. Nós vamos harmonizar a letra, mas você conduz o primeiro verso.

Depois de alguns minutos de trabalho, decidindo quem vai cantar o quê, nós concordamos em começar. Minhas mãos estão suadas, e tenho que secá-las no short antes de poder segurar o instrumento.

A voz de Killian é um ronronar suave de encorajamento.

— Isso vai ser divertido, Liberty Bell. Deixe fluir, sinta a música.

Respirando fundo, começo. E me atrapalho. Com o rosto corado, continuo. *A música. Apenas sinta a música.*

Beleza. Eu consigo.

Começo a cantar – hesitante no começo, mas com mais entusiasmo quando Killian sorri e acena, me encorajando. Fecho os olhos e penso na letra. É sobre um músico, cansado do mundo e exausto. Solitário. Um homem que foi reduzido a nada mais do que entretenimento para as massas.

E então me dou conta. Abro os olhos e me concentro em Killian. Meu coração dói por ele. Mas ele não parece notar, pois está me ouvindo cantar. Ele entra com o ritmo, pegando o segundo verso, e então canta sua parte.

Sua voz é como uma onda sonora que varre a sala. É a diferença entre cantar no chuveiro e em uma casa de show.

Acabo me atrapalhando com uma progressão de acordes antes de me controlar. *Sinta a música.*

Então eu sinto.

E nós cantamos, apenas apreciando o momento.

Killian é um músico generoso, me deixando liderar, me apoiando quando tropeço. Ocasionalmente, ele muda algumas coisas, então sou forçada a seguir, mas ele faz isso com um sorriso, me desafiando a sair da zona de conforto e me arriscar. Tocar com ele é como uma dança.

E eu me torno ousada, colocando mais emoção na voz. Eu me transformo naquele músico solitário, porém orgulhoso.

Nossos olhares se conectam e uma intensa energia me percorre, tão forte que arrepia a pele, intumescendo os mamilos. Alegria desmedida surge dentro de mim, e eu sorrio conforme canto com todo o meu coração. Ele sorri de volta, o olhar intenso, queimando como brasas escuras. Isso me deixa com tanto tesão que quero jogar o violão para o lado, pular em seu colo e tomar tudo. Isso me faz querer que a música nunca acabe.

Ele canta o refrão, e sua voz profunda se alastra pelos meus ossos, percorrendo minhas coxas como lava. Deus, ele é lindo. Perfeito.

Com graça fluida, ele faz um solo de violão, as pálpebras se fechando, seu corpo forte balançando. Todos os seus músculos estão tensos e flexionados, mas ele está solto, tão solto agora, totalmente focado na música. É como sexo, vendo-o se soltar. E eu me sinto latejar.

A música acaba cedo demais. Estou ofegante, suor cobrindo minha pele. Nós nos olhamos por um longo minuto, um rugido surdo ecoando em meus ouvidos como se meu corpo não pudesse se acalmar.

— Caramba — digo, por fim, com a voz rouca.

— É — diz ele, o timbre tão rouco quanto o meu. — É.

Estou tremendo quando coloco meu violão de lado e passo a mão pelo meu cabelo úmido.

— Isso foi... — Eu respiro fundo. — Como você pode desistir disso?

O fogo em seus olhos esmorece, e ele abaixa a cabeça, cuidadosamente colocando seu violão de lado também.

— Todo mundo precisa de uma pausa de vez em quando.

Justo. Eu ainda estou tremendo.

— Eu sinto como se tivesse corrido uma maratona ou algo assim.

— É a adrenalina. — Seus lábios se curvam. — Acontece quando você faz boa música. E, Liberty Bell, fizemos uma música boa pra cacete agora.

O calor se alastra pelas minhas bochechas.

— Foi você.

— Não — diz ele, suavemente. — Fomos nós. — Então lança um olhar para o violão ao meu lado. — Quer tentar de novo?

Eu quero? Não tenho certeza. Parece, de algum jeito, perigoso, viciante. Se acaso eu ceder, poderei ficar sem isso depois?

Killian olha para mim com olhos tranquilos, e, mesmo assim, ele está se inclinando, seu corpo retesado. Esperando. Não consigo resistir a ele.

Estou começando a pensar que nunca serei capaz disso.

Eu pego meu violão.

— Claro. Você conhece *"Indiference"*, do Pearl Jam?

Felicidade surge em seus olhos escuros.

— Você com o Eddie de novo? — Ele balança a cabeça, as covinhas agora à mostra. — Lute contra isso o quanto quiser, Libs, mas você sabe que gosta mais de mim.

Eu gosto mais dele. Esse é o problema.

— Quando quiser tocar uma de suas músicas, é só me avisar — digo, alegremente. — E, então, eu vou reavaliar isso.

A longa mecha de seu cabelo esconde seus olhos de mim conforme ele dedilha alguns acordes, mas há um sorriso em sua voz:

— Talvez algum dia, em breve.

Essas palavras têm um toque de esperança.

CAPÍTULO SETE

killian

Está de madrugada quando três coisas acontecem: meu quarto se ilumina com um relâmpago, seguido por um estrondoso trovão que faz a casa tremer, e Libby grita como se estivesse sendo vítima de um assassinato sangrento. Eu me sento de supetão, saindo do estado sonolento como se fosse puxado, o medo se alastrando pelas veias e o coração ameaçando sair pela garganta.

Por um segundo, fico ali sentado, imóvel, arfando, os olhos procurando desesperadamente por algo no quarto escuro, tentando descobrir o que diabos está acontecendo. Então eu me lembro do grito. *Libby*.

Outro grito é trazido com a nova rodada de raios e trovões. O fato de ser capaz de ouvi-la, mesmo com a distância entre nossas casas, é o suficiente para quase parar meu coração.

— Jesus. — Terror misturado com raiva me faz pular da cama e pegar a única arma que possuo, meu Gibson.

Não é lá grande coisa, mas é sólido o bastante para acabar com seja lá quem estiver machucando Libby.

Disparo porta afora, debaixo de uma tempestade tão violenta que mal consigo ver um palmo à frente. Chuva gelada chicoteia minha pele enquanto corro, meus pés chapinhando as poças de lama.

Eu quase caio de cara no chão quando outro clarão espetacular rasgar a noite. Mas um grito desesperado de dentro da casa de Libby faz com que eu siga adiante.

— Libby! — Não hesito em chutar a porta da frente. Lá dentro está escuro como breu, e seus gritos contínuos me despedaçam. Meus pés descalços fazem barulho no piso de madeira conforme corro até o seu quarto.

ÍDOLO

Dou um grito também – um rugido do caralho, adrenalina e pura raiva me incendiando. Ergo o violão como uma espécie de bastão, prestes a golpear a cabeça de alguém como um homem das cavernas. Só estaco em meus movimentos quando, por fim, entro no quarto escuro.

Libby está sentada na cama, o olhar selvagem, gritando em total pavor. Não há mais ninguém ali.

Por um segundo, fico imóvel, com o violão erguido, o cabelo pingando, o peito arfando. Então meu juízo retorna, e eu, devagar, abaixo o Gibson.

— Libby?

Não sei se ela pode me ouvir por causa de seus gritos ininterruptos, conforme balança o corpo para frente e para trás. O som me desequilibra, parte meu coração. Todos os pelos do meu corpo estão arrepiados. Isso não é natural.

— Libby. — Coloco meu violão no chão e me aproximo. — Querida, pare.

Ela não me ouve; acho que nem me vê.

Pesadelos. Isso me atinge como um tijolo. Minha mãe disse que eu costumava tê-los e que era quase impossível me acalmar quando vinham. Eu não me lembro, mas ela contou que era horrível. E agora acredito nela.

Ignorando os gritos desesperados de Libby no momento, eu me afasto dali para fechar a porta da frente. Quando volto para o seu quarto, ela ainda continua gritando, mas sigo até a janela que ela deixou aberta, para fechá-la também, bem como as cortinas. Em seguida, vou até o banheiro e acendo a luz, deixando a porta aberta apenas o suficiente para iluminar um pouco o cômodo, porém sem despertá-la do sono.

Talvez seja a luz ou o som da tempestade que diminuiu, mas ela, de repente, respira fundo e depois soluça.

— Libby? — sussurro, indo até ela devagar. — Princesa?

Seu corpo estremece e ela pisca, soltando mais um soluço.

— Killian? — Sua voz está rouca. — O que você está fazendo no meu quarto?

Eu me aproximo dela como faria com uma bomba-relógio. Meu coração ainda não se acalmou e estou começando a tremer. No entanto, eu me concentro nela.

— Você estava gritando, Libs. Pensei que você estivesse sendo atacada.

Ela coloca uma mão trêmula na testa, me fazendo estacar em meus passos.

— Eu... a tempestade... — Ela se enrola toda, apertando as pernas contra o peito.

Não posso esperar mais, então me sento ao seu lado e a puxo para perto. Ela está coberta de suor e quente como uma fornalha em meus braços.

— Está tudo bem, Libs. Estou aqui.

— Caramba. — Ela descansa a mão suada no meu braço. — Você está encharcado. E congelando.

Eu a abraço mais apertado, porque ela está quente e macia e, sim, estou congelando. Mas a verdade é que preciso segurá-la agora, preciso sentir a prova física de que ela está em segurança.

— Não sei se você percebeu — digo, fingindo calma —, mas está chovendo canivete lá fora.

Ela bufa uma risada contra a minha pele.

— Canivete?

— Sabe como é, Libs — eu falo. — Aqui é o campo, então o céu desagua em um toró.

Posso sentir o sorriso dela contra o meu peito.

Como se para pontuar minhas palavras, uma rajada de vento bate nas janelas, sacudindo a casa toda.

Libby se aproxima mais, a mão quente esfregando minha pele.

— E você correu debaixo dessa tempestade sem se vestir?

— Parecia que você estava sendo assassinada — resmungo. — O que eu deveria fazer? — Caralho, tenho certeza de que eu andaria através do fogo para alcançá-la se ela gritasse assim novamente.

— Então, você correu direto para uma possível tentativa de assassinato armado com um violão e pelado... — Seu corpo retesa. — Você está pelado? Eu não me lembro.

— Mas se lembra do violão?

— Pensei que você ia me bater com ele.

— Ótimo. Esse é o tipo de agradecimento que recebo pela minha atitude heroica.

— Vamos nos concentrar na parte importante aqui. Por favor, não me diga que você está pelado.

Eu sorrio.

— Não vou te dizer isso. — Estou usando minha cueca boxer, mas é divertido provocar.

Nenhum de nós se move. Estou praticamente congelado. E Libby? Apesar de seu medo declarado diante da minha suposta nudez, ela se mexe contra o meu lado, como se estivesse impaciente.

ÍDOLO

— Você está lutando contra o desejo de olhar para baixo e verificar, não é? — brinco, no escuro. Meu pau se agita, como se soubesse que está prestes a se tornar assunto em uma conversa e querendo ter a melhor aparência possível.

— Eu já vi o pacote, Kill — diz ela, impassível.

Dou um aperto sutil em seu ombro.

— O que significa que sabe exatamente quão bom é.

Bem, não exatamente. Ela me viu no meu pior. Meu pau se agita novamente como que para protestar contra essa injustiça e exigindo outra olhada. Eu digo a ele para se acalmar; isso não vai acontecer.

Libby já está se afastando, o corpo rígido.

— Você deveria se secar. Sua pele está um gelo.

— Sim. — Passo a mão pelo meu cabelo molhado. Estou tremendo, o que não deve ser nada bom. Mas não quero ir, mesmo sabendo que é preciso. Não sou mais necessário. Reprimindo um suspiro, eu me levanto, admirado com a forma como ela vira a cabeça para que não possa me ver. Fofinha. Eu sei que ela quer dar uma conferida. Eu luto contra um arrepio.

— Vou te deixar voltar a dormir, então.

— Não. — Sua voz soa quase como um grito e eu paro.

Ela não olha para cima, mas levanta a mão, implorando para eu parar.

— Você poderia... quero dizer, você pode se secar no meu banheiro, talvez? E só... — Ela faz um som sufocante. — Quero dizer, está chovendo.

Um sorriso se alastra pelo meu rosto.

— Você quer que eu fique, Libs?

Deus, por favor, me deixe ficar. Estou com tanto frio. E minha cama está vazia.

— Sim — ela sussurra.

Eu quase me enfio debaixo das cobertas ali mesmo. Porém, não posso.

— Libby, querida, eu tenho que ser honesto. Não estou pelado, mas tudo o que estou usando é uma boxer. Então, é bem capaz de eu acordar com uma ereção matinal. Porra, eu posso ficar de pau duro com o mínimo contato. — Eu realmente corro o risco de ficar excitado só de estar na cama com ela. — Não quero que você me dê um chute no saco, caso isso aconteça.

O canto da sua boca se curva em um sorriso.

— Killian não consegue controlar seu pau. Anotado.

— Oh, eu tenho excelente controle. Eu sou o mestre de...

— Seus dentes estão batendo — diz, baixinho. — Apenas vá se secar e se deite na cama.

Ela não precisa dizer duas vezes. Corro para o banheiro e me enxugo com uma toalha. Cinco segundos depois, estou debaixo dos cobertores, envolvi no calor doce e quente de Liberty.

libby

Killian está gelado quando se deita na cama comigo, no entanto, preciso me controlar para não me atirar contra ele. O pesadelo ainda está pesando meu coração, enviando tremores por todo o meu corpo. Pela primeira vez, em anos, não acordei e me vi sozinha no escuro. Um nó se forma na garganta ao pensar em Killian enfrentando a tempestade, armado apenas com seu amado violão.

Ao meu lado, ele estremece e se aninha ainda mais debaixo dos cobertores. Eu reprimo um sorriso enquanto o ajudo a se cobrir. Seus pés encontram os meus e acabo soltando um gritinho.

— Caracas, você está gelado. — Não vai ser fácil ajudar a aquecer os pés gelados como blocos de gelo.

— Eu não sabia o tanto, até você mencionar — ele murmura, depois suspira quando arrumo o cobertor em volta do seu pescoço.

Eu deveria estar nervosa por ele estar deitado ali comigo, nossos narizes quase se tocando. Mas estou tão feliz por ele estar aqui que não consigo pensar em mais nada. A tempestade está furiosa lá fora, cada barulho fazendo minhas costas retesarem. No entanto, na companhia de Killian, me sinto segura.

— Estou apaixonado pelo seu travesseiro — diz ele, em tom de conversa. — Eu já te disse isso?

— Não. — Eu me esforço para relaxar, mas os tremores na minha barriga não diminuem. Esquisito.

Ele suspira novamente.

— É confortável demais. Por que é tão confortável?

— É um travesseiro de espuma de poliuretano e gel. Paguei duzentos dólares por ele. Não me julgue. Minha cama é meu santuário.

Seus olhos são estrelas negras na noite.

— Por que eu julgaria? Sou completamente adepto a passar um tempo de qualidade na cama. — Dentes brancos surgem no escuro. — Na verdade, vou comprar um desses bebês amanhã de manhã.

Começo a rir, e para meu horror, um soluço irrompe.

— Ei — ele sussurra. — Ei, venha aqui.

Killian me puxa para perto, me colocando debaixo do seu queixo. Eu sinto o formato dele contra a minha barriga, mas pela primeira vez não penso em sexo. Ele é como uma âncora, um muro sólido entre mim e o vazio. Seus braços são fortes e ele me abraça apertado.

Faz tanto tempo desde que senti o contato humano básico de um abraço, que eu desmorono completamente.

Não consigo conter os soluços grandes e feios que irrompem de mim.

— Estou tão... sozinha. Eles nunca vão voltar. Sei que sou adulta, e não deveria estar pirando assim. Muitas pessoas não têm pais. Mas eles eram os únicos que conheciam o meu verdadeiro eu. E agora não há mais ninguém.

— Ei — ele sussurra, mas com intensidade. — Você tem a mim. Você tem a mim, Liberty.

Mas por quanto tempo? E de que maneira? Não posso perguntar. Estou perdida demais. O estresse de acordar em outra tempestade sombria, a solidão, toda a merda que tenho tentado ignorar, cai sobre mim. Choro até não ter mais lágrimas. É um pranto incontido. E ele me segura o tempo todo, acariciando minhas costas, murmurando palavras sem sentido no meu ouvido. Ele é quente, macio e vivo.

Adormeço em algum momento, exausta e fraca. Quando acordo, já é de manhã e estou sozinha. Minha garganta está dolorida e os olhos ardem. O quarto está quente, o ar pesado e opressivo. Vou aos tropeços até o banheiro e estremeço quando vejo meus olhos inchados e a pele manchada.

O banho frio ajuda um pouco a disfarçar minha aparência de zumbi. Escovo os dentes e visto uma regata e um short; mesmo com o cabelo molhado, ainda está muito quente. E silencioso demais. Percebo que não tem energia na casa, e vou quase me arrastando até a cozinha.

Paro na mesma hora ao ver as costas largas de Killian, de frente para o meu balcão. Sem camisa e vestindo uma bermuda verde-militar que se agarra aos seus quadris esbeltos e bunda firme, ele se move com graça. Aproveito para admirar o modo como os músculos de suas costas se flexionam sob a pele firme e bronzeada, como os longos pés descalços se movem quando ele desloca o peso para pegar um par de garfos. Estranho que eu note seus pés, mas vê-los parece íntimo de alguma forma.

Ele deve sentir que estou encarando, porque se vira e me dá um olhar suave.

— Ei. Acabou a luz. Eu fiz salada de frutas, se você pode chamar pêssegos picados, laranjas e banana de salada, porque isso é tudo o que tinha.

Ele é maravilhoso. Mesmo assim, fico imóvel na entrada da cozinha, pensando em como perdi a cabeça na noite passada. Ninguém me viu desse jeito desde que eu era criança. Nem meus pais. Talvez ele entenda meu constrangimento, porque coloca uma grande tigela de frutas picadas na minha frente e estende um garfo.

— Hoje, vamos comer. Mais tarde, vamos brincar de 'Diversão com Mangueiras de Água'. — Dá um sorriso atrevido. — Você não tem ideia do quanto estou ansioso para a revanche.

— É, posso apostar que sim. — Mordisco o pêssego maduro. — Não importa o fato de que eu estava realizando um serviço comunitário.

— Não se preocupe, Elly May. Eu vou ser gentil. Um pouco, pelo menos.

Nós sorrimos um para o outro como idiotas e então o celular dele toca. Seu sorriso desaparece quando ele enfia a mão no bolso para desligar o aparelho.

— Você nem vai olhar e ver quem é? — pergunto.

Ele dá de ombros e pega um pedaço de pêssego com o garfo.

— Não precisa. Esse é o toque do meu empresário, Scottie.

— E você não quer falar com ele?

— Não estou muito a fim. — Ele pega outro pedaço de fruta como se estivesse caçando. — Ele só quer falar de negócios e... — Killian me dá um grande e falso sorriso. Raiva e irritação cintilam em seus olhos. — Eu estou de férias.

— Bom, okay, então — tento brincar, mas estou um pouco tensa.

Sinto um peso enorme por dentro. Seu empresário quer que ele volte. Isso está claro. Não importa o quanto Killian queira aproveitar suas férias, a vida real ainda está esperando por ele. E, em algum momento, eu vou perdê-lo para ela.

— Obrigada, a propósito — digo, com a voz rouca, odiando o ardor na minha garganta.

Ele balança a cabeça.

— É uma salada de frutas horrível, gatinha. E nós dois sabemos disso.

— Não, eu quero dizer por estar lá... aqui.

ÍDOLO

Killian olha para mim por um momento, as sobrancelhas se franzindo; então ele coloca a mão sobre a minha, o contato quente, pesado, com um aperto gentil, porém firme.

— Obrigado por me deixar ficar.

Nossa. Eu corro o risco de me agarrar à mão dele e chorar. Eu preciso me controlar. Eu levanto uma fatia de laranja destroçada.

— Sabia que o ideal é incluir pelo menos um pouco da fruta com a casca?

Seus lábios se contraem.

— Que tal as sementes, Martha Stewart? Elas estão boas? — Ele joga uma na minha direção, antes que eu possa responder.

Enquanto me preparo para lançar uma banana em retaliação, o alívio ameniza a tensão no meu peito. Com isso, eu posso lidar.

CAPÍTULO OITO

libby

Geralmente depois de uma tempestade, as coisas se acalmam; a terra começa a respirar um pouco. Não aqui. O calor se instala como um cobertor grosso, sufocando tudo ao redor, tornando o mundo úmido, pesado e lento. Sem luz, não há nada a fazer além de chafurdar no ócio. Até mesmo ir à praia é inútil. O sol do verão deixa a areia escaldante, e assim que você sai do oceano, já se sente assando, todo sujo de areia e infeliz.

Eu me conformo em descansar no sofá da varanda, as cortinas abaixadas contra o sol, de vez em quando roubando um gelo que derrete rapidamente no cooler que eu enchi. Shorts jeans e uma regata fina são tudo o que consigo usar, e, pela primeira vez, sou grata por ter peitos pequenos, porque isso significa que posso ficar confortavelmente sem sutiã.

Ou talvez, não. Estou muito consciente do tecido se agarrando à pele úmida, delineando meu corpo. Mas o que posso fazer? Não estou disposta a sofrer mais nesse calor colocando mais roupas, então se Killian estiver vendo mais do que o necessário, paciência.

Ele não está olhando para mim de qualquer maneira. Está esparramado no chão, tocando algumas notas no seu violão e tomando goles da limonada que eu fiz. A lenta vibração de seu violão me acalma e eu acabo cochilando algumas vezes.

— Se a luz não voltar até amanhã — diz ele, me tirando do meu torpor —, vamos para um hotel em Wilmington.

Eu não me incomodo em abrir os olhos.

— Vai voltar.

Ele solta um resmungo aborrecido.

— Nós deveríamos ter ido essa manhã.

— Não sabia que demoraria tanto tempo. Além disso, o sol está se pondo. Vai dar uma refrescada.

Killian murmura, o que pode significar que ele está de acordo ou o equivalente vocal de uma revirada de olhos. Eu não me importo. Estou com muito calor, e isso está me afetando. Eu deveria estar indiferente. Mas não estou... Estou inquieta. O calor abafado se instalou em mim também, acariciando minha pele, chamando minha atenção ao fato. Estou ciente da maneira como meu peito sobe e desce a cada respiração. A transpiração escorrendo pela coluna e o gelo que estou esfregando lentamente sobre o meu esterno derretendo em riachos que escorrem por entre meus seios.

Mas não é o clima. Não de verdade. É Killian sentado do outro lado, vestindo nada mais do que um short curto e um brilho de suor em seu peitoral tonificado. É o som profundo de sua voz, tão lindo que enruga meus mamilos e toca naquele ponto dolorido entre as pernas.

Eu me mexo, odiando o calor que pulsa lá embaixo, lascivo e necessitado. Eu tenho que lutar contra o desejo de arquear as costas e empinar os seios, chamando a atenção para eles. Implorando.

Killian canta uma música baixa e suave que nunca ouvi antes. Eu me concentro nas letras. É sobre um homem, sem objetivo e cansado, encontrando consolo no sorriso de uma mulher. É sobre sexo – sexo preguiçoso e lento – que se prolonga por dias.

Eu quero dizer a ele para cantar outra coisa. E, mesmo assim, não quero que pare.

Mas é o que ele faz. Ele para e começa novamente e percebo que está compondo.

Os arrepios se alastram pela minha pele.

— Música nova? — murmuro, quando ele faz uma pausa para dedilhar uma progressão de acordes.

Ele está escrevendo desde que cantou comigo há alguns dias. E tem sido emocionante testemunhar isso. Quando uma música vem à sua mente, é intenso e rápido. Mas ele precisa de opinião, alguém para trabalhar com ele nisso, e me contou que esse papel era do Jax. Só que seu amigo não está aqui, então a tarefa sobrou para mim.

Depois da segunda música que ele compôs, eu me tornei sintonizada com essa necessidade. E então eu canto o refrão agora, suavemente, sentindo as palavras.

— Está bom. Mas talvez "sede" em vez de "luxúria"? — cantarolo novamente, testando a letra.

Silêncio.

E então sua voz sai rouca, áspera:

— Linda.

Viro a cabeça, deparando com seu olhar ardente, os olhos escuros flamejando com o calor. Meu estômago se agita e embrulha.

Ele não desvia o olhar.

— Sua voz é tão linda, Liberty Bell. Como sexo no domingo.

Um suspiro trêmulo me deixa.

Deus, estou sendo despida por esse olhar escuro. E isso é bom.

— Você deveria usar isso — comento, com um nó na garganta. — 'Como sexo no domingo'. É uma boa letra.

Killian bufa uma risada.

— Receba o elogio, mocinha.

— Mocinha? — Encaro o teto. — Você está tentando me irritar, não é?

— Honestamente? Só escapou.

Chocada, olho para ele. Ele não recua, mas retorna o olhar como se estivesse me desafiando a protestar mais. Fazer um desafio de olhar desses com o Killian não é fácil, porque os olhos dele são muito expressivos. Um pequeno movimento das sobrancelhas escuras transmite frases inteiras. Nós conversamos sem dizer uma palavra: *Vá em frente, me diga que você não gosta de ter um apelido.*

Não gosto.

Mentirosa. Você ama.

Você gostaria de ser chamado de mocinho?

Depende. Estamos pelados nesse cenário? Porque aí você pode me chamar do que quiser.

Okay, eu, provavelmente, imaginei essa última parte. Esse é o outro problema de encarar Killian; eu me torno muito consciente do quão gostoso ele é. Não tenho defesa contra isso. Suas feições esculpidas, especialmente aquele lábio inferior ligeiramente carnudo que faz todos os meus pensamentos se voltarem para o sexo.

Talvez ele saiba disso porque, de repente, dá uma risada baixa e preguiçosa.

— Eu ganhei — diz, arrastadamente, e toca o acorde B em seu violão como uma nota da vitória.

Eu reviro os olhos e tento não sorrir.

— Vá em frente e escreva sua música, bonitão.

— Me conte mais sobre como sou bonito e eu vou escrever. Use detalhes específicos.

ÍDOLO 87

Ele pega o cubo de gelo que jogo em sua direção e o desliza entre os lábios, chupando com um gemido provocante de prazer. Os músculos da minha barriga se contraem em resposta, a ponto de eu ter que fechar os olhos. Deus, essa boca. Deve estar gelada agora. E minha pele está tão quente. Eu umedeço meus lábios secos.

— Você está enrolando.

Ele bufa, mas depois toca alguns acordes antes de parar novamente.

— Você estava certa.

Abro um olho.

— Sobre?

Ele está focado em seu violão, tocando a música que está compondo.

— Eu tenho me escondido.

A confissão cai como uma pedra em um lago. As ondas que ela causa me atingem e eu me sento para ganhar um pouco de apoio.

Killian balança a cabeça devagar.

— Estou vendo esse olhar, Libs. Eu não quis dizer que estava usando você como uma distração, mas tenho evitado voltar. Depois que encontrei o Jax, tudo pareceu uma mentira. — Sua mão alisa a curva do violão. — Tocar com você... me fez lembrar. A música é real.

— Sempre será. — Minha voz sai rouca, e em seguida, pigarreio de leve. — Estou feliz que você tenha se lembrado.

Seus dedos se apertam ao redor do braço do violão, o corpo inclinado para frente como se estivesse prestes a se levantar.

— Você me acordou para a vida, Libby, e tem que saber disso.

Não tenho ideia do que dizer. Eu abaixo a cabeça, o calor e a umidade me afetando.

— Você teria encontrado o seu caminho sem mim. A música é uma parte importante demais de você para ser negada por muito tempo.

— Talvez. — Ele não diz nada por um longo momento, e quando, por fim, fala, sua voz soa dolorida: — Eu tenho que voltar.

Meus dedos cravam na almofada do sofá.

— Quando?

— Entraremos em turnê no outono.

Uma pequena frase e estou perdida. Não é fácil dizer minha resposta com a voz normal, mas consigo:

— Vai ser bom para vocês. E seus fãs ficarão tão felizes.

— Felizes — diz ele. — Sim, acho que eles vão ficar. — Killian faz uma careta por um longo tempo e passa a mão pelo cabelo, apenas para ficar com os dedos presos nos longos fios. Ele murmura alguns palavrões antes de se recostar na poltrona em que está sentado.

— Eu posso cortar o seu cabelo. — *O que estou dizendo?* Terei que ficar muito perto dele para fazer isso. Não é algo muito inteligente. Mas a tensão entre nós está toda errada, muito densa e desajeitada. Não sei se estamos brigando ou prestes a entrar em combustão.

Talvez ele pense o mesmo, porque franze um pouco o cenho.

— Você sabe cortar cabelo?

— Cortava o do meu pai. Ainda tenho a tesoura. — *Cale a boca e fique quieta enquanto a coisa está boa.*

Killian abaixa seu violão.

— Beleza. Isso seria ótimo.

Ele parece tão tenso quanto eu. Que ideia idiota a minha… mas agora estou presa a isso.

Vou buscar a tesoura enquanto Killian puxa uma cadeira da cozinha para se sentar.

Seu corpo grande e magro está tão tenso quanto uma corda de violão quando volto. Sob a luz do sol poente, sua pele adquire um profundo tom de ouro-mel, as sombras criando formas em seu torso musculoso. Diminuo meus passos, como se pudesse adiar o inevitável, levando o máximo de tempo possível para ficar diante dele. No entanto, não posso evitar isso sem dizer o porquê. E não há uma chance de eu fazer isso.

Estou séria quando ajeito a tesoura, pente e uma escova de cerdas macias para limpar os pequenos fios cortados. Os olhos escuros de Killian acompanham meus movimentos, a expressão controlada demais. Isso também o incomoda? Parece que sim. Mas pelas mesmas razões? Ou talvez ele esteja preocupado que eu vá dar em cima dele?

Quero rir. Quando isso ficou tão complicado?

— Você quer usar isso para que não caia cabelo em cima de você? — pergunto, segurando uma capa de plástico que eu trouxe comigo.

Ele nega com um aceno de cabeça.

— Já está muito quente.

Verdade.

Eu pigarreio de leve.

— Que estilo você gostaria?

Ele olha para mim como se eu falasse em grego.

— Estilo?

— Hmm, sim. Isso é importante, já que afeta a sua aparência.

Ele dá de ombros.

— Faça o que você quiser.

Eu levanto a tesoura.

— Então... *mullet*. — Eu aceno. — Você vai ficar gostoso. Bem anos oitenta. Talvez eu também possa persuadi-lo a cultivar um bigode.

— Rá-rá. — Seu nariz enruga. — Tudo bem. Deixe mais curto.

— Estilo Channing Tatum, talvez? — Uma sobrancelha escura se arqueia. — Você sabe, Magic Mike?

Killian dá um sorriso.

— De todos os filmes dele, você escolheu esse? Estou chocado.

— Cale a boca. — Batendo no seu ombro, eu me posiciono às suas costas e tento desembaraçar os fios. — Você agiu como se não soubesse quem ele era.

Killian bufa uma risada.

— Saber quem ele é? Nós saímos algumas vezes. Só queria descobrir como você o conheceu.

— Bem, agora você sabe. Seminu e dançando.

Embora eu só possa ver apenas uma parte de seu rosto, sei que ele está fazendo uma careta. E me dou conta de que estou sorrindo. Com a mão apoiada em seu ombro quente, eu me inclino para encontrar seus olhos.

— Você não respondeu.

Ele me encara por um instante, depois pisca e pigarreia.

— Corta tudo.

— Então vai ser estilo Channing.

Lá está outra vez, aquela expressão régia de desdém que ele emprega tão bem quando se sente ofendido, as sobrancelhas escuras erguidas apenas um pouco, as narinas se comprimindo como se sentisse algum cheiro estranho.

— Você está me dando o corte no estilo Killian James, linda, não se esqueça disso.

Eu começo a trabalhar na parte de trás do cabelo dele.

— Arrogante, hein?

— Um homem que nomeia seu penteado com o nome de outro homem não é muito másculo.

Longos e macios cachos de cabelo cor de mogno caem no chão.

— Se você diz.

Nós nos calamos, o que é um erro, porque agora não posso deixar de notar o quanto estou perto dele ou a sensação dos meus dedos se enfiando entre os fios espessos, e meus seios pairando perto da têmpora dele quando me movo para o seu lado.

Eu deveria estar imune ao Killian agora. Eu realmente deveria. Mas, além da loucura da noite anterior, nunca estive perto dele por tanto tempo. O calor de sua pele tem um cheiro indefinível, mas delicioso. Eu fico com água na boca, e tenho que engolir com força para não babar em cima dele. Sua respiração tem um ritmo e som que prendem minha atenção.

Agitação. Eu ouço. E sinto. Agitação nos rodeia. Mexe com a minha concentração, e me vejo cortando muito e rápido demais. Felizmente, ele pediu um estilo curto e posso consertar o que fiz. Mordendo meu lábio, eu me concentro na tarefa e o ignoro.

Ou tento ignorar.

Quanto mais eu corto, mais sua forte estrutura óssea é revelada. Killian ficava muito bem com cabelos longos. Mas com o cabelo curto? Ele é uma obra de arte. Com as maçãs do rosto salientes, mandíbula quadrada e nariz forte, ele pareceria muito rígido se não fosse por seus lindos olhos.

Minha boca se contrai um pouco quando penso em lhe dizer que ele tem lindos olhos. Ele odiaria isso.

— O que é tão engraçado? — Sua voz rouca prende minha atenção.

— Nada. — Eu cuidadosamente faço o contorno acima das orelhas.

— Libby...

Ele não vai deixar isso passar. Ele é igual a um carrapato.

— Eu estava apenas pensando que você tem lindos olhos — murmuro, com o rosto em chamas.

Ele faz um som meio gorgolejante.

— Você está flertando comigo, Libs?

Eu não encontro seu olhar.

— Declarando um fato. E você sabe que eles são lindos.

Aqueles olhos escuros me observam conforme finalizo o estilo básico de seu corte de cabelo.

ÍDOLO 91

— Eu não sei de nada — diz ele, suavemente.

Nossos olhares finalmente se encontram. Estamos a cerca de trinta centímetros de distância e o ar entre nós está quente e úmido. É uma luta para respirar, uma luta para não desviar o olhar. Ao fundo, as cigarras cantam noite afora. Killian engole em seco, procurando por algum sinal no meu olhar. Não sei o que dizer. Cada lembrança de todos os encontros desajeitados e estranhos que tive com homens atraentes surge de uma só vez. Eu sou uma porcaria nessas coisas.

Piscando, endireito a postura e passo os dedos pelo cabelo dele, que deixei um pouco mais comprido em cima.

— Eu só tenho que ajeitar essa parte e pronto. — Minha voz soa áspera e vacilante.

— Okay — murmura, com a voz tão áspera quanto a minha.

Franzo a testa enquanto corto. Esse exercício de tortura precisa acabar antes que eu faça algo estúpido. Eu me posiciono entre suas coxas grossas para finalizar a parte da frente do seu cabelo. Grande erro, pois ele agora se encontra a apenas alguns centímetros do meu peito.

Os ombros de Killian enrijecem. E posso jurar que ele parou de respirar. Ou talvez eu tenha parado. O silêncio cai sobre nós assim que a canção da cigarra tem fim. Nenhum de nós se move ou diz uma palavra.

E então tudo muda.

Não importa que seja apenas um roçar de seus dedos contra a minha regata, no segundo em que ele me toca, meu corpo tensiona, e então vibra. Eu paro por uns segundos, a respiração interrompida antes de escapar rapidamente. A tesoura hesita, em seguida, corta seu cabelo com um som alto. As pontas dos seus dedos pressionam suavemente contra a linha divisória entre o meu short e a camisetinha, me segurando firme quando oscilo um pouco.

Fecho os olhos por um segundo. Eu poderia me afastar, dizer a ele para ir embora. Mas não faço nada. Esse pequeno, mas significativo toque faz calor e necessidade pulsarem através de mim e é tão bom, que quase choramingo. Engulo em seco e continuo cortando seu cabelo, com menos firmeza agora, mas determinada a terminar bem o trabalho.

Nenhum de nós reconhece o fato de que ele está me tocando. Nós não falamos uma palavra quando os seus dedos sobem lentamente por baixo da regata, procurando a pele nua. Mas, caramba, eu sinto isso e meus joelhos ameaçam desabar.

Ociosamente ele se move, como se estivesse simplesmente desfrutando da sensação de sua mão em mim. Como se eu fosse dele para tocar.

Não posso mais fingir. A tesoura tilinta quando a coloco na mesa.

Killian inclina a cabeça para trás para olhar para mim. Há algo quase desafiador em sua expressão, e não consigo encontrar seus olhos.

— O que você está fazendo? — sussurro, o coração martelando.

— Tocando você. — Gentilmente, ele acaricia minha pele e suspira como se estivesse no céu.

— Por quê? — sussurro em resposta, porque, aparentemente, perdi a cabeça.

O tom de voz de Killian permanece suave, quase cuidadoso.

— É só nisso que consigo pensar ultimamente: tocar você. — Um som baixo o deixa, como se estivesse rindo de si mesmo. — Parece que não consigo mais me convencer a desistir disso. E nem quero.

Minhas mãos tremem, a respiração se torna irregular enquanto ele, lenta e suavemente, toca nas curvas da minha cintura. Seu olhar ardente foca em meus seios que estremecem diante de seus olhos. Meus mamilos endurecem, querendo mais dessa atenção.

Ele solta um suspiro suave – mal é um som –, mas estou tão ciente dele agora, que é tão alto quanto uma bomba para os meus ouvidos.

— Você já pensou sobre isso? — pergunta, baixinho. — Como seria? Você e eu?

— Sim. — É uma lufada de som, porque perdi a capacidade de falar. Mas ele ouve. Um brilho ilumina seus olhos, e ele aperta minha cintura por uma fração de segundo, então me puxa para frente.

Como se eu estivesse esperando por isso, eu me sento escarranchada em suas coxas, entrando em contato com uma protuberância considerável. Quero me esfregar contra ela, mas me contento em apenas repousar sobre isso agora. Killian geme baixo em sua garganta e me puxa para mais perto, segurando meus quadris como se estivesse com medo de que eu fuja. Sem chance.

Por um segundo, nós apenas respiramos, encarando um ao outro como se tentássemos descobrir como chegamos aqui. Killian me encara, a expressão relaxada, mas atenta. Então coloca a mão sobre a minha bochecha. Sua mão é enorme, a pele áspera. Eu quero beijar cada calo que ele possui, porém não me movo.

Ele toca meu lábio inferior com a ponta do polegar. Seu olhar descansa ali, pensativo, enquanto arrasta o polegar para trás e para frente. Meus lábios se entreabrem, minha respiração leve e agitada. Eu quero tanto que ele me beije que dói. Mas ele não beija.

Seus dedos descem pelo meu pescoço, enviando arrepios ao longo da pele. E ele observa o caminho que sua mão toma. Quando chega à minha clavícula, ele para. Seu olhar abaixa e um som ressoa em seu peito. É ganancioso, impaciente. Ele move os quadris, um movimento lento como se já estivesse dentro de mim.

— Você vem me provocando o dia todo com essa regata fina — ele murmura, a voz sombria e áspera. Eu gemo baixinho, me mexendo em seu colo, tão quente que mal consigo aguentar. Ele espalma minha bunda, e com pouquíssimo esforço me puxa mais para cima enquanto escorrega mais para baixo na cadeira.

A cadeira range em protesto. Killian abre as coxas largamente, me embalando em seu colo, e eu me apoio nas curvas fortes de seus ombros.

Olhos escuros passam por mim. Sua respiração sopra em minha pele, a boca tão perto do meu mamilo sensível.

— Mal cobre seus peitos. Você vai mostrá-los para mim agora, Libby?

Uau, sua voz. É como caramelo derretido, pegajoso e espesso, cobrindo minha pele. É magia assumindo o comando do meu corpo. Eu rebolo um pouco, querendo me pressionar contra ele, lutando por um pouco mais de tempo porque a antecipação é tão doce.

— Você gosta quando olho para você, Libby? — Eu só consigo fazer um som estrangulado. — É, eu acho que você gosta. — Seus dedos se contorcem do meu lado, o olhar ardente e carente em meus seios. — Tire sua regata, gatinha. Me mostre aquilo com que tenho sonhado por semanas.

O som do meu próprio gemido me excita. Abaixo de mim, sua ereção pressiona contra a minha bunda. Eu inspiro, trêmula, e lentamente abaixo a alça no meu ombro, o algodão fino deslizando com facilidade pelo meu braço. Com o mesmo movimento do outro lado, a blusa desliza sobre o meu peito como uma carícia.

A respiração de Killian se torna agitada, os lábios se abrindo como se ele precisasse de mais ar.

A gola da regata atinge meus mamilos duros e para por ali. Nós dois ficamos imóveis. O calor lambe minha pele, e eu arqueio as costas, erguendo meus seios até que a peça cai.

Killian dá um gemido, longo e profundo.

— Porra, sim. Lindos. — Lábios suaves roçam um mamilo intumescido. — Eu sabia que eles seriam.

Ele arrasta os lábios entreabertos para frente e para trás, me acariciando enquanto estremeço. A ponta de sua língua se projeta para fora para tomar um gosto rápido e todo o meu corpo sacode.

Um zumbido de prazer ressoa em seu peito.

— Você gosta disso?

Eu me contorço conforme ele, preguiçosamente, deposita beijos gentis no meu peito e passa as mãos grandes pelas minhas costas.

— Sim — eu sussurro.

Killian solta um zumbido novamente, em seguida, me abocanha e chupa com vontade. Eu gemo, me aninhando a ele. E não há mais conversa. Apenas Killian prestando homenagem aos meus mamilos. Killian espalmando meus seios pequenos, ora com gentileza, ora com voracidade.

Ele se contenta em chupar, lamber, mordiscar e beliscar, como se fosse sua coisa favorita no mundo. E eu ofego, sarrando contra seu pau duro, a costura do meu short jeans cravando na minha carne sensível, a ponto de eu ter que cerrar os dentes por conta do desejo intenso de gozar.

— Killian… — É um choramingo de necessidade.

Ele ouve e o olhar se conecta ao meu. Estou tão desfeita, que não percebo as mãos dele se movendo até que estão no meu cabelo, me puxando para ele. Nosso beijo é profundo, avassalador, mas vai direto ao coração, como se nós dois soubéssemos como seria, como se tivéssemos feito isso antes.

E, no entanto, cada toque de seus lábios nos meus, cada deslize de sua língua em minha boca é essa coisa nova, brilhante e ardente, que envia milhares de choques pelo meu corpo. Toda vez.

Eu me entrego ao beijo, precisando de mais, mais, mais. Estou quente, suada. Seu corpo é uma fornalha e só quero me aproximar, pele a pele, escorregadia e deslizante.

Meus braços se enroscam ao redor de seu pescoço, meus dedos penteando seu cabelo recém-cortado. A pressão dos meus seios doloridos em seu peitoral firme nos faz gemer. Ele agarra meus ombros, me segurando firme no lugar.

Não sei quanto tempo ficamos lá, nos beijando como adolescentes no escuro. Tempo suficiente para que eu fique tonta, que meu corpo lateje de desejo. Tempo suficiente para que meu queixo esteja doendo e meus lábios inchados.

Quando ele, por fim, se afasta, não é para longe. Seus lábios roçam os meus enquanto nossa respiração sai leve e rápida, ambos tremendo.

— Nós deveríamos ter feito isso esse tempo todo — diz ele, contra a minha boca.

— Durante o dia todo. — Eu toco sua mandíbula, e deposito um beijo leve em seus lábios inchados.

Seus olhos se fecham rapidamente, os cílios longos tocando a pele da sua bochecha. Ele se vira para mim, arrastando a ponta do nariz contra o meu.

— Eu sabia que seria bom. Eu não deveria ter me contido na primeira vez em que quis beijar você.

— Quando foi isso? — Tudo parece lânguido, quente, lento. Seu toque, o meu. Eu acaricio seu pescoço, inspirando o cheiro de sua pele.

Ele dá um sorriso sutil e convencido.

— Quando você ameaçou atirar em mim.

— Eu te odiava.

Um zumbido baixo vibra em sua garganta.

— Você me achou irresistível. E teria cedido.

— Eu teria mordido você.

— Me morda agora.

Aquele sussurro rouco faz com que eu me mova, procurando sua boca. Eu mordo seu lábio inferior carnudo, o puxando suavemente, e ele geme, me puxando para frente, deslizando a língua junto à minha.

— Me diga que você quer isso também.

— Quero o quê? — Não consigo pensar, minha cabeça está pesada, os membros desajeitados.

Seus olhos escuros encontram os meus.

— Tudo.

Meu dedo treme enquanto traço a linha escura de uma de suas sobrancelhas. Suas pálpebras se entrecerram, a cabeça se inclinando para acompanhar o meu toque. Eu me inclino e beijo o canto do olho dele.

— Só com você.

CAPÍTULO NOVE

killian

Libby pesa quase nada em meus braços, mas meus joelhos estão bambos enquanto entro no quarto. Eu mal vejo para onde estou indo. Não consigo parar de beijá-la. Nossa, ela sabe beijar. E não quero nunca mais parar.

Nós desabamos na cama, e eu protejo seu corpo na queda, sem depositar todo o meu peso em cima dela.

No entanto, ela é uma garota gananciosa, me puxando para baixo, envolvendo as pernas exuberantes ao redor da minha cintura para se esfregar contra o meu pau. Eu amo isso. Amo o jeito que ela me beija como se estivesse morrendo de sede disso. Amo o jeito que acaricia minha pele com uma estranha mistura de ternura e possessividade.

Não é exagero dizer que fui adorado por milhões; fui perseguido por inúmeras mulheres. Mas nunca me senti tão desejado como agora. Estar no palco é viciante, mas não é nada comparado a isso.

Meus dedos se atrapalham com o botão de seu short jeans. Ela levanta a bunda para me ajudar a tirá-lo. Nós dois estamos ofegantes. Está quente demais para estarmos fazendo isso, só que não dou a mínima. De jeito nenhum vou parar. Eu a quero tanto agora, que mal consigo ver direito.

Seu short voa por sobre o meu ombro e eu beijo seu corpo esguio, parando em seus seios, porque eles precisam ser adorados um pouco mais. Eu poderia passar a noite toda aqui. Mas tive um vislumbre do que espera por mim.

Desesperado para chegar ao lugar que quero, me arrasto na cama e gentilmente faço com que ela abra mais as pernas para que eu possa me aninhar entre elas. Calor lambe minha pele e minhas bolas se contraem.

— Uau, você tem uma bocetinha tão fofa.

Ela ergue a cabeça e me encara.

— Não chame isso aí de 'fofa'.

— Mas é — murmuro, dando um beijo suave em seu clitóris rosado, amando o jeito que pulsa sob o meu toque. Eu vibro de satisfação. — Fofa pra caralho.

Ela se deita outra vez no travesseiro, a voz vacilante:

— Tá. Tanto faz.

Eu sei que ela ama isso. Toda palavra indecente que sai da minha boca a deixa mais molhada. Eu passo os nódulos dos dedos ao longo de seus lábios inchados, os observando brilhar. Minha voz está baixa e áspera.

— Vamos ter que nos esforçar para conseguir colocar meu pau aqui.

Ela choraminga, os quadris se projetando para cima, tentando acompanhar o meu toque. Eu empurro meus próprios quadris contra a cama.

— Vai ser tão apertada, essa bocetinha gostosa.

Eu quase gozo bem ali. Minha respiração vacila e me sinto um pouco tonto. Eu abaixo a cabeça, deliciado com o gemido que ela dá quando, com gentileza, chupo seu clitóris. Caralho, eu também gemo, porque ela tem gosto de caramelo, doce e perfeito.

Tudo se torna meio nebuloso, denso e escuro. Estou tão quente que minha pele se arrepia. Não há nada além de mim e a sensação dela contra a minha língua, os sons que ela faz – pequenos gemidos – e o chupar e roçar da minha boca. Minhas mãos seguram suas coxas macias, as deixando no lugar enquanto ela se contorce.

— Killian... Deus.

Eu recuo do meu banquete, amando a forma como a deixei, então dou um sorriso.

— Para você, responderei aos dois nomes.

Um grunhido fofo escapa por entre seus lábios. Ela é rápida, e agarra minha nuca, me puxando para perto.

— Mais.

Eu rio baixinho e satisfeito.

— Sim, senhora.

E quando ela goza na minha língua, meus dedos deslizando dentro dela, é lindo. Ela coloca tudo de si nisso, se arqueando na cama, os seios apontando para o céu, o corpo magro brilhando e úmido.

Ela desaba para trás, segurando os lençóis fracamente.

— Porra.

— Logo, princesa. — Estou lutando para tirar meu short, porque preciso estar dentro dela.

Libby está deitada, olhando para mim. E eu paro para admirá-la. Minha respiração fica presa na garganta e eu não posso deixar de esfregar a palma da mão pela sua coxa.

— Olhe para você, toda aberta e molhada para mim. E linda pra caralho, a ponto de fazer meu coração doer.

Seus seios balançam quando ela dá uma risadinha. *Risadinha*. Eu fiz minha garota reclusa dar uma risadinha.

— Apenas seu coração? — ela pergunta.

— Ah, meu pau dói também. — Eu o seguro agora. Estou tão duro que o membro está pesado. — Ele precisa de um abraço.

Seu sorriso é como o sol, espalhando calor sobre minha pele.

— Venha cá — ela diz.

E estou pronto.

A cama range quando empurro meu short para baixo e chuto a peça para o lado. Meus braços estão instáveis, tremendo, quando me inclino sobre ela. Meu pau roça sua entrada, e ela olha para mim. Quando nossos olhares se encontram, minha garganta se fecha.

— Libby.

Ela toca minha bochecha, mas depois franze a testa.

— Espera.

Eu congelo. Acho que meu coração até para de bater. Eu quero implorar agora, mas consigo falar sem vacilar:

— O que foi? — *Por favor, não me diga que você mudou de ideia.*

Ela me dá um sorriso fraco.

— Você não está esquecendo de uma coisa?

Uma coisa? Eu não faço ideia. Meu pau que está pensando agora, e ele está gritando bem alto: *me deixa entrar!*

Suas sobrancelhas se levantam.

— Camisinha?

A realidade vem como uma queda brusca. Lanço a ela um olhar inexpressivo, antes de soltar um gemido longo e dolorido.

— Puta que pariu.

ÍDOLO

libby

Um lado doentio meu quer rir da expressão agoniada do Killian. Mas, o outro lado só quer chorar. Porque é nítido que ele não tem camisinha.

Sua cabeça mergulha no meu ombro enquanto ele suspira.

— Merda. Eu não... não tenho precisado delas já faz um bom tempo.

Pode me chamar de escória ciumenta, mas um calor enche meu peito.

— Eu também não.

Ele me dá um aperto.

— Eu não planejei isso. Quero dizer, fantasiei o tempo todo, mas não achei que aconteceria hoje à noite.

Isso me deixa mais fascinada ainda por ele. Eu enlaço seus ombros largos e beijo sua bochecha.

— Eu sei. — Se eu tivesse algum juízo, teria feito um estoque por conta própria.

— Estou limpo — diz ele, quase esperançoso. — Nunca transei sem camisinha antes. Faço exames regularmente. Eu deveria ter dito tudo isso antes.

— Eu também. — Eu me contorço um pouco embaixo dele, porque a sensação de seu peso contra mim é tão boa. A ponta do seu pau é larga e quente. Na verdade, dói não o ter empurrando para dentro de mim, pois eu quero tanto. — Mas não estou tomando pílula.

Ele suspira e, como se não pudesse se controlar, balança um pouco os quadris, cutucando minha entrada com a cabeça grossa e larga. Nós dois meio que gememos com desejo. Eu fecho os olhos, lambendo os lábios inchados.

— Killian...

— Só a ponta, linda — ele sussurra, entre um riso e um gemido. — Eu juro que vou me comportar.

Eu também começo a rir. Não muito, porém, porque estou tentada. Mas ele não avança mais.

Seu corpo treme, os músculos flexionados.

— Eu vou comprar umas.

— A luz não voltou. Todas as lojas estarão fechadas.

Killian choraminga, a bochecha descansando contra a minha.

— Eu vou chorar.

Eu bufo uma risada, mas simpatizo com sua dor. Eu também quero chorar.

— Estou falando sério — ele resmunga, o corpo forte tremendo. — Vou dar uma de bebê chorão. — Com um gemido, ele sai de cima de mim e desaba ao meu lado, de costas. Nu e brilhando com suor, ele é tão bonito, que tenho que segurar os lençóis para não pular nele.

Respirando fundo, ele cobre os olhos com o antebraço.

— Só me dê um minuto. Ou sessenta. Ou me mate. Isso pode ser melhor.

— Rei do drama. — Dou uma risada e então me lanço em cima dele.

Ele me pega com um *"Ooof"*, os braços me envolvendo na mesma hora. Beijo seu pescoço úmido, lambendo um ponto – Killian salgado e gostoso – e ele geme.

— Libby. Você realmente vai me matar.

— Hummm... — Faço uma trajetória de beijos ao longo de sua mandíbula. — Só porque não podemos transar não significa que não podemos fazer outras coisas.

Suas mãos deslizam pelas minhas costas, possessivas, me puxando para mais perto.

— Não diga transar nessa sua voz sexy. Ou posso gozar aqui e agora.

Eu mordisco o queixo dele.

— Eu não me importo.

Ele franze a testa, me mordiscando de volta.

— Eu me importaria. Seria humilhante. — Sorri de leve. — Pelo menos antes de te satisfazer.

— Você já me satisfez. Completamente. — Beijo seus lábios, suavemente, devagar, depois me afasto, amando o fato de ele querer mais e mais. Então dou outro beijo. — Me deixa satisfazer você agora.

Seus quadris se projetam para a frente, contra minha barriga, aquele pau grosso pulsando.

— Não vai demorar muito. — Ele impulsiona de novo, um pouco mais insistente. — Apenas coloque essa boquinha gostosa nele, dê uma lambida e vou explodir como um canhão do caralho.

Eu sorrio enquanto roço meus lábios pelo seu peito forte. Suas mãos deslizam no meu cabelo e seguram a parte de trás da minha cabeça, não empurrando, apenas me segurando. Seus músculos dos quadris se contraem, tensos e firmes. Eu poderia tocá-lo por dias.

Minha língua passa pelo abdômen sarado e ele geme, o corpo retesado. Mas quando me movo para baixo, a cabeça dele se levanta.

— Libs, espera...

Ele se cala quando fico cara a cara com seu pau. E abro a boca como um peixe assustado.

— Ahn... — murmuro.

E então me lembro de uma piada que ouvi na faculdade. Sobre o Killian. Uma das garotas em uma festa o chamou de *"don't Kill me"* (não me mate). Porque, como ela havia explicado com rispidez, *groupies* alegaram que seu pau era tão grosso e comprido que uma garota corria o risco de ser partida no meio. Não quero pensar em Killian com outras mulheres. Não mesmo. Mas a evidência está me encarando bem de frente.

Ele apoia o torso nos cotovelos – o que deixa o seu abdômen ainda mais sexy —, e está ofegando levemente, o peito brilhando sob a luz da lua.

— É, sobre isso.

Eu levanto a mão trêmula para silenciá-lo.

— Só... deixa eu me acostumar.

Porque... o pau dele? É grande o suficiente para precisar de um nome próprio. Talvez até um endereço próprio. Claro, eu já o vi antes, mas ele estava mole e sofrendo um caso grave de pau de uísque no momento. Agora está duro como ferro e empunhado para cima como se estivesse implorando para ser acariciado.

Eu obedeço a fera, gentilmente passando a mão pelo comprimento macio e quente, que se contrai, cutucando contra minha mão. Ele tem um belo pau, cor acastanhada, bem modelado e reto, a ponta larga e lisa. Lindo. E minha nossa, pense em um pau bombado. Porque é simplesmente...

Envolvo meus dedos ao redor e meu sexo se contrai. Posso imaginar essa espessura carnuda empurrando seu caminho para dentro de mim. Seria um lance meio árduo, cheio de grunhidos e gemidos profundos. Eu me contraio de novo, lhe dando um aperto. Muito firme.

— Nós vamos devagar — ele diz, quase desesperado enquanto lentamente traço a coroa larga e redonda de seu pênis.

— Sim, nós vamos — murmuro.

— E você não precisa... aaaah, porra, isso é bom — ele geme quando me inclino sobre ele e chupo a ponta grossa, que enche toda a minha boca. E eu também gemo, porque é tão bom chupá-lo. Melhor que qualquer coisa que já fiz.

Killian prageja, faz ruídos aflitos e implora à medida que minha boca o chupa e acaricia, porque não consigo abocanhá-lo por inteiro. Estou tão excitada, que não consigo ficar quieta. Só a visão dele, os braços fortes estendidos para cima, com as mãos agarrando a cabeceira de ferro forjado da cama, o abdômen se contraindo, os quadris balançando... tudo isso envia um calor absurdo pelo meu corpo. Eu o chupo profundamente, lambendo a gota que começa a sair.

Suas sobrancelhas escuras se franzem, os lábios se abrem conforme ele sussurra meu nome de novo e de novo. Sua coxa musculosa desliza entre as minhas e empurra com força contra o meu sexo dolorido. E eu gemo contra o seu pênis.

Nós gozamos juntos, Killian enchendo minha boca, eu montando sua coxa em total abandono. Sem vergonha alguma. Eu o mantenho no calor úmido da minha boca até que o sinto amolecer contra a língua. Ele está ofegante quando o solto e repouso a cabeça contra o abdômen firme.

Sua mão alisa meu cabelo.

— Estou morto — ele sussurra, em seguida, me puxa para cima, me envolvendo em seus braços, e seus lábios encontram os meus. — Você me matou.

Eu acarício seu cabelo úmido de suor.

— Que bom. Então, posso fazer o que quiser com você a noite toda. E você não poderá protestar.

— Faça o que quiser. Eu vou só me deitar aqui e aproveitar.

Podemos não ter as malditas camisinhas, mas ele me mantém saciada por horas, até que começo a cair em um sono profundo sem sonhos, com o corpo forte de Killian pressionado ao meu. Mesmo enquanto adormeço, quero continuar aqui, acordada. Porque ser tão feliz assim não pode ser real. Não pode durar. Pode?

CAPÍTULO DEZ

killian

O travesseiro embaixo da minha cabeça é... fantástico. Sério. Como uma nuvem ou algo assim...

Eu já estive aqui antes. Nessa cama. Nesse travesseiro. Eu acordo de vez, com uma enxurrada de memórias. Beijando Libby. Tocando Libby. Libby me fazendo desmoronar e depois me recompondo.

Sua cabeça está descansando em um travesseiro ao meu lado, os olhos verde-acinzentados encontram os meus.

E meu peito transborda de calor.

— Oi.

Sua voz é suave e ligeiramente rouca.

— Oi.

Estamos aninhados um ao outro. E eu não tinha notado antes. Parece natural, onde eu deveria estar. Toco sua bochecha e passo os dedos por entre os fios de seu cabelo, para puxá-la para mais perto. Eu a beijo de leve e ela se abre para mim com um suspiro. Seria tão fácil rolar sobre ela, separar suas pernas e penetrá-la.

Se eu tivesse camisinha.

— Eu pareceria um babaca total — pergunto, contra seus lábios —, se eu te deixasse aqui e fosse comprar camisinha?

Eu a sinto sorrir.

— Bem, é domingo, então...

— Não — rosno, mordiscando seu lábio. — Não me diga que eles não abrem aos domingos.

Ela suspira, me beijando de volta.

— Não dizer não tornará menos verdade.

— Merda. — Eu me inclino para trás um pouco. Ela está sorrindo, o cabelo castanho cobrindo seus olhos. Eu coloco uma mecha atrás da sua orelha. — Foda-se, vou procurar fora da ilha.

— Eu vou esperar aqui no mesmo lugar.

Mas eu não saio. Eu a beijo mais um pouco, passo as mãos pelas curvas dela, porque ela é macia e quente. E minha.

— Como é? — Libby murmura, entre os beijos.

— Estar com você? — Eu acaricio seu pescoço. — Perfeito.

Seu peito vibra com uma risada.

— Não. Estar no palco. Se apresentando diante de todas aquelas pessoas.

Descansando a cabeça contra minha mão, eu olho para ela. Muitas pessoas perguntam a mesma coisa. E eu nunca dei a mínima. Mas com Libby, uma gota de excitação escorre pela minha coluna. Porque posso vê-la lá, sob os holofotes, sua voz ressoando por todo o ar. Seria lindo.

— Não tem nada na Terra que pode ser comparado ao Animal.

— O animal?

— É como eu chamo a multidão. — Arrasto os dedos pelo seu braço nu. — É uma coisa viva, Libby. Mais do que apenas indivíduos, uma entidade inteira. Você pode sentir isso crescendo na atmosfera. É como... — Mordo meu lábio, tentando expressar o sentimento em palavras. — Como você se sente quando canta?

Ela pisca em surpresa, e suas bochechas ficam rosadas enquanto pensa sobre isso.

— Eu não sei... Às vezes, é a única maneira de me livrar da dor na minha alma. Outras vezes, é como se eu estivesse voando.

— Exatamente — digo, acariciando o rosto dela. — Agora imagine isso de uma maneira intensa. Você está voando a uma velocidade supersônica. E toda essa energia simplesmente te ilumina, até que você se encontra mais quente que o sol.

— Deve ser bom. — Ela está olhando para o teto como se estivesse imaginando.

— É viciante. — Eu me inclino e beijo a ponta do seu nariz. — Quase tão bom quanto sexo com você.

Seus lábios rosados se curvam de leve.

— Ainda não fizemos sexo.

— Nem me lembre. — Encontro aquele ponto perfumado no pescoço delgado e que a faz tremer. — Ficar assim com você é melhor do que qualquer coisa que já fiz antes.

ÍDOLO

É verdade. Chocante, no entanto, isso me enche de um estranho alívio, como se eu tivesse vagado desde sempre e, finalmente, voltei para casa.

Libby segura minha nuca, me segurando perto. Livres, seus dedos se movem pelo meu cabelo. Fecho os olhos em puro prazer e sua voz sai suave:

— Eu costumava...

— Costumava o quê? — pergunto. O rubor em seu rosto aumenta, descendo pelo pescoço. Eu sigo o calor com meus dedos. — Libs.

Ela inspira rapidamente e fala com pressa:

— Eu costumava sonhar em como seria me apresentar em um show.

Eu me ergo em meus cotovelos. Ela tenta evitar meu olhar e eu toco sua bochecha.

— Você tem talento. Por que nunca tentou? — Por que ela está se escondendo aqui? Esse lugar a está sufocando aos poucos. Ela precisa se dar conta disso.

Libby dá de ombros, a atenção focada na minha tatuagem.

— Sou uma pessoa caseira. Porra, frequentar as aulas na faculdade era uma aventura para mim. E meus pais... — Ela dá de ombros novamente, virando a cabeça para o lado, o travesseiro embalando sua bochecha. — Bom, o que eles disseram sobre esse tipo de vida não ajudou.

— Avisaram você, não é? — Posso entender. Tem muita merda no meu mundo. Mesmo assim, ainda me irrita. Eles sabiam que ela era talentosa, que estava curiosa para ver onde isso poderia levar. E eles pisotearam seus sonhos antes que ela pudesse tentar.

Libby dá um suspiro autodepreciativo e olha para mim por baixo dos cílios.

— Eles ficariam furiosos se soubessem que estou com você.

— Você está comigo? — sondo, com cautela. Se eu tiver que lutar contra fantasmas, quero saber agora.

Calor inunda meu peito quando ela levanta a mão e traça minha sobrancelha.

— Estou nessa cama, não estou?

— Sim, você está. — Beijo sua boca, porque tenho que saboreá-la novamente.

Ela geme baixinho.

— Estou dividida entre exigir que vá comprar aquelas camisinhas e manter você aqui.

Minhas mãos vagam para baixo, espalmando sua bunda.

— Se não fosse pelas minhas bolas azuis mandando em mim, eu, com certeza, ficaria aqui.

kristen callihan

— Elas falam muito com você, não é?

Sorrio contra o pescoço dela.

— Sim. No momento, elas estão dizendo: "Se não conhecermos a linda boceta da Libby, vamos entrar em greve e levaremos o seu pau com a gente."

Ela ri.

— Isso não é bom.

— É um blefe. Elas vão ceder em um piscar de olhos. Além disso... — Levanto a cabeça e sorrio. — Meu pau decidiu nunca sair do seu lado.

— Besta.

— Só por você.

Nossa paz é interrompida por uma batida repentina na porta da frente, seguido por um familiar grito feminino:

— Killian James, saia aqui antes que eu mande a polícia prender o pai do bebê!

Eu congelo, horror formigando a pele, enquanto olho para Libby. Ela está completamente imóvel embaixo de mim, os olhos arregalados, até que eles se entrecerram.

— Suponho que você conhece a pessoa que está tentando derrubar minha porta?

Eu lhe dou um sorriso fraco.

— Sim. É Brenna James. Minha prima e um pé no saco.

A pé no saco ainda está batendo na porta e gritando meu nome. Se isso não deixasse minha tia Anna triste, eu mataria a pirralha.

Libby olha para a porta e de volta para mim.

— Você engravidou sua prima?

— Rá-rá. — Estreito os olhos para ela e relutantemente me afasto. — Você é tão engraçada. — Pegando o short do chão, eu me visto e abotoo a braguilha. — Eu vou deixá-la entrar antes que alguém realmente chame a polícia. Já aconteceu antes.

Quando ela fica em silêncio, me viro e encontro Libby franzindo o cenho para mim. Aprumo a postura na mesma hora.

— Não é possível que que você está seriamente questionando isso. — Dou um passo em sua direção. — Porque eu adoraria me deitar nessa cama e demonstrar, detalhadamente, como você é a única mulher na minha vida.

— Kiiiilliaan!

Eu juro que o grito de Brenna poderia ressuscitar os mortos.

ÍDOLO

— Eu acho que teríamos uma plateia — Libby murmura. Ela não se mexeu um centímetro. Menos de cinco minutos atrás, eu estava lá com ela, todo fogoso e contente. Estou com frio agora. E quero voltar.

— Eu não me importo. — A confiança de Libby em mim é mais importante. Eu preciso disso.

Estou prestes a desabotoar a bermuda quando meu celular começa a tocar *"Welcome to the Jungle"*. Caralho. A praga também está ligando.

Libby morde o lábio, mas, em seguida, começa a rir, um som baixo e rouco.

— Vá abrir a porta. Eu tenho que conhecer essa garota.

Meus ombros cedem em derrota, mas dou um sorriso.

— Seu funeral, querida.

— Killian Alejandro James! Acabei de engolir um inseto, e é tudo culpa sua!

Libby bufa uma risada.

— Parece que vai rolar o seu.

Balançando a cabeça, vou até a porta da frente para deixar a fera entrar.

libby

Apesar da brincadeira, não quero sair e conhecer a prima dele. E nem sei o porquê. Tudo o que sei é que estou apavorada. Isso parece o fim, a pequena bolha feliz em que Killian e eu vivíamos sendo estourada pela chegada de sua parente.

A maneira como seu corpo se contraiu, o semblante congelou de horror, quando ouviu Brenna pela primeira vez, me tirou da Terra da Luxúria. Por um momento angustiante, as palavras "pai do bebê" pairaram no ar, me deixando sem saber o que dizer. A agonia foi tão grande que eu queria vomitar.

Isso não é bom para mim. Eu confio no Killian? Sim. Ele é muito impulsivo e franco para esconder outra mulher. Acho que ele nem é capaz de mentir assim. Acho que ele sequer se importaria, verdade seja dita. Killian diz e faz exatamente o que quer.

O problema sou eu. Estou meio apaixonada por um homem que vai passar pela minha vida como fumaça no vento.

Odeio notar o tremor na minha mão enquanto aplico rímel. Fazendo uma careta para o espelho, largo a maquiagem. Que porra é essa de me arrumar para impressionar outra mulher? Isso é um novo nível, Liberty. E um bem baixo.

Vozes na sala de estar ressoam pela casa, o burburinho pontuado pelos comentários mais estridentes da prima do Killian. Quantas pessoas estão lá fora?

Eu entro no corredor e paro.

Killian está de pé, as mãos apoiadas nos quadris, o semblante fechado, enquanto conversa com o que poderia ser o homem mais bonito que já vi na vida. É sério, uau. Cabelo preto sedoso, olhos azuis-claros, pele bronzeada – o cara poderia ser o gêmeo de David Gandy. Vestido com um terno cinza claro, ele parece ter saído de um desfile de moda em Milão e voado para cá em seu jatinho para uma conversa. Ele também parece estar tão satisfeito quanto o Killian.

— O fato de eu estar nesse fim de mundo deveria deixar claro o quanto isso é sério. — Seu sotaque britânico é tão suntuoso quanto o terno. — O tempo para joguinhos está oficialmente acabado, Killian.

— Engraçado — Killian diz, baixo e irritado. — Eu não me lembro de ter colocado você no comando da minha vida.

O homem levanta uma sobrancelha.

— Isso aconteceu no dia em que você assinou um contrato permitindo que eu administrasse sua banda. Mais exatamente, quando me pediu para trazer o Jax de volta ao trabalho o mais rápido possível.

Killian estremece, olhando para fora, a mandíbula flexionada.

— Ele está pronto — diz o homem. — Todos eles estão. Agora você quer jogar isso fora e ameaçar o que conquistei, só porque está enfiando o seu pau...

— Não continue — Killian adverte, o rosto vermelho de raiva. — Nem pense nisso. Entendeu, porra?

Eles se encaram como se fossem inimigos e eu decido dar as caras.

Assim que entro, a tensão se rompe. A expressão severa do Killian suaviza.

— Ei. Eu estava me perguntando quando você apareceria aqui.

Ele estende a mão e eu cruzo a sala, bem ciente do Sr. Deslumbrante

ÍDOLO

e Brenna James me observando. Não gosto de ser o centro das atenções. Nunca gostei. E isso parece uma espécie de teste estranho.

Porque o olhar do Sr. Deslumbrante está penetrando minha pele como um raio laser, eu olho para a prima de Killian, que estava meio oculta na poltrona em que está sentada.

Ela não é nada como imaginei. Eu esperava uma versão *punk* do Killian. Mas não vejo nenhuma semelhança. A garota é alta e pálida, ostenta um punhado de sardas sobre o nariz arrebitado e tem o cabelo cor de mel preso em um rabo de cavalo elegante.

Assim como o Sr. Deslumbrante, ela está impecavelmente vestida com um blazer azul com uma saia lápis. Seus saltos altíssimos são metálicos, o couro de pele de cobra todo nas cores do arco-íris, que deveria fazer com que ela ficasse ridícula, mas até eu sinto inveja. Nunca vi *Louboutins*, para dizer a verdade, mas o solado vermelho só me leva a deduzir que são legítimos.

Ela olha para mim por trás dos óculos de armação vermelha em estilo gatinho. Eu resisto ao impulso de aprumar a postura. Não valeria de nada. A boa postura não vai mudar o fato de que estou usando um short jeans e uma regata branca surrada. Sou um camundongo que entrou em um covil de leões. Na minha própria maldita casa.

A mão quente de Killian segura a minha, me puxando para o lado dele.

— Libby, esse é o meu empresário, o Sr. Scott, ou Scottie, como todos nós o chamamos.

O homem bonito, que é ainda mais bonito de perto, me dá um curto aceno.

— Senhorita Bell.

Então ele já sabe meu nome. E não parece nem um pouco feliz.

Killian inclina a cabeça na direção de Brenna.

— E você já ouviu sobre essa pé no saco.

Brenna revira os olhos e se levanta para atravessar a sala.

— Ele só está furioso porque sei onde ele esconde os corpos.

— Apenas fique grata por você não estar se juntando a eles — Killian rebate. Seus dedos se acomodam abaixo da minha blusa, acariciando a pele nua. O olhar de Scott segue o movimento e seus lábios se contraem.

Corando, ignoro sua reação e sorrio para Brenna.

— Qualquer um que consiga fazer o Killian se mover rápido daquele jeito está bem na minha lista.

— Rá! — Brenna enruga o nariz para Killian. — Viu? Eu sou útil.

Killian bufa, mas olha para mim.

— Brenna é nossa Relações Públicas.

— Prazer em conhecê-los — cumprimento ambos. Não é precisamente verdade, mas não quero me indispor com as pessoas na vida do Killian. — Vocês aceitam algo para beber?

— Obrigado, mas, não. — Sr. Scott me dá um sorriso gélido. — Nós já estávamos de saída.

Ele olha pela janela. É nesse momento que noto um pequeno caminhão de mudanças, assim como alguns caras carregando as coisas do Killian. Um homem sai, levando um dos estojos com os instrumentos.

O pânico me atinge, e Killian me segura mais perto, como se sentisse meu medo.

— Encontro vocês daqui a pouco — diz ele.

O Sr. Scott assente, depois de me oferecer um brusco "bom-dia", e sai da minha casa. Brenna não se apressa, e dá um beijo na bochecha do primo antes de me lançar um sorriso de leve.

— Nós nos veremos de novo, tenho certeza — afirma ela.

Meu aceno é fraco. Eu murmuro alguma despedida, mas realmente não sei o que estou dizendo. Sinto o sangue bombeando nos ouvidos, abafando o som da minha voz. Meu coração está entalado na garganta.

O silêncio em que nos deixam é doloroso e absoluto.

Killian pigarreia e tenta me abraçar, mas eu me afasto.

— Você está indo embora.

A luz do sol se infiltra pelas janelas e recai sobre ele, deixando-o com uma aura dourada, surreal. Os músculos esculpidos de seu peitoral e abdômen, as linhas fortes de seu rosto, os poderosos olhos escuros – tudo isso se destaca em acentuado relevo. Uma parte minha está maravilhada por ter tocado cada centímetro desse corpo, por ter beijado seus lábios e ter tido o prazer de senti-los.

Não parece real mais.

Ele olha para mim e vejo o sofrimento refletido em seus olhos. Pareço tão fugaz para ele?

— Eu não quero ir — diz ele, sem graça, mas em tom de despedida —, mas Scottie agendou alguns shows antes da nossa turnê de outono. E todos os caras querem fazer isso. — Ele passa a mão sobre o cabelo curto. — Eu que estou me isolando.

— Essa é a primeira vez que vocês estarão juntos desde… — Mordo meu lábio.

— Jax — ele conclui por mim. — Sim.

Inquieto, trocando o peso entre os pés, ele parece estar duelando entre ficar e sair porta afora. Posso estar imaginando coisas, eu sei, mas, ainda assim, sei que ele está dividido. Posso ver isso em seus lábios contraídos e olhos suplicantes.

— Bom, então — murmuro, baixinho —, você precisa se juntar a eles.

Ele pisca como se eu tivesse dado um soco nele. Não sei o que mais ele esperava que eu dissesse. Killian tem que entender que eu nunca seria um obstáculo em sua vida.

Quando ele volta a falar, sua voz soa áspera, como se tivesse gritado por um longo tempo:

— Pensei que teria mais tempo. Eu *queria* mais tempo.

Não me iludi de que esse verão significava algo mais do que uma válvula de escape de Killian para a realidade. Isso não me impede de estar magoada, no entanto. Porém, não demonstro isso de jeito nenhum.

— Esse é o lance com os finais na vida real. Você nunca sabe quando vão acontecer.

— Finais? — Sua cabeça se ergue. — É o que acha que está acontecendo?

Eu franzo o cenho, confusa.

— Não é isso que você está tentando me dizer? Adeus?

— Não! — Ele me puxa contra ele e segura firme. A raiva contorcendo seu semblante. — Se você quer se livrar de mim, vai ter que se esforçar mais, boneca.

Incapaz de resistir, passo as mãos sobre o seu peito. Por toda a pele quente, sentindo seu coração acelerado e combinando com o ritmo doloroso do meu.

— Eu não quero dizer adeus — admito, baixinho.

Killian me beija como se estivesse me atraindo para ele, memorizando meu gosto. Apesar de suas palavras, é um beijo que parece uma despedida. Ele está respirando com dificuldade quando se afasta para recostar a testa à minha.

— Então não diga.

Faço uma carícia em seu pescoço largo; é como tentar amaciar aço maciço.

— Você está saindo em turnê. Quanto tempo isso dura? Quatro meses? Cinco?

Ele me puxa para mais perto.

— Contando os ensaios e shows pré-turnê, eu diria uns cinco e meio. — Ele abaixa a cabeça para encontrar meu olhar. — E daí? O que os olhos não veem, o coração não sente? É o que você acha, Libs?

Meus dedos se curvam.

— Estou tentando ser realista. Eu sei o que acontece durante essas turnês.

Ele bufa uma risada de escárnio, entrecerrando os olhos como fendas negras.

— É mesmo?

Um rubor de raiva se alastra pela minha pele.

— Não seja idiota. 'Sexo, drogas e *rock and roll*' é um clichê por um motivo.

— Ah, eu sei disso melhor do que ninguém, querida. — Ele me solta, parecendo aborrecido. — Mas se você acha que é o que vai acontecer quando eu estiver em turnê, então você não me conhece de jeito nenhum.

— Estou tentando fazer a coisa mais madura aqui — rebato, reprimindo a vontade de gritar —, e deixar você ir sem se preocupar comigo.

— Ah, bem, obrigado por ser tão útil. Que tal, ao invés disso, você me dar algum sinal de que o que temos significa mais para você do que só uma aventura de verão? — Ele levanta a mão com um bufo. — Porra, você me faz parecer alguém carente.

Eu mordo meu lábio. Mesmo quando estou chateada com ele, eu o amo. Isso me assusta pra caramba.

— O que somos um para o outro, Killian? — pergunto, baixinho.

Seus olhos encontram os meus.

— Eu não sei. Mas é real. É a única coisa real que tenho agora.

— Você tem a música...

Ele me interrompe com um olhar feroz.

— Não quero sair por aquela porta sentindo que assim que a fechar é o fim para nós dois. Porque não vou fazer isso, Liberty. Até onde sei, nós acabamos de começar. De jeito nenhum vou...

Enlaço seu pescoço e o puxo para mim. Suas palavras acabam em um grunhido abafado quando beijo seus lábios. Mas ele não resiste. Ele se inclina para mim, abrindo minha boca com a sua, deslizando a língua para sentir meu gosto. Com um gemido, ele agarra minha bunda e me puxa para cima. Envolvo sua cintura com as pernas e me seguro enquanto ele caminha para trás, sem interromper o beijo.

ÍDOLO

Nós acabamos no sofá, Killian espalmando minha bunda com vontade. Seu hálito resfria minha pele, os lábios deslizam para o meu pescoço, e seu corpo comprido estremece.

— Libby. — Lábios macios acariciam o ponto atrás da minha orelha que faz meu corpo se contrair. — Não é assim que eu queria que isso acontecesse.

Eu beijo sua bochecha, depois o canto do seu olho.

— Como você imaginou isso?

Ele esfrega minhas costas, explorando meu pescoço e ombro com a boca.

— Eu tenho pensado muito sobre isso, na verdade.

— Sério? — Eu tento me afastar para encará-lo, mas ele não deixa.

Suas mãos voltam para minha bunda e apertam. Com um suspiro, repouso a cabeça em seu ombro e ele dá um beijo na minha bochecha.

— Sim, é sério. — Por um longo momento ele fica parado, apenas me segurando contra ele como se estivesse aproveitando o ato. E eu também. Ele é forte e quente, seu coração soa como uma batida reconfortante no meu ouvido.

Seu ritmo aumenta quando ele respira fundo.

— Libs... venha comigo.

— O quê? — Eu me sento na mesma hora.

Suas mãos se afastam das minhas coxas, e ele esfrega uma à outra enquanto me encara.

— Venha comigo em turnê.

— Não.

— Não? — Sua risada curta é incrédula. — Não precisou nem de um momento para pensar? Só... não?

— Você está se reunindo com sua banda depois de um ano. De jeito nenhum vou aparecer pendurada em seu braço como uma Yoko Ono caipira.

Ele ri de novo, dessa vez com mais humor, embora a expressão esteja tensa.

— Você sabe, toda a coisa da Yoko foi exagerada. Os Beatles já estavam se separando.

— O fato de você chamar de "coisa da Yoko" prova meu argumento. A verdade não importa. É a percepção. E seus colegas de banda não vão gostar que eu apareça a reboque.

Seus dedos voltam a apertar minhas coxas. Não com força, mas com firmeza suficiente para mostrar sua agitação.

— Você não sabe disso. Você nem os conheceu.

— Eu conheço as pessoas. — Usando seus ombros como apoio, me levanto do seu colo e me sento no sofá, ao seu lado. — O Sr. Scott olhou para mim como se eu fosse um problema que ele precisa resolver.

— Pode chamá-lo de Scottie, e ele olha para todo mundo assim. — Killian se vira para mim. — Além disso, não quero que você venha comigo como uma acompanhante. Eu quero que você cante comigo.

Minha boca se escancara. Sei que não posso fazer nada além de gorgolejar como um peixe fora d'água enquanto encaro o rosto esperançoso de Killian. Demoro um minuto para encontrar minha voz, e é um guincho patético quando falo:

— Cantar? Como, tipo, subir no palco com você?

— É claro. — Uma ruga se forma entre suas sobrancelhas retas. — Do que mais eu estaria falando? Eu tenho escrito essas músicas para nós.

— Killian... eu não sou... — Ergo os braços, procurando as palavras. — Você estava ouvindo quando falei sobre meus fracassos espetaculares? Eu sou uma rainha dos micos no palco.

— Muitas pessoas têm medo do palco. — Ele não pisca, não vacila. — E se eu não tivesse visto o remorso em seus olhos quando você me contou essas histórias, eu até poderia ignorar.

Cerro meus punhos, querendo bater o pé.

— Você está esquecendo que sou uma amadora. Eu canto na minha varanda, de calcinha, não na frente de oitenta mil pessoas. Pessoas — acrescento, quando ele tenta falar — que não estariam lá para me ver de qualquer maneira.

Killian cruza os braços sobre o peito. Não é justo que ele não tenha colocado uma camiseta. Toda essa força viril ondula sob sua pele bronzeada e me faz querer ceder só para que eu possa tocá-lo novamente.

— Você já terminou? — pergunta.

De admirá-lo? Nunca. Mas percebo que ele está falando sobre o meu discurso. Eu lhe dou um olhar azedo, que ele retorna com uma sobrancelha levantada.

— Primeiro — ele diz —, se você cantasse de calcinha, oitenta mil pessoas, definitivamente, estariam te observando.

Ele ignora minha revirada de olhos.

— Segundo, isso é rock. Todo o nosso sucesso é parte talento, parte sorte e determinação louca. — O lábio dele se contorce. — Jax costumava brincar que somos todos amadores por lá. Entusiastas sortudos.

ÍDOLO

Um suspiro me escapa e eu me afundo no sofá. Lá fora, Brenna está marchando, dando ordens aos caras da mudança. Scottie está na varanda do outro lado, o olhar focado na minha casa. Eu sei que ele não pode me ver, mas é como se pudesse. É uma questão de tempo antes que ele volte aqui.

A voz profunda de Killian é baixa, persuasiva, me puxando de volta para ele:

— Tudo o que estou pedindo são três músicas: *'Broken Door', 'In Deep'* e *'Outlier'*.

As músicas que trabalhei com ele. Elas são lindas, baseadas na harmonia e nos vocais ao invés das batidas poderosas. E elas não são nada como o estilo musical da Kill John.

— Como você sabe que a banda vai gostar dessas músicas?

Ele não olha nos meus olhos.

— Eles vão gostar.

— O que significa que você não sabe.

— É a minha banda.

— É deles também.

O homem realmente rosna. Seria meio sexy se eu não estivesse tão aborrecida com ele. Killian se levanta e abre os braços.

— Por que você está lutando contra isso? A verdade. Não as desculpas.

— Porque não sou impulsiva como você! Eu preciso pensar sobre as coisas.

Ele passa a mão no rosto.

— Você me disse que sonhou com essa vida, que tentou, mas foi encorajada a se afastar. Você me perguntou como era se apresentar diante de uma plateia, ser adorado. Me deixa te mostrar. Me deixa te dar o mundo, boneca.

Agora é que eu me sinto pior. Uma sensação horrível e rastejante invade minha barriga, e tenho o desejo de correr para o meu quarto para me esconder.

— Isso foi apenas... conversa de travesseiro.

— Conversa de travesseiro? — Ele empalidece.

Eu estremeço.

— Você sabe, me conte sobre sua vida. Estava tentando conhecer você.

Suas bochechas coram.

— Você estava só tentando me agradar?

— Não. Eu queria conhecer você. Saber como é a sua vida fora daqui.

— Mas não ver isso por si mesma? — Seus olhos se estreitam, aquele rubor dominando seu pescoço.

— Exatamente.

O silêncio se estende por tanto tempo que podemos ouvir os sons das portas dos caminhões se fechando. Os motores sendo ligados. O pessoal da mudança terminou. E estou supondo que nós também. Um nó se aloja na minha garganta. Mas não me movo. Apenas encaro Killian, que olha para mim com desgosto.

— Besteira — ele sussurra.

Alguém buzina insistentemente. Estou supondo que seja a Brenna.

— Eles estão esperando por você — digo.

Suas narinas se alargam, e no segundo seguinte, ele avança. Estou em seus braços antes que possa piscar. Ele me levanta e me dá um beijo avassalador, voraz, repleto de mordidas. Eu retribuo o ardor, mordendo de volta. A ideia de que eu não vou poder senti-lo ou saboreá-lo mais rasga meu coração. Seu beijo se torna mais suave, mas não doce. Não, ele está moldando e definindo meus lábios com os dele, saboreando.

Tento abraçá-lo, mas ele se afasta. Killian está respirando com dificuldade, o lábio inferior inchado e úmido.

— É melhor eu ir agora antes de dizer algo do qual vou me arrepender.

Uma parte minha se arrepende de o ter conhecido. Porque isso dói demais. Eu poderia ir com ele, poderia me perder nele. Mas só de pensar nisso, todo o meu corpo congela de medo, a ponto de eu ter que engolir em seco diversas vezes. Não consigo fazer isso. E não posso sair dessa casa.

Ele procura por algum sinal no meu rosto. Tudo o que vê faz seu maxilar contrair. Seus dedos apertam meus braços.

— Nós não terminamos. Você me ouviu? Não estamos nem perto de terminar.

— Eu não quero que isso termine — digo, em um sussurro.

Seus dentes rangem alto.

— Então pare de ser uma covarde e dê um jeito de ir para Nova York.

Quando não digo nada, ele pragueja e se afasta. A porta se fecha com um baque surdo. E ele se foi.

CAPÍTULO ONZE

killian

Nova York sempre será minha casa, e a cidade exerce um efeito estranho em mim: eu relaxo e recupero as forças no mesmo instante. Ir ao encontro de Jax, no entanto, é outra história. Meus dedos tamborilam contra a coxa conforme subo pelo elevador privado até seu apartamento. Scottie se ofereceu para marcar uma reunião em um território neutro, mas eu rejeitei a ideia. Jax não é meu inimigo. Nunca foi e nunca será.

Não significa que estou ansioso para isso.

O elevador se abre diretamente no hall de entrada do apartamento.

Dois anos atrás, uma revista fez uma matéria gigante sobre Jax em casa. Jax mostrando seu loft industrial, levando uma vida de jovem estrela do rock. O que eles nunca souberam é que foi tudo uma mentira. Não era nem o apartamento do Jax, era do Scottie.

A casa de verdade do Jax parece um lugar em que uma velha socialite de Nova York moraria: pisos de madeira escura, sancas, cores vivas nas paredes, obras de arte clássicas em molduras douradas ornamentadas. Isso me faz rir toda vez que o visito, porque eu meio que espero que Jax apareça vestindo um *smoking* e segurando um cachimbo.

— Toda vez que você entra aqui, você está sorrindo.

A voz do Jax interrompe meu pensamento. Eu nem tinha notado sua presença.

Ele está encostado no braço de um sofá de veludo verde em sua sala de estar – sim, ele tem uma sala de estar, pelo amor de Deus.

Eu olho para ele por um segundo. Ele está mais musculoso do que já o vi, a cor saudável, o cabelo castanho-claro mais comprido que o normal, quase alcançando a gola da camisa. Eu coloco o meu estojo do violão no chão.

— É porque espero ser recebido por um mordomo. Ou talvez encontre um pequeno *poodle* latindo aos meus pés.

— Eu estive pensando em adotar um cachorro. — Jax se levanta. Os cantos de seus olhos se enrugam, a cabeça se inclina para a direita. Conheço o rosto dele tão bem quanto o meu. Melhor até, porque eu o vejo desde os seis anos de idade, então sei que ele está tenso e odiando isso.

Nós dois estamos.

Eu deixo todo o fingimento de lado e cruzo a sala para puxá-lo para um abraço de homem, dando um tapa no ombro dele.

— Idiota do caralho — eu digo, com rispidez. — Você parece bem.

Ele me abraça de volta antes de nos separarmos.

— Você parece uma merda. Que porra você fez no seu cabelo?

Eu sei que ele está zoando, mas minha mão, reflexivamente, toca meu cabelo cortado. Por um instante, não vejo mais o Jax, só vejo Libby de pé diante de mim, os seios pequenos tentando ao máximo escapar da regata fina que ela estava usando, as bochechas coradas e as mãos tremendo enquanto ela cortava meu cabelo. Eu quase posso sentir os dedos dela deslizando ao longo do meu couro cabeludo novamente, movendo minha cabeça para a direção que ela queria.

Caralho, só de pensar nela meu peito dói.

— Algo que eu deveria ter feito há um tempo — digo, baixinho, como se não estivesse todo fodido por dentro.

Jax acena com a cabeça, mas não diz mais nada. Ficamos ali, nos encarando, em total silêncio. Tem sido assim desde que ele acordou no hospital. Eu, porque não conseguia pensar em nada para dizer que não acabasse comigo esbravejando com o idiota, e Jax?

Eu costumava saber o que ele estava pensando só de olhar para ele. Ou eu pensava que achava. Percebi, na verdade, que não sabia de nada.

— Bom — diz Jax, rompendo o silêncio. — Você quer uma bebida ou algo assim?

— Não. Estou bem.

Ele acena novamente, depois pragueja:

— Porra, Kill, apenas coloque essa porra logo para fora.

Colocar para fora? Eu nem sei por onde começar. Meu peito se aquece e o calor sobe pela garganta. Meu punho cerrado se conecta com seu queixo e Jax cai no chão, derrubando uma mesa lateral.

— Jesus. — Jax esfrega o rosto e dá uma risada fraca. — Esqueci que seu soco é forte pra caralho.

ÍDOLO

Eu flexiono meus dedos.

— Eu não sabia que ia fazer isso.

— Eu sabia. — Ele grunhe e lentamente se levanta, dispensando minha oferta de ajuda. Jax toca o lábio rachado, agora com uma gota de sangue. — Você se sente melhor?

— Não. — Sigo até a cozinha para pegar um pouco de gelo. — Minha mão está doendo pra cacete.

— É, desculpa, meu rosto ficou no caminho. — Ele pega o saco de gelo que arremesso para ele. — Você vai colocar gelo nessa mão?

Eu quero a dor.

— Não te bati com tanta força assim.

Jax bufa uma risada sarcástica e se dirige para um bar estiloso em um canto. A minigeladeira está abastecida com garrafas de água e sucos. Uma grande mudança em comparação com toda a cerveja e vodca que costumavam enchê-la.

— Quer alguma coisa?

— Um suco.

Nós bebemos nosso suco como bons garotinhos até que não aguento mais:

— Foi o pior momento da minha vida. Encontrar você, saca? — Engulo em seco e olho para os meus nódulos avermelhados. — Eu sei que foi pior para você. Mas nem saber disso ajuda. Eu... você me assustou pra caralho.

— Eu sei. — Seu semblante está inexpressivo, a bolsa de gelo derretendo em suas mãos. Naquele dia, seus olhos verdes estavam avermelhados e sem brilho. Agora estão brilhantes, e quando ele pisca, parece estar devaneando. — Eu não estava pensando em você. Ou em qualquer um.

— Eu era o seu melhor amigo. E você... você poderia ter vindo até mim.

Ele bufa, tentando sorrir, mas falha.

— Você teria tentado melhorar as coisas.

— Porra, claro que eu teria. — Empurro a cadeira em que estou recostado e sigo até uma janela semioculta por cortinas vermelhas de seda.

— Eu não queria ser consertado — diz ele. — Não naquela época.

Não consigo nem responder, e Jax suspira.

— Se eu estivesse no meu perfeito juízo, teria feito as coisas de uma maneira diferente. Mas esse é o problema. Eu não estava.

Meus dedos agarram o tecido de seda.

— Você vai fazer aquilo de novo?

Demora muito para ele responder. E quando responde, sua voz não soa com tanta convicção:

— Não pretendo.

Dou uma risada de escárnio, sentindo a raiva incendiando minhas veias.

— Isso é reconfortante pra caralho.

— Estou sendo honesto. Estou recebendo ajuda, e isso é tudo que posso fazer.

Olhar para ele é pior. Ele parece calmo, composto, enquanto estou prestes a surtar.

— Não sei se posso fazer isso de novo — digo a ele. — Sair em turnê, essa vida, isso é um gatilho pra você, e não quero fazer isso. Vou ficar me preocupando se irei te encontrar de novo, se afogando em seu próprio vômito.

Uma imagem vívida pisca na minha mente. Mas não é a do Jax. É a minha, Libby me abaixando, me acomodando em uma cama e ordenando que não vomite de novo. Culpa e aversão cobrem minhas entranhas.

Jax me encara.

— Eu mereço isso. Mas vamos esclarecer uma coisa: você, Killian James, não é Deus, porra, e não pode consertar tudo ou proteger todos nós.

— Que porra é essa?

— Não me venha com essa, caralho. Você sempre foi assim, pegando todos nossos problemas como se fossem seus. Pensando que pode consertar a vida de todos e torná-la melhor. Você não pode. Só pode fazer isso com a sua. — Ele se levanta e larga a bolsa de gelo na mesa. — O que eu fiz foi uma merda. Estou recebendo ajuda. Isso é tudo o que posso dizer. Você pode lidar com isso ou não. A decisão é sua.

Ele se dirige para o pequeno estúdio que tem no apartamento, sem olhar para trás.

Deixado ali sozinho, volto para a janela. Bem abaixo, o tráfego é um fluxo constante, inúmeras pessoas estão correndo pelas calçadas. Sempre tentando consertar a vida das pessoas e torná-las melhor? Há algo de errado com isso?

Eu penso em Liberty, se ela estivesse aqui comigo, o que diria agora. Mas ela está em silêncio na minha cabeça. Em vez disso, vejo o medo e a frustração nos olhos dela quando tentei convencê-la a se apresentar comigo.

— Porra — sussurro.

Pego meu celular e envio uma mensagem para ela. Suas respostas são

ÍDOLO

rápidas. As minhas também são. Cada troca cimenta uma sensação estranha por dentro, como se eu tivesse danificado algo entre nós. Meu polegar acaricia a tela. Eu quero ir até ela. Mas também tenho um trabalho a fazer aqui.

Enfiando o aparelho no bolso, pego meu violão e decido ir tocar com Jax.

libby

Ele se foi. E é como se o sol tivesse morrido. Minha órbita está desligada, tudo escuro e silencioso. Dói respirar, dói me mexer. Eu sabia que ele acabaria indo. E sabia que isso doeria, mas ainda não estava pronta. Nada mais está certo.

Eu tento trabalhar, percebendo que tenho a criatividade de um papelão molhado. Eu meio que apenas me sento, sem forças, encarando a tela. Finalizo meus projetos – não ficarei surpresa se meus clientes reclamarem do trabalho sem um pingo de inspiração que enviei –, e recuso novos trampos. Tenho dinheiro suficiente para tirar umas férias.

Só que o que realmente estou fazendo é andando de janela em janela, sobressaltada a cada pequeno som e recuperando o fôlego sempre que um carro passa pela estrada, o que não é frequente… porque moro no meio do nada.

Assim que Killian foi embora, eu sabia que tinha cometido um erro. Eu deveria ter ido com ele; deveria ter mandado meus medos calarem a boca. Mas pensar em retrospectiva é realmente uma merda. Só agora vejo o que me tornei.

Uma pessoa pode ficar… presa, por falta de uma palavra melhor, em uma vida. É surpreendentemente fácil, na verdade. Horas se tornam dias, dias se transformam em meses. Antes que você perceba, anos se passaram, e você é apenas essa pessoa, alguém a quem você mesma não reconheceria.

Meus pais morreram e, de alguma forma, eu também. Amigos se afastaram – não, eu me afastei deles. Não posso mais fingir. Eu me afastei de tudo – me escondi na velha casa da vovó e com um emprego que que permitia que eu nunca precisasse sair de casa, e simplesmente fiquei na minha concha. Não foi nem uma decisão consciente. Eu simplesmente recuei e nunca mais voltei.

Killian queria me arrastar pelos meus tornozelos de volta ao mundo dos vivos. Pior, ele queria me empurrar para o centro do palco. Agora ele se foi.

E eu o deixei ir embora.

— Eu sou uma idiota — digo para o quarto.

O silêncio ressoa. Eu costumava amar o silêncio. Eu o odeio agora. Odeio.

— Pooorra. — Não tenho certeza se gosto desse lance de falar em voz alta para mim mesma. Mas tenho coisas mais importantes para me preocupar.

Estou deitada no chão, vestindo a camiseta suja de *Star Wars* do Killian, como uma adolescente apaixonada, então uso meu telefone para abrir um site de pesquisa. Não tenho ideia de onde ele está hospedado, mas pelo menos posso chegar à cidade correta.

Estou procurando voos para Nova York quando meu celular vibra com uma mensagem.

> Você estava certa. Eu precisava enfrentar o Jax sozinho.

Eu olho para a tela e congelo. Isso é bom. Por que não parece nada bom?

Pequenos pontinhos pulsam na parte inferior da tela enquanto ele escreve. Outra mensagem aparece.

> Estamos bem agora. Eu realmente quero voltar ao trabalho.

Engolindo em seco, me forço a escrever.

> Estou feliz. Tudo ficará bem. Você vai amar.

Não sei mais o que dizer. Estou feliz por ele. Pouco depois, ele responde.

> Eu sinto sua falta. Me prometa que virá a um show.

Não há mais pedidos para ir me apresentar com ele. Piscando com força, olho para a janela onde o sol brilha forte e quente. Minha visão fica embaçada e eu pisco de novo.

ÍDOLO

> Claro que vou.

Uma lágrima escorre pela minha bochecha. Eu a ignoro. Ele escreve novamente.

> Eu quero pedir desculpas. Eu tentei te forçar a algo para o qual você não estava preparada. Fui egoísta. Eu peço perdão.

Ele está sendo adorável, e ainda assim minha garganta dói por reprimir o choro.

> Tudo bem, Killian. Eu sei que você tinha boas intenções.

Jesus, nós estamos enviando mensagens como se fôssemos estranhos. Eu tento pensar em algo leve, algo que se pareça com nós mesmos. Qualquer coisa. Mas então ele envia outra.

> Tenho que ir ensaiar. Conversamos mais tarde?

Talvez conversemos. Mas tenho certeza de que o que tivemos não é mais o mesmo. Minha mão treme enquanto digito.

> Claro. Divirta-se. :)

O pequeno emoji de sorriso me encara com zombaria. Eu desligo o celular e o jogo de lado antes que Killian possa responder. Deitada no chão ao sol, fecho os olhos e choro. Eu perdi a minha chance e só tenho a mim mesma para culpar.

CAPÍTULO DOZE

killian

A seção VIP pode ser um oásis de calmaria ou uma tempestade pulsante de energia frenética. Quando você é famoso, aprende rapidamente que é decisão sua como a noite será. Você quer privacidade? Você tem. Você quer um grupo de mulheres dispostas a cavalgar o seu pau e gemer seu nome? Tem também.

Essa noite é privacidade. Jax e eu esperamos em uma sala com vista para um bar lotado e um palco vazio. Mesmo que o clube tenha uma sala VIP, não é pretensioso, servindo cerveja e hambúrgueres em vez de champanhe e coquetéis. Novos artistas promissores se apresentam todas as noites e a plateia adora dançar apenas pela diversão, não para serem vistos.

A batida da música pulsa lá em baixo, mas está relativamente quieto aqui em cima.

Uma garçonete de calça jeans surrada guia Whip e Rye até nós logo depois.

No momento que ele nos vê, Rye, nosso baixista, vem correndo. E embora eu seja mais alto, ele quase me levanta do chão quando me dá um abraço apertado que chega a machucar as costelas.

— Já era hora de você chegar aqui, filho da puta. — Quando eu rio, na verdade, quase um chiado, ele me coloca no chão e me dá um tapa na cabeça. — Pensei que você ia se tornar um fodido eremita.

Rye é forte como um *linebacker*, com a energia de um filhote de cachorro. Uma combinação assustadora. Ele está sorrindo largamente agora, mas há cautela em seus olhos. Seu rápido olhar para Jax me diz tudo que preciso saber. Eles não têm certeza sobre ele também.

— Eu estava de férias, idiota.

— Pegando um sol na bunda enquanto a gente trabalhava — diz Whip, vindo até nós.

As pessoas geralmente pensam que somos parentes, porque nos parecemos muito, só que os olhos dele são azuis. Na escola, costumávamos dizer às garotas que éramos primos, mas era uma besteira. Ele é irlandês, com um leve sotaque para provar isso.

Ele me dá um toque rápido no ombro.

— Me diga que você encontrou uma garota gostosa para mantê-lo ocupado.

Eu nunca escondi nada deles. Mas, por algum motivo, não quero contar a eles sobre Libby agora. Não quando sei que eles farão perguntas.

— De acordo com a Brenna — Rye diz —, ele tinha uma vizinha fofa.

Reteso a postura na mesma hora.

— Você está fofocando com Brenna de novo?

As bochechas de Rye coram um pouco. Todos nós sabemos que ele tem uma paixonite pela minha prima. E, sim, estou usando isso a meu favor agora.

Mas ele rapidamente bufa uma risada.

— Estou tomando essa evasiva como um sim — caçoa.

Nós nos juntamos a Jax à mesa.

— O que ele está evitando? — Jax pergunta.

— Falar sobre a amiga que ele fez no acampamento de verão — diz Whip.

Uma garçonete chega e prepara a rodada de cervejas que Jax pediu. Rye lança um olhar para ela, que sorri largamente.

— Eu não deveria perguntar..., mas você é o JJ Watt?

Nós todos nos engasgamos com nossas cervejas, tentando abafar o riso. Com exceção de Rye, que cora novamente. Seu sorriso é largo.

— Não diga a ninguém que estou saindo com o One Direction aqui, okay? Pode acabar com a minha reputação.

— Okay. — Ela franze o cenho quando mostro o dedo do meio para o Rye, e Whip chuta sua canela sob a mesa, fazendo as garrafas chacoalharem.

— Caracas — comenta Rye, quando ela sai. — Um ano longe da imprensa e sou confundido com um *linebacker*.

— Você se parece com ele — atesta Whip, olhando para Rye. — Só que mais baixo. Porém, você pode ter bastante transas com as sobras dele.

— Minhas transas foram e sempre serão de primeira linha, e todas minhas, então, vá se foder. — Rye volta sua atenção para mim. — Então, e sua paixão de verão?

— Desviando do assunto. — Tomo um longo gole da cerveja antes de dar-lhe um olhar que não diz nada. — Sim, havia uma vizinha. Não, ela não foi uma paixão de verão. — Libby é muito mais que isso. — Nós saímos. Ela é legal. Seu pai era um guitarrista de estúdio. George Bell.

— Não brinca! — Rye se inclina, interessado.

— Você o conhece? — Whip pergunta.

— Eu não o conheci pessoalmente — diz Rye —, mas já ouvi falar dele, claro.

Não é uma surpresa que Rye saiba alguma coisa sobre o pai da Libby. Sempre que saíamos em turnê, ele ficava com o nariz enfiado em algum livro de história da música. Não há um instrumento que ele não possa tocar ou um musical que não possa citar. E nós tentamos enganá-lo. Muitas vezes. Nós sempre falhamos.

— Vocês não conhecem? — ele pergunta, quando não esboçamos nenhuma expressão.

— Nunca ouvi falar — admite Jax.

— Ele era um guitarrista top. Poderia ter sido uma estrela por conta própria. Mas acho que ele não queria isso. Ele deu apoio em sessões de gravação para um monte de grandes bandas no final dos anos oitenta e noventa.

— Foi isso mesmo que a Libby disse. Ele a ensinou a tocar. — Dou uma olhada à mesa e reparo nos sorrisos bestas. — Credo, vocês podem parar de pensar com seus paus. Ela na verdade me ajudou a compor algumas músicas.

— Sério? — Jax sonda.

Não gosto nem um pouco do olhar dele, como se Libby já fosse diversão barata e garantida. Eu poderia ter contado a eles sobre meu relacionamento com ela, mas agora não vou contar mais. Em vez disso, eu me recosto de volta no assento e dou de ombros.

— Ela canta e toca violão. E, sinceramente, ela é incrível. — Faço uma pausa, considerando, mas foda-se, esses são os meus melhores amigos. Não posso esconder tudo. — Eu pedi a ela para vir tocar conosco.

— Como é? — Jax olha para mim como se tivesse brotado um pau na minha testa.

— Não se preocupe, ela se recusou. — Ainda assim, foi uma jogada inteligente, porque sei que ela nasceu para estar aqui. Da mesma maneira que eu.

— Que tal nos perguntar primeiro? — Jax resmunga, com outro olhar de desgosto. — A Kill John não precisa de outro membro.

— Seria para tocar três músicas com a gente, como convidada. Porra, Jack White faz isso o tempo todo e é brilhante.

— Você não é o Jack White.

— Eu diria que sou melhor, mas de onde estou sentado agora, admiro a disposição de Jack de se expandir e testar seus limites. Nós não fazemos isso.

Rye dá uma risada sombria.

— Ele está certo, cara. Precisamos de novo material.

Jax ainda está me olhando como se eu tivesse mijado em sua comida. Eu sacudo a cabeça.

— Se vocês querem saber a verdade, eu não tinha interesse em voltar até ouvi-la tocando. Ela foi minha musa inspiradora.

Todos olham para mim por um longo momento, então lentamente Whip acena.

— Aconteceu comigo na Islândia. Estava vagabundando, sem o menor interesse em qualquer coisa. Daí, fui para uma balada, e lá tinha um DJ, um mestre de mixagens. Seus sons eram sensacionais, nada que eu tenha ouvido antes. Eu fiquei lá a semana toda e comecei a trabalhar em algumas batidas com ele.

Jax franze o cenho, mas não diz nada.

— Whip me ligou — Rye começa —, e eu peguei um voo até lá para conhecê-lo; então começamos a compor.

— Deixa-me ver se entendi — diz Jax, lentamente, o semblante cada vez mais fechado —, nenhum de vocês queria nada com música no ano passado?

Um clima pesado se instala. Eu me inclino, descansando os antebraços no vidro frio.

— Podemos muito bem esclarecer tudo agora. Sim, Jax, estávamos fodidos. — Gesticulo em direção a Whip e Rye com meu queixo. — O que você fez nos desestabilizou. E não estou dizendo isso para fazer você se sentir culpado...

— Ah, que bom, isso é um conforto. — Ele bufa e toma um gole da sua bebida.

— Porra — resmungo. — É o que é. E se foi preciso se esconder e viajar pelo mundo para encontrar o caminho de volta, se todos nós encontramos sons e inspirações diferentes, bem, isso é uma bênção, caralho, e não algo para reclamar.

Jax me encara enquanto Whip e Rye ficam quietos, mas tensos. Nós todos nos encaramos por um longo minuto, a balada pulsando e tremendo ao nosso redor.

Então Jax suspira e passa a mão no rosto.

— Você está certo. Eu sei que está certo. — Sua cabeça golpeia a parte de trás da cabine onde estamos sentados, e ele olha para o teto. — Não tive qualquer tipo de epifania musical. — Seus olhos verdes se voltam para nós. — Mas quero tocar. Eu preciso.

Sua urgência é palpável. E me assusta que ele queira continuar pelos motivos errados. Porém não sou seu pai. Só posso apoiá-lo e fazer o que é melhor para a banda.

— É por isso que estamos aqui — declaro.

Com a ponta do polegar, Jax cutuca o rótulo encharcado da sua garrafa de cerveja.

— Isso significa muito. — Ele olha para cima, nos encarando. — Estou falando sério. Eu sei que tenho sido um idiota. Mas... obrigado por voltarem.

A coisa é, Jax nunca foi um idiota antes. Ele era o feliz, o cara que nos motivava. Eu sei que Whip e Rye estão pensando nisso também. A mesa fica em silêncio de novo, e me pergunto como voltaremos ao clima bacana em que vivemos por tanto tempo, se é possível.

— Ah, fala sério. — Whip deixa escapar em um lamento melancólico, mais adequado para uma criança de sete anos. — Nós já passamos pelo pior. Podemos superar isso logo e beber a cerveja, caralho?

Jax ri.

— Sim, mano. Nós podemos.

Rye levanta a mão para chamar o atendente que está em silêncio no canto da sala. Ele sussurra algo no ouvido do homem, enquanto o resto de nós bebe a cerveja e olha para o que está rolando na sala principal.

Não passa um minuto antes que a porta se abra e um grupo de mulheres entre. Porra.

— Achei que gostaríamos de alguma companhia — diz Rye. Gênio musical, Rye pode até ser, mas ele também é um galinha quando se trata de sexo. — Sabe como é, antes de começar a tal confraternização.

As mulheres são lindas, bem-vestidas e muito interessadas. Alguns meses atrás, eu gostaria disso. Agora estou irritado por não poder passar um tempo de boa com meus melhores amigos por mais de dez minutos sem ser interrompido. Eu nem penso no meu pau. Ele já tem dona.

O que eu não esperava é que Whip e Jax estivessem pouco entusiasmados também. Whip parece aflito, seu olhar correndo para a pista de dança, e depois para as mãos em punho sob a mesa. O semblante de Jax está inexpressivo. No entanto, quando ele percebe que estou olhando, o seu rosto muda e ele se recosta ao assento, abrindo as coxas para abrir espaço para a garota que ele agarra pela cintura e puxa para seu colo.

— Senhoras — diz ele, e as meninas riem.

O som rasteja pela minha pele. Quando o resto das mulheres se acotovela à mesa, tentando se enfiar na cabine, levanto a mão.

— Espera — digo para uma morena muito bonita, usando uma roupa de seda quase transparente. — Eu tenho que dar uma mijada.

Que elegante. Tem o efeito que eu queria. Seu nariz se enruga e ela sai do meu caminho, mas sua expressão rapidamente suaviza.

— Volta logo. Nem acredito que vou festejar com Killian James.

Ela não vai. Mas eu não a corrijo.

Eu deslizo para fora da cabine e me dirijo para a saída.

— Espera. — Whip está ao meu lado. — Quer dar um pulo no bar de verdade?

Eu quero perguntar por que ele, de repente, não está interessado, já que é mais pegador que Rye. Mas então eu daria espaço, para a mesma pergunta. Então, apenas aceno.

O bar está lotado, as pessoas esbarrando em nós. No entanto, também há anonimato aqui. Contanto que não façamos contato visual com ninguém, ficaremos em paz por um tempinho.

— Eu me acostumei a não ser reconhecido — digo a ele, enquanto bebemos nossas cervejas.

— Eu também. — Ele olha para o palco vazio. — E até gostei um pouco, saca?

— Mas você quer voltar...

— Eu devo ser faminto por adoração. — Seus olhos encontram os meus. — E você?

Penso nisso por um segundo. Senti falta da adoração também? Há uma tensão estranha na minha coluna, ao longo dos meus braços. Eu olho para o palco e meu coração bate mais rápido.

— Tenho saudades disso.

Não acrescento que tenho medo também. Seria tão fácil deixar a necessidade por essa porra assumir.

— Sim. — Ele toma sua bebida. — Quanto ao resto? Eu me sinto velho agora.

Dou risada.

— Velho e chato.

— Talvez. — Ele balança a cabeça. — Eu quero algo real. Voltar para o lugar em que estávamos quando escrevemos "*Apathy*".

Um lugar de verdades. Eu tive isso com Libby. Senti quando cantamos juntos. Eu quero aquilo de volta; quero compartilhar com ela ao meu lado. Isso me torna um egoísta? Não sei. Mas arrependimento pesa nos meus ombros. Eu recuei, dei espaço para ela. E parece um erro.

Cometi erros suficientes na minha vida. Coloco a garrafa no balcão do bar, meu estômago embrulhado.

— Quero que ouça as músicas que escrevi — digo a Whip. — Eu acho que elas combinam com o que você e Rye estão trabalhando.

Whip sorri.

— Nós vamos fazer isso? Kill John foi reiniciado?

Antecipação passa por mim como uma boa brisa. Não há mais arrependimentos. Só vamos seguir em frente.

— Sim, cara. Nós vamos fazer isso.

libby

Estou no meio de uma festinha de autopiedade, deitada no sofá e olhando para o teto quando alguém bate na porta. Isso envia meu coração instantaneamente à boca e não tenho vergonha de admitir que preciso que seja Killian.

Mesmo assim, fico sentada, imóvel, por um longo tempo, tentando parar de tremer. Outra batida me faz levantar. Minhas pernas tremem conforme vou até a varanda.

Lá fora, uma limosine está parada na calçada. Minha boca seca, as palmas estão úmidas. Elas deslizam na maçaneta quando abro a porta.

Decepção faz meu coração saltar de paraquedas para o meu estômago.

— Que diabos vocês dois estão fazendo aqui?

Scottie me lança um olhar seco enquanto fala com Brenna:

— Pensei que Killian tivesse dito que ela era tímida.

Tímida? É assim que Killian me vê? Conhecendo-o, ele, provavelmente, me chamou de eremita, o que não é de todo errado. Eu costumava gostar disso, mas agora percebo quão estúpido era, ficar me escondendo da vida.

— Tímida não significa muda — disparo —, ou surda. Tente falar comigo da próxima vez, ao invés de sua assistente.

— Eu gosto cada vez mais dela — diz Brenna, com um sorriso brilhante. — Ela é como uma pequena Kate Hudson. Apenas não tão loira. Ou espevitada, graças a Deus.

— Vocês dois não têm um concurso à *Capella* em que deveriam comentar?

A boca perfeita de Scottie se retorce.

— À *Capella*? Sobre o que você está falando?

Brenna começa a rir.

— Ela é fofa. Não — ela diz para mim, em uma voz exagerada. — Nós mudamos para os atos solo, garota.

Ela bate o quadril no meu quando entra na minha casa. A garota faz isso tão facilmente, que nem sequer penso em impedi-la.

Felizmente, Scottie tem educação e inclina a cabeça.

— Você não vai querer deixá-la solta em sua casa sozinha, Srta. Bell. Posso entrar?

— Se você pode controlar a Coisa Um, então pode muito bem entrar.

Brenna já havia servido três copos de chá gelado e está vasculhando a cozinha atrás de Deus sabe o quê.

— Onde estão seus cookies? — ela sonda, abrindo um armário. — Cozinhas assim sempre têm biscoitos. Eu vi na TV.

— Eu tenho bolachas, iogurte e facas muito afiadas. — Eu a afasto para o lado.

— Não tem cookies? — Ela coloca uma mão em seu peito, em um gesto dramático. — Passei o dia todo pensando em comer alguns.

— Desculpe te desapontar. — Eu mal tenho comida na casa, já que não sinto vontade de comer; estou chocada com isso também.

Mas porque meu gene hospitaleiro entra em ação, coloco as bebidas em uma bandeja e as levo para a sala de estar, com Scottie e Brenna em meu encalço. Por um minuto, nos sentamos tomando chá gelado em um silêncio pesado. Bem, Brenna e eu tomamos. Scottie não toca em seu copo, apenas encarando-o com desconfiança. Estou tentada a dizer a ele que não está envenenado. Então, novamente, um lado meu gosta da ideia de ele temendo que esteja.

Coloco meu copo na mesa e me aconchego na poltrona.

— Tudo bem, então. Por que vocês estão aqui? — Por que o Killian não está aqui junto? Sinto tanto a falta dele que dói respirar e a presença deles só piora a sensação.

A expressão de Scottie começa a azedar como se ele estivesse chupando algo bem desagradável. Pelo menos ele não pode culpar meu chá.

Brenna, por outro lado, tenta não rir.

Scottie lança um olhar irritado a ela antes de se inclinar para frente.

— Killian tem um recado para você.

— Um recado? — Meu coração começa a bater em alta velocidade, mas minha mente para. — O que diabos é isso? A quinta série? Por que ele não pôde simplesmente me ligar?

O canto de um dos olhos de Scottie começa a tremer e Brenna tosse alto em sua mão. As lágrimas estão se formando sob seus óculos de gatinho.

— Sim — Scottie resmunga, rangendo os dentes. — Essa teria sido a escolha lógica. — O espasmo em seu olho piora. — No entanto, estamos aqui para entregá-lo...

— É um telegrama cantado? Porque isso pode valer a pena.

Brenna perde a luta e começa a rir, seu corpo magro se curvando todo.

— Vá procurar por cookies — Scottie rosna para ela, embora não tenha perdido a paciência de verdade. Ele está contido como sempre; bem, a não ser a coisa do tique nos olhos.

Ainda rindo, Brenna cambaleia até a cozinha e Scottie volta a se focar em mim.

— Há dias em que eu realmente odeio o meu trabalho. — Ele puxa um pedaço de papel dobrado do bolso interno do peito e entrega para mim. — Não pergunte. Apenas leia o maldito bilhete.

Tudo bem, então.

Eu odeio que meus dedos estejam tremendo quando pego o pedaço de papel cor creme e abro. A caligrafia de Killian é toda inclinada e confusa. E meu coração aperta instantaneamente. Merda, sinto falta dele.

ÍDOLO

Libs,

Você encheu o saco do Scottie por causa disso, não é?

Eu paro de ler, e reprimo uma parte minha que está se coçando para olhar para cima só para checar se Killian está escondido em algum lugar da sala. É bobo, mas, Jesus, às vezes, o homem me assusta. Eu deixo de lado o pensamento e continuo lendo.

Você não sabe o quanto me mata não poder ver o Scottie engasgando com o próprio desdém.

Eu luto contra um sorriso. Ele teria adorado a parte do telegrama cantado.

Você não sabe o quanto me mata não te ver, Liberty Bell.

O bilhete acaba ali e eu dou uma risada desprovida de humor.
— Se ele quer me ver — não posso deixar de reclamar com um Scottie silencioso —, então, por que diabos ele não está aqui? E que raios é isso…
Com um longo suspiro, ele segura outro papel. Eu arranco a porcaria de sua mão.

Eu não posso estar aí. Eu me comprometi a ensaiar e fui ameaçado com danos corporais se tentasse fugir. Tenha um pouco de compaixão e leia os malditos bilhetes, okay?

Com meus lábios se contraindo, olho para Scottie.
— Me dê o próximo.
Resmungando baixinho, Scottie puxa um papel agora dobrado em três partes.

Eu não posso estar aí, Libby. Mas você pode estar aqui. Você sabe que pode. Venha para mim, Libby. Pegue um avião e fique comigo. Eu sinto tanto sua falta, e não posso nem te ligar. Porque ouvir a sua voz, ouvir você dizer não, que não vai se juntar a mim, iria me destruir por dentro.

Então, como um covarde, mandei Scottie e Brenna. (Além disso, o carma é uma vadia e Scottie estava merecendo. Ele está morrendo agora, não está? Vá em frente, pode rir. Isso vai deixar ele mais pau da vida).

Eu começo a rir, porque posso ouvir a voz do Killian na minha cabeça, bajulando e provocando. Ele me quer. Uma respiração trêmula me escapa, e eu pisco para clarear a visão.

Essas músicas que escrevi com você, são nossas músicas, não minhas. Eu escrevi por sua causa, e não vou cantá-las com mais ninguém além de você.

Venha em turnê comigo. Conheça o 'animal' em primeira mão. Ele vai ronronar para você, Libs, eu prometo.

Diga sim, Liberty. Diga! Vamos lá, apenas uma palavrinha. Abra esses belos lábios e diga. S-I-M.

OK. Eu não vou mais escrever. Exceto por uma última coisa.

A carta termina, mas Scottie já está segurando outro bilhete, desta vez em um amarelo brilhante gritante. Tenho que morder o lábio diante da expressão sofrida do homem, e o pego em silêncio.

O rabisco de Killian é profundo e grosso nesse.

Se você não colocar sua bundinha doce em um avião, vou mandar Scottie e Brenna para sua casa a cada duas semanas até você ou eles desistirem. Eu vou fazer isso, boneca. Não ache que não vou.

Seu, K.

— Ele é perturbado — murmuro, dobrando com carinho o papel e brincando com as bordas.

— Foi você que disse — Scottie solta, seu olhar conectado ao meu. — E então?

Uma pilha de papéis está espalhada no meu colo. Com a palma da mão sobre eles, dou um suspiro.

ÍDOLO

— Vou ligar para ele.

Da cozinha, ouço um longo gemido.

— Caralho! — Brenna grita. — Se eu tiver que continuar voltando aqui, é melhor você começar a fazer cookies!

CAPÍTULO TREZE

killian

— Eu sinto falta de transar. — Com esse pequeno fato, Whip joga uma baqueta no ar, a observa girar e a pega novamente.

— Não estou interessado em te ajudar com isso — digo, descansando contra o sofá conforme abaixo a garrafa de água gelada. Não digo a ele que sinto falta também.

Acabamos de terminar uma sessão intensa, tocando por algumas horas. Foi bom. Muito bom. O suor escorre pela pele, meu sangue está zumbindo e estou nervoso. Se Libby estivesse aqui... Mas ela não está. Scottie deve estar na casa dela a essa altura. Eu me remexo no lugar, sentindo o estômago embrulhar.

— Se você sente tanta falta — diz Rye, sentado em cima de uma caixa de som —, saia e transe com alguém e nos poupe de seus choramingos.

Whip lhe mostra o dedo do meio, antes de jogar a baqueta para cima.

— Não posso. Estou traumatizado.

Com isso, todos nós nos sentamos mais eretos.

— Puta merda — Rye diz devagar. — Senhor Transa-Pra-Caralho ficou mole? Diga que não é verdade.

Whip dá de ombros, concentrando-se em sua baqueta.

— Encontrei uma boceta áspera. Coloca as coisas em perspectiva.

Rye e eu estremecemos em solidariedade.

— Que porra é uma boceta áspera? — Jax pergunta. Ele raramente fala agora, mas suas sobrancelhas se elevam em interesse.

Eu me pergunto se é por isso que Whip trouxe isso à tona, porque ele não é muito de falar sobre coisas pessoais. E então, na mesma hora, me ressinto do pensamento. Estamos tentando voltar àquele lugar onde não estamos preocupados com Jax e sua bunda mal-humorada – tão diferente da maneira como ele costumava ser –, mas não é fácil. Isso fica entre nós como um elefante no meio da sala.

Imagino que deva ser ruim para o Jax também.

Whip se vira em seu assento, pegando a baqueta que cai diretamente em sua mão.

— Como é possível você não saber sobre isso? Me recuso a acreditar que você, o Sr. Jax-em-qualquer-buraco, não encontrou uma assim.

O lábio de Jax se curva em desgosto, mas há um brilho divertido em seus olhos.

— Talvez porque eu não use linguagem juvenil, então não conheço o termo?

Nós todos bufamos uma risada zombeteira com isso.

— Você está de sacanagem? — Eu dou risada. — Você é o babaca que fez todo mundo me chamar de Cavalo por um ano.

— Cavalo! — Rye e Whip gritam alegremente. Jax quase sorri.

— Foi um elogio, cuzão.

Eu levanto uma sobrancelha.

Jax me entende bem.

— Sim, okay, bom argumento. Mas ainda não sei o que é uma boceta áspera.

Rye estremece e a boca de Whip franze.

— Cara, é bem autoexplicativo. Eu desci para me deliciar com o que parecia ser uma boceta bem doce e era toda…

Nós gememos em uníssono, o interrompendo.

Jax sacode a cabeça.

— Merda, isso é fodido. Eu não posso acreditar que esqueci disso.

— É como se ele tivesse virado virgem de novo. — Rye dá risada.

— Foi tão desagradável — continua Whip. — Percebi que eu não sabia o nome dessa garota ou onde diabos sua boceta tinha passado antes. Eu dei o fora de lá. Foi o suficiente.

— Só porque você encontrou uma áspera não significa que tem que ficar em espera. — Rye agita as sobrancelhas.

— Suas rimas me dão azia, cara — diz Whip.

— Bem, você está me deprimindo, porra — Rye rebate, enquanto se levanta e estica os braços para cima. — Vamos dar o fora daqui e ir para um clube. Encontrar algumas gatinhas *premium* e bem-conservadas.

Quando nenhum de nós diz nada, ele solta um ruído de desgosto.

— Qual é. Eu juro, se todos vocês começarem a agir como velhos, eu vou me ma... — Ele para de falar, empalidecendo na mesma hora.

Ninguém olha para Jax, mas ele ri sem graça.

— Conselho: fique longe da morte por overdose. Não é tão divertido quanto parece, cara.

Um silêncio pesado cai sobre a sala, e Jax ergue a cabeça para olhar para nós. Sua expressão se contorce com um sorriso.

— Cedo demais?

Sempre será cedo demais para mim. Mas sou salvo de responder quando meu celular toca.

A música familiar do *"Hotel Yorba"* toca e eu não tenho vergonha de admitir que meu coração para. *Libby*. Eu me levanto do sofá, caminhando em direção à porta conforme pego o celular do bolso.

— Tenho que atender. — Eu poderia muito bem estar correndo nesse momento.

Porra. Se ela está ligando para dizer não, vou esmurrar uma parede. Eu vou para a cabine de som acolchoada para que ninguém possa me ouvir.

— Libby — atendo. *Estou sem fôlego?* Merda, essa garota me faz agir como um pré-adolescente, e eu nem me importo.

— Você tem algumas habilidades de comunicação interessantes — diz ela, a título de saudação.

Eu sorrio. Enviar Scottie e Brenna para entregar uns bilhetes pode ser interpretado como juvenil e um pouco piegas, mas há um motivo para minha loucura. Eu sabia que iria irritá-la ou pegá-la desprevenida antes que ela pudesse recuar para trás de seus muros. Estou esperando que seja a última opção.

— Eu prefiro conversar cara a cara.

Ela bufa, mas não parece com raiva.

— Eu percebi isso.

— Não faça suspense, Elly May. Estou morrendo aqui.

— E você acha que me chamar de Elly May vai ajudar a sua causa?

— Liberty Bell — advirto. Caralho, estou suando. Eu me recosto à parede. — Termine com isso logo, sua malvada.

Um suspiro, e então sua voz se torna suave e vacilante:

— Também sinto sua falta. Muito.

— Você está me matando, amor. — Meus olhos se fecham. — Você quer saber? Eu menti. Se não vier até mim, eu vou até você. E não vou sair de mãos vazias.

ÍDOLO

— Você me forçaria a voltar com você? — ela pergunta, com uma risada rouca.

— Sim. Posso até te colocar no meu colo e dar umas palmadas antes de sairmos.

Não vou mentir, meu pau fica duro só de pensar nisso. Ele se contorce quando ela ri novamente.

— Você gosta de viver perigosamente.

— Você ficaria bem satisfeita. — Eu sorrio de leve. — Me diga, Libby. Me diga que você está vindo.

Ela suspira.

— Você quer que eu vá te visitar ou tocar com você?

Eu a quero como minha parceira para tudo. Eu sei disso agora. Mas um problema de cada vez.

— Amor, eu deixei bem claro o que quero. Pare de se esconder nessa casa.

— Killian, você entende que a ideia de subir ao palco e me apresentar para uma plateia do tamanho que a Kill John reúne me faz querer vomitar? Tipo, estou de olho no banheiro enquanto conversamos.

Eu quero abraçá-la tanto agora. Eu cerro meu punho contra a minha coxa.

— Você realmente odeia a ideia? Entre nós dois aqui, sem pensar em mais nada, o que seu coração diz?

O silêncio segue, destacando o som de sua respiração.

— Estou com medo... — Sua voz é séria. — ...de me perder.

— Eu não vou deixar. — Ela tem a mim agora. Mesmo que não perceba isso completamente, eu sempre estarei lá para ela. Eu só tenho que mostrar isso.

Ela fala de novo, quase um sussurro:

— Eu tenho medo de parecer ridícula lá em cima.

Eu solto um suspiro.

— Ah, gatinha. Se você pudesse se ver do jeito que eu te vejo. Sua voz, a paixão na maneira como você toca; isso me trouxe de volta à música. Você pertence àquele lugar. Você disse que queria voar. Então voe comigo.

— Por que isso é tão importante para você? — sonda. — Por que está pressionando tanto? — Eu praticamente posso ouvir seu cérebro zumbindo. — O que você não está me dizendo?

Eu suspiro e aperto a ponte do meu nariz. Se quero a confiança dela, tenho que ir com tudo agora.

— A primeira vez que eu disse aos meus pais que queria um violão, eles enviaram uma assistente para me comprar um *Telecaster* de seis mil dólares.

Ela fica em silêncio por um tempo.

— Isso deveria ser ruim?

Eu bufo uma risada cansada.

— Eles contrataram o melhor professor de Nova York para me dar aula. Porque, cito: *"Killian finalmente encontrou um pequeno hobby."*

Eu continuo falando, expondo mais:

— Quando disse a eles que queria formar uma banda, ser uma estrela do rock, eles me perguntaram se eu precisava que eles reservassem uma sala de concertos para mim. Eles conheciam algumas pessoas.

— Eu... ah... não entendo. Eles parecem mais apoiadores do que a maioria dos pais. Talvez um pouco paternalista, mas eles, claramente, se importaram.

— Libs, foi verdade quando eu disse que tive uma boa infância; eu tinha o melhor de tudo. Mas eu também era meio parecido com um animal de estimação. O interesse em quem *eu* era ou o que fazia com a minha vida não existia, saca? Eles não sentiam minha falta ou precisavam de mim. E isso não é um discurso do tipo pobre-garoto-rico. É apenas a verdade. Até hoje, eles não ouviram uma única música ou foram a pelo menos um dos meus shows. O que está tudo bem.

Mas não está.

E ela claramente percebe isso.

— Então você quer me consertar por causa de quê? Angústia da infância?

Algo em mim explode.

— Estou tentando mostrar a você o quanto me importo, que seus sonhos significam algo para mim, porra! Eles não são coisas que devem ser varridas para debaixo do tapete. Eles importam pra caralho, Libby. Você é importante. — Fico ali imóvel, meu corpo retesado. Eu falei demais, expus meu ponto fraco. Não é uma sensação confortável.

Ela respira fundo, o som estalando pelo telefone.

— Você também é importante.

Meus olhos se fecham. Talvez um pouco da minha motivação seja egoísta, porque sinto tanta falta dela agora que dói. Eu quero tanto essa garota. Ela não tem ideia do quanto.

— Eu sempre tive os caras, a banda. Incentivamos um ao outro quando alguém duvidava de si mesmo. Nós éramos uma equipe. Eu não estaria onde estou sem eles. Eu quero ser assim pra você, Libby. Você é muito talentosa para nem ao menos tentar.

Eu juro, parece que horas se passam antes de eu ouvir sua resposta. Sua risada é cansada e breve.

— Uau. Eu vou fazer isso?

— Sim.

— Isso foi retórico.

— Eu estou apenas agilizando o processo, querida.

Ela faz uma pausa por um segundo antes de falar:

— Eu tenho algumas condições.

— Fala. — Meu coração bate forte, adrenalina me fazendo andar.

— Eu não quero que saibam sobre nós.

— Okay... Espera, o quê? — Eu paro, segurando o celular com muita força. *Esconder nosso relacionamento?* — Que p-porra é essa? Não. P-por quê? — Estou gaguejando agora. — Isso é toda aquela coisa da Yoko de novo?

— Não é uma "coisa" — diz ela, irritada. — É uma preocupação legítima, ainda mais se estarei no palco com você.

— Porque seu talento vai desaparecer, de repente, se as pessoas souberem que meu pau entrou em você?

— Não seja vulgar.

Ah, estou sendo vulgar. Encosto o punho contra a parede. Apenas para descansar. Por enquanto.

Sua voz suaviza:

— Por favor, coloque-se no meu lugar. Sou uma desconhecida que você quer colocar no palco com a maior banda do mundo. Ninguém faz isso, a menos que eles estejam recebendo algo em troca.

— O que eu estou — digo, estupidamente.

— Você está tentando me irritar? — ela resmunga.

Eu suspiro e bato minha testa contra a parede.

— Não. Eu não quis dizer isso. Continue.

— Você está certo. As pessoas, provavelmente, vão pensar em algo assim independente de qualquer coisa. Mas você vai lá e diz à sua banda que quer sua garota no palco contigo? Eles só vão pensar em uma coisa: que eu transei para chegar até lá.

Fazendo uma careta, cerro os dentes, tentando pensar em uma réplica. Eu ouço sua voz falhar:

— Eu tenho o meu orgulho, Killian. Não tire isso de mim.

— Princesa...

— Deixa eu provar o meu valor antes que eles decidam quem ou o que sou.

Eu fico em silêncio por um longo minuto.

— Porra — rosno, me afastando da parede. Eu suspiro e a luta me abandona por completo. — Tudo bem. Você está certa. Eu sei que está certa. Mas eles vão saber no segundo em que nos virem juntos, Libs. Eu não sou bom em esconder como me sinto.

— Você contou a eles sobre nós?

Eu olho através do vidro. Uma parte da outra sala é visível, e consigo ver o perfil de Jax. Ele parece relaxado. Sério, mas, tudo bem.

— Brenna e Scottie sabem, obviamente. Mas eles não dirão nada. Os caras não sabem, no entanto. Não com detalhes, de qualquer forma. — Eu não queria compartilhar, como se contasse a eles sobre isso, eu perderia algo particular, algo real. — Só sabem que você me ajudou com a minha música e que é talentosa. E sabem que enviei Scottie para te convencer a vir aqui.

— E eles não se importam?

Meus dentes cravam no meu lábio inferior. Falar a verdade? Ou mentir? Mas não é realmente uma pergunta.

— Eles pensaram que eu estava louco no começo. Então mostrei as músicas e toquei a gravação que fizemos de *"Artful Girl"*.

Eu usei meu celular para isso, e a qualidade do som era uma merda, mas o talento de Libby brilhou mesmo assim. Foi mais do que suficiente para quase todo mundo. Jax está sendo um pé no saco, mas eu já esperava isso.

Massageio minha nuca.

— Eles querem conhecer você.

Parece que uma eternidade se passa antes de ela falar:

— Okay, eu vou. Não estou prometendo que ficarei até o fim. Mas vou tentar.

Todo músculo tensionado no meu corpo parece relaxar de uma só vez, e eu me recosto ao console, engolindo em seco antes de responder:

— Não vou contar nada sobre nós, mas assim que estivermos sozinhos, todas as condições serão canceladas. Vai ser o meu tempo com você, Libby. E pretendo usá-lo bem.

Eu juro que posso senti-la corar pelo celular. Então sua voz rouca sai com convicção:

— Que bom. Fui obrigada a usar minha imaginação nesses últimos dias, então é melhor você ser criativo.

Essa garota.

Meu pau está inchado e agonizando dentro do meu jeans agora. Aperto a braguilha com força para aliviar a dor, a única coisa que posso fazer.

— Vem logo.

libby

Minhas pernas estão bambas quando encerro a chamada com Killian. Eu vou fazer isso. Sairei em turnê com a Kill John. Eu quero vomitar. Eu quero tanto ver Killian que meus dentes doem. Mas me apresentar no palco? Essa é outra história.

Prefiro focar em suas últimas palavras e na necessidade evidente em sua voz. Ele estava sofrendo, da mesma maneira que estou agora. Eu não sabia que era possível me sentir vazia entre as pernas, realmente desejando tanto um pau lá dentro a ponto de doer. Não, não apenas qualquer pau. O do Killian. Tem que ser dele agora. Maldito homem, mas ele me afeta.

Mas tenho convidados em minha casa e me recuso a voltar para a sala com os mamilos apontando pela camiseta e com a pele corada. Então respiro fundo e penso na vez em que peguei minha vovó assistindo pornografia. Suficientemente horrorizado, volto para a sala de estar.

— Você parece meio verde — observa Brenna. — Me diga que é porque está indo para Nova York.

Na mosca. Eu concordo com a cabeça.

Scottie fica... menos tenso.

— Muito bom. — Ele me encara, e fico impressionada com o quanto esse homem é atraente. Nem digo de um jeito sexual, embora isso seja um fato, mas apenas a força de sua aparência é suficiente para me deixar sem palavras. Seu forte sotaque britânico também ajuda no processo. — Você tomou a decisão certa, Senhorita Bell.

— Isso é baseado em você não ter que vir aqui me entregar mais bilhetes, Senhor Scott?

Seus olhos se estreitam.

— Precisamente.

Enquanto Brenna ri, ele se levanta e ajeita as mangas do terno.

— Eu tenho algumas ligações a fazer.

No segundo em que Scottie sai da sala, eu relaxo. Não estou orgulhosa disso. Mas, puta merda.

— É ridículo, não é? — Brenna comenta, em um sussurro que percorre toda a casa. — Quão incrivelmente lindo Scottie é?

Ela é muito boa em ler as pessoas ou fica tão aturdida na presença do homem quanto eu. Estou supondo que é um pouco de ambos pela forma como ela parece se livrar de um transe.

— Você e ele...

— Deus, não — atesta ela, bufando.

— Lisonjeiro. — O tom seco de Scottie nos pega em flagrante conforme ele caminha de volta para a sala. Ele é um homem tão bonito que chega a ser injusto. Todo brilhante e esculpido. Não é meu tipo, mas uma garota pode admirar.

— Obviamente você me ouviu dizer que você é gostoso — diz Brenna. — Você não precisa de ninguém para alimentar mais o seu ego.

Scottie se senta na poltrona de chita rosa da minha avó. Rodeado por flores, ele se senta tão elegantemente, como se fosse um trono.

— Aparência é uma coisa. Você insinuou que meu caráter está com defeito, o que é muito pior.

— Oh, pare de pescar por elogios. — Brenna se vira para mim. — Ele passa no primeiro teste, mas falha no segundo. E não tem nada a ver com personalidade, mas com química básica. Nós não temos nenhuma...

— Quais são os testes? — Não posso deixar de perguntar.

— Sim — Scottie diz. — Esclareça, querida. — Ele olha para mim. — Ela está certa, no entanto. Não há química sexual para começar.

Brenna toma um gole de limonada.

— Quer queira admitir ou não, cada pessoa que conhecemos é avaliado por duas coisas básicas: gostosura e tensão sexual. — Ela balança a cabeça e continua: — Teste um: gostosura. Quão gostosa você acha uma pessoa? Obviamente, a sensualidade de Scottie vale uma nota onze. Ele sabe disso. Nós todos sabemos disso. Teste dois: tensão sexual. Dadas as circunstâncias, você gostaria de transar com ele?

— Isso é verdade — admito, levantando a mão. — Sim e não. — Porque sei que ela vai perguntar se Scottie passa nesses testes para mim. Claro que ele é gostoso. E embora ele aja como um velhote esnobe, não deve

ÍDOLO

ter mais de trinta anos. Mas não importa quão bonito ele seja, há apenas Killian para mim agora.

Ela faz beicinho, depois se vira para Scottie e o varre de cima a baixo com o olhar.

Ele fica parado, divertimento cintilando em seus olhos. Ela olha de volta para mim.

— Não. Ainda não há faísca. Eu poderia olhar para ele o dia todo, mas isso é tudo.

Eu aceno com a cabeça. Brenna e eu estamos em total concordância.

— Se vocês, senhoras, já terminaram de dissecar minha atração física — diz Scottie —, eu gostaria de ir embora. Senhorita Bell, reservei um voo para Nova York com a Senhorita James, que sai em três horas, o que significa que você terá que arrumar as malas agora.

— Você não vem?

— Não. — Mais uma vez, ele ajusta as mangas perfeitamente ajustadas. — Tenho outros negócios para resolver primeiro. Eu irei mais tarde.

Brenna faz um barulho que pode significar qualquer coisa, dada a sua expressão perfeitamente composta, mas nenhum deles fala sobre isso. Ela se levanta e se dirige para o meu quarto.

— Vamos, vamos fazer as malas.

De jeito nenhum deixarei a Pequena Senhorita Escavadora fazer as malas para mim. Eu corro atrás dela, excitação e ansiedade percorrendo minhas veias.

CAPÍTULO QUATORZE

libby

A cidade de Nova York tem uma espécie de tonalidade prateada – metade imersa em sombras constantes, a outra metade brilhando sob a luz do sol que se infiltra pelos prédios altos. Estico a cabeça, olhando pela janela do carro para aqueles arranha-céus como a pequena turista que sou. Não estou nem aí. É um paraíso para observar as pessoas, um ritmo constante e fluxo de atividade humana. Há uma energia aqui que permeia o ar e penetra em sua pele. Eu tenho o desejo de pedir que parem o carro para que eu possa andar.

— Você quer abaixar a janela para que possa colocar a língua para fora como um cachorro? — A voz de Brenna é cheia de humor.

Não desvio o olhar da paisagem na minha frente.

— Eu tentei isso mais cedo e você reclamou do vento quente bagunçando seu cabelo, lembra? — Nós tínhamos acabado de sair do túnel *Holland*, aparecendo no meio do *Theater District* e eu quase pulei de excitação.

Brenna faz um muxoxo de acordo.

— Vamos explorar mais tarde. Na verdade, falando em cabelo desgrenhado, como você se sente em relação a uma transformação?

A pergunta me faz afastar da janela, e eu me recosto ao assento de couro macio da nossa limusine contratada.

— Como é? Nós vamos ter um momento de Diário da Princesa, onde um cara leva um pote de cera quente para minhas sobrancelhas e um cortador de grama para o meu cabelo? — Dou uma risada. — Estou tão ruim assim?

— Não, claro que não. — O olhar avaliativo de Brenna passa por mim como se ela estivesse inspecionando uma casa abandonada precisando de reforma. — Mas toda garota pode se enfeitar de vez em quando. Ainda mais se ela vai aparecer na imprensa.

Imprensa? Meu estômago quase cai aos meus pés.

— Você não precisa de uma transformação — saliento, ignorando o frio absurdo nas entranhas.

Ela dá de ombros, e nem isso enruga o tecido do terninho vermelho que está usando.

— Eu já tive a minha transformação.

— Se esse é o resultado, me inscreva.

— Sério? — Seus olhos brilham, com um toque malicioso.

É a minha vez de dar de ombros.

— Você acha que vou reclamar sobre algumas compras, um dia em um salão de beleza e uma massagem? Só porque, geralmente, não faço essas coisas não significa que não goste delas.

— Eu nunca disse nada sobre uma massagem.

— Oh, haverá massagens. Manicure e pedicure também.

— Eu gosto do jeito que você pensa, Liberty.

Nós compartilhamos um sorriso e ela está no celular fazendo planos. Assim que termina, olha para mim novamente.

Eu me recuso a ficar incomodada com isso.

— Você está me encarando como se eu fosse um pedaço de argila.

— Só esperando por mim para moldar — ela concorda, com um aceno de cabeça, arqueando a sobrancelha delineada.

— Nada muito chocante. Eu ainda quero parecer comigo. Só que numa versão... melhor.

Ela ri.

— Entendo completamente. Nós vamos trazer a melhor versão de você à tona.

— E então, receber massagens.

— Essa é a verdadeira cenoura que preciso sacudir na sua frente, não é?

— Sim. Serei atraída a isto como um coelho faminto.

Mesmo que ela esteja sorrindo levemente, seu olhar se torna frio e cauteloso.

— Você sabe que o Killian quer pagar por isso.

— Eu imaginei. Se ele está oferecendo, eu vou aceitar.

Brenna se recosta ao banco de couro, cruzando as pernas. Como ela consegue fazer isso parecer sexy e casual é indecifrável. Nesse momento, eu tenho um crush por essa garota.

— Sabe — ela diz —, eu esperava que você resistisse a Killian pagando a conta. Sendo uma mulher independente e tudo mais.

— No decorrer de um mês, Killian destruiu meu gramado com sua moto, vomitou na minha camiseta favorita e comeu minha comida quase diariamente. Não fiquei muito feliz com os dois primeiros, mas alimentá-lo foi o meu prazer. Estou supondo que este é o prazer de Killian. Recusar um presente que ele está oferecendo seria petulante. E, com certeza, não tenho dinheiro para o que você planejou.

— Você é um pouco estranha, sabia?

— Diz a panela para a chaleira. Agora me diga, essa é a sua cor natural de cabelo ou você fez isso no salão que estamos indo?

A limusine vira na Quinta Avenida e um raio de sol entra pelas janelas. O cabelo vermelho-dourado de Brenna brilha intensamente.

— Só minha estilista sabe, querida. Mas tenho algumas ideias para você.

— Sou toda ouvidos.

— Eu vou aproveitar isso — diz ela, com satisfação.

Cinco minutos depois, a limusine estaciona em frente a um salão. Nós somos conduzidas para uma área de espera que é isolada do salão principal. Lá, uma mulher ridiculamente linda com cabelo rosa brilhante, usando o que tem que ser um vestidinho preto perfeito, nos oferece uma bebida.

Dou uma conferida ao redor com os olhos arregalados enquanto saboreio meu chá – honestamente, eles devem ter uma barista na equipe. O espaço é todo branco, tão imaculado que parece brilhar.

A Garota Rosa retorna dentro de um minuto.

— Me sigam, por favor.

— Eles já estavam me esperando? — Dou um olhar para Brenna. — Você já tinha marcado um horário?

Brenna iguala meu passo.

— Claro que sim. Eu sou uma planejadora.

— E eu, aparentemente, sou previsível.

— Acho difícil. — O elegante rabo de cavalo de Brenna balança quando ela sacode a cabeça. — Além disso, se eu precisasse reagendar, eles fariam isso para mim. Até você tem que perceber o poder que o nome do Killian exerce.

— Em um salão de beleza?

Brenna sorri.

— Você sabe quão importante é o cabelo daquele homem? Aquele corte que você fez nele quase quebrou a internet.

Fico boquiaberta.

— Eu sei — ela diz, divertida. — Garotas jovens choraram pela perda dos amados fios do cabelo dele, como se isso significasse a vinda do apocalipse.

— Tive a impressão de que o cabelo dele já havia passado da hora de cortar. Isso chama sua atenção.

— E passou. Mas ele, geralmente, o deixa na altura do queixo. Você realmente não sabia quem ele era quando o conheceu?

Eu resisto ao impulso de me contorcer sob o olhar dela. Ela pode não se parecer muito com o Killian, mas, claramente, as habilidades de interrogação foram herdadas dos mesmos ancestrais.

— Ele era a última pessoa que eu esperava encontrar no meu gramado. Acho que meu cérebro nunca ligou os pontos.

Meu tênis faz barulho na escadaria de concreto enquanto a recepcionista nos guia para o próximo andar. Ela olha para o meu *All Star*, mas, aparentemente, sabe que é melhor fazer apenas isso, ao invés de comentar qualquer coisa. Eu balanço a cabeça e volto minha atenção para Brenna.

— Mas, honestamente, o único lugar que eu poderia ter visto Killian é em um álbum, e ele não está em uma única capa da Kill John. Nenhum deles está. Por quê?

— No começo, foi uma declaração. Sem pretensão, apenas música. Agora é tradição. — Ela arqueia as sobrancelhas perfeitas. — É claro que isso também ajuda a aumentar o mistério. Mas isso foi minha ideia.

Acho que Killian não se importa com isso, mas ela parece tão orgulhosa que eu aceno em concordância.

Minha estilista se chama Lia, que imediatamente começa a passar os dedos pelo meu cabelo enquanto me olha no espelho. Até agora, cortes de cabelo para mim sempre significaram passar as tesouras pelas minhas pontas duplas. Quem diria que alguém massageando meu couro cabeludo e simplesmente brincando com meu cabelo seria tão relaxante. Mas minha falta de estilo claramente é gritante, porque Lia e Brenna começam a discutir o plano de ataque delas.

— Vamos dar forma ao redor do seu rosto e dar um pouco de movimento ao seu cabelo — explica Lia.

— Ela tem ótimas luzes naturais causadas pelo sol — acrescenta Brenna —, mas talvez poderia adicionar um pouco de luminosidade à sua cor base?

Uma hora depois, meu cabelo está enrolado em papel alumínio, e estou presa debaixo de um aquecedor enquanto duas mulheres fazem minhas unhas. Brenna está dançando ao meu redor, quase eufórica.

— Em seguida, vamos tingir suas sobrancelhas em um tom mais escuro e dar forma a elas. E depois vamos comprar roupas. Não, almoço primeiro. Então, roupas.

— Não deixe de fora a minha cenoura — eu a lembro.

— Oh, as massagens nós guardamos para o final. Não queremos estragar nosso relaxamento. — Ela dá um suspiro feliz. — Posso até jogar um tratamento facial no meio. Sim. Isso parece celestial.

É difícil resistir ao entusiasmo dela. De muitas maneiras, ela é uma versão feminina do Killian com seu charme descomplicado e mania de tomar conta de tudo. De certa forma, isso ajuda. Não é da minha natureza fazer amizades ou conversar com facilidade. Com Brenna, eu simplesmente fico sentada e a deixo fazer o que quer.

— Ah! — ela exclama. — Eu esqueci os sapatos! E... você acha que sou louca, não é?

Sou pega lhe dando um sorriso divertido, então só posso dar de ombros.

— Eu meio que invejo o jeito que você gosta da sua empolgação. Sou mais contida e, às vezes, preferia não ser.

As manicures saem, colocando minhas mãos sob secadoras em miniatura. Minhas unhas agora estão pintadas de um azul-claro e cintilante. Depois que meu cabelo ficar pronto, Brenna e eu faremos pedicure iguais. Nunca fiz isso e, de repente, acho triste esse fato. Viver sob uma rocha era um desperdício de vida.

Brenna brinca com um grampo de cabelo.

— Eu não sou sempre assim. — Ela se inclina, com os olhos arregalados por trás dos óculos retrô. — A maioria das pessoas pensa que sou uma vadia.

— As pessoas também pensam isso de mim. — Principalmente porque não tenho ideia de como falar com os outros sem querer engolir minha língua.

O nariz de Brenna enruga.

— Dane-se se você é muito quieta e dane-se se é muito confiante.

— Parece correto.

— Meus amigos são todos caras.

— Eu não tenho nenhum amigo — respondo. Nós duas rimos, cada uma de nós quase tímida.

— Killian não é apenas meu primo — diz Brenna, com a expressão bem aberta. — Ele é um dos meus amigos mais próximos. Ele é claramente louco por você. Honestamente, nunca o vi escrever um bilhete para

ÍDOLO 151

uma garota antes. O fato de ele ter persuadido Scottie a entregá-los é nada menos que milagroso. Eu juro, Kills deve saber de algum podre muito sinistro dele.

Ela está divagando, o que é meio fofo. Mas não vou dizer isso. Tenho certeza de que ela ficaria mortificada. De qualquer forma, ela continua falando:

— O que estou tentando dizer, muito mal, é que espero que possamos ser amigas também.

Ou é um sinal de quão sozinha estive ou estou sensível por causa dos hormônios, porque sinto os olhos marejando e preciso piscar diversas vezes antes de responder:

— Eu adoraria ter uma boa amiga.

killian

A verdade? Eu não tenho que estar tocando para um público enorme para me excitar com a música. Só tem que clicar, e estou pilhadão.

Dito isso, Scottie marcou um show no *Bowery Ballroom*. Foi a nossa primeira vez em cima de um palco em mais um ano. Nós nos acostumamos com estádios, cinquenta mil fãs, pelo menos. Cantar para quinhentos?

É fantástico. Meu corpo lateja com o som, suor cobrindo minha pele. Luzes queimam meus olhos, transformando a multidão em uma neblina em movimento, tingida de vermelho e azul brilhante.

Estou totalmente animado quando começamos a tocar *"Apathy"*.

Não foi planejado. Nem tenho certeza de quem decidiu fazer isso. Em um segundo nós estávamos tocando notas aleatórias, no próximo, somos uma unidade coesa, martelando a música que nos tornou estrelas do rock.

Eu me inclino para o microfone, cantando a letra, minha palheta da guitarra voando sobre as cordas. Nesse lugar, não há pensamento, nem medo, nada além de ritmo e fluxo. Nada além da vida.

Eu atinjo a nota alta da música. O som vibra no meu peito, na minha garganta.

Meus amigos estão ao meu redor, sustentando a melodia, a elevando a um novo nível. O Animal ruge, aplaudindo, uma massa de corpos pulsando para cima e para baixo. Eles estão conosco, nos alimentando com amor e energia.

E eu estou em casa, de volta àquele lugar onde tudo faz sentido.

Até que olho para cima e a vejo na arquibancada. *Liberty...* me observando no meu momento. É como se eu tivesse sido atingido por uma corrente elétrica. Eu canto para ela, toco para ela.

Os olhos de Libby ficam presos aos meus, um sorriso permanece em seus lábios. Não posso deixar de retribuir. Porra, ela é linda. Estou muito feliz em vê-la, preciso de todo meu autocontrole para não sair do palco e agarrá-la naquele instante.

Nós terminamos a música e o Animal uiva. Ele quer mais. Sempre mais.

Mas acabamos por agora. Curvando em uma mesura, jogo meu microfone na mão de um ajudante de palco e saio.

Whip dá um grito, girando as baquetas em seus dedos.

— É disso que estou falando.

Os caras riem e conversam conforme seguem para o camarim. A imprensa espera, junto com executivos de gravadoras e membros do fã-clube que ganharam o sorteio para nos conhecer. Alguém me entrega uma garrafa de água e uma toalha. Estou no piloto automático, meu corpo zumbindo com tanta força que meus dedos tremem.

A água fria desce pela garganta ardente. Mas estou olhando para Libby.

Ela está em um canto com Brenna, a cerca de seis metros de mim, na beirada do palco. O mesmo que estou sentindo está refletido em seus olhos. A necessidade de contato, a consciência de que não podemos fazer nada sobre isso aqui, porque ela não quer que meus companheiros de banda saibam sobre nós.

Essa porra me deixa magoado, porém ela está aqui e isso substitui todo o resto.

E ninguém a notou ali. As únicas pessoas que ficaram ao nosso redor são a equipe de palco. Brenna me dá uma piscada e segue os caras para os bastidores.

Meu corpo inteiro lateja, excitado e nervoso. Puta que pariu, ela é linda. Já pensei na minha Elly May como uma garota comum? Sua pele é bronzeada pelos intermináveis dias de verão na praia. Seu cabelo, em tons de mel escuro e loiro pálido, flui ao redor de seu rosto como fitas brilhantes.

Então noto o vestido dela. E meu cérebro para. Puta merda. Meu pau, que já estava subindo para sua posição feliz, empurra contra o meu jeans.

ÍDOLO

O vestido cinza-claro não é curto, vai até os joelhos. Não tem nenhum decote, porque é um daqueles que deixa os braços à mostra, mas se prende em volta do pescoço. E ainda é indecente pra caralho. Porque é de seda bem fininha e se molda ao seu corpo, se agarrando com carinho aos seus seios empinados. Todo mundo que olhar para essa garota sabe exatamente o que ela tem a oferecer.

Minha. Toda minha.

Não posso esperar mais. Eu ando em direção a ela, amando o jeito que ela fica mais ereta, os lábios rosados se entreabrindo, os olhos arregalados. Estou perto o suficiente para sentir o cheiro dela, algo caloroso e floral do dia dela no spa. Eu me inclino e dou-lhe um beijo rápido e impessoal na bochecha, quando, na verdade, quero reivindicar sua boca.

— Killian. — Sua voz soa ofegante, feliz. Olhos verde-azulados, da cor da geada, se focam em mim.

Emoção me inunda. Não é como nada que eu tenha sentido antes, tanto que me enche de força quanto me envia uma onda de pura luxúria.

Meus dedos se contraem, formigando. Eu quero tocar sua pele macia, deslizar minha mão por baixo da parte de cima do seu vestido.

— Venha comigo.

CAPÍTULO QUINZE

libby

Não sei exatamente o que eu esperava quando, por fim, ficamos cara a cara. De propósito, me deixei levar pelo entusiasmo de Brenna quando ela me arrastou por toda a cidade, para que eu não pensasse em Killian. Perdi a noção da quantidade de boutiques que visitamos, experimentando roupas sem fim e comprando tantas coisas que acabei fechando os olhos enquanto o cobiçado cartão de crédito preto de Killian passava de máquina em máquina.

Agora, meu corpo está relaxado, meu cabelo estiloso e realçado, minhas sobrancelhas feitas e modeladas. Eu me sinto mimada e linda. E com tesão. Horrível e dolorosamente excitada.

Ver Killian se apresentar, seu corpo magro e musculoso brilhando de suor, as mãos dedilhando sua guitarra com confiança, me levou ao auge. Sua voz, sua energia, toda essa paixão, me dominaram por completo. E não fui a única.

Todos estavam sob seu feitiço, adorando-o, querendo-o.

E ele está aqui comigo, os olhos ardentes, seu toque leve nas minhas costas enquanto me conduz por um corredor escuro.

Ele faz uma pausa para pegar um casaco cinza deixado em cima de um par de alto-falantes antigos e o veste, cobrindo o peito nu. Duvido que o moletom seja dele, já que a palavra *"Equipe"* está estampada em amarelo brilhante na parte de trás.

Suas sobrancelhas se agitam.

— Meu disfarce.

Cobrindo a cabeça com o capuz, ele digita algo no celular antes de guardá-lo no bolso. Outro olhar na minha direção, e sorri suavemente.

— Deus, eu senti sua falta. Eu deveria ter pedido a você para me encontrar na minha casa, porque é difícil não tocar em você agora.

— Por que não tocou ainda?

Meus sapatos de salto alto clicam no piso de concreto. Não estou acostumada a usar saltos, mas este vestido não combina com mais nada. Vestido estúpido. É de seda fina e estou sem sutiã. Cada movimento que faço esfrega o tecido sobre a minha pele recém-esfoliada e hidratada – agonia total, porque não posso deixar de pensar nas mãos, boca e lábios de Killian. Eu quero que eles estejam em cima de mim.

Ao meu lado, ele dá um leve empurrão no meu ombro com o cotovelo.

— Porque sou um arrogante do caralho e queria que você me visse tocando.

Aqueles cílios deliciosos batem inocentemente, e seu sorriso é insolente.

— Você estava tão lindo — digo a ele com sinceridade, mas com um tom de provocação.

Ele cora.

— Princesa, você está tentando me fazer parar.

— Não — ofego, como se estivesse arfando. — Não pare, Killian. Não pare.

Dou um gritinho quando ele, de repente, gira, enlaçando minha cintura por trás e me puxando para trás de uma pilha de caixas. Nossas risadas se misturam enquanto ele me beija, rápido, quente, brincalhão, dando pequenas mordidelas nos meus lábios.

— Palhaça. — Seus olhos estão brilhantes de felicidade.

Roubo mais um beijo antes de me afastar.

— Leve-me para casa.

Segurando minha mão, ele corre comigo pelo corredor e saímos em um beco, onde uma limusine está à espera.

— Michael. — Killian inclina o queixo para o homem grande e musculoso parado ao lado do carro. — Você conheceu Liberty hoje.

— Eu tive o prazer — diz Michael, abrindo a porta de trás para nós. — Senhorita Bell.

Ele havia desempenhado o papel de chofer e guarda-costas para mim e Brenna hoje. Nós não conversamos muito. Brenna me assegurou que era a norma, e compartilhou suas suspeitas de que Michael era, na verdade, um *cyborg*. Tendo lido mais do que meu quinhão de romances de ficção científica, eu estava apta a concordar.

No interior, a limusine é fresca e silenciosa, as janelas com películas escuras para manter os olhos curiosos de fora. Um balde está cheio de águas geladas e a tela de privacidade está acionada. Não consigo ver muito mais, porque, no momento em que a porta se fecha, as mãos de Killian cobrem meu rosto e sua boca está na minha. É um alívio doce.

Eu me embriago com ele, beijando-o de volta com um fervor que me surpreende. Eu amo o gosto dele. Amo a sensação macia, porém firme de seus lábios. Ele respira e eu inspiro o ar para dentro de mim. Porque preciso disso. Eu preciso saber que ele está vivo, cálido e bem aqui. Meus olhos ardem, ameaçando despejar as lágrimas. Nem sei por quê.

— Deus — ele geme, chupando meu lábio inferior. — Eu precisava fazer isso. Você não sabe o quanto eu precisava disso.

— Tenho certeza de que sei.

De alguma forma, acabei esparramada no banco com Killian pairando em cima de mim. Ele cheira a suor limpo, seu corpo firme, úmido e quente contra o meu. E quando ele se move, o capuz de seu moletom fica preso ao meu braço. Ele olha para si mesmo e faz uma careta.

— Eu deveria ter tomado banho.

— *Baby*, você é gostoso pra caralho desse jeito.

No ato de tirar as roupas, ele faz uma pausa. Uma risada chocada irrompe dele.

— *Baby*?

— Sim. — Mordo o lóbulo de sua orelha. — Você é um bebezão, então...

— Eu nunca fui *'baby'* de ninguém. — Killian joga o casaco para longe e beija um caminho pelo meu pescoço, parando de vez em quando para tocar cada ponto como se precisasse se assegurar de que estou realmente aqui. Seu hálito quente sopra sobre a minha pele enquanto ele suspira no vão da minha garganta. — Você tem um cheiro tão gostoso que dá vontade de comer.

— Tenho certeza de que é por conta dos óleos.

Eu o sinto sorrir contra o meu pescoço.

— Você está me dando ideias, amor. — Uma mão grande e quente se arrasta pela minha panturrilha e desliza sob o vestido. — Tão macia. Você se divertiu hoje, Libs?

Essa mão se move mais alto, encontrando minha bunda como se estivesse em uma missão. Eu me remexo um pouco quando ele me dá um apertão possessivo.

— Você está usando uma calcinha? — Ele está prestes a espiar, levantando a saia, mas puxo a mão para baixo.

— Hoje foi incrível. Obrigada. — Recostando-me um pouco, encontro seu olhar ardente. — Você não disse nada sobre minha transformação. Você gostou?

Killian pisca lentamente como se estivesse saindo de um torpor.

— Você é linda. Mas sempre é. Eu diria algo melhor, mas... porra... acabei de te encontrar.

Calor inunda meu peito.

— Isso é mais que suficiente.

Ele cantarola um pouco, seu olhar deslizando pelo meu rosto e vagando para baixo.

— Agora, este vestido... — As pontas calejadas de seus dedos roçam a parte de cima do tecido sedoso e acariciam meu mamilo. Eu recupero o fôlego, mas me derreto com seu calor. — Esse vestido — ele murmura — é outra história.

De um lado ao outro, ele segue acariciando meu seio, dando um leve aperto, acariciando meu agora duro mamilo com uma espécie de lentidão lânguida. Só posso morder meu lábio, fechar os olhos e arquear as costas, tentando acompanhar seu toque, implorar por mais.

Sua outra mão se move para alcançar o fecho da gola do vestido. Um movimento e a seda suave desliza para o meu colo, deixando-me exposta. Meus seios balançam quando o carro dá um solavanco. Meus mamilos estão rígidos e inchados, esperando que ele lhes dê atenção. Cada centímetro do meu corpo tensiona de um jeito delicioso. Ninguém pode ver através do vidro. Mas a ideia de que alguém possa, aumenta minha luxúria.

— Porra, senti falta dessa visão — ele rosna, um pouco antes de se inclinar para sugar um mamilo em sua boca.

É tão gostoso o jeito que ele chupa – não muito forte, mas ganancioso, como se quisesse me torturar. Eu gemo, erguendo as mãos para agarrar a parte de trás de sua cabeça e segurá-lo.

— Merda — murmura, seus lábios provocando a ponta dolorida. — Nossa primeira vez não será no banco traseiro de uma limusine.

Eu me esforço para recuperar o fôlego.

— Então por que você tirou minha parte de cima?

— Não consegui resistir. Precisava ver as 'meninas' novamente. — Ele beija um mamilo e depois o outro, cumprimentando-os. — Senhoras.

Entre as minhas pernas, estou inchada e macia. Eu esfrego as coxas e pressiono seu pau duro, que está me cutucando.

— Diga-me que você tem camisinha.

A ponta da sua língua percorre a pequena curva do meu seio.

— Você está brincando comigo? Agora ando o dia todo com uma pilha no bolso traseiro.

— Coloque uma e entre em mim. — Envolvo seu corpo com as pernas e lanço um olhar suplicante. — Agora.

— Ah, linda, eu amo o quanto você quer. — Ele me dá um beijo rápido e profundo. — Mas não vou ceder. Eu vou transar com você do jeito certo. Pelado e na minha cama.

Ah, que maldade. Pensando que ele é fofo com aquele sorriso arrogante e parecendo tão lindo que eu poderia chorar. Com um suspiro audível, levanto um braço acima da cabeça, o que empina ainda mais meus seios. Seu olhar segue o movimento e se torna selvagem.

— Você perguntou se eu estava usando uma calcinha — digo, lentamente, abrindo as coxas. A ação chama sua atenção o suficiente para que ele se mova de volta para se ajoelhar no chão de limusine. Minha saia sobe, e eu a puxo um pouco mais para cima. Ar fresco beija minha pele. — Eu não estou.

Killian engole em seco e seu corpo treme todinho quando ele agarra as beiradas do assento.

— Que. Me. Fodam.

— É o que tenho tentado fazer — brinco, enquanto ele encara meu sexo exposto como um homem faminto.

— Ah, Libs — diz ele, suavemente. — Veja como você está molhada. Essa linda boceta toda inchada e fazendo beicinho. — A ponta do dedo desliza ao longo dos lábios inchados. — Você está sentindo aqui?

Eu rebolo os quadris, calor lambendo minhas coxas e se acumulando entre as pernas.

— Sim — sussurro.

Ele concorda.

— Sim, você está. — Seu dedo se arrasta para trás e para frente, passando levemente sobre o clitóris e deslizando até minha abertura. Eu gemo, abrindo mais as pernas e ele cutuca a entrada com um dedo áspero apenas o suficiente para me fazer senti-lo. Eu rebolo um pouco mais, tentando fazer com que ele avance. Ele tem misericórdia e empurra aquele longo dedo bem dentro de mim. Eu gemo em gratidão.

— Vou perder a cabeça quando eu me encaixar aqui — ele murmura, em uma voz sombria. Killian não toca em nenhuma outra parte do meu corpo conforme lentamente me fode com o dedo, o que só serve para chamar toda a atenção para o ato. Outro dedo desliza para dentro, e ele os abre em um movimento de tesoura. — Você gosta disso?

Não consigo responder, e apenas me contorço e contemplo a expressão absorta em seu rosto. Como se ele sentisse meu olhar, seus olhos se agitam, cintilando no interior escuro do carro.

— Okay, princesa — ele me diz —, eu vou aliviar esse desespero.

Sua mão livre abre o botão da calça jeans. E então seu pênis salta livre. Eu não esqueci quão grande é, mas vê-lo agora, totalmente ereto, me excita em antecipação. Killian deve sentir minha reação, porque faz um som faminto e empurra outro dedo dentro de mim.

Estou bem satisfeita. Mas sei que seu pau vai me deixar ainda mais.

Ele tira os dedos e tira uma camisinha do bolso.

— Brinque com esse clitóris aí enquanto eu coloco.

Meus dedos trêmulos obedecem, deslizando através da minha boceta. Eu quero tanto preencher o vazio que meus quadris empurram inquietamente contra o assento conforme ele coloca o preservativo.

A palma grande de Killian repousa sobre meus quadris, os dedos bem abertos para me segurar no lugar, seu olhar de café quente extasiado.

— Essa é uma visão bonita. Mantenha-se aberta para mim, baby.

Eu faço o que ele pede, e Killian solta um som baixo e gutural, quase um gemido, mas mais carente, e todos os músculos ao longo de seu abdômen visivelmente se contraem. Sua mão livre vai para seu pênis, punhetando com languidez.

— Sério, eu vou ter que ter outro gosto disso. — Sua respiração é um suspiro quente antes de seus lábios pressionarem suavemente contra a minha boceta inchada. Isso envia um choque de calor através de mim. E quando ele geme suas aprovações contra minha pele, sinto o anseio se avolumar.

— Killian... — Minha mão envolve sua nuca. Não sei se quero empurrá-lo para longe ou puxá-lo para mais perto. Ele está me matando lentamente, com beijos prolongados entre as minhas pernas, como se estivesse beijando minha boca. Sua língua é preguiçosa, porém gananciosa, encontrando todo espaço oculto e áreas sensíveis. — Killian, por favor. Agora. — Puxo sua orelha e o filho da puta ri, enviando mais calor entre minhas coxas.

Depois de uma pequena lambida no meu clitóris, como um breve adeus, ele se levanta e se senta ao meu lado.

— Venha aqui. — Suas mãos agarram meus quadris e ele me levanta para montá-lo.

Recostado, ele parece quase relaxado: a realeza do *rock and roll* descansando em sua limusine. Mas não me passa despercebido a tensão nítida através das ruguinhas nos cantos de seus olhos, ou a maneira como sua mão treme um pouco quando ele afasta uma mecha de cabelo do meu rosto. Entre nós, seu pênis se posta como uma barra de aço contra o abdômen definido. Eu quero envolver minha mão ao redor da circunferência e apertar. Quero me afundar ali e esquecer meu nome.

O homem é tão bonito, suas características ásperas, seus olhos brilhantes. Minhas mãos percorrem a pele lisa, músculos duros flexionando ao meu toque. Eu traço um mamilo pequeno e enrugado, amando o jeito que suas narinas se dilatam em resposta.

Os dedos ásperos de Killian traçam minha testa.

— Eu te quero muito. Parece que sempre quis você. — Ele me puxa para perto, beijando minha boca. — Preciso de toda a minha força de vontade para não cair matando em você, pra te foder com gosto.

Nossas respirações se agitam em uníssono e eu o beijo novamente, sugando seu lábio inferior carnudo. Ele geme um pouco, as mãos segurando meu queixo.

— Vamos devagar — ele insiste, e meio que me pergunto se está falando comigo ou com ele mesmo. — Lento. Não quero te machucar.

O tempo todo em que fala, ele lentamente movimenta os quadris, deslizando seu pau para frente e para trás entre as minhas pernas. Ele é tão largo, meu sexo se abre ao redor dele.

Meus seios pressionam contra seu peitoral forte enquanto me inclino para frente e ajoelho no banco.

— Entre em mim, Killian.

— Porra — ele sussurra, engolindo em seco. Seu olhar sustenta o meu quando ele diminui a distância entre nós e guia a grande cabeça de seu pênis para a minha abertura. Não fecho os olhos, não respiro, e, devagar, eu me abaixo. Uma parte já está dentro, e eu o seguro lá. Os dedos calosos de Killian agarram meu queixo com força, como se ele estivesse lutando para ficar quieto.

O carro dá um solavanco e ele se empurra para dentro de mim.

Eu arquejo, meus músculos internos se esticam diante da invasão deliciosa.

— Puta merda — suspiro.

ÍDOLO

— Baby... — Ele me beija, gentilmente movendo os quadris, facilitando o acesso. Todo o tempo me beijando, como se eu fosse sua droga.

E eu me sinto bêbada com ele, meus sentidos nublados, minha cabeça pesada e o corpo quente de prazer. Tudo em que posso pensar é que Killian está dentro de mim. Ele é parte de mim agora. Eu o sinto lá no fundo, onde a cabeça de seu pênis empurra contra algum ponto que me incendeia por inteiro.

Eu me movo junto com ele agora, encontrando o ritmo de suas estocadas, nossas bocas se tocando de leve, as línguas se lambendo preguiçosamente. Eu inspiro e ele faz o mesmo.

— Tão bom. — Ele estremece, entrando em mim. — Você é gostosa demais. Eu quero mais. Me dê mais.

Eu agarro seus ombros, mordendo seu lábio superior, lambendo-o. A luxúria me torna feroz. Suas mãos deslizam para a minha bunda, me segurando lá e a ponta do seu dedo brinca com o buraco enrugado.

Tudo é demais. Minha testa repousa contra a dele enquanto ofego e o cavalgo, reivindico, possuo. Assim como ele tem a mim.

Meu orgasmo é longo, ganhando velocidade e percorrendo meu corpo com tanta força que tudo o que posso fazer é me agarrar a ele, gritar e me mover contra ele de uma maneira confusa e desesperada. Eu perco a noção de tudo, menos dessa sensação.

E então seus braços me enlaçam, me esmagando contra seu peito conforme ele arremete com força, rápido e frenético. Eu amo ouvir seus grunhidos, o jeito que ele geme como se estivesse morrendo e, de alguma forma, acordando de uma só vez.

Por um longo momento, ficamos moles – eu recostada em Killian, e ele recostado ao banco. Bem dentro de mim, ele ainda pulsa e meu corpo o aperta em resposta. Killian solta uma risada fraca e me aconchega mais perto, os lábios roçando minha bochecha. Estou muito exaurida para virar a cabeça e beijá-lo de volta.

— Caralho, mulher — murmura, contra a minha pele úmida, então solta um suspiro trêmulo. — Caralho.

— Eu sei — eu sussurro.

Nunca foi assim. E eu sei, sem dúvida, que Killian James não é apenas um vício ou uma aventura de verão. Ele está se tornando meu tudo. E isso é divertido e aterrorizante.

O apartamento do Killian é o que eu esperava de uma estrela do rock que valoriza sua privacidade. É uma cobertura situada em uma igreja convertida em moradia ao sul da Washington Square – uma mistura de estilo moderno e antigo com tetos altos, pisos de madeira escura, paredes de vidro e vitrais maciços. Os quartos são abertos e arejados, um grande terraço ocupando toda a área em volta. Em sua cozinha branca, sob um teto abobadado, ele nos faz cubanos, um sanduíche de carne de porco assada, presunto, queijo suíço, mostarda e picles grelhados até ficar tudo quente e pegajoso.

    — Por que você não cozinhou para mim antes? — comento, antes de dar outra grande mordida.

    Ele me lança um olhar satisfeito enquanto abocanha o sanduíche.

    — E perder sua comida? De jeito nenhum. Eu faço uma *"ropa vieja"* razoável, mas isso leva tempo.

    — Tá perfeito.

    Nós comemos e tomamos cervejas geladas. São duas da manhã e tudo está quieto. Seu apartamento é enorme, mas aqui com ele, parece aconchegante.

    — Seus pais ainda moram em Nova York? — pergunto a ele.

    — De outubro a dezembro. — Killian toma um gole de sua cerveja. — Agora eles estão em seu iate, provavelmente ancorados em Mônaco ou Ibiza, dependendo do humor da minha mãe e das ofertas de negócios do meu pai. Se ela quiser festejar, é Ibiza. Se meu pai tiver um negócio, Mônaco.

    — Nossa. Quero dizer, eu li sobre estilos de vida como esse, mas realmente viver isso...

    — Meu pai cresceu com pôneis, praticando polo. Ele estudou na Trinity, em Cambridge. Seus "amigos" são da realeza. É normal.

    Só posso olhar para Killian. Seus ombros estão tensos, o olhar distante.

    — É o seu normal também.

    Ele abaixa a cerveja e encontra meu olhar.

    — Eu sempre estive preso entre vários mundos. Ficar com minha *abuela*, viajar com meus pais, a banda. Para ser honesto, Libs, não tenho a menor ideia do que é normal. Mas eu quero isso.

ÍDOLO

A intensidade de seu olhar, a maneira como sua voz suaviza, me faz segurar sua mão e apertá-la. Eu quero proporcionar a ele o normal, mas não sei como. Não quando deixei o meu normal para trás só para estar com ele.

Eu o ajudo a colocar as coisas na máquina de lavar louça quando terminamos. Embora ele tenha tomado um banho rápido antes de fazer o jantar, ainda está sem camiseta e vestindo jeans gastos que caem em seu quadril estreito. Seus pés descalços parecem pálidos contra as tábuas de ébano.

Eu também estou descalça, e por alguma razão, isso faz com que me sinta mais em casa. Como se nós dois morássemos aqui.

Coloco uma mecha de cabelo atrás do meu pescoço enquanto guardo o último prato no lugar e o flagro me observando.

— O que significa esse olhar? — sondo, porque sua expressão não é uma que já vi antes. É suave, no entanto, algo está acontecendo por trás destes olhos escuros.

Ele balança a cabeça, mordendo o lábio inferior.

— Nada. Só senti falta de fazer isso com você.

"Isso" deve ser por conta do lance de lavar a louça. Ele sempre me ajudou com essa tarefa quando estávamos em minha casa. Tornou-se um ritual: Killian me observava cozinhar e me mantinha entretida com histórias e anedotas; em seguida, nós comíamos, então limpávamos tudo juntos.

— Parece certo, sabe? — diz ele, aquele sorriso suave ainda em seus olhos.

E simples assim, preciso abraçá-lo. Eu me aproximo e enlaço sua cintura, pressionando beijos leves em seu peito, porque, na verdade, não consigo ficar tão perto e não o beijar.

Killian imediatamente se derrete contra mim, os braços fortes me apertando por um longo momento, quase machucando, mas em um aperto bem-vindo. Eu quero me deliciar nessa força. Quero sentir como se nada pudesse se interpor entre nós.

Longos dedos penteiam meu cabelo, massageando meu couro cabeludo. Eu me aconchego mais perto, com a bochecha colada em sua pele. A batida de seu coração é firme e forte.

— Quando vamos embora de Nova York? — pergunto.

Sua voz ressoa baixo em seu peito:

— Semana que vem. Seguiremos para o norte, depois para o oeste.

Minhas mãos alisam o comprimento de suas costas largas, no vale onde os músculos emolduram sua coluna. Sua pele é quente.

— Eu preciso encontrar um lugar para ficar.

Os músculos sob minha palma se contraem e ele se afasta. Suas sobrancelhas escuras se transformam em uma carranca.

— Você acha que te persuadi a vir pra cá para te deixar em um hotel? Você vai ficar aqui, Libs.

Aqui é onde quero estar. A ideia de deixá-lo, mesmo que só à noite, faz minha pele esfriar.

— Ah... — Respiro fundo e continuo: — Os caras não vão se perguntar por que estou na sua casa?

Seu semblante se fecha ainda mais, mas ele balança a cabeça e me dá um beijo rápido na têmpora.

— Não. Eu recebo pessoas aqui o tempo todo. Eu convidei você, por isso é de boa.

— Hmm... beleza.

Tento me afastar, mas ele não me deixa. Em vez disso, seus lábios se curvam lentamente em um sorriso.

— Eu gosto que você seja ciumenta.

— Ciúme não é um atributo admirável — murmuro, com o rosto quente.

— Não me importo. — Ele me balança um pouco. — Significa que você me considera seu.

Ele parece muito convencido. Dou uma cutucada em suas costelas, e ele se afasta, rindo – o que é muito fofo –, então me abraça novamente.

— Eu posso ter tido convidados, mas ninguém nunca ficou no meu quarto, boneca.

— Nunca? — A pergunta vem mais como um bufo de incredulidade.

O sorriso irritante aumenta.

— Quando eu ficava com alguém, eu as levava para um hotel. Aprendi essa lição quando fotos do meu antigo apartamento acabaram na Internet e os meus objetos pessoais tinham o péssimo hábito de ir embora sem a minha permissão.

— Deus, isso é desprezível. — Beijo seu peito novamente. — Sinto muito que elas fizeram isso com você.

Seus dedos continuam a massagem ao longo da parte de trás do meu crânio.

— Eu deveria ter esperado. Elas só queriam um pedaço da fama ou uma lembrança. Como se tivessem o direito de se vangloriar.

Ele diz isso com naturalidade – como se não fosse grande coisa ser tratado como uma coisa em vez de uma pessoa. Ele pode não se importar, mas meu estômago azeda com o pensamento. Mas eu era melhor que elas?

ÍDOLO

Lá em casa, tenho uma guitarra *Univox Hi-Flier* que foi tocada e depois destruída por Kurt Cobain enquadrada dentro de uma caixa de vidro no meu escritório no andar de cima. Papai pegou de algum amigo, ou sei lá como, em 1989 antes de Cobain se tornar uma lenda. Uma guitarra quebrada e inútil, apreciada porque um ídolo do rock a tocava.

Eu queria dá-la a Killian como presente, mas agora não tenho tanta certeza.

— Então, não — Killian continua, inconsciente do meu conflito interno. — Apenas amigos e colegas músicos ficam aqui. — Ele faz uma pausa. — E namoradas. Elas adquirem a experiência completa.

Quente até o âmago, sorrio contra sua pele.

— Mas você acabou de dizer que ninguém ficou na sua cama.

— Ninguém ficou — ele responde, antes que sua voz suavize: — Até você.

Engraçado como algumas confissões podem parar seu coração e roubar sua respiração, enviar tudo em espiral. De olhos fechados, eu o abraço apertado. Ele nunca teve namorada? Eu não me importo se ele tivesse tido. Apenas aqui e agora importa. Mas a ideia de que ele nunca deixa ninguém entrar faz o peso da responsabilidade pesar no meu coração. Preciso pisar com cuidado aqui, mantê-lo bem e, de alguma forma, encontrar o meu lugar neste novo mundo dele.

Killian lentamente me solta, porém segura minha mão. Sua expressão é terna, os olhos cansados.

— Vamos para a cama. — Um sorriso rápido. — Eu amo dizer isso pra você.

Ele vai me matar. Eles vão me encontrar deitada no chão, meu coração explodido por ter inchado a tal ponto dentro do peito.

Ele me guia passando por uma sala de estar, uma sala de TV e uma escadaria de vidro e aço. Passamos por mais dois quartos e um recanto de leitura, iluminado por outro vitral arqueado. Seu quarto é branco, uma parede ocupada por uma enorme janela de vidro colorido. Uma cama *king-size* de madeira de ébano, sobre um tapete carmesim, domina o espaço, embora haja uma área de estar com um sofá de couro preto e uma moderna lareira a gás ao lado.

Ao seu lado da cama, ele me ajuda a sair do meu vestido com carícias tão suaves que corro o risco de chorar. Meus pais cuidaram de mim, claro. Mas isso é diferente. Eu tive namorados no ensino médio, um na faculdade. Eu nunca me senti *cuidada*, como se pudesse fazer ou dizer qualquer coisa e isso não importaria. Eu poderia desmoronar e Killian estaria aqui para recolher os pedaços e me juntar de volta.

Ele beija meu ombro e puxa a coberta para que eu possa me acomodar em sua cama luxuosa. Um segundo depois, sua calça jeans está no chão e ele se junta a mim. Os lençóis são frescos e claros, os travesseiros são uma nuvem de perfeição.

Eu sorrio abertamente.

— Você comprou meus travesseiros.

Ele me puxa contra o calor do seu corpo. É o paraíso.

— Eu te disse que estava apaixonado.

Ele diz isso de boa, mas seus olhos escuros estão conectados aos meus. Tudo parece frágil e muito mais forte agora. Eu toco sua bochecha, traçando uma linha ao longo do contorno de sua orelha antes de me inclinar para beijá-lo. Seus dedos seguram meu queixo e ele me beija com vontade, os lábios macios, a língua penetrando minha boca, me provando como se eu fosse algo delicioso.

A cama range quando ele inverte nossas posições e se acomoda entre minhas pernas abertas. O calor de seu pênis ereto pressiona minha barriga. Minhas mãos exploram os seus ombros, as curvas tensas de seus braços, e de volta para o pescoço, onde a pele é macia e sensível.

Com um gemido satisfeito, ele impulsiona os quadris, aquele pau grande deslizando sobre a minha umidade crescente. Ele beija meu lábio superior, o inferior, inclina a cabeça e mergulha para outro beijo. É lento, e me derreto na cama, meus toques singelos, porém famintos.

Seu perfume. A pele dele. A poderosa graça do seu corpo. Eu preciso de tudo.

Killian é um mago. De alguma forma, ele conjurou um preservativo do nada. Ou talvez ele tivesse um o tempo todo. Minha mente está ocupada demais para lembrar. Ele se inclina para o lado, expondo o abdômen travado e o pau grosso.

Eu pego a camisinha de sua mão e revisto seu comprimento. Meus movimentos são lentos, porque o peso de seu pênis carnudo na minha mão é bom demais para ser ignorado. Ele grunhe quando o aperto e dou um pequeno puxão. Em seguida, ele se aninha contra mim, a boca cálida na minha. Nosso beijo é selvagem.

— Libby — ele sussurra, e quando lentamente me penetra em uma deliciosa intrusão, seu olhar encontra o meu. — Este é apenas o começo — declara.

E eu sei que ele não está falando sobre sexo. Ele está se referindo à nossa vida. Sem fôlego, minha voz sai tensa diante da animação:

— Eu mal posso esperar.

CAPÍTULO DEZESSEIS

libby

Eu vou para o apartamento do Whip com Killian. Michael dirige como sempre, e fico sabendo que ele trabalhou para Killian por cinco anos. O carro de hoje é um elegante sedã Mercedes prateado com interior em couro cor creme, tão macio quanto manteiga sob a palma da mão. Uma palma que está úmida. Eu preferiria que o carro desse meia-volta, mas tenho que encarar o resto da Kill John mais cedo ou mais tarde.

— Por que a limusine ontem? — pergunto, cansada de ouvir meus pensamentos.

Killian segura minha mão e entrelaça nossos dedos. Se ele sente o quanto estou pegajosa, ele é bom o suficiente para não mencionar o fato.

— Foi sua primeira vez em Nova York e você estava tendo um momento *"Uma Linda Mulher"*. Isso, definitivamente, pede uma limusine.

— Seria inteligente não mencionar *"Uma Linda Mulher"* nesse contexto — digo, com secura.

Suas bochechas coram.

— Merda. Certo. Você é uma mulher poderosa e moderna. Pelo contrário, eu deveria ser a prostituta aqui...

— Não está ajudando.

— Certo. Certo. Nenhum pagamento por sexo de qualquer tipo. — Ele levanta minha mão e beija meus dedos. — Mas muito sexo ainda está na mesa. Quente, safado, suado...

Eu agarro sua nuca e o puxo para baixo para silenciá-lo com a minha boca. Ele gosta do meu gesto e praticamente sobe em cima de mim enquanto retribui o beijo.

Estamos trocando uns amassos como adolescentes no banco traseiro... É isso que ele faz comigo.

Estamos ambos sem fôlego quando nos separamos.

— Se continuarmos assim — ele murmura —, vou pedir ao Michael que dê uma volta no quarteirão.

— Não — berro, horrorizada. — Ele saberia na hora o que estávamos fazendo!

Ele me lança um olhar enviesado e levemente angustiado.

— Tenho certeza de que ele não tinha ideia do que estávamos fazendo na noite passada.

— Não me diga isso — murmuro, cobrindo o rosto. — Meu Deus, nunca mais poderei olhá-lo nos olhos novamente.

Killian apenas ri, puxa minha mão e me dá um beijo suave.

Quando o carro para, mantenho a cabeça baixa e murmuro um rápido "obrigada" para Michael, que segura a porta aberta para mim.

Whip mora em um loft em Tribeca. De acordo com Killian, metade do imóvel foi feito para ser à prova de som e convertido em palco e um pequeno estúdio de gravação.

— Nada muito chique — Killian comentou quando estávamos nos vestindo para sair. — Apenas conveniente para quando estamos a fim de testar novas melodias e ensaiar.

Depois que Killian digita um código, seguimos para um antigo elevador de serviço. Assim que chegamos ao andar superior, as portas se abrem para um espaço todo iluminado e com pisos de madeira gastos e paredes de tijolos aparentes.

Sigo Killian mais para dentro do loft, com as pernas bambas, minha pulsação latejando no pescoço com tanta força que tenho certeza de que é visível. Quando ele para na entrada e se vira, eu quase tropeço nele.

Killian segura meus ombros, depois abaixa a cabeça para encontrar meus olhos.

— Ei. Me escuta.

— Estou ouvindo.

Seus olhos escuros brilham com emoção.

— Você é Liberty Bell, a mulher cujo violão e voz me deixaram rendido, de joelhos. Você nasceu para a música. — Seus dedos apertam apenas o suficiente para capturar minha atenção. — Nada que alguém diga pode tirar isso. Você pertence a este lugar.

Meus olhos marejam.

— Pare — sussurro. — Você vai me fazer chorar.

ÍDOLO 169

Seu sorriso torto me acalenta.

— Arrase lá dentro, Elly May.

Uma risada borbulha no meu peito.

— Arrase você, vagabundo do gramado.

Com um beijo rápido na minha testa, Killian me coloca nos eixos e entra no sótão.

— Alô! — grita, a voz ecoando no espaço amplo. — Onde está todo mundo?

Passamos por móveis modernos dos anos 50, uma cozinha com armários em tom azul-escuro e eletrodomésticos de cobre, além de um par de portas de vidro.

Um grupo de caras está em volta de um espaço arejado com uma pequena área de estar e uma plataforma montada com um kit de bateria e várias guitarras ao lado.

Eles se viram quando entramos, e posso jurar que estou prestes a desabar ali mesmo, do tanto que estou nervosa. Dois deles são altos e magros como Killian – um com cabelo escuro e olhos azuis que se parece demais com Killian, e outro com cabelo castanho e olhos verdes, com a expressão mais fechada e o corpo retesado.

Outro cara é corpulento como um jogador de futebol e tem cabelo loiro-escuro e um grande sorriso.

— Killian — diz o grandalhão —, você trouxe uma amiga.

O tom de Killian é calmo:

— Gente, conheçam Libby.

Aquele que se parece muito com Killian é Whip Dexter, o baterista. Ele aperta minha mão em um gesto firme e me dá um sorriso amigável.

— Ouvi sua fita *demo*. Você tem uma ótima voz.

Eu coro.

— Obrigada.

O grandalhão é Rye Peterson, o baixista, que acena em concordância.

— Eu te ouvi tocar violão também.

— Sim. — Estou segurando o estojo do meu velho Gibson, com a palma da mão tão suada que corro o risco de largar a maldita coisa.

— Fico feliz em ter você se juntando a nós — comenta Rye. — Vai ser divertido, garota.

Garota. Beleza. Eu posso lidar com "garota".

Jax, o mal-humorado de cabelo castanho, é o último a se aproximar.

Todos os caras são bem parecidos, mas Jax seria perfeito em um catálogo da *Abercrombie and Fitch*. Ele tem aquela perfeição toda americana e excêntrica sobre ele. De repente, lembro que a imprensa chamou Jax de demônio no corpo de um anjo e Killian de anjo no corpo de um demônio.

Entendo o que eles queriam dizer. Jax parece composto, refinado – o tipo de cara enviado para Harvard e que volta para concorrer a um bom emprego. Killian se parece mais com o cara montado em uma moto na rua, esperando a filha de alguém sair às escondidas pela janela.

Contudo, sei que Killian é gentil e honesto. Aparentemente, todo mundo sabe disso também.

Quanto a Jax? Ele me dá uma longa olhada, me deixando apreensiva.

— Liberty Bell, não é?

— Nome bem difícil de esquecer — comento, não gostando de seu tom.

— Verdade. — Ele olha para Killian, e o gelo em seu olhar se derrete um pouco. — Está pronto?

Assim como eu, Killian está segurando seu violão. Ele coloca o estojo no chão e gira os ombros para relaxar.

— Achei que poderíamos mostrar a Libby como fazemos as coisas e depois tentar algumas músicas com ela primeiro.

— Bom plano — diz Whip. — Mostre à novata o nosso trampo.

A expressão de Jax mostra sua total confusão, e ele deixa sua opinião perfeitamente clara:

— Concordamos que ouviríamos a música da Liberty e *depois* decidiríamos, não que ela estivesse automaticamente participando.

Custo a disfarçar o choque.

— Não — Killian diz, com paciência. — Nós concordamos que ela iria tocar.

Whip franze o cenho e seu olhar se intercala entre Jax e Killian.

— Mano...

— Nós sempre fazemos uma audição — Jax argumenta — para todo número de abertura. Sempre.

— Ela não é um número de abertura — Killian retruca, entredentes. — Ela vai tocar com a gente.

— Mais uma razão pela qual ela deveria fazer uma audição, porra.

Rye levanta uma mão enorme.

— Qual é, idiotas. Eu quero tocar um som. Não ouvir es...

— Por que você está com medo de deixá-la fazer isso? — Jax interpela, sem desviar o olhar de seu melhor amigo.

As bochechas de Killian ficam rubras, prenunciando que ele está prestes a perder a calma. Eu me coloco entre eles.

— Está bem. Fico feliz em fazer uma audição.

Um grunhido de protesto soa na garganta de Killian, e eu lhe dou um olhar.

— É sério.

— Protetora, não é? — Jax pergunta a ele.

— O que você quer? — pergunto a Jax, antes que Killian surte de vez.

Jax, por fim, encontra meu olhar. Espero raiva ou antipatia, mas não vejo nada disso. Pelo contrário, sua expressão educada demonstra que ele, realmente, pensa que sou apenas outro artista tentando garantir um lugar para abrir os shows de sua turnê. Logo seu semblante muda e tenho um vislumbre de alguma coisa – não ódio, mas algo sombrio e triste – que cintila em seus olhos.

— Ouvi dizer que você é fã de *grunge*. — Ele me dá um sorriso torto, que nem poderia ser chamado de sorriso. — Por que você não canta *"Man in the Box"*?

Todo mundo fica mudo. *"Man in the Box"* é uma canção clássica de Alice in Chains. Layne Staley entoava aquela música com seu grunhido intenso e profundo, assim como Janis Joplin dominava *"Piece of My Heart"* com sua voz afiada. Tentar cantar é arriscar parecer uma idiota total. Algo que todos na sala entendem perfeitamente.

Killian esmurra a própria coxa com o punho cerrado.

— Que porra é essa, Jax? Pare de agir como um babaca e…

— Não — interrompo. — Tudo bem. — Pego meu violão. Se Jax quer me intimidar, não vou me acovardar. — Estou bem. — E dou a Jax um olhar firme. — Boa escolha.

Seu olhar cintila enquanto ele cruza os braços sobre o peito.

— Vai fundo.

— Filho da puta — Whip resmunga baixinho.

Minhas mãos tremem um pouco quando ando até o microfone. Killian parece que quer dar um soco em Jax, mas mantém a atenção em mim, e quando nossos olhos se encontram, ele me dá um pequeno aceno de cabeça. Eu quase sorrio com o seu apoio, mas nenhum de nós quer dar munição a Jax.

Rye pigarreia e se posta ao meu lado, pegando seu baixo.

— Não a ajude — Jax adverte.

— Vá se foder — diz Rye, baixinho. — É a nossa banda, J. Não é sua. E estou tocando pela Liberty.

Dou um pequeno sorriso, em seguida, me aproximo.

— Deixe eu passar o primeiro refrão — murmuro. — Daí vou parar, então nós dois começamos.

Os olhos cor de avelã de Rye brilham.

— Você tem algumas ideias, não é, docinho?

— Tenho. — Cantarei a música do meu jeito, me assegurando de que não vou ceder aos caprichos de Jax. Uma parte minha quer rir. Parece que ontem mesmo eu estava apavorada de tocar na frente de Killian. Agora, vou cantar na frente da Kill John e não estou com medo... em parte. Estou pau da vida.

Inspirando, começo a dedilhar a abertura. Não é nada fácil e nunca toquei essa música. Porém já ouvi o suficiente e posso seguir pelo instinto. Não pretendo ir tão rápido como a original, mas em um ritmo mais suave, mais lento, tocando o *riff* de abertura várias vezes até pegar o tom certo. Quando canto a letra, não é com raiva, mas com sofrimento. Eu canto do meu jeito, como uma espécie de lamento.

Ouço um som de aprovação, porém não olho para conferir. Não olho para ninguém. Meu coração bate forte no meu peito. Eu termino o primeiro refrão da música e, em seguida, paro abruptamente. Olhando para Rye, aceno, então meu olhar se encontra com o de Jax.

Eu dou um grande sorriso ao vê-lo piscando diversas vezes.

E então dou o meu máximo, quase aos berros no microfone. Eu pareço o Layne Staley? Nem de longe. Mas esse não é o ponto. O objetivo é agir como mim mesma. Ser confiante.

Eu vejo Killian sorrindo; Whip aparece e corre para sua bateria, então começa a tocar. Estou tocando uma música com Rye Peterson e Whip Dexter. Calafrios percorrem meus braços a cada estrofe.

Fecho os olhos e me perco na música. Minha garganta está doendo, o suor escorrendo pelas costas.

De repente, escuto outra guitarra acompanhando, o som forte e perfeito, e isso me faz abrir os olhos.

Espero deparar com Killian ao meu lado, mas é o Jax.

Eu gaguejo um trecho da letra, e ele me dá uma olhada, com a sombra de um sorriso curvando seus lábios antes de desaparecer. Ele canta o *backup*, adicionando firmeza ao som, tornando-o melhor.

Killian salta na plataforma e grita, com os punhos erguidos.

Quando terminamos, estou ofegante, a garganta dolorida. Jax me encara com sua expressão plácida como sempre.

— Tudo certo.

— É isso? — Rye diz, dando um tapa no meu ombro quando Killian se posta ao meu lado. — Caralho, ela arrasou. Reconheça, Jax. Anda longo.

Jax bufa uma risada.

— O objetivo era ver se ela tentaria. — Ele me brinda com um raro olhar amigável. — Você tentou.

— Você ainda é um idiota — diz Killian. Um breve toque nas minhas costas é tudo o que ele me dá. Agora é mais do que suficiente, mesmo se eu quiser me virar e me atirar em seus braços. Sua voz profunda me afeta como sempre. — Ela está dentro.

Jax balança a cabeça, concentrando-se em colocar a guitarra no chão.

— Acho que sim.

Uma onda de tontura ameaça me desfazer. Puta merda. Vou tocar com a Kill John. *Que porra estou fazendo?*

CAPÍTULO DEZESSETE

libby

Boston, Fenway Park. Casa lotada. Mas não se preocupe, Killian me disse antes que só tem cerca de trinta e sete mil pessoas. *Só isso!*

O público está gritando algo que soa muito como "Kill John". O chão vibra sob os meus joelhos com os graves pesados quando *Not a Minion* – a banda de abertura – acaba.

Onde estou?

Curvada sobre um vaso sanitário, vomitando as tripas.

Eu me afasto do vaso, morrendo de nojo por estar nesse piso sujo, mas fraca demais para me levantar.

Uma leve batida soa à porta.

— Vá embora. Pra sempre — acrescento com ênfase.

Mas a porta se abre. Passos ecoam. Um par de botas pretas aparece no lado oposto da porta. Chego a pensar que é Killian, mas conheço o seu passo. O homem anda com uma arrogância, como se estivesse abrindo espaço para aquele pau pesado e longo que ele guarda dentro da calça. Estas passadas são mais suaves, porém igualmente confiantes.

No entanto, a última pessoa que espero ouvir é Jax.

— Preciso te jogar uma boia salva-vidas? Ou a sua cabeça, finalmente, saiu da privada?

— Rá-rá. — Limpo a boca e praguejo baixinho por Jax, dentre todas as pessoas, ter me encontrado neste estado tão deplorável.

Lentamente, como se esperasse outra rodada de vômito, ele abre a porta da cabine onde estou. Eu olho para ele, arrasada. Sua expressão, como de costume, é estoica. No entanto, ele me entrega uma garrafa gelada de *Ginger Ale*.

— Beba. Você entra em vinte minutos.

Eu pego a garrafa oferecida com gratidão. O refrigerante de gengibre desce refrescante pela garganta.

— Eu quero morrer. — Eu olho para ele. — Nem me importo se você me zoar com piadas de mau gosto. E estou falando sério.

Sua risada seca e curta ecoa.

— Eu gosto mais de você por não contar essas piadas pra mim. — Ele me oferece uma mão, e eu aceito, deixando-o me puxar para cima.

Eu continuo entornando a bebida conforme sigo até a pia. Credo. Eu pareço uma drogada – totalmente abatida e ligeiramente verde.

Deixando de lado o refrigerante, lavo as mãos e dou um tapinha no meu rosto suado.

— Então, por que você está aqui? — pergunto a ele. — Você perdeu uma aposta?

Uma risada zombeteira ecoa.

— Eu me ofereci.

Eu o encaro pelo espelho.

— Bem... isso é novidade.

O reflexo de Jax dá de ombros.

— Os outros só mimariam você, e nós não temos tempo para isso.

Tempo. Certo. Meu tempo está quase acabando. O som do *Not A Minion* acabou e o subsequente rugido de Kill John é difícil de ignorar. Toda a sala zumbe com energia reprimida, como se uma grande fera estivesse esperando para ser liberada da jaula. O Animal. É como Killian chama a multidão. Eu entendo isso agora. Bem demais.

Suor frio escorre pelas minhas costas.

— Não consigo fazer isso — deixo escapar. — Vou vomitar no palco. Eu tenho certeza. Eu disse a Killian que tinha problemas com isso. Merda. Merda.

Jax recosta um ombro contra a parede e me observa. Depois de um momento, ele pega um pacote contendo uma escova de dentes e um tubo de pasta de dente em miniatura e me entrega.

— Você sabe por que sempre carrego isto?

— Sua calça é tipo uma cartola de mágicos? Tem uma barraca nesse bolso também?

— Agora não — declara, com um pequeno sorriso —, mas talvez mais tarde, quando uma dupla de fãs ansiosas cair no meu colo.

Enrugo meu nariz.

kristen callihan

— Aff. Tá bom, tá bom. Que nojo! — Enfio a nova escova de dentes na boca e escovo os dentes com vigor.

Ele ri.

— Eu tenho isso, porque estava no banheiro do camarim fazendo o mesmo.

Eu congelo.

— Você? — berro, com a escova na boca, a espuma borbulhando no meu lábio inferior.

— Eu — admite, franzindo o cenho. — Todo maldito show.

Rapidamente termino e pego papel-toalha para secar a boca.

— Sério? Quero dizer, Jax Blackwood tendo ansiedade do palco?

Ele balança a cabeça como se eu estivesse sendo ridícula.

— Acontece com muitos artistas. Barbra Streisand deixou de fazer shows ao vivo porque passava muito mal.

— Tenho que fazer uma pausa aqui — digo. — Você, Jax Blackwood, o Sr. Roqueiro Muito Maneiro, acabou de fazer uma referência a Barbara Streisand?

Sua boca se curva de lado.

— Espertinha. Ela é uma cantora lendária. É claro que sei quem ela é. — Seus lábios se contorcem, mas depois ele se acalma. — Seria melhor se eu dissesse Adele? Porque ela é conhecida por vomitar de antemão também.

— Talvez — brinco.

Ele revira os olhos.

— Se você for lá e vomitar no palco, vamos conversar. Até lá, se recomponha, pegue o refrigerante e beba. Consegue fazer isso?

— Não.

Seus olhos se estreitam em fendas verdes geladas.

— Killian colocou o dele na reta por você. Ele acredita em você, o que significa que eu também preciso acreditar. Não o faça parecer idiota.

De todas as coisas que Jax poderia ter dito para me livrar do meu medo, era isso. Eu o odeio por encontrar meu ponto fraco tão facilmente. Tudo o que posso fazer é acenar, incapaz de resistir em projetar um dedo um pouco mais que os outros.

— Entendido.

— Ótimo. Vinte minutos!

Sim. Vou morrer.

ÍDOLO 177

killian

Eu amo tocar no Fenway. É um lugar histórico, cheio de peculiaridades. Diversas lendas se apresentaram aqui e o local está impregnado com a aura do beisebol. Mesmo que eu esteja sob a luz dos holofotes, posso jurar que estou sentindo o cheiro de uma partida, com um leve aroma de cachorro-quente e cerveja pairando no ar, grama e sol. O estádio não é enorme, mas parece. Paredes de fãs sobem quase ao nosso redor. O chão é um vasto mar de corpos se contorcendo. Ao longe, posso apenas distinguir a arena em formato de diamante, protegida por uma cerca de metal.

Meu corpo vibra quando acabo de cantar e volto para tomar um gole de água. Minha mão treme um pouco. Estou nervoso. Não por mim. Por ela.

Whip e Rye mantêm a batida, fazendo um solo que levará à próxima música, *"Outlier"*. É a primeira música de Libby conosco.

Eu a vejo pairando nas laterais, o rosto pálido como a morte. Minha pobre garota, dilacerada pelo medo do palco. Jax se ofereceu para falar com ela. Por ele ter agido como um babaca sobre ela até agora, fiquei mais do que feliz em deixá-lo ir. Talvez eles pudessem estabelecer alguma forma de amizade. Algo que eu amaria.

Meu olhar se conecta ao dela, e dou um leve aceno de cabeça acompanhado de um sorriso. *Você consegue, princesa.*

Como um bom soldado, ela endireita a postura, passa a alça do violão pela cabeça e respira fundo. Deus, mas ela brilha com uma luz interior conforme caminha pelo palco.

O corpo aberto do Gibson L-1 praticamente engolfa seu corpo miúdo. Ela está usando outro vestido de seda, dessa vez branco com estampas florais vermelhas. Os pés estão calçados com coturnos pretos, assim como da primeira vez em que a conheci.

Rye pega um violino, e Jax troca sua *Telecaster* por um bandolim. Na semana passada, brincamos com *"Outlier"* e *"Broken Door"*, refinando o som. Agora está perfeito. John, que está encarregado de todo o meu equipamento, me entrega minha guitarra *Gretsch* e eu ando até o microfone.

— Vamos fazer as coisas um pouco diferentes hoje à noite. Algo um pouco mais sentimental.

O Animal uiva em aprovação.

Eu sorrio no microfone.

— E essa adorável mulher à minha direita — digo, e Libby se posta ao meu lado — é a talentosa Srta. Liberty. Vamos dar a ela as boas-vindas adequadas.

Ela treme quando o Animal grita, canta e berra, pontuando o ar noturno. Ela não olha para mim, não faz nada além de olhar para o mar de pessoas, com os olhos arregalados. E por um segundo frio, temo por ela. Será que a pressionei demais? Estraguei tudo?

Mas então Jax começa a dedilhar o bandolim e Rye solta os acordes em seu violino: chegou a hora. Whip marca um, dois, três e Liberty entra em ação, atingindo sua marcação com perfeita precisão.

Sua voz é clara e absolutamente linda. Isso contrai meu coração de forma absurda.

Jax canta como *backing*. E então é a minha vez de participar.

Libby e eu cantamos juntos, e quando ela se vira, as luzes do palco a deixaram agitada. Ela olha para mim e sorri. Sua alegria é incandescente. Isso me encoraja, como uma onda de pura emoção mais forte do que qualquer coisa que já senti em qualquer estádio.

Aqui é onde ela deveria estar.

A música acaba cedo demais. Minha necessidade de beijá-la é tão intensa que dói. Um rugido vibrante de aprovação nos rodeia. Ela sorri e se curva em uma mesura e sai. Eu não quero que ela vá.

O resto do nosso show passa em um borrão até que ela retorna para a última música. Nós vamos fazer um bis mais tarde, mas, por enquanto, estamos terminando com *"In Deep"*. É uma canção de amor com uma pegada sarcástica. Libby e eu vamos tocar oitenta por cento da música com a banda se juntando ao final.

No segundo que ela está de volta ao meu lado, meu corpo roça o dela. Parecendo mais confiante agora, ela dispara a melodia de abertura – leve, brincalhona.

Eu não encaro a multidão. Eu me volto para ela. Eu toco e canto para ela. E ela canta de volta para mim, os olhos brilhando. Isso. Isso é o que deveria ser.

Terminamos com uma nota persistente e então Libby e eu saímos. O resto dos caras vai tocar por alguns minutos. Eu preciso desses minutos. Eu quero falar com ela, descobrir se ela está tão empolgada quanto eu.

Mas Libby, aparentemente, tem outros planos. Ela não olha para mim e sai quase voando do palco. Seu cabelo chicoteia quando ela arranca o violão por sobre a cabeça e o entrega na mão de John. Eu faço o mesmo, não diminuindo a velocidade. Estou animado pra caralho, meu coração disparado, o pau mais duro que uma barra de aço, curvado dolorosamente contra o jeans. Ele quer sair do confinamento e entrar em Libby.

Mas isso não vai acontecer agora.

Passamos pela equipe de apoio, produção-executiva e sabe-se Deus lá quem mais, e ela não para em momento algum, além de não fazer contato visual com ninguém. Eu não me incomodo em chamá-la. Ela não tem como correr mais do que eu, com minhas passadas longas, mas, em algum momento, ela vai ter que parar.

Logo antes de entrar no banheiro feminino, ela anuncia em voz alta:

— Eu vou vomitar.

Merda.

Ela entra intempestivamente no banheiro e eu a sigo. Até parece que vou deixá-la sozinha para lidar com isso novamente. No segundo em que atravesso a porta, sou aprisionado por um pequeno furacão em forma de mulher.

Libby se choca contra mim, me empurrando contra a porta. Sua boca está na minha antes que eu possa sequer puxar um fôlego. Quente, úmida e exigente, ela me devora.

Meu controle se desfaz. Com um grunhido, eu a beijo de volta. É um choque confuso de lábios, línguas e dentes. Foda-se se meus joelhos não bambearam. Eu trombo com a parede, minhas mãos espalmando a bunda gostosa. Com um pequeno ofego irritado e impaciente, ela escala meu corpo, enlaçando minha cintura com as pernas.

A luxúria me domina por completo. Inverto nossas posições e a imprenso contra a porta. Minhas mãos estão deslizando por suas coxas, enfiando-se entre nós até chegar entre suas pernas.

— Caralho — eu arfo. Ela está encharcada, as coxas molhadas, a boceta quente e inchada.

Rasgo sua calcinha com um puxão. Libby choraminga, empurrando os quadris contra os meus.

— Porra. — É quase um soluço. — Caralho... eu ... eu preciso... — Outro soluço escapa, e ela chupa meu lábio inferior, lambendo minha boca.

— Eu sei — murmuro, abrindo meu jeans com as mãos desajeitadas. — Eu sei.

Não faço ideia de como consigo pegar um preservativo. O sangue martela em meus ouvidos, o coração prestes a sair do peito. Estou correndo um sério risco de gozar nas calças. Nossos corpos suados deslizam um contra o outro.

— Agora, Killian. Agora — ela sussurra contra a minha boca. Seu corpo estremece. — Ai, caralho, eu preciso de você agora.

— É pra já.

Uma estocada áspera e estou a meio caminho do céu. Ela é quente como uma fornalha e tão apertada que meus olhos se fecham. Outro impulso e ela escorrega pela superfície da porta com a força. Gemendo, agarro seus ombros, puxando-a para baixo para empalar meu pau até o talo. Tão bom!

Libby está ofegante, a cabeça tomba para trás com um baque conforme geme, cravando os dedos em minha nuca.

— Mais. — É quase inaudível. Mas eu escuto sua súplica.

Eu mergulho fundo dentro dela, sem pensar, e mais do que motivado com a necessidade de foder. Minhas bolas se chocam contra sua bunda. Minha cabeça repousa em seu ombro enquanto apoio os antebraços na porta e a imprenso com a força das minhas estocadas.

No instante em que ela goza, sua boceta me aperta, e eu perco o controle. Um orgasmo me rasga com tanta força que tudo fica branco. Eu fico lá, com o quadril flexionado, o corpo curvado sobre o dela, as pernas tremendo por um longo momento. E então exalo um suspiro.

Exausto, pressiono a bochecha à dela, suas mãos cobrindo a parte de trás da minha cabeça.

— Porra — digo, sem fôlego.

Ela ri e aninha o rosto no vão do meu pescoço. Nós dois ficamos lá, rindo como bobos, meu pau ainda enfiado profundamente dentro dela.

O mundo lá fora retorna rápido demais, e ouço a voz de Jax amplificada pelo microfone, dizendo:

— Boa noite, Boston! — O show acabou.

CAPÍTULO DEZOITO

libby

Meu quarto minúsculo na parte de trás do ônibus da turnê é escuro e frio, e balança de leve conforme nos dirigimos para Cleveland. Exausta, só consigo ficar deitada encarando o teto. Estou muito agitada para dormir, mas não consigo me mexer.

Cada segundo da noite se projeta como um filme na minha cabeça. A luz ofuscante, a escuridão além. A maneira como a multidão se movia como uma coisa viva. E cantando, tocando meu violão. Tinha sido... tudo. O auge da minha vida. Um lance transcendental.

Eu não fazia ideia.

E tocar com Killian? Isso foi pura alegria. Eu poderia ter rido como uma criança alegre andando em uma montanha-russa. Eu quero esse sentimento de novo e de novo. E quero aquela liberação de puro calor e luxúria que veio depois, o pau grosso de Killian dentro de mim, me prendendo contra a porta. Foi bruto, rápido e tudo o que eu precisava.

Eu o quero agora. Mas não é como se ele pudesse estar neste quarto sem levantar suspeitas. Caralho, tivemos a sorte de fugir e trepar como coelhos no banheiro. Ele teve que se esforçar para guardar o pau de volta na calça e correr ao encontro dos caras no camarim, antes de a banda fazer dois bis.

Agora ele está na área principal, tocando com os amigos dele. São três da manhã e a adrenalina de nenhum dele diminuiu. Não posso culpá-los. Energia percorre meu corpo inteiro e me deixa nervosa.

— Porra. — Afasto os lençóis e visto meu moletom.

A música flui enquanto eu me arrasto por um corredor estreito, ladeado por quatro beliches e que culmina na área de estar principal. Os caras param de tocar quando entro. Nem sei qual é a minha aparência com a camiseta enorme do concerto de *Massive Attack* e com a calça de moletom folgada.

182 kristen callihan

— *"Heligoland"*. — Whip gesticula para a minha camiseta com o queixo. — Amo esse álbum pra caralho.

Encontro um espacinho no sofá entre ele e a parede. Os olhos escuros de Killian estão focados em mim, um sorriso convencido e satisfeito em seu rosto. Eu ficaria aborrecida com isso, mas não posso ser hipócrita.

— Não consegue dormir? — ele me pergunta. Sua grande mão está enrolada no braço de seu violão, um lindo Gibson J-160E, de 1962. John Lennon tocou com esse modelo. E agora Killian James, capaz de fazer aquele belo instrumento cantar, também toca.

Aqueles longos dedos tocaram meu corpo também. Comprimo os joelhos um no outro.

— Muito nervosa.

— Você vai se acostumar com isso — diz Rye, segurando um par de baquetas, o que me faz sorrir. Ele sorri de volta. — Sabe como é, a ficar acordada a noite toda.

Os caras riem.

Jax olha para mim.

— Você não vomitou no palco.

— Yay... — brinco, inexpressiva. — Por falar nisso, obrigada. Você me salvou.

— Eu salvei o resto de nós de ter que sentir o seu bafo — comenta, dando de ombros, porém os cantos de seus olhos se enrugam com diversão. — Vou pedir a Jules para guardar kits extras de refrigerante e escova de dentes em estoque.

Jules faz parte da equipe de assistentes e está em outro ônibus. Tantos ônibus. Um para os *roadies*, a equipe de montagem. Um para Brenna, Jules, coordenadores de vestuário – chamar de vestuário meio que me faz rir, mas, basicamente, é o trabalho de lavar as roupas – e equipe de assessoria de imprensa. Além disso, tem mais um para a banda *Not a Minion*, e um para o Scottie. Sim, ele tem seu próprio ônibus. Os caras, no entanto, sempre viajaram juntos e aderiram a essa tradição. E nenhum dos outros ônibus é tão bom quanto o nosso com seu interior em couro preto e creme, cozinha completa, banheiro e dezenas de coisas luxuosas – bem, talvez o do Scottie também seja, mas ele não me deixa entrar para ver.

Killian me entrega uma limonada do balde de gelo ao lado dele.

Também tem cervejas, mas ele me conhece bem. Eu tomo um longo gole refrescante do líquido doce e azedo.

— Então — Whip começa, batendo rapidamente no pequeno tambor *djembê* em seu colo —, como se sentiu, arrasando no seu primeiro show?

Eu sorrio ao redor do gargalo da garrafa e me recuso a olhar para Killian. As lembranças de nossa rapidinha no banheiro ainda são muito vívidas.

— Quando cheguei ao palco, foi... perfeito.

Whip ri.

— Sim. É demais, não é? E você mandou bem. Melhor do que imagina. — Seus olhos azuis se enrugaram de alegria. — Eu me lembrei do nosso primeiro grande show.

— *Madison Square Garden* — Rye acrescenta, rindo.

— Tocamos em dezenas de clubes menores — explica Whip —, mas, finalmente, tínhamos atingido um marco e estávamos em uma grande turnê. Então, lá estávamos nós. Noite de abertura. Jax estava vomitando atrás de um conjunto de alto-falantes.

Começo a rir, Jax balança a cabeça e Whip continua com um grande sorriso.

— Rye estava andando de um lado para o outro, balbuciando sobre como ele não conseguia se lembrar de nenhuma música.

Killian agita as mãos como se imitasse Rye, e sua voz se eleva a um falsete:

— 'Qual é a música de abertura?', 'O que nós tocamos depois?', 'Como faço para tocar a porra do meu baixo?'

As bochechas de Rye ficam vermelhas.

— É verdade, porra. Me deu um branco.

— E você? — pergunto a Whip, porque ele está contando a história.

— Ah, eu estava na merda. Cutuquei meu próprio olho com a porra da baqueta.

— O quê? — Eu rio.

— Sério. — Seus olhos brilham. — Nem sei como fiz isso. Mas ficou tão inchado que eu não conseguia enxergar.

— Ai, meu Deus. — Seco os olhos repletos de lágrimas de tanto rir, então capto o olhar sorridente de Killian. — Onde você estava em tudo isso?

— Ah, Killian estava bem no olho da tempestade — diz Whip. — Ele só ficou lá parado, as mãos no quadril, olhando para nós. E do nada ele berra...

Juntos, Jax, Rye e Whip gritam:

— Eu quero minha mamãe!

Killian ri, abaixando a cabeça, e os caras gargalham.

— Foi aleatório pra caralho — diz Rye, tossindo. — Todos nós paramos nossas loucuras e ficamos boquiabertos. Daí, nós nos recompomos em um instante.

Killian chama minha atenção e eu sorrio. Felicidade e uma emoção delicada e tenra incham no meu peito. Eu amo esse homem. Tudo sobre ele. Como se ele lesse minha mente, seus olhos expressivos escurecem e eu sinto seu cuidado, a necessidade tão evidente como se seus braços estivessem ao meu redor.

Eu pisco e desvio o olhar para longe, sem querer que os outros vejam o que deve estar nitidamente estampado no meu rosto.

— Bem — digo —, acho que meu vômito não foi tão ruim assim.

— Você se saiu bem, Libs — afirma Killian, com sua voz profunda encorajadora. — E só vai ficar mais fácil.

— Pra você — responde Jax, mas ele volta sua atenção para o violão em sua mão e toca uma melodia familiar.

Na hora, os caras seguem o exemplo e começam a tocar *"Ob-La-Di, Ob-La-Da"*, dos Beatles, com Killian e Jax cantando juntos, Rye tocando um pequeno teclado de colo e Whip batendo em seu *djembê*.

Whip me cutuca com o cotovelo e eu começo a cantar.

Nós ficamos assim a noite toda, cantando, tocando e desafiando um ao outro ao escolher músicas meio esquecidas para tocar. E o ônibus acelera pela interminável estrada escura. Não tenho ideia de onde estamos. Mas isso é apenas geografia. Pela primeira vez, tenho uma ideia de quem realmente sou.

— *Como o sexo no domingo, deslizando pele a pele* — Killian entoa, com a voz rouca, para uma multidão de sessenta mil fãs gritando, mas seu olhar ardente está fixo em mim —, *eu vou me afundar em sua graça, lamber seu doce pecado.*

Nossa. Eu estava lá quando ele escreveu essas letras e isso ainda me deixa mole que nem geleia quando ele olha para mim como se estivesse lembrando de cada toque compartilhado entre nós. Então ele canta com sua voz profunda e áspera, como se estivesse me prometendo mais daquilo.

Minhas palavras saem roucas, carentes quando canto de volta:

— *Você acha que me descobriu. Você acha que quer entrar, mas não é isso que o amor faz.*

Ao meu lado, Rye bate o ombro contra o meu, de leve, conforme tocamos, e Killian canta o refrão de *"Broken Door"*. As luzes do palco transformam tudo em uma névoa branca. Seu calor acaricia minha pele. A energia flui através de mim em uma onda, fazendo os minúsculos pelos ao longo do meu corpo arrepiarem. Meus mamilos intumescem, o anseio se avoluma junto com o latejar entre as coxas.

Se eu não tivesse transado com Killian, eu pensaria que essa era a coisa mais viciante do mundo. Porque, neste momento, eu não sou Libby, a mulher que tem medos ou dúvidas, que se preocupa com o que está fazendo na vida ou onde esteve. Neste momento, sou apenas eu, na minha versão mais básica.

Há algo de libertador nisso. Alegria.

É a longa queda da adrenalina que se torna uma bosta para lidar. Toda vez que um show acaba, fico meio desorientada, ouço zumbidos e sinto uma tontura de leve. Há uma coisa que realmente rompe a tensão e me traz de volta à realidade. Infelizmente, também é a coisa mais arriscada.

O risco não me impede, no entanto. Ou Killian. Nós dois precisamos muito disso.

Minutos depois, estamos escondidos em um armário que tem cheiro de desinfetante e estou debruçada sobre uma pilha de amplificadores antigos, com Killian dentro de mim. Suas mãos grandes e ásperas seguram meus seios enquanto ele me fode por trás com força e rapidez. Frenético, seus quadris golpeiam a minha bunda com um *slap, slap, slap*, o som se misturando com nossos gemidos abafados.

O jeito que ele me preenche, grande e grosso, cada movimento atinge um ponto que sinto até nos dedos dos pés. Calafrio sobe e desce pelas minhas costas e coxas. Tão bom.

Eu me empurro para trás, entrando no ritmo e querendo muito mais.

— Nossa — ele grunhe, arremetendo com força. — Isso. Me mostre o quanto você quer.

Mais rápido, mais forte. Quase dói. Mas não é suficiente.

Estamos muito ocupados para ele notar minha aflição. Ele passa a mão por baixo do meu top, quase rasgando a roupa. Seus dedos deslizam entre as minhas pernas, encontram meu clitóris. Não demora muito. Estou com tanto tesão, tão inchada, que ele mal precisou tocá-lo, e esse pequeno movimento é como se ele estivesse tocando meu corpo inteiro. Então, eu gozo.

Mordo meu lábio inferior, reprimindo o grito de êxtase. Ele está tão fundo, seu pênis tão grande, que sinto meus músculos internos se contraindo ao redor dele. Ele também sente isso, porque dá um gemido longo e baixo, arqueando a pelve contra mim quando goza. Por um segundo, ficamos ali imóveis, lutando um contra o outro em busca de nosso próprio prazer. Então toda essa tensão se esvai em um suspiro mútuo.

O corpo de Killian desaba sobre o meu, ambos ofegando em sincronia. Nossos dedos se entrelaçam enquanto nos esforçamos para recuperar o fôlego. Eu volto para a realidade aos poucos, a visão clareando em primeiro lugar, em seguida, o cheiro de nosso suor misturado com materiais de limpeza, o pau de Killian ainda dentro de mim, e…

— Tem um pano molhado debaixo da minha bochecha. — Afasto a cabeça para longe.

Killian olha por cima do meu ombro e bufa uma risada de deboche. O som me assusta e nós dois começamos a rir. Bem, estou rindo e também um pouco enojada, porque meu rosto estava enterrado em um pano sujo.

— Você estava mais preocupada com o meu pau. — Killian ri, seu peito tremendo nas minhas costas.

— Argh, isso foi péssimo. — Ainda assim, estou rindo. Parte disso é por causa do momento, mas a maior parte é tão simples quanto o fato de Killian me deixar feliz.

Ele me coloca em pé, com os braços em volta dos meus ombros, seu pau deslizando para fora de mim.

— Eu tenho mais de onde isso veio.

— Sem dúvida. — Recosto a cabeça na curva de seu braço.

Sua respiração é quente enquanto ele beija minha têmpora e me dá um abraço apertado, antes de recuar e vestir a calça jeans. Não sei onde ele enfiou o preservativo usado, mas prefiro manter esse mistério e focar na imagem do seu peito. Distraidamente, traço uma das linhas de sua tatuagem.

— É melhor voltarmos. Isso foi uma loucura. Alguém vai notar.

— Não — ele diz, com uma piscadela. — Todo mundo tá fazendo a mesma coisa.

— Sério? Como você sabe?

— A necessidade de transar depois de um show é bastante comum. É o que todos nós fazemos. Você sabe, encontrar alguma… — Suas palavras terminam em uma tosse e ele esfrega a nuca, com as bochechas coradas.

— Certo. Claro. — Meus dedos alisam as rugas no meu top, causadas pelas mãos ousadas.

Killian se aproxima e segura meus braços.

— Ei, espere. — Eu o encaro.

— O quê?

Os cantos de seus olhos se enrugam em nervosismo.

— Eu não deveria ter dito essa merda. Eu fiz essas coisas no passado. Meu presente é todo sobre você.

— Acredite em mim — tento me soltar de seu agarre —, não tenho o menor interesse em pensar no seu passado. Eu sei que não tem nada a ver com a gente.

Ele franze a testa, o olhar vasculhando meu rosto.

— Então, por que você está chateada? E posso dizer quando está, então não negue.

Killian, o leitor de mentes. Eu reviro os olhos, tentando afastá-lo, porém, ele não me deixa em paz.

— Não estou com ciúmes. — *Muito*. Okay, odeio pensar nele com outras mulheres. Pode me processar. — É só... é isso que estamos fazendo? Usando um ao outro para alívio?

— Não — ele diz, calmamente. — Estou fazendo amor com você. Em um armário de suprimentos. — Seus olhos escuros brilham. — Em cima de um pano sujo.

— Você tinha que mencionar isso, não é? — Exalo um suspiro e afasto uma mecha do meu cabelo suado para longe do rosto. — Você sabe de uma coisa? É besteira. Sou eu que pulo em cima de você toda vez que terminamos um set.

— Eu gosto quando você pula em cima de mim. — Killian agita as sobrancelhas.

Apesar do meu humor, dou um sorriso antes de ficar séria.

— Eu só... De repente, me senti um pouco sórdida quando você disse isso. Como se você estivesse fazendo isso independente de qualquer coisa, saca? — Será que eu também? Não, porque não consigo me imaginar transando com mais ninguém.

A expressão de Killian se torna séria quando ele segura meu rosto entre as mãos. Ele não diz nada enquanto me beija, sem língua, apenas os lábios mapeando os meus com ternura. Quando ele se afasta um pouco, seu olhar está decidido.

— Nós nunca somos sórdidos. Safados, intensos, vorazes, ternos, tudo bem. Mas nunca sórdidos. E se eu não tivesse te comido hoje à noite, eu iria me masturbar em algum lugar.

— Que fofo.

— Eu sou todo seu, linda. — Ele me dá um sorriso feliz e um beijo na bochecha. Então, checando para ver se o corredor está deserto, olha de volta para mim. — Vou sair primeiro desta vez. Os caras acham que você tem um problema com vômito depois do show, então, vamos continuar com isso.

— Ótimo. Eu sou conhecida por vomitar depois do show.

Killian ri baixinho da minha expressão e depois me beija de novo.

— Você é a *minha* Maria-bofes-pra-fora.

No segundo que ele se vai, meu sorriso desaparece. Não consigo me livrar do desconforto. Meu apego a Killian, minha necessidade por ele, corre o risco de me consumir. Quando estou com ele, é tão real quanto qualquer coisa que já tive. Mas se não estivéssemos do lado um do outro, será que isso duraria?

CAPÍTULO DEZENOVE

killian

Qualquer um que diga que é fácil sair em turnê está mentindo. O prazer pela performance é basicamente sua recompensa por viagens constantes, privação do sono, lutar contra o cansaço e fazer o melhor para pessoas que veem você como algo não muito humano. Idolatrado, adorado, isolado. O pior de tudo são as longas noites em um ônibus minúsculo onde não posso me enfiar na cama com Libby. Isso me deixa... nervoso.

Não tenho certeza se gosto dessa dependência de outra pessoa. Mas, como qualquer viciado, não quero acabar com o hábito. Pelo contrário, eu anseio por muito mais.

Graças a Deus por Chicago e as duas noites em um hotel apropriado – além da suíte com uma porta adjacente à de Libby, que Brenna reservou para mim.

Ao contrário de outros *tours*, estamos festejando pouco. Nós temos essa noite de folga e reservamos o cinema privado do hotel. É relativamente pequeno, com cerca de cinquenta lugares e um pequeno *lounge* do lado de fora.

Enquanto a equipe aciona o filme, saímos no salão e tomamos drinques.

— Vou convidar Libby para um encontro — anuncia Whip, casualmente.

A cerveja que estou segurando quase escapa da minha mão antes de eu apertar a garrafa com força.

— O quê? Por quê?

— Como assim por quê? Ela é o tipo de fazendeira gostosa. — Ele estala a língua contra os dentes. Eu quero dar um soco na boca dele e arrancar todos eles.

— Tem um monte de mulher gostosa na estrada — diz Rye, sua atenção meio concentrada em um grupo de mulheres que ele viu no último show, e que agora estão entrando no salão. Uma ou *todas* elas terão sorte esta noite.

— Escolha uma delas — sugiro a Whip, tentando me acalmar. Porque, puta merda, estou tendo dificuldades em não pular no pescoço do meu amigo.

Whip faz uma careta.

— Eu já te disse, idiota, que quero uma garota que conheço. Nada mais de *groupies*. E Libby é divertida.

Diversão. Sim. Sei exatamente quão divertida Libby é, e eu não compartilho. O pensamento de bater o pé como uma criança de dois anos e gritar "Minha!" passa pela minha cabeça. Isso seria muito maduro.

Jax dá um longo olhar a Whip.

— Nós não transamos com o pessoal da equipe.

— Libby não é da equipe — disparo. Mas por que saliento isso agora, não sei. Que burrice. Era melhor deixar que Whip pensasse isso, daí, dessa forma, ele recuaria.

— Nós pagamos uma boa grana a ela para tocar com a gente — Jax declara, em um tom entediado. — Então, eu diria que isso meio que a torna parte da equipe.

— Ela é uma igual — retruca Whip. — O que torna ainda melhor.

— E quando der merda? — Jax pergunta. — O que vai acontecer? Você estará preso a alguém que te odeia, e isso pode nos destruir.

Whip esfrega a nuca.

— Isso seria estranho.

Graças a Deus. Eu não teria que matá-lo no fim das contas.

— Pior ainda se ela recusar — acrescenta Rye. — Então você tem que olhar pra ela, sabendo... — Ele para quando Brenna entra na sala, rindo alto e tropeçando em seus saltos altos. Ela está de braços dados com Jesse, um dos nossos técnicos de som.

O que quer que Jesse esteja dizendo a ela deve ser hilário, porque minha prima está cheirando e enterrando o rosto no pescoço do cara, enquanto a mão dele desce para agarrar sua bunda.

Ao meu lado, Rye rosna como um animal feroz. O restante de nós apenas troca um olhar. Aqui vamos nós.

Brenna dá um aperto no traseiro de Jesse antes de ir para o bar, rebolando os quadris de um jeito exagerado. Rye se levanta, o olhar a seguindo o tempo todo.

— Cara — começo —, não faça o que você está pensando.

Ele não me ouve ou não quer. Rye se desvencilha da tentativa de Whip de agarrar seu pulso e sai, seguindo direto para a confusão.

— Devemos impedi-lo? — Whip pergunta.

— Tarde demais para isso — murmura Jax. — Anos de atraso.

Rye já avançou em Jesse, a voz alta o suficiente para se sobressair ao barulho do local.

— Cara, nós não contratamos você para foder com a nossa publicitária.

— Você está de sacanagem? — Brenna quase grita, correndo para se colocar entre os dois. — Você não acabou de dizer isso, porra.

— Tenho certeza de que acabei de dizer — Rye resmunga, putaço. — Sério, Bren, tenha algum respeito próprio.

Ai. Merda.

— Você é muito cara de pau, *Ryland*. Não pode manter seu pau dentro da calça por cinco minutos e está me dando um sermão?

— Sim, bem, não sou eu o encarregado pelas relações públicas da banda. — Ele está com o rosto vermelho agora também. — Você tem que dar o exemplo, querida.

— Não fale assim comigo, babaca. — Ela cutuca seu peito. — Ou sair por aí agindo como um ciumento...

— Com ciúmes? Estou mais para enojado.

Eu me levanto quando Brenna fica vermelha de raiva.

— Seu filho d...

— Tudo bem — interrompo. — Por que não vamos para outro lugar? — Aponto para a multidão muito interessada na discussão. Alguém ri, algumas pessoas abaixam a cabeça. Mas a maioria encara sem o menor pudor.

Brenna empalidece, o olhar percorrendo o lugar antes de se aproximar de Rye, que não parece estar nem um pouco incomodado.

— Você é um idiota — ela sussurra.

Ela diz isso com o tom mais baixo possível, mas a intensidade de sua raiva é suficiente para fazer Rye se encolher. Ele abre a boca como se fosse responder, porém Brenna se afasta dele, agarrando a mão de Jesse, ainda mudo, e se afastando dali.

Jesse olha para trás, claramente com medo de perder seu emprego. Eu dou um aceno para ele quando Rye bufa.

— O medroso nem mesmo se prontificou para defender ela — resmunga Rye.

Ele passa por nós, roubando uma cerveja da mão de um cara ao passar e se manda, fechando a porta com força.

— Está aí. — Jax balança a cabeça em desgosto. — É por isso que você não transa com ninguém da equipe.

libby

— Aposto que eles estarão se pegando dentro de uma semana — uma mulher diz para a outra, enquanto bebem martinis e observam Brenna e Rye saindo cada um para um lado.

A outra mulher bufa uma risada de escárnio.

— Eles já devem estar fazendo isso. Agora, você pode culpá-la? — Ela mordisca os lábios. — Rye é gostoso pra caralho.

— Mmm... todos aqueles músculos maciços.

— Pessoalmente, prefiro Killian. Magro, com músculos firmes e aqueles olhos pecaminosos. Ah, e aquele jeito de andar que ele tem. Sabe como é... bem equipado como um cavalo...

— Não faço ideia do que isso significa — diz sua amiga, com uma risada.

Mas eu, sim. Eu me viro antes que tenha que ouvir mais especulações sobre o equipamento de Killian. Ou sobre as mulheres que, nitidamente, querem uma chance de descobrir quão grande ele realmente é.

Pós-festas são comuns em turnês, porém algo que nunca considerei.

Na boa, acho um saco. Tudo bem que conhecer fãs de verdade é legal. Eles praticamente vibram de alegria quando veem um dos caras. É fofo. Pelo menos, esse tipo de fãs é. No entanto, há as *groupies*. Mulheres cujo trabalho, parece, é anotar mais um nome em seus caderninhos da putaria. Eu não deveria odiá-las e juro que tento não o fazer, mas vê-las babando em cima do Killian como se ele fosse um bife jogado em um bando de leoas não é fácil.

E elas farão qualquer coisa – qualquer coisa – para chamar atenção. Eu vi mais peitos nas últimas semanas do que em toda a minha vida. Blusas desaparecendo nos momentos mais estranhos. Tipo, "oh, ei, a música começou? Deixe-me arrancar minha blusa e sacudir o que minha mãe me deu". Ou o cirurgião plástico. Dá na mesma.

ÍDOLO   193

Não importa se é uma sala cheia de jornalistas, executivos de gravadoras, *roadies* e outras pessoas. De fato, de alguma forma, fazer um *strip-tease* nessas ocasiões parece ser até mais emocionante.

Killian não as encoraja. Pelo contrário, ele sempre me lança um olhar aflito que diz: "Veja o que nossas rapidinhas estão me obrigando a fazer?" Eu o amo por isso. E me odeio um pouco mais a cada vez.

Estranhamente, Whip também está se afastando das mulheres. Eu me pergunto se ele não gosta da fruta, mas seus olhos sempre ficam grudados às exibições públicas de partes femininas como se estivesse hipnotizado. Jax parece tão apático sobre as mulheres quanto sobre tudo. Oh, ele sai com algumas, mas o entusiasmo não está presente.

Rye é o único que parece gostar disso. Pelo menos ele gostava até explodir com Brenna. Agora que os dois sumiram dali, o ambiente voltou ao clima normal: gargalhadas excessivamente altas e falsas, pessoas olhando em volta para ver quem está olhando para elas.

— Sempre tem material para falar — diz uma voz feminina ao meu lado, onde me encontro reclinada ao balcão do bar, bebericando meu drinque. Uma loira com a típica beleza sulista me lança um sorriso agradável. — Ou escrever sobre, conforme o caso.

Um distintivo de imprensa em seu peito a identifica como Z. Smith.

Tentando proteger Rye e Brenna, dou à mulher um olhar reprovador.

— Deve estar sendo um dia meio devagar, se uma pequena discussão é algo sobre o que escrever.

Ela dá de ombros, o olhar vagando pelo ambiente.

— Depende de quem está discutindo. — Seus olhos azuis afiados se conectam aos meus. — Eu sou Zelda, a propósito.

Aperto sua mão em cumprimento.

— Adoro esse nome.

— Eu odeio — diz ela, franzindo o nariz. — Mas é o único que tenho, então o que posso fazer? Você é Liberty Bell.

— O que me torna uma especialista em nomes excêntricos — brinco, com uma risada.

— Não invejo as piadas que você deve ter ouvido quando era mais jovem.

Embora ela esteja simplesmente conversando comigo, eu não relaxo sob sua presença. Brenna e sua assistente, Jules, me ensinaram a importância de tomar cuidado com a língua com a imprensa. Eles podem pegar qualquer coisa que você disser e distorcer.

— A melhor resposta — digo a ela — é apenas bocejar diante de alguma piada besta.

— Eu vou me lembrar disso. — Sua expressão se torna um pouco mais astuta. — Então, o que você acha de estar em turnê? Esta é sua primeira experiência pública, correto?

Aqui vamos nós. Hora de entrevista.

— É uma curva de aprendizado, mas estou gostando disso. Os caras têm sido muito solidários.

— Killian James trouxe você, certo?

— Sim.

— Ouvi uma história por aí de que vocês foram vizinhos neste verão. Provavelmente, porque foi isso que Brenna soltou na imprensa.

— Isso mesmo.

— Que sorte a sua. — Zelda cutuca meu ombro com o dela, como se fôssemos velhas amigas. — De todos os caras, há algo sobre Killian. Ele é gostoso nesse estilo *bad boy*, do tipo que arranca as calcinhas só com o olhar.

— Eu tento não pensar nos caras desse jeito — respondo, mentindo descaradamente, porque a descrição dela é bem precisa. — Afinal, tenho que trabalhar com eles.

— Você está me dizendo que não está transando com ele?

Sua pergunta contundente me acerta como um soco, e eu recuo.

— Como é que é?

Zelda me dá um sorriso arreganhado.

— Desculpa. Sou muito franca com as palavras, depois de todos esses anos neste negócio. Mas, honestamente? Killian James é famoso por ser irresistível. E há os fatos. Primeiro, vocês são vizinhos e em seguida, ele está trazendo você, uma completa novata, em turnê com ele.

Meu coração martela as costelas. Não é como se eu devesse ficar chocada, pois ela está dizendo tudo que alertei a Killian. Quase palavra por palavra. Mesmo que esse tipo de observação já fosse esperado, ou não, a humilhação que sinto por ser vista como nada além da prostituta de Killian, é quase incapacitante.

E então fico com raiva – de mim mesma por prever isso, por ela pensar a mesma coisa.

Lanço à mulher um longo olhar, observando-a lutar para não se contorcer na banqueta.

— Você é meio jovem para ser uma repórter designada para a Kill John.

ÍDOLO

— Do que você está falando? Tenho vinte e seis anos, provavelmente, mais velha que a maioria dessas *groupies*.

— Sim, mas elas estão aqui por uma coisa. Você também? Porque a maioria dos outros repórteres que conheci são homens na casa dos trinta, pelo menos.

Os olhos de Zelda se estreitam.

— É um ramo de trabalho difícil.

— E uma garota tem que usar qualquer artifício para subir na vida, é isso? Foi assim que você chegou aqui, Sra. Smith?

— Ah, entendi. Está querendo me envergonhar, não é? Foi uma pergunta válida, sabia? Você está relacionada ao James. Ninguém nunca ouviu falar de você antes. O que me leva a perguntar...

— Se transei para chegar até aqui? Claro que é isso o que você está se perguntando. Porque é isso que todo mundo pensa sobre mulheres atraentes e bem-sucedidas, não é? Chegamos aqui por causa do talento ou por ter aberto as pernas, certo? Se eu fosse homem, você perguntaria o mesmo?

— Killian não é conhecido por gostar de homens.

— E essa é a razão pela qual você não perguntou.

Agora, ela está boquiaberta.

— Entendi.

— Aqui vai uma notícia fresquinha e exclusiva pra você, da forma mais honesta possível. — Eu me inclino para perto. — Killian teve que me convencer a fazer isso, porque eu mesma disse a ele que as pessoas fariam suposições sórdidas sobre o motivo de ele convidar uma desconhecida para sair em turnê com a Kill John. Mas se você realmente sabe alguma coisa sobre ele, também tem que saber que ele é muito teimoso. E que para Killian, o amor pela música e o que é o melhor para sua banda superam qualquer tipo de fofocas idiotas.

— Você é muito leal a ele, não é?

— Claro que sou. Ele me deu uma chance que poucos ousariam. Todos os membros de Kill John me deram. — Dou um sorriso padrão para a imprensa. — É por isso que é uma alegria trabalhar com eles e contribuir de qualquer maneira que puder. — Eu me levanto e aliso minha saia. — Tenha uma boa-noite. Espero que goste do filme.

Ela não diz nada, mas segue meus passos, com os olhos arregalados, conforme me dirijo para a sala de cinema. E eu finjo que meu orgulho não está estilhaçado por dentro.

CAPÍTULO VINTE

killian

Uma coisa boa sobre ser uma estrela do rock? Não somente esperamos momentos de celebridade, como também nunca os questionamos. Pela primeira vez, aproveito ao entrar na sala de cinema, seguindo até a última fileira para reivindicar um lugar. Meu semblante fechado repele qualquer um que pense em se juntar a mim.

Estou mexendo no meu celular, à toa, quando alguém se senta ao meu lado. A desculpa na ponta da língua, para despachar a criatura, some na hora quando deparo com Libby, com um saco gigante de pipoca caramelada em mãos e uma garrafa de água.

— Libs — eu a cumprimento.

— Não posso acreditar que vamos assistir *O Despertar da Força*. Eu perdi a oportunidade de ver quando estreou.

— Minha pequena eremita. Quando foi a última vez que você realmente assistiu a algum filme no cinema?

Ela coloca um pouco de pipoca na boca antes de resmungar:

— Cale a boca.

Enfio a mão no saco e pego um punhado de pipoca... definitivamente, bem melhor que a qualidade do filme.

— Você pode agradecer ao Scottie pela escolha de hoje à noite. Ele é um grande *geek* de *Star Wars*.

— Não creio... — ela arfa, escandalizada. — Isso é tão...

— Humano? Sim, fiquei surpreso também. Eu amo Scottie. Ele é minha âncora neste negócio, mas o cara tem 28 anos, com atitude de 80. Na metade do tempo, espero que ele acene com uma bengala e grite para que saia do seu gramado.

Ele se apossou de um assento no centro da fileira do meio, e está fuzilando com o olhar qualquer pessoa que se aproxime das cercanias.

Libby enfia a garrafa de água no porta-copos ao lado dela.

— Dá pra acreditar neste lugar? — Com olhos arregalados, ela confere as paredes ornamentadas com fibra ótica e os enormes lustres de cristal; as poltronas duplas destinadas a dois ocupantes. Suas mãos acariciam o material de couro do amplo suporte de braço. — Quero dizer, poltronas reclináveis? Puta merda. — Com um pequeno 'Opsie!' ela aperta o botão que levanta o nosso apoio compartilhado para os pés.

Meus lábios se contraem.

— Sossega, Elly May. — Quero dizer como uma zoação, mas não sai como deveria.

Boquiaberta, Libby entrecerra os olhos e me encara.

— Por que você parece todo irritadinho?

Dou a ela um olhar ofendido antes de me inclinar um pouco para sussurrar:

— Whip estava pensando em te convidar pra sair.

Chateado? Sim, estou pau da vida, tudo bem? O que não espero é ver Libby corar de prazer.

— Isso não é fofo? — diz ela, satisfeita.

— Fofo? — sibilo. — Você gostou da ideia?

O canto da boca dela se curva, e a desaforada cutuca minhas costelas, quase me fazendo gritar.

— Pare de pensar com o seu pau — ela sussurra.

Infelizmente, meu pau não é o único a pensar. É o órgão um pouco mais ao norte, que agora está batendo com agitação. Cruzo os braços e me afundo ainda mais na poltrona. Não é uma atitude madura, mas foda-se.

A expressão satisfeita de Libby não desvanece nem um pouco.

— É bom quando gostam da gente, sabia? Isso significa que ele me aceita aqui. Além disso — ela diz, olhando para a sala, enquanto as pessoas terminam de tomar seus lugares —, acho que ele nem está falando sério, de qualquer maneira.

— Tenho certeza de que estava, sim. — *O filho da puta.*

— Então, por que ele está ali, enfiando a língua goela abaixo daquela repórter?

Minha cabeça se vira e sou brindado com a adorável visão de Whip se pegando com a repórter loira que esteve tentando conseguir entrevistas a noite toda. Okay, não é uma cena nem um pouco agradável, então rapidamente desvio o olhar. Mas meu alívio é palpável.

— Sabe de uma coisa — comento, baixinho, relaxando —, eu quero te comer agora mesmo.

Libby se sobressalta como se tivesse levado um beliscão, e se senta mais ereta na poltrona antes de se conter como se estivesse congelada. Fofa.

Ela me dá um sorriso e bebe sua água.

— Pra quê? — diz, arrastado. — Para marcar seu território? Afirmar seu domínio masculino?

— Sim. — Meu olhar a percorre de cima a baixo. — Mas, principalmente, porque quero transar com você o tempo todo.

Caralho, eu amo o jeito que os lábios dela se abrem enquanto o corpo delgado se aquece, o rosto fica corado. Tão sutil, mas, ainda assim, visível. Isso me deixa com o pau mais duro que aço, as bolas se contraindo com força. Eu não olho para ela, mas finjo que estou observando a sala. As luzes estão sendo desligadas para a projeção do filme, as poltronas à nossa frente ocultam nossas metades inferiores.

Minha mão desliza pelo espaço entre nós e acaricia seu quadril. Sinto seu tremor quando meus dedos roçam sua coxa.

— E você? — murmuro, brincando com sua saia na sala imersa em penumbra. — Você quer me foder, boneca?

— Agora, nesse instante, eu quero chutar você — diz, entredentes. — Mantenha suas mãos para si mesmo. Há pessoas intrometidas no lugar todo.

— Eles estão todos assistindo o filme, não a nós. — Concentrando-me na tela, mantenho a expressão neutra enquanto enfio a mão sob sua saia. Sua pele é lisa e morna. O filme começa com a trilha sonora explosiva e a familiar logo subindo na tela conforme traço seu joelho e sua coxa macia. — E isso não foi um não.

Ela faz um grunhido no fundo da garganta, mas suas pernas abrem apenas o suficiente para me dar espaço para mergulhar a mão entre elas. A parte interna de suas coxas já está úmida, quente, e meu pau se contorce dentro da calça.

O enredo segue e meu toque vagueia. Libby continua completamente imóvel, mas posso sentir a tensão vibrando dentro dela. Quando a ponta do meu dedo roça a costura da calcinha, ela perde o fôlego, abrindo ainda mais as pernas.

— Eu já mencionei o tanto que curti seu guarda-roupa repleto de saias? — sussurro, desenhando círculos ao longo de sua pele.

ÍDOLO

— A ideia foi de Brenna. — Seus quadris se movem um pouco, acompanhando meu toque. — Agora estou sentindo falta do meu short.

Um sorriso se alastra pelo meu rosto, meu olhar focado na tela, embora agora meus dedos estejam deslizando por baixo da costura de sua calcinha.

— Mais tarde, você pode vestir seu short, daí podemos brincar de "Foder a Filha do Fazendeiro".

Ela abafa uma risada, que se transforma em um gemido estrangulado quando afasto o tecido encharcado da calcinha para o lado. Na mesma hora, sua respiração se torna ofegante.

— Estou tentando assistir ao filme. Não estou a fim de brincar. — Ela rebola um pouco contra a invasão do meu dedo.

No escuro, dou um sorriso, calor e luxúria contraindo meu abdômen.

— Sinto muito — murmuro, nem um pouco arrependido —, mas não acredito em você. Vou só dar uma conferida.

— Kill, ah, caralho.

Estou pensando o mesmo quando meu dedo desliza sobre a pele lisa e inchada. E isso me faz sentir como um deus. Porque eu fiz isso com ela. Eu sou aquele que a deixa molhada. O que ela precisa. Sou aquele por quem ela está ofegando agora, movendo-se contra o meu toque com um pequeno gemido.

Vou recompensá-la, porque essa é a minha função. Meu privilégio. E o diabo que me carregue se deixarei alguém tentar tirar isso de mim.

libby

Eu realmente deveria conter o avanço de Killian. Nós estamos brincando com fogo, em tantos lugares públicos. Uma repórter acabou de insinuar que me prostituí para ele. E aqui está ele, me masturbando no meio de um cinema.

Eu deveria protestar, mas o homem é um músico talentoso, porra. Ele toca meu corpo como um mestre, nunca perdendo uma batida. Não consigo resistir a isso. E nem quero, não quando cada toque firme e furtivo envia uma onda de calor e prazer por todo o meu corpo. Não quando quase posso senti-lo reprimindo um sorriso, o ombro forte pressionado ao meu, seus olhos grudados na tela enquanto ele, puta merda, acaricia meu clitóris com maestria.

Ele mergulha um dedo em meu calor e tudo o que posso fazer para não gemer, e arreganhar ainda mais as coxas, é montar sua mão. Eu me esforço ao máximo para me manter imóvel, com os olhos focados no duelo feroz em alguma galáxia distante.

Caramba, ele é bom demais nisso. Toda vez que ele empurra os dedos para dentro, acaba acertando um ponto que me faz morder o lábio inferior. Eu posso sentir minha umidade se avolumando, a carne latejando. Sob os efeitos sonoros e da trilha musical do filme, sou capaz de ouvir o som de sua mão me masturbando — uma tortura intensa, molhada, lenta e constante.

Minha cabeça tomba contra o encosto da poltrona, a respiração sai em arquejos. Acima da cintura, ainda estou com a mão trêmula levando um punhado de pipoca à boca, fingindo normalidade. No entanto, abaixo, minhas coxas se abrem — e o simples ato ilícito aumentando a tensão no meu corpo —, meus quadris rebolam de leve, absorvendo cada estocada de seu dedo mais a fundo.

Outro gemido me escapa. Killian se inclina, colando os lábios no meu ouvido:

— Shh... estou tentando assistir ao filme.

O bastardo dá ao meu clitóris uma carícia com a ponta do polegar. Eu me contorço e ele enfia mais dois dedos. Bem fundo. Minhas pálpebras entrecerram, meu coração dispara. Eu vou matá-lo. Em breve.

— Mmm... — murmura, o polegar seguindo com a carícia gostosa. — Eu amo essa parte. Um filme tão doce.

Estou respirando com dificuldade. Meu corpo está quente, lânguido. O medo de alguém ver, ou de sermos flagrados, intensifica todas as sensações.

Talvez eu devesse me envergonhar disso, mas não consigo. Não quando um orgasmo está me saqueando, rastejando por todo o meu corpo como uma mão quente, lambendo minhas coxas, costas, seios.

O clímax me aprisiona, roubando meu fôlego. Meu corpo inteiro retesa no assento, praticamente vibrando.

A voz profunda de Killian, quase um sussurro no escuro, no meu ouvido:

— Isso aqui é meu. Me dê o que é meu, boneca. — Seus dentes mordiscaram meu lóbulo, os dedos empurrando para cima naquele ponto. — Goze gostoso pra mim.

E é o que faço. Toda arrepiada, reprimo um arquejo audível, e minhas coxas espremem sua mão. Gozo com tanta força que vejo estrelas por trás das pálpebras cerradas. Quando desabo na poltrona macia de couro, ele me dá uma última e prolongada carícia – um tapinha suave como se estivesse me recompensando por um trabalho bem feito.

Eu deveria chutá-lo por isso. Mas não consigo me mexer. Ele me devastou total.

— Idiota — sussurro, com um sorriso preguiçoso no rosto.

Seu ombro cutuca o meu.

— Você pode se vingar mais tarde.

Só olho para ele quando tenho a certeza de que não demonstrarei com o olhar o quanto ele me afeta. Seus olhos escuros brilham sob a luz tremeluzente da tela. Quando faço um esforço para repreendê-lo com um olhar, ele sorri abertamente, tornando impossível resistir. Nem sei porque ainda tento.

Dando uma rápida conferida ao redor para ver se alguém está olhando, eu me inclino e dou um beijo suave no bíceps musculoso de Killian. Seus músculos se contraem em surpresa, mas depois ele suspira, o corpo comprido todo aconchegado na poltrona.

Sua mão grande e calosa encontra a minha na escuridão. Em voz baixa, ele diz só para mim uma última vez:

— Boneca, eu *poderia* afirmar meu domínio viril, esmurrar o meu peito e declarar que você é minha. Mas isso não significaria nada se eu não fosse seu em troca.

CAPÍTULO VINTE E UM

killian

Meu humor está ótimo agora. Fazer Libby gozar me deixa assim. Eu demoro um pouco a sair do cinema quando o filme acaba. Em algum momento, vou encontrá-la na suíte. Ela vai nos preparar um banho de imersão, insistindo que um bom banho quente é excelente para encerrar o dia. Ela sempre faz isso. Libby é uma criatura de hábitos e acho isso estranhamente reconfortante. Seja qual for a loucura que a vida joga no meu caminho, eu a quero lá, calma e firme.

Scottie está de pé ao lado da porta de saída, braços cruzados, pés plantados. Sua expressão dura como granito. Em outras palavras, ele está puto. Por que motivo ele está olhando para mim ao invés de fuzilar Brenna e Rye, ou mesmo Whip e aquela repórter, eu não sei.

— O que tá pegando? — pergunto. — Alguém conversou durante o filme? Ou você ainda está chateado porque o Han morreu?

Seus olhos se estreitam.

— Há algumas coisas sobre as quais não brincamos, Killian.

Certo. Brenna me contou que ela tinha quase cem por cento de certeza que Scottie chorou quando eles foram assistir ao filme pela primeira vez. Eu nem sabia que o homem era capaz de produzir lágrimas.

— Talvez tenha sido uma morte falsa — digo a ele. — Sabe como é, ele realmente está pendurado em alguns andaimes, esperando que Billy Dee o pegue... Certo. Nada mais de piadas sobre o Han.

Scottie grunhe e caminha ao meu lado até o saguão. Está bastante vazio agora, os convidados e as equipes foram para a próxima festa.

— Você não é tão discreto quanto pensa — ele me diz.

Confuso, olho para ele, e ele retribui o olhar.

— Em algum momento, as pessoas notarão você e a Srta. Bell se aconchegando.

Desacelero meus passos na mesma hora.

— Diga logo o que quer dizer, Scottie.

Ele para e me enfrenta.

— Você viu o que aconteceu com Rye e Brenna hoje à noite.

— Todo mundo viu. E daí? — Meu ótimo humor está indo embora.

— Quanto mais tempo você demorar, pior será quando as pessoas souberem a verdade. — Ele coloca as mãos em seus quadris, na típica postura de quem está dando um sermão do caralho. — Há um ditado que diz: ou caga ou desocupa a moita.

— Nossa, que classe, Scottie.

— Vocês dois querem ficar juntos, divulguem essa merda. Brenna e eu vamos encontrar um jeito de lidar com isso.

— Nós não somos um problema para você lidar — rebato, mantendo a voz baixa.

— Vocês são, sim. E se você não consegue ver isso, está sendo deliberadamente cego.

Por um segundo, desvio o olhar e Scottie aproveita o momento.

— Eu quero essa garota, Killian.

Recuo em meus passos, como se tivesse levado um soco na boca do estômago; o babaca só revira os olhos.

— Para empresariar, idiota. — Pela primeira vez, o humor ilumina sua expressão.

Eu demoro um pouco mais para me acalmar.

— Cacete, diga essa merda de outra maneira então. Já tive que lidar com Whip hoje à noite, pelo amor de Deus.

— Nunca vi você desse jeito, todo territorial. — Ele está rindo de mim por dentro.

Babaca.

— Acostume-se a isso. — Passo a mão pelo pescoço suado. Definitivamente preciso de um banho agora. — Sério? Você quer tomar Libby sob sua asa?

Eu sei o que isso significa. É algo que qualquer um que conhece alguma coisa sobre a indústria sonha. Scottie é uma lenda.

Ele começou conosco, convencendo quatro *punks* de dezoito anos a dar uma chance a ele, não importa que ele tivesse quase a nossa idade com absolutamente nenhuma experiência na época. Nós aceitamos essa aposta e nunca mais olhamos para trás. Quanto ao Scottie, ele pegou um número seleto de outros clientes ao longo do caminho, todos eles de platina.

O homem é um gênio de negócios e marketing com um instinto assassino. Se ele diz que alguém é bom, a indústria da música lhe dá ouvidos.

— Você estava certo em convidá-la para se juntar à turnê — admite. — Ela é excepcional. Brenna comentou que está recebendo um número cada vez maior de pedidos de entrevista para a Liberty, mensagens de fãs às dezenas. Nós não dissemos nada para ela, porque não queremos sobrecarregá-la no momento.

— É uma boa. — Porque Libby surtaria. E não de um jeito bom. — Mas por que você está falando comigo e não com ela?

— Pretendo discutir isso com ela ainda. Talvez sugerir que podemos começar assim que a turnê terminar. — Seus olhos se estreitam conforme avalia minha expressão. — Eu quero saber como você vai lidar com isso.

E então eu me lembro de como foi no começo. Não tive um segundo da minha vida. Se ela aceitar a proposta, nosso tempo juntos se reduzirá a nada. Distraidamente, esfrego meu abdômen, no ponto exato onde meu estômago retorce em protesto. A sensação de saciedade desapareceu por completo.

— Não sei como Libby vai lidar com um ritmo intenso — digo a Scottie. — Ou se ela quer isso mesmo, mas não sou eu que vou atrapalhar. — Eu nunca faria isso, mesmo que signifique que, algum dia, ela poderia ir embora.

libby

Scottie me deixa nervosa, e tenho que admitir isso. Não sinto nem um pingo de atração por ele, mas não nego o efeito que ele exerce. A combinação de sua aparência impressionante, olhar sério e voz firme age como uma avalanche nos nervos. Você se sente preso no lugar e mesmo se desviar o olhar, ele te prende com o timbre de sua voz imponente.

Então, quando ele se aproxima de mim durante a passagem de som no estádio, fico tensa na mesma hora, mantendo o olhar focado em Killian cantando o máximo que posso.

Uma risada baixa ressoa em meus ouvidos.

— Evitar o contato visual não vai me fazer ir embora, Srta. Bell.

Respiro fundo para me preparar e me viro.

— Prolongar o inevitável é uma coisa minha, eu acho.

Ele não está sorrindo – já que raramente faz isso. No entanto, seu olhar suaviza, bem, pelo menos é o que parece.

— Atitude inteligente. Eu quero discutir um assunto com você. Você tem um minuto? — Ele gesticula a cabeça em direção à fileira de assentos da ala direita, longe o suficiente para que possamos nos ouvir enquanto a Kill John executa uma música mais antiga.

Eu prefiro ficar aqui e não discutir nada, porém meneio a cabeça em concordância e tomo a dianteira. Ele espera até que eu esteja sentada para se acomodar no assento mais próximo. E então me avalia como se estivesse inspecionando um inseto.

— Você não é material de *backup*.

Na mesma hora, meu corpo inteiro gela e retesa.

— Ah, sério? Isso é algum tipo de proposta indecente clichê, porra? Porque podemos pular para o final agora, onde te mando ir foder sua mãe.

— Ótimo — murmura Scottie, parecendo divertido. — Não, Srta. Bell, isso não é uma proposta indecente. — Ele olha para mim. — Você tem uma imaginação bastante vívida, no entanto. E agora vejo por que se dá tão bem com Killian. O mesmo vocabulário descritivo. — Ele se inclina, apoiando as mãos nos joelhos. — Você merece destaque, Srta. Bell. Na frente e no centro do palco.

— Eu... ah... o quê?

Ele mantém o tom calmo e paciente, como se estivesse falando com uma criança distraída.

— Seu timbre, a qualidade de sua voz, é algo único. Mais importante, quando você entra no palco, você tem um apelo gritante. Eu quero representar você, Srta. Bell. Desenvolver seu talento.

Meus ouvidos parecem anestesiados.

— Espera. Primeiro, por favor, pare de me chamar de Srta. Bell. Isso me faz lembrar de quando era chamada para a sala do diretor.

— Tudo bem. — Sua expressão diz que eu sou louca.

— Segundo. Eu sou... bem, não sou uma artista. Eu vim por causa de Killian.

Lanço um olhar na direção de Killian e nossos olhares se cruzam.

Mesmo agora, ele está ciente de onde estou. Seus olhos escuros se semicerram, como se ele estivesse tentando me encorajar, mesmo quando está ocupado cantando e tocando sua guitarra. Eu rompo o contato visual e encaro Scottie novamente.

— Não sou uma estrela.

As sobrancelhas de Scottie se franzem.

— Há muitas coisas que você não é, Srta. Liberty. Mas você tem potencial, sim, para ser uma estrela. Mais importante, quando você entra em um palco, você ganha vida. — Ele aponta para a banda com o queixo. — Assim como eles fazem. Diga-me que não sente isso.

— Eu sinto. — Minhas entranhas estão se revirando. — Eu amo isso, mas...

— A pior coisa que você pode fazer na vida é ignorar uma oportunidade por medo.

— Não estou com medo. — Sua expressão seca ridiculariza essa afirmação. Eu me encolho. — Okay, um pouco. É só... eu amo isso. Mas o resto? O lado da exposição pública? Não, obrigada.

Scottie se recosta, apoiando o tornozelo no joelho dobrado, o modo como os homens cruzam as pernas.

— Eu tenho medo de voar — ele declara.

— Tudo bem...

— Completamente — prossegue, o corpo retesado. — Toda vez que entro em uma daquelas engenhocas mortais chamadas jatinhos, eu quero vomitar.

— Mas você voa o tempo todo.

— Meu trabalho exige que eu faça isso. — Outra arqueada de sobrancelha. — Você entende o que quero dizer?

Minha cabeça parece pesada enquanto balanço em concordância.

Talvez Scottie tenha percebido que estou prestes a entrar em pânico, porque sua voz se torna suave quando a Kill John termina o set e a música cessa.

— Killian acredita em você. — Eu me recuso a olhar na direção dele novamente. — Ele trouxe você aqui, te colocou no palco, porque acredita mesmo em você — murmura Scottie.

Dou um suspiro e estremeço ao mesmo tempo.

— Não é possível que você não soubesse disso — diz Scottie.

— Sim, eu sabia. — Mas nunca me permiti pensar muito a fundo sobre o que estava por trás de todo o seu apoio. Será que ele tinha instruído Scottie para me pressionar?

Como se estivesse lendo minha mente, o homem faz um murmúrio de desacordo.

ÍDOLO

207

— Ninguém neste grupo faz qualquer coisa contra a vontade. Incluindo eu. — Ele se inclina, me obrigando a encará-lo. Sua expressão é severa. — Não tenho o menor interesse em empresariar um cantor relutante. Você tem que estar totalmente focada nisso ou fracassará.

— Então por que me abordar? Quando você sabia que eu estaria relutante?

— Há uma diferença entre deixar o medo te guiar e não estar disposta a fazer nada. Eu queria descobrir com qual cenário eu estava lidando.

— E agora você sabe?

Scottie me dá um de seus sorrisos rápidos e rígidos.

— Só você pode me dizer isso. Eu apenas te dei algo em que pensar. — Ele se levanta, elegante como sempre em seu perfeito terno de três peças. — Você sabe onde me encontrar quando tiver uma resposta.

CAPÍTULO VINTE E DOIS

killian

— Aonde você está indo?

A pergunta de Jax me faz estacar em meus passos. Estou tão perto da saída e, ainda assim, tão longe. Eu me viro e emprego o que espero ser uma expressão sem-graça.

— Para a cama. Tirar uma soneca.

Sim, isso saiu do jeitinho que eu queria. Os caras olham para mim como se eu tivesse acabado de dizer que queria que um deles colocasse uma fralda em mim. Assim que eles superam o choque, as perguntas começam a voar:

— Cama? É melhor que haja uma mulher esperando naquela cama.

— Pelo menos umas três — acrescenta Whip. — São quatro horas, cacete. Você não vai para a cama às quatro para qualquer coisa a não ser para comer três mulheres.

— Isso é uma regra nova?

— Deve ser — retruca Rye, o desgosto ainda evidente no rosto.

— Sério, Kills? — Jax balança a cabeça. — Somos idosos agora?

Não posso contar a verdade... Que tenho uma mulher esperando por mim. Ou que Libby é melhor que três mulheres juntas, melhor que qualquer quantidade de garotas. Então tenho que ficar aqui parecendo um desmancha-prazeres e um idiota.

— Estou cansado.

— Vá se foder, cara. — Rye balança a cabeça, e eu mantenho a boca fechada.

— A próxima coisa que você vai estar nos dizendo é que está com dor de cabeça — caçoa Whip, o nariz se enrugando como se estivesse sentindo algo podre.

— Agora que você mencionou... — começo, com um sorriso forçado.

Todos reviram os olhos e gemem. Jax joga uma garrafa de água na minha cabeça, que eu pego no ar com facilidade.

— Tome uma aspirina e se anime, caralho — diz ele, jogando um pequeno frasco de comprimidos.

Eu também agarro o arremesso, quase esmagando a embalagem em meu punho cerrado. Puta que pariu. Estou preso. Nós temos uma rara noite de folga. Depois que terminamos a passagem de som inicial, Libby subiu as escadas, dizendo que estava tirando algum tempo para si mesma. Nenhum dos caras questionou isso. E por que deveriam? Ela tem direito a algum espaço pessoal.

Não tenho a mesma desculpa. Não, eles querem sair, ir a um bar e conferir as baladas locais – o que significa 'mulheres'. Normalmente, eu ficaria um tempo com os caras. Eles são meus melhores amigos, nós ficamos separados por mais de um ano. Mas ter que declinar os avanços das mulheres sem que os caras entendam o motivo? Difícil. E nem um pouco divertido.

Difícil também é continuar fingindo que Libby é apenas minha amiga. Não conseguir tocá-la do jeito que quero, o que é, praticamente, o tempo todo. Eu, literalmente, tenho que que me sentar em cima das minhas mãos para conter o desejo de estender a mão e tocá-la. E isso me deixa com um humor do cão.

Para piorar, Libby tem me lançado olhares o dia todo. E não o olhar sensual e lascivo, do tipo quando estou enterrado até as bolas dentro dela. Não. Ela está ruminando as coisas. E isso nunca é um bom sinal quando vem acompanhado por semblantes fechados.

Scottie conversou com ela mais cedo, então posso apostar que tem a ver com isso. No entanto, não consigo identificar se ela está brava ou não. E estou me corroendo para saber. Tipo, agora. Quando ela deu a noite por encerrado pouco antes, não tinha como eu dizer: *"Ah, ei, estou indo embora com Libby também"*.

Fiquei preso aqui, esperando o tempo passar.

Eu poderia ter canalizado a minha criança interior e feito um bico amuado, se não fosse o medo de os caras perguntarem sobre essa porra também. Caralho.

A frustração abre caminho pela minha garganta e eu deixo escapar a única coisa que sei que os fará recuar, mesmo que isso me humilhe no processo:

— Eu tenho que cagar, tudo bem?

Três semblantes chocados me encaram.

— Agora posso ir, ou há mais alguma coisa que vocês queiram?

Rye pigarreia.

— Cara, apenas vá embora. Quero dizer, cuide de você e de tudo isso.

— Tome um antiácido ou algo assim — acrescenta Whip.

— Você não acabou de usar o banheiro? — Jax lança um olhar para o banheiro em questão. — É melhor não ter destruído aquela porra.

Jogo a garrafa de água de volta para ele.

— Cala a boca, babaca.

Isso nunca será esquecido. Serei o Senhor Cagão por toda a turnê. Mas isso me liberta de ficar mais tempo por ali.

— Eu me encontro com vocês mais tarde — anuncio, me dirigindo para a porta.

— Não se você ainda estiver entalado no banheiro! — grita Rye.

— Talvez seja melhor que Jules compre algumas fraldas geriátricas só por precaução.

É isso aí. A turnê inteira será assim agora.

Quando, por fim, entro na suíte dela, estou tenso, irritado e pronto para escalar as malditas paredes.

Libby está no quarto ao lado e grita um leve "ei", conforme deixo o cartão na mesinha e tiro os sapatos. Ainda estou agitado, mas não posso ignorar o simples fato de que adentrar um lugar onde Liberty está é o equivalente a tomar um banho quente depois de um longo show. Meus músculos relaxam. Consigo respirar de novo, e volto a me sentir como eu mesmo novamente.

Sua voz meio abafada soa do quarto.

— Sabe o que é uma merda?

— Quando os canais de TV a cabo decidiram dividir as temporadas pela metade? — Eu tiro a camiseta e largo no chão, indo até ela. — Quero dizer, que merda é essa, né? O povo querendo que a gente pague mais caro só porque estão atrasados na produção das bostas dos seriados.

— Eu realmente não assisto TV.

Parando na porta, pressiono a mão no meu coração com um gemido de dor.

— É isso aí, não podemos mais ficar juntos. E o que diabos você está fazendo?

Liberty está na ponta dos pés no topo da cama, a bunda gostosa espreitando por baixo da borda de uma das minhas camisetas enquanto tenta alcançar algo no teto.

ÍDOLO

— O que eu não daria por uma vassoura... Estou tentando pegar essa mariposa...

Meu grito efetivamente a interrompe no meio da ação. Eu me volto para a entrada do quarto.

— Mariposa? Onde está a porra da mariposa?!

Libby se vira, boquiaberta.

— Que merda...?

Um suor frio irrompe sobre a minha pele enquanto observo o pequeno demônio do inferno voando ao redor da cama. Jesus, como não vi isso? Ele faz um movimento em minha direção e eu grito, pulando mais para trás.

— Mate, mulher! Mate. Esse. Bicho!

Libby solta uma gargalhada e depois me lança um olhar com mais atenção ao me ver desabar na poltrona.

— Você tem medo.

Eu não desvio o olhar do monstro.

— Você vai matar essa porra ou eu vou ter que chamar a segurança?

Gargalhando, ela pega um travesseiro.

Horror. Sinto puro horror.

— Com o travesseiro não... — Então ela esmaga a mariposa. E eu estremeço. — Droga, não vou usar esse travesseiro. Nunca mais.

— Podemos lavar.

— Não será o bastante. Coloque o travesseiro no corredor.

Libby me dá um olhar enviesado e pega um lenço umedecido, limpando a sujeira e os restos mortais da mariposa. Ou acho que é isso o que ela está fazendo, porque não faço questão de olhar.

— Sumiu?

As coxas quentes de Libby deslizam sobre as minhas e seu peso bem-vindo se acomoda sobre mim. Mesmo que ainda esteja assustado com a mariposa que estava pendurada acima da minha cama – apenas esperando para me pegar enquanto eu dormia —, minhas mãos imediatamente a procuram, alisando a pele macia e agarrando sua bunda. Caralho, eu amo essa bunda. Eu poderia apertá-la o dia todo.

Ela solta um gemido rouco, os braços enlaçando meu pescoço e seu calor incendiando minhas coxas. Eu a puxo para mais perto, querendo que ela sarre o meu pau. Libby não resiste, mas está, definitivamente, distraída.

— Qual é o lance com as mariposas? — pergunta, depositando um beijo suave no canto do meu olho.

É estranho estremecer tanto com o prazer do seu beijo cálido quanto com a repulsa pela mariposa. Por mais gostosa que Libby seja, uma mariposa intrusa tem o poder de me fazer fugir às pressas. Faço uma careta ao me lembrar do inseto e me concentro em seu perfume, sua pele quente.

— Eu odeio essas porcarias.

Libby faz um som suave.

— Eu entendi isso. Por quê? — Seus dedos traçam padrões pelo meu cabelo despenteado.

— É uma idiotice. — Faço uma trilha de beijos até seu pescoço. — Eu tinha 9 anos, estava no acampamento de verão. Uma mariposa voou para dentro do meu ouvido, começou a tremular... — Um tremor avassalador quase tira Libby do meu colo, então eu a abraço mais apertado, enfiando o rosto na curva do seu pescoço. — Não vamos falar sobre isso.

Ela ri, deslizando as mãos pelos meus ombros, minha nuca.

— Pobre Killian. Não se preocupe, você está seguro agora.

Eu grunho em resposta, cutucando-a com meus quadris.

— Não estou convencido. Beije e faça melhorar, Libs.

Eu quase posso sentir o sorriso dela.

— Onde dói, baby?

— Na ponta do meu pau.

Libby cantarola, rebolando contra o meu membro duro como aço.

— Hmm... Então uma mariposa rastejou até o se....

Com um grito, dou pulo e a derrubo de bunda no chão; Libby está rachando de rir enquanto me afasto, ofegando de pavor.

— Você é maldade pura, mulher.

Eu tento não notar que a camiseta está toda embolada na cintura e que as pernas dela estão abertas conforme ela gargalha a ponto de chorar.

— Você pediu por isso...

Não, eu me recuso a sorrir. Rosnando como se estivesse pau da vida, eu me abaixo e a levanto de supetão. Ela grita quando a jogo sobre meu ombro e a atiro na cama, aterrissando em cima dela antes que possa fugir. Enjaulando-a entre meus braços, franzo o cenho ao encará-la. Ela apenas continua rindo, com um sorriso debochado no rosto.

— Você deveria estar arrependida — comento.

Ela responde esticando o pescoço e beijando a ponta do meu nariz.

— Okay.

Eu me acomodo mais confortavelmente entre suas pernas.

— Não me dê esse sorriso fofo. — Meus lábios roçam sua bochecha. — Estou bravo com você.

— Uh-hum. — Suas mãos encontram meu pescoço, os dedos massageando os músculos tensos. Ela ri novamente.

— Continue rindo — ameaço —, e veja até onde isso vai te levar.

— Você sabia que pode rir de si mesmo até a morte?

— O quê? Porra, não me diga isso. — Beijo a curva do pescoço dela, demorando-me lá. — Vou acabar vivendo com medo de que um de nós morra de rir.

Minhas mãos sustentam sua mandíbula delicada, e eu a beijo de novo, apenas para sentir a forma de seu sorriso. Libby se derrete abaixo de mim, entreabrindo os lábios. Mas eu não sou o único a fazer as coisas prazerosas. Ela me beija como se eu fosse seu sabor favorito.

Seus lábios se curvam contra os meus. Outro sorriso. Eu teria todos eles, se pudesse. É por isso que sair para a farra não significa mais nada para mim. Se os caras tivessem isso aqui, eles entenderiam.

— Não se preocupe — diz ela, brincando com as pontas curtas do meu cabelo. — Eu te protejo.

— Me proteger de rir? Eu não vejo como, você é quem costuma me fazer rir.

— Sempre que você correr o risco de perder o fôlego com risadas — ela chupa meu lóbulo da orelha, me puxando para perto, seu hálito soprando como uma suave carícia na minha pele —... vou mencionar mariposas.

Dou um berro, uma onda de terror induzida pela lembrança da maldita mariposa no meu ouvido me varre. Libby inclina a cabeça para trás, gargalhando. Eu me lanço em cima dela, meus dedos encontrando seus pontos sensíveis.

— Você é uma fada do mal. Cruel, má...

As palavras desaparecem. Estou perdido por essa garota. Eu me aninho contra ela com um suspiro, tomando cuidado para não a esmagar, mas deixando-a sentir meu peso. Meus olhos se fecham enquanto me envolvo em seu calor.

— Eu senti sua falta hoje.

Minha voz está abafada em seu cabelo, mas ela continua quieta, claramente me ouvindo.

— Eu estava lá com você — diz ela, em voz baixa.

— Estava? — Minhas costas tensionam, e eu me lembro de seu distanciamento, a frieza de seu silêncio. — Senti como se você estivesse em outro lugar.

Ela fica tensa também, o corpo se contorcendo abaixo de mim. No entanto, eu não a deixo ir. Sei que ela vai querer fugir e eu odeio isso.

— Killian, deixe-me respirar.

— A respiração é superestimada — murmuro, mas rolo de cima dela. Libby se senta na beirada da cama, me dando as costas.

Foda-se. Não vou deixá-la se esconder. Eu me levanto e me sento ao lado dela.

— Scottie falou comigo hoje — comenta, olhando para o chão.

— Eu vi. — Estava esperando por ela para me dizer. Qualquer coisa, mas ao invés disso, recebi seu silêncio.

Um som exasperado escapa de sua garganta.

— Você poderia ter me avisado.

— Sim, eu poderia. — Esfrego minha nuca. — Mas não quis.

Ela se vira para mim tão rápido, que o cabelo chicoteia o meu ombro.

— Você está me zoando?

Eu bufo, sem desviar o olhar.

— Pra que você pudesse fugir disso? Só pra você encher a cabeça de caraminholas antes de sequer ouvir o que ele tinha a dizer? Não, Libs, não estou te zoando.

— Você não sabe que...

— Eu sei. Conheço você. Quer admita isso ou não. — Eu me inclino para mais perto. — Eu. Conheço. Você.

Ouço seus dentes rangerem.

— Se você me conhece tão bem — ela ri —, deveria saber que não quero ou preciso de você para traçar minha vida.

— E se você me conhecesse, nunca me acusaria disso. — Eu me levanto e começo a andar de um lado ao outro, meu rosto ficando vermelho de raiva. — Merda. Quero dizer, você acha mesmo que foi isso que eu fiz?

Ela cruza os braços sobre o peito.

— Você acabou de admitir que falou com ele!

— Conversei, Libs. Isso é tudo. Caralho. — Entrelaço minhas mãos à nuca. — Ele perguntou minha opinião, e eu dei. Não transforme essa porra em uma conspiração.

Libby fica de pé, com os punhos cerrados ao lado do corpo.

— Você está me dizendo que não me trouxe aqui pensando que isso poderia acontecer? Que não pensou, por um segundo, sobre Scottie tentando me transformar em algo que eu não sou?

ÍDOLO

— Você acha que vou negar que no segundo em que toquei contigo, eu sabia que você seria maravilhosa em cima de um palco? Não vou. — Dou uma risada desprovida de humor. — E você também não deveria.

Ela solta um suspiro.

— Eu não sou uma estrela.

Algo em mim suaviza e eu me aproximo um pouco.

— Você já está no meio do caminho; só não conseguiu ver isso ainda.

O pânico cintila em seus olhos e ela recua, seus lábios se abrindo como se lutasse para respirar.

— Eu quero isso.

O mais louco de tudo? Dessa vez, sou eu quem me sinto incendiar por dentro. Porque vou me deleitar com o sucesso que ela merece.

— Baby, então é seu.

Mas ela balança a cabeça como se eu não estivesse entendendo.

— Há alguns meses, eu morava à beira do mar. As únicas pessoas com quem conversei foram com a Sra. Nellwood e o velho George, do posto de gasolina.

— E você gostava disso?

— Eu odiava — ela sussurra, os olhos agora vidrados. — Você me tirou disso. Eu nunca sonhei que essa vida poderia acontecer. Mas está aqui. E agora... — Um rubor furioso mancha suas bochechas. Deus, minha garota é orgulhosa pra caralho. Mas sua autoconfiança foi chutada com força. Libby afasta uma mecha de seu cabelo e ergue o queixo como se estivesse se preparando para um golpe. — Você concorda com Scottie que eu deveria topar algo que me levará embora, para longe.

A implicação de suas palavras me atinge como um tijolo. Meu coração aperta no meu peito. Ela está tão errada. Como ela pode ser tão certa para mim e tão errada sobre si mesma? Acabo com a distância entre nós e a puxo para os meus braços. Ela se debate, tentando se soltar, mas eu a espero se acalmar.

— Não é sobre mandar você embora, boneca. É sobre libertar você.

Suas costas endurecem.

— Libertar? Me desculpe, mas isso é apenas semântica, Killian.

— De jeito nenhum — murmuro contra sua bochecha, ainda a segurando apertado. — Você quer a verdade? Quando Scottie me disse que ele ia pedir para te representar, uma parte minha detestou a ideia. — Meus dedos agarram um punhado de seu cabelo sedoso. — Uma grande parte de mim. Porque quero você aqui. Comigo. Para sempre.

Ela respira fundo, como se fosse responder, provavelmente para me descascar. Então eu a beijo, suave, testando as águas, então áspero e um pouco desesperado. Nós dois estamos ofegantes quando me afasto. Meu peito dói e eu recosto a testa à dela e, de repente, estou tão cansado que tenho que fechar os olhos.

— Mas isso é egoísmo, Libby. E não posso fazer isso contigo. Nunca com você. Porque você merece essa chance, mesmo que isso te afaste de mim por um tempo. Então, eu disse a ele para ir em frente.

— Killian. — Ela suspira e esfrega as mãos ao longo do meu peito, quase como se isso a tranquilizasse mais do que eu. — Nem todo mundo tem sua confiança. Alguns de nós precisam se sentir um pouco à vontade.

Meus lábios pressionam contra sua testa e eu inspiro seu cheiro antes de falar:

— Baby, se aprendi alguma coisa sobre oportunidade, é que você faz acontecer. O medo só vai te deter. Você pode ter o mundo. Apenas tome posse disso.

— Eu não preciso do mundo — ela sussurra.

— Do que você precisa, então? — pergunto, baixinho.

Suas mãos deslizam para o meu pescoço, os lábios acariciando meu queixo.

— De você.

Eu juro que meus joelhos bambeiam, a ponto de eu ter que me firmar e respirar fundo. Eu a abraço apertado, sem vontade de soltá-la até encontrar sua boca. Ainda não.

— Porra, Libby. — Eu a aconchego mais perto. — Precisamos parar de nos esconder. Eu odeio essa merda.

Eu a sinto retesar o corpo e seguro seu rosto entre as mãos. Seus olhos estão arregalados e em pânico. Isso me irrita e me faz querer acariciá-la, protegê-la do mundo. Só que sou eu a fonte de toda a sua aflição. O que é quase como um pontapé na barriga. Com a voz áspera, digo:

— Você me quer, mas quer que nosso relacionamento seja em sigilo, às escondidas?

— Quando coloca dessa maneira, você faz parecer mesquinho.

— Bem, me perdoe por afirmar os fatos. — Irritação assola meu corpo.

Ela recua, os dedos agarrados aos meus pulsos, me segurando com firmeza.

— Palavras são simples, Killian. A vida real é um pouco mais confusa.

ÍDOLO

— Besteira. Por que você está resistindo a isso? Porque tenho que te dizer, que essa porra dói.

— Jax está começando a me respeitar só agora.

— Jax pode ir se foder — resmungo, depois suspiro. — Boneca, você tem o respeito dele. E não é porque estamos juntos.

— Você tem certeza disso? — Ela não parece nem um pouco convencida. Eu abro a boca para responder, mas as palavras ficam alojadas na garganta.

Porque quem diabos conhece o Jax agora? Os olhos de Libby se estreitam.

— Você não pode negar isso — ressalta.

— Olha, talvez eu não saiba exatamente como ele vai reagir.

— E a repórter que me perguntou se eu estava transando com você?

— O quê? — Sinto a raiva retesar meu pescoço. — Quem diabos te perguntou isso?

— Uma repórter em Chicago. Ela me perguntou se eu estava transando com você. Ela se perguntou por que eu, uma "Maria-ninguém", estaria em turnê com vocês.

— Tudo bem, qual é o nome dessa garota, porque não vou aceitar essa merda. — Na verdade, estou repensando em aceitar a presença de qualquer repórter em nossas festas. Não se eles vão assediar Libby.

— Não importa — diz ela, com voz cansada.

— Claro que impor...

— Não, Killian. Não importa. Não se é isso que todos estão pensando. Demiti-los ou xingá-los só vai alastrar o incêndio.

— Porra. — Caminho de um lado ao outro, agarrando a parte de trás do meu pescoço. — Isso não passa de um monte de merda, sabe? Qualquer um que ouve você, sabe que é talentosa. Scottie não ia querer ser seu empresário se você não fosse, caralho. Confie em mim sobre isso.

— Eu confio. — Libby se aproxima, os olhos arregalados e aflitos. A palma de sua mão repousa no meu peito um segundo antes de ela envolver seus braços em volta da minha cintura, e porque não suporto ficar sem tocá-la, eu a abraço apertado. Ela morde meu pescoço e depois suspira. — Eu odeio isso, sabia? Você acha que é fácil para mim esconder como me sinto? — Ela ri, mas não parece feliz. — Deus, é o pior tipo de tortura. Ainda pior do que quando nos conhecemos e eu estava tentando manter a calma e não pular em cima de você.

Meus olhos se fecham novamente e eu descanso a bochecha em sua cabeça.

— É mesmo, é?

— Hmm-hmm... Porque agora sei o que estou perdendo. — Seus dedos deslizam pela minha pele, em uma carícia suave. — Você é a melhor parte do meu dia, Killian.

Minha garganta trava com uma rapidez embaraçosa e eu a abraço com mais força.

Delicados dedos correm pelas minhas costas.

— Nada me faria mais feliz do que poder reivindicar você em público. Mas essa alegria seria destruída, se, em troca, tivéssemos que lidar com esse tipo de especulação torpe.

Penso em como teria reagido se tivesse ouvido o repórter perguntar a Libby essas merdas. Eu teria perdido a cabeça. Eu sei disso. E essa certeza assenta como uma pedra no meu intestino. Os dias de roqueiro com comportamento selvagem e fora de controle ficaram no passado. Hoje, se você causa uma cena, acaba pagando caro. Os advogados das gravadoras vêm fungando no cangote alertando sobre violação de contrato e cláusulas de comportamento, a mídia veiculando os atos impensados repetidas vezes. Não é nada agradável.

Uma das piores partes da tentativa de suicídio de Jax foram as filmagens dele sendo levado para uma ambulância; vídeos que viralizaram por toda a internet, junto com reportagens presunçosas discutindo os motivos para ele ter feito aquilo e se ele se recuperaria. Foi culpa da banda ou ele estava apenas tentando chamar atenção?

A decisão de nos afastar dessa vida foi o único recurso que qualquer um de nós encontrou para manter nossa sanidade e dignidade.

Eu respiro fundo e exalo devagar.

— Okay, não precisamos tornar nosso relacionamento público ainda. Mas os caras? Eles podem manter segredo. Porra, somos treinados para manter a boca fechada. Ninguém vai saber nada a menos que nós deixemos. E estou cansado de esconder isso dos meus amigos. Estou cansado de mentir. Também não é nem um pouco admirável.

Ela me solta e passa a mão pelo cabelo dela.

— Eu sei, mas eles não vão me olhar da mesma maneira.

— Discordo. Mas, inferno, não deveria importar o que eles pensam.

Ela bufa uma risada de escárnio.

— Não, não deveria. Mas isso acontece. E eu ainda não encontrei ninguém que realmente não se importe com o que as pessoas com quem trabalham pensem sobre elas.

— Eu não me importo.

— Sim, você se importa. — Ela descansa a mão no meu peito. — Você é mais confiante do que qualquer homem tem direito, mas quer ser validado por seus amigos. Você queria isso pra mim. Caso contrário, não teria feito tudo o que fez para suavizar meu caminho.

A pressão comprime minhas costelas e eu grunho.

— Tá, tudo bem. Eu quero que eles gostem de você. Quero que a gente se dê bem. Mas...

— Agora, somos apenas nós em nosso mundinho particular. Tudo vai mudar quando contarmos, seja para melhor ou para pior. Se pudéssemos apenas esperar... — Ela morde o lábio. — Por favor, Killian? Por favor, só mais um pouco?

Meu peito aperta ainda mais. Claro, ela tem razão, mas quando isso vai mudar? E se ela não quer isso agora, quando, então? Engulo em seco contra o nó na garganta.

— Odeio isso. Todo dia eu quero poder tocar em você. Não é nem sexo, Lib. Eu tenho que lutar contra o impulso de segurar sua maldita mão. Estou fisgado pelas bolas.

Sua boca retorce, o que só alimenta minha raiva.

— Não posso fazer isso por muito mais tempo. — As palavras pairam lá, mais ríspidas do que eu pretendia.

— Fazer o quê? — ela sonda, seu rosto empalidecendo.

Eu fico olhando para ela, percebendo que poderia dar um ultimato. Eu poderia insistir. Não estou acostumado a me sentir impotente ou magoado. Porra. Eu respiro fundo, ainda sentindo o peito pesado.

— Você teve um dia atribulado hoje. Vou tomar banho. — Eu me afasto dela e sigo em direção ao banheiro. — Resolva seus conflitos, Libby. Estarei aqui quando você fizer isso.

libby

Eu o magoei. Eu sei disso. Sabia disso quando pedi a Killian para manter nosso relacionamento em segredo e quando pedi a ele para continuar fazendo isso. Odeio feri-lo dessa forma, mas eu vejo o que ele não pode ou se recusa a reconhecer. O mundo não é preto e branco. E a banda não está completamente bem-resolvida. Eles ainda estão pisando em ovos, confusos. O amor entre eles é nítido. Eles são irmãos. Mas Jax deu um golpe do qual eles ainda estão se recuperando. E a ideia de adicionar mais drama, mais incerteza, me faz sentir mal.

No início, foi o orgulho que me motivou a manter meu relacionamento com Killian em segredo. Mas agora é algo mais. Eu me preocupo com esses caras, como indivíduos e como um grupo. Eu não quero ficar entre eles quando ainda estão fragilizados.

Eu digo a mim mesma tudo isso. Mas não ajuda quando entramos numa limusine e saímos noite afora. Os caras querem relaxar, farrear um pouco nas boates. Eu deveria ter ficado, mas quando Whip ligou para perguntar se eu queria ir, o olhar no rosto de Killian – como se ele esperasse que eu me mantivesse longe dele – magoou também.

Então, aqui estou eu, espremida entre Whip e Rye, que estão trocando piadas por cima da minha cabeça: a maioria delas sobre o suposto desconforto intestinal de Killian. Juntando as peças, parece que Killian deu uma desculpa para voltar para mim, às custas de seu orgulho. Eu me sinto ainda mais para baixo.

Não que Killian pareça incomodado com a zombaria dos amigos. Ele está recostado no assento, as pernas abertas como se quisesse ocupar tanto espaço quanto possível. Enquanto seguimos em frente, as luzes da cidade incidem em flashes intermitentes no carro, iluminando o rosto dele oculto pela penumbra.

Ele não fala muito, apenas olha pela janela e, vez ou outra, bufa uma risada por conta de alguma piada besta. Mas então, como se sentisse meu olhar, ele olha para mim. Nossos olhares se chocam e é como se alguém tivesse puxado um tapete debaixo dos meus pés. Um frio na barriga se alastra, seguido pelo calor que arrepia a pele. Logo após, sou golpeada por uma onda de emoção que comprime meu coração, me agarrando pela garganta.

É sempre assim. Ele olha para mim, eu me desfaço. Tenho uma sensação horrível de que será assim por toda a minha vida. Killian James me desperta, e me torna completa.

Eu quero dizer isso a ele, segurar sua mão e pedir que ele nunca solte. Mas ele desvia o olhar, inclinando-se para dizer alguma coisa para Jax. Não consigo ouvir as palavras – meu coração está trovejando nos ouvidos.

ÍDOLO

O carro para e a porta se abre. Sou conduzida no fluxo na companhia dos caras para dentro do clube noturno. Seguimos direto para uma área VIP no alto de uma enorme escadaria de aço circular. As pessoas nos observam à medida que passamos.

Sinto os olhares rastejando sobre minha pele. Durante anos, os caras levam essa vida. Nem sei como eles conseguem. Talvez adorem isso. Eles estão todos sorrindo, cumprimentando as pessoas conhecidas, parando para ouvir alguém sussurrar em seus ouvidos.

Killian está à minha frente, caminhando ao lado de Jax. Eles são praticamente assediados por mulheres, até que apenas suas cabeças se tornam visíveis acima do enxame. Eu aprumo o queixo e sigo adiante. Isso faz parte da vida de Killian. Não há nada que eu possa dizer aqui porque, aos olhos do mundo, sou apenas sua amiga. Isso não me incomodou antes. Parecia mais um segredo que compartilhamos entre nós. As mulheres podem pairar ao redor, mas não irão com ele para casa.

Agora isso só dói. Porque, de repente, parece que estou vislumbrando um futuro onde não estou lá. Não consigo nem mesmo apontar porque me sinto assim. Só que Killian e eu estamos nos movendo a toda velocidade e a menor batida pode nos tirar do rumo. Ou talvez seja porque sei que Killian não precisa de mim tanto quanto eu preciso dele. Por que ele precisaria, afinal? Ele tem o mundo. E estou completamente fora do meu elemento quando se trata desta vida.

— Preciso de um coquetel do tipo 'festa de autocomiseração' — digo no ouvido de Brenna quando ela vem comigo.

Sua sombra de olho dourada cintila sob a luz.

— Duplo?

— E frutado — acrescento. — Coquetéis desse tipo sempre devem ser frutados.

Ela segura meu cotovelo e me leva para uma pequena cabine sossegada no canto mais distante da sala, antes de sair para buscar as bebidas. Há momentos em que a banda solicita uma pequena sala só para eles. Esta não é uma daquelas noites. As pessoas entram e saem – na maioria das vezes – como gado. A música não é tão alta aqui, mas é suficiente para impossibilitar qualquer conversa. Whip já está de pé pairando perto de uma das mesas, dançando com uma morena trajando um minúsculo vestido prateado.

Eu me arrependo um pouco de não ter colocado um microvestido também. Em um mar de roupas quase inexistentes, sou a garota conservadora usando jeans *skinny* preto, botas de salto alto e uma camisa de seda verde. Estou confortável, mas não me sinto sexy. Há momentos em que uma garota precisa ser sexy. Essa é a coisa que ninguém nunca te diz. A sensualidade pode ser tanto uma arma quanto um muro de defesa.

A cabine onde estou sentada balança toda quando Rye desaba ao meu lado. Ele coloca um braço sobre os meus ombros e se inclina.

— O que que tá pegando, pudinzinho?

Meus lábios se curvam em um sorriso relutante.

— Nada, toicinho.

Ele toma um gole do que parece ser um gim-tônica – porque é claro que ele já foi servido. Provavelmente, há uma garçonete de prontidão para ele.

— Parece que você engoliu uma cabra.

— Uma cabra? — Eu rio. — Como diabos isso se parece?

— Um pouco doente e lutando com uma mordaça.

— Você realmente sabe como fazer uma garota se sentir bem consigo mesma, Rye.

Ele sacode a ponta da língua entre os dentes em um gesto lascivo, mas depois sua expressão se torna gentil.

— Estou falando sério, Buttercup. Você está bem?

— *Buttercup*?

— Sim, você se parece com a princesa Buttercup, sabe? A Princesa Prometida.

— Isso é tão longe quanto dizer que você se parece com o infame pirata Roberts.

— Eu poderia totalmente arrasar com uma máscara. Seria pervertido pra caralho. — Ele toma outro gole, os olhos vagueando pelo lugar antes de voltar para mim. — Então o que está acontecendo? Alguém tem sido malvado com você?

— O quê? Não e nada.

— Tem certeza disso? Porque não tenho esses enormes bíceps apenas de enfeite. Eu ficarei feliz em machucar alguém por você.

— Você é um fofo. Mas não é nada mesmo. Eu só... este não é o meu lugar.

— Não é lugar de ninguém. Você tem que possuir essa porra para torná-la sua.

— Bem, não estou interessada.

Um olhar através da sala e encontro a forma familiar de Killian. Ele tem duas mulheres agarradas a seus braços, embora não pareça estar dando

ÍDOLO

bola para elas enquanto conversa com John, um dos engenheiros de som. A loira à sua esquerda claramente não gosta de ser ignorada e começa a acariciar seu peito. Meu próprio peito se aperta e eu desvio o olhar.

— Bem, aí está. — Rye aponta para o meu rosto. — A expressão de quem engoliu uma cabra.

— Argh, dá pra parar de usar a comparação com uma cabra? Vou acabar complexada. — Minha risada parece forçada. — Estou bem.

— Aqui estamos — Brenna anuncia, toda feliz, colocando dois copos de martini, cheios de líquido verde-limão. — Um coquetel frutado de 'festa da piedade', ou autocomiseração como você disse antes.

Rye me dá uma olhada.

— Você estava dizendo...?

— O que ela estava dizendo? — Brenna pergunta, sentando-se e tomando um gole de sua bebida.

É até um milagre que ela inclua o Rye na conversa, então, mesmo que eu prefira não falar sobre isso, respondo:

— Que eu não pareço ter engolido uma cabra.

Uma sobrancelha delicadamente delineada se ergue.

— Claro que você não parece nada disso, querida. É mais como se tivesse chupado um limão.

Eu reviro os olhos e pego minha bebida. É azeda, doce e arde um pouco. Perfeito.

— Ela está de bom humor — diz Rye. Sem aviso, envolve um braço musculoso ao meu redor e me puxa para um abraço, derramando minha bebida por toda a mesa. — Calma, calma, Buttercup, diga-me quem colocou a carranca em seu rosto e eu vou dar-lhes uma lição com a minha espada.

Uma risada fraca me escapa e eu repouso a cabeça em seu ombro. Fui filha única, mas sei que Rye teria sido um excelente irmão mais velho.

É quase estranho como posso sentir a aproximação de Killian. Um segundo, estou sorrindo, me sentindo um pouco triste, mas cuidada. No próximo, meu corpo tensiona, o ritmo cardíaco acelerando. Eu sei que é por causa dele e não é surpresa alguma quando olho para cima e deparo com ele de pé à nossa mesa.

A loira ainda está grudada em seu braço. A mulher não fez nada remotamente errado e eu a odeio. Tudo dentro de mim desmorona. E sinto como se tivesse 'engolido uma cabra'.

Seu olhar se fixa em mim, depois se volta para Rye. A tensão contrai seus lábios quando ele se inclina um pouco para frente para que possa ser ouvido:

— Ei, cara, a Jenny aqui queria conhecer você.

Rye imediatamente se desembaraça de mim e faz um gesto para que Jenny assuma o lado oposto.

— Por favor, me conheça, me adore e me pague uma bebida. Estou de boa com tudo isso.

Um ruído de engasgo fingido vem da direção de Brenna. Rye a ignora e puxa Jenny para o colo. Enquanto a garota ri e se aconchega ao corpo do baixista, Killian olha para mim. Seus olhos são frios, e isso quase me faz rir. Ele realmente acha que estou me envolvendo com o Rye? A contração em seu queixo me diz que sim. Eu o encaro de volta, sentindo a irritação crescer por dentro.

— Eu ia perguntar se vocês precisavam de alguma coisa — anuncia, tentando se sobressair à música —, mas parece que já estão cuidando de você.

Minha vontade é dizer onde ele pode enfiar o seu tom sarcástico, porém Brenna interpela:

— Fique aqui com a gente. — Ela parece quase desesperada, o corpo retesado e o olhar desviado para outro lugar que não Rye e sua nova amiga.

Killian não olha para mim quando nega com um aceno de cabeça.

— Jax tem me enchido o saco por estar agindo como um ermitão — ele enfatiza a palavra, que vem como um chicote na minha direção. — Ficar escondido em uma cabine não vai ajudar em nada.

Babaca. Eu não sou uma eremita. Não desde que ele me arrastou para esta vida e me fez ver o que estava perdendo. E não estou me escondendo. Okay, agora tenho o desejo de rastejar de volta para minha concha, mas já superei isso, porque também ficaria infeliz lá.

Um nó se aloja na garganta, a solidão me engolfa como uma onda.

Mas então Killian se vira para mim, inclinando-se um pouco. Mesmo no ar frio e abafado do clube, sinto o cheiro delicioso de sua pele. Seus olhos castanhos suavizam.

— Você está bem?

O nó na garganta ameaça me sufocar. Ele está me dando o que eu mesma pedi. Anonimato. Se não quero que nosso relacionamento seja público, é assim que tem que ser. Mas ele ainda é meu. E posso ver exatamente isso no modo como seus olhos, de repente, parecem angustiados.

— Estou bem — resmungo.

Ele olha para mim por mais um segundo, depois acena com a cabeça.

— Até logo, então.

Assim que ele se afasta, eu desabo contra o assento.

— Problemas no paraíso? — Brenna murmura no meu ouvido.

Entorno o restante da minha bebida antes de responder:

— Ele não gosta de manter o relacionamento às escondidas.

Eu não me preocupo com o fato de Rye ter ouvido. Ele já está com a língua enfiada na garganta de Jenny, e eles estão quase deitados à direita.

Brenna os ignora, a expressão em seu rosto agora mais tranquila, porém sei que isso está sendo uma agonia para ela. Sem pressa, ela toma um gole de seu coquetel.

— Meu primo é surpreendentemente direto.

— Você acha que sou uma idiota, não é? — Preciso de outra bebida.

— Meu Deus, não. — Ela se recosta a mim em um gesto de compreensão e apoio. — Você está se protegendo de um mundo fodido, mas isso não significa que ele tem que gostar.

— Pensei que estava me protegendo — admito, a tristeza me afogando muito mais rápido do que a capacidade do álcool de anestesiar a dor. — Só que pensando em como me senti quando a repórter me questionou, acho que preferiria mandar todo mundo ir se foder do que me esconder.

Brenna sabe tudo sobre o meu encontro com Zelda Smith.

— Sim, bem, Zelda não parece ter qualquer problema em transar com um membro da banda, então ela não pode julgar.

— Honestamente, não quero o público metido nos meus assuntos. De jeito nenhum. Porém é mais porque sou uma pessoa reservada, sabe?

— Eles não precisam saber de nada. Os famosos escondem seus relacionamentos o tempo todo. Bem… — Ela me dá um sorriso de desculpas. — Pelo tempo que conseguirem manter o sigilo, de qualquer maneira.

Famosos. Quero rir. Não sou famosa. Mas Killian é. E sua vida está voltando ao foco outra vez.

— Se fosse só eu e ele? Eu não me importaria muito. Mas os caras estão se reconectando agora. Era bem nítido que Jax não queria que eu me juntasse a eles.

— Você está protegendo todos eles. — Ela parece genuinamente surpresa.

— Isso é tão errado?

Com o semblante fechado, ela volta sua atenção para o lado da sala onde os caras estão rindo em um grupo – bem, exceto por Rye, que está fazendo ruídos tão indecentes que eu realmente nem quero olhar.

A expressão de Brenna suaviza quando ela observa Killian e Whip fazendo um tipo estranho de colisão no quadril, como se estivessem demonstrando um movimento de dança para um monte de mulheres de olhos arregalados.

— Você deveria tê-los visto antes de Jax ter... Eles eram como um bando de filhotinhos. — Ela ri e toma mais um gole. — Todos nós éramos, para dizer a verdade. Até o Scottie. Era só curtição alucinante, shows, festas, shows, mais festas.

O vazio me enche. Não posso ser essa garota. E não quero ser.

Brenna olha para mim.

— Foi tudo besteira, no entanto. Nada real. Quando Jax tentou... hmm... ele destruiu todos nós.

— Killian comentou sobre isso ter estragado a unidade que eles tinham.

— Ele tem razão. Essa porra meio que nos arrancou da infância. — Ela balança a cabeça, franzindo os lábios vermelhos e brilhantes. — O que não foi uma coisa de todo ruim, Libby. Viver daquele jeito não era saudável. Esses meninos, eles não tinham nenhum alicerce. Nada que significasse alguma coisa.

A música muda para *"Right Now"*, de Mary J. Blige, e uma mulher puxa Killian para dançar. Ele deixa. Mesmo que ele não esteja fazendo nada de mais, nada indecente, só dançando, ainda assim, não muda o fato de que outra mulher está com as mãos em cima dele, rebolando ao som da batida.

Brenna fala baixinho no meu ouvido:

— A vida segue em frente, Libby. Tentar pará-la ou rebobinar é um desperdício de energia.

Assistir a dança de Killian parte meu coração. Não consigo nem respirar. Nunca fui uma pessoa ciumenta, e posso assegurar que esse é um dos sentimentos mais torpes da face da Terra. No entanto, essa merda está se contorcendo dentro de mim a ponto de eu querer vomitar só para me livrar dessa emoção.

Tudo o que eu disse a ele, tudo o que ele me disse, as coisas que fizemos – tudo isso – se atropelam na minha cabeça. Penso naquele dia em que o vi pela primeira vez esparramado no gramado. Se eu tivesse pegado o telefone e ligado para a polícia, em vez de me envolver com ele, eu estaria vivendo na mais feliz ignorância agora.

Seguramente escondida do mundo. Da vida. Uma vida sem Killian.

Quando a mão da mulher desce para apalpar a bunda de Killian, eu me levanto, esbarrando na mesa e fazendo as bebidas espirrarem para todo lado.

— Com licença — murmuro para Brenna, que sabiamente sai do meu caminho.

Minha saída da cabine está longe de ser graciosa, parece mais como um trator empurrando tudo para fora do caminho. Killian levanta a cabeça, e o olhar preocupado encontra o meu.

Tudo o que consigo fazer é encará-lo de volta, me embriagando só de olhar para ele.

Seu cabelo escuro – cortado rente ao crânio perfeito – destaca a curva acentuada de sua estrutura facial, as sobrancelhas e a curva suave de seus lábios. Ele é um homem lindo. Usando a camisa de botões e a calça pretas, ele também não se parece em nada com o homem que encontrei bêbado no meu gramado. Aqui, ele é o milionário astuto, o roqueiro descolado, um ídolo intocável que todo mundo quer um pedaço.

As pessoas o cercam, uma parede humana entre nós. Eu ignoro tudo. Isso não é real.

Seu semblante se fecha ainda mais à medida que avanço com passos determinados. Por dentro, meu coração está acelerado. Não sei o que ele vê na minha cara, mas sua expressão cautelosa se desfaz. Os olhos escuros se enchem de propósito, seu corpo fica mais ereto. Ele se desculpa com a mulher e vem na direção, com o andar gracioso e imponente.

Eu começo a tremer por dentro. Com o desejo eu posso lidar. Mas a emoção em seu rosto, como se ele soubesse – *ele sabe* – que estou me despedaçando, assim como ele, embaça minha visão. Pisco duas vezes e vou até ele, ignorando as pessoas ao redor.

Ele me encontra na metade do caminho, parando à minha frente, e sua altura bloqueia tudo que nos cerca.

— Elly May?

Inclino a cabeça para trás para encontrar seu olhar.

— Vagabundo do gramado. — Na ponta dos pés, agarro seu rosto, acariciando a barba por fazer, e o puxo para mim. Nossos lábios se encontram, os dele questionando, os meus exigindo. E então ele exala um suspiro rouco, áspero, porém necessitado. Seus braços me envolvem, puxando meu corpo contra o dele enquanto ele inclina a cabeça e mergulha em um beijo que me faz perder a força nas pernas. Mas Killian me segura apertado.

Ali, na pista de dança, nós nos beijamos, e o gesto é todo confuso, indecente e cheio de confissões silenciosas: *Me desculpe. Eu sei. Eu preciso de você. Eu preciso muito mais de você.*

Quando, por fim, nos afastamos, seus lábios se curvam em um meio-sorriso e seus dedos se entrelaçam aos meus.

— Tudo bem, então.

Eu toco sua bochecha novamente.

— Eu te adoro, Killian James. Seja lá o que rolar no futuro, não quero mais esconder nosso relacionamento como se fosse algo do qual se envergonhar. Todos deveriam saber disso.

Seu sorriso aumenta ainda mais e ele recosta a testa à minha.

— Tenho certeza de que todo mundo sabe agora.

Eu me aconchego em seu abraço.

— Que bom. Então, nem tenho que fazer qualquer declaração.

Uma meia risada vibra em seu peito. Sua mão desliza até minha nuca e me dá um aperto, o que me faz fechar os olhos de prazer.

— Hora de ir — ele sussurra. — Ou vou te pegar aqui mesmo.

Não consigo esconder meu sorriso.

— Leve suas coisas para o meu quarto, ou vou me mudar para o seu.

— Linda. — Ele me beija novamente, suavemente desta vez, em seguida, pressiona sua bochecha na minha. — Eu também te adoro, sabia? Tanto que dói.

— Vocês dois acabaram?

O tom irritado de Jax apaga nosso brilho em um instante. Killian endireita a postura e se vira. O olhar enojado no semblante de Jax é, realmente, doloroso de se ver. Nem tenho certeza se gosto do cara, mas ele é o amigo mais próximo de Killian, logo, é uma pessoa importante para ele.

— Sim — declara Killian, a voz gélida. — Acabamos.

Jax bufa uma risada de escárnio.

— Eu sabia, porra. Sempre pensando com o seu pau.

Eu me contorço e Killian firma o aperto na minha mão, me puxando para mais perto. O burburinho cresce na sala, e percebo que Brenna e Scottie estão conduzindo as pessoas para fora. Os seguranças fazem um ótimo trabalho ajudando-os a esvaziar o lugar em segundos.

— Jax, cara — diz Killian —, não começa.

— Por que não? Todo mundo tá pensando a mesma coisa.

Whip se aproxima.

— *Todo mundo* porra nenhuma.

— Definitivamente, não é o que estou pensando — acrescenta Rye. — Eu tô pensando que já estava mais do que na hora. — Ele me dá um sorriso feliz. — Chega dessa merda de 'engolir cabras'.

ÍDOLO

— Okay — murmuro, dando-lhe um pequeno sorriso de volta. Os outros caras ficam meio confusos com a troca de palavras nada a ver.

Jax debocha:

— E, ainda assim, todos sabem exatamente o que estou pensando.

— Por que você não despeja logo o que quer dizer? — Killian pergunta. Há um tom sombrio e ameaçador em sua voz que nunca ouvi antes. Uma advertência óbvia.

Jax ou não percebe ou não dá a mínima.

— Se você queria que sua trepada viesse para a turnê, deveria ter dito isso, porra. Não tinha que arrastá-la ao palco e mexer com a banda.

Killian respira fundo e exala devagar.

— Eu não vou bater em você — diz ele, por fim. — Embora você mereça, não vou fazer isso. Mas quero deixar claro uma coisa: essa é a última vez que você desrespeita Libby. Você me entendeu?

Jax olha para mim e, por um segundo, vejo uma centelha de remorso, que some no mesmo instante.

— Você desrespeitou a si mesmo — declara —, escondendo essa porra e fingindo que era só pela música.

— Você está certo — digo, antes que Killian possa responder. — É por isso que não estou mais me escondendo.

— Mas você ainda vai continuar fingindo que pertence a este lugar?

Okay, essa doeu.

Killian rosna, dando um passo em direção a Jax.

— Qual é o seu problema, porra?

— Meu problema? Você mentiu. Para todos nós.

— Cara — Rye interrompe, balançando a cabeça para Jax. — Era bem óbvio que os dois estavam juntos.

— Ah, fala sério, cara. Volta pra Terra, cacete — Whip acrescenta, dando a Killian um sorriso insolente. — Eu sabia o que tinha rolado no segundo em que ele começou a falar sobre a voz maravilhosa dela. E não é como se os dois fossem muito bons em esconder aqueles olhares safados que estão sempre lançando um ao outro.

Os olhos de Killian se estreitam.

— Você sabia e mesmo assim ia chamá-la para sair?

— Não, eu estava te zoando, Kill. Você deveria ter visto a sua cara. Pensei que você fosse arrebentar. — Whip ri.

— Eu estava prestes a arrebentar a *sua* cara — murmura Killian, mas não parece realmente chateado. Não com Whip, de qualquer maneira. Ele volta sua atenção para Jax. — Você costumava ser melhor que isso.

— E você costumava não mentir pra mim.

As sobrancelhas de Killian se arqueiam.

— Você percebe como está sendo hipócrita, certo?

Os cantos da boca de Jax empalidecem.

— Ótimo.

— Jax — Whip começa, mas recebe um olhar reprovador do amigo.

— Nós não precisamos dessa merda agora — diz Jax.

E sai sem dizer mais nada.

CAPÍTULO VINTE E TRÊS

killian

— Libs? — Minha voz é pouco mais que um sussurro no quarto escuro do hotel.

A dela volta tão suave quanto.

— Sim?

— Quando eu te disse que nunca tive uma namorada, não era para marcar pontos contigo. Era uma espécie de aviso.

Os lençóis farfalham quando ela ergue o tronco e se apoia em um cotovelo. O cabelo sedoso escorre pelo ombro, as pontas macias fazendo cócegas no meu braço.

— Aviso?

Eu me deito de lado e seguro uma mecha de seu cabelo.

— De que não tenho ideia do que fazer. E que, provavelmente, vou acabar fazendo merda.

— Killian, do que diabos você está falando? — Ela não parece irritada, mas divertida.

Meus olhos se ajustaram à escuridão o suficiente para que eu possa distinguir suas feições. Pelada e despenteada depois de horas de sexo, ela também é linda demais, e estou tendo dificuldade em me concentrar. No entanto, suas sobrancelhas arqueadas indicam que devo continuar.

— Eu sinto muito — digo a ela.

— Sente? Por quê? — Ela balança a cabeça. — Eu que deveria me desculpar, porque te magoei. E isso me feriu também.

Tenho certeza de que se eu a beijar agora, não vou parar. Então puxo as pontas de seu cabelo com carinho.

— O mesmo acontece comigo, boneca. — Um suspiro me escapa

antes que eu possa controlar. — Você estava certa. Eu me esforço demais para conseguir o que acredito ser o melhor e não penso nas coisas direito. Esta noite foi uma confusão dos diabos, do jeito como você previu.

A imprensa já está enlouquecida. Não contei a ela sobre o frenesi das mídias sociais e o modo como o mundo agora está exigindo saber nossa história – para saber tudo sobre ela. Não quero esse absurdo invadindo esse espaço.

Ela não diz nada por um segundo, então sua palma quente repousa sobre o meu peito. Fecho os olhos conforme ela distribui lentas carícias.

— Nós dois estávamos errados. E ambos estamos bem.

Eu solto um suspiro e olho para ela.

— Vou falar pra Brenna dar uma declaração de que nos apaixonamos durante a turnê, e isso é tudo o que vamos dizer a eles.

As sobrancelhas de Libby se franzem.

— Por quê?

— Porque a sua felicidade é mais importante para mim do que qualquer outra coisa. — A sensação sombria de arrependimento se instala no meu peito. — De jeito nenhum permitirei que alguém te trate da forma como Jax fez hoje. Me desculpe por isso também, Libs. Porra, me perdoa.

Sua mão desliza até o meu pescoço e ela se inclina para depositar um beijo no meu peito, bem em cima do coração. Os lábios macios roçam meu mamilo antes que seus pequenos dentes o mordisquem. Meu abdômen se contrai todo em resposta, e um calor familiar se avoluma no meu pau exausto, mas, claramente, ainda sedento. Libby me dá mais um beijo carinhoso, depois apoia os braços dobrados sobre o meu tórax.

— Quero que me prometa uma coisa.

— Qualquer coisa. — Enlaço sua cintura, puxando-a para mais perto.

Ela sorri.

— Pode ser que você se arrependa de ter respondido assim tão rápido.

— Nunca. — Beijo a curva do seu pescoço, acariciando o cabelo cheiroso.

— Não fique com raiva de Jax.

Ah, cacete. Eu me afasto o suficiente para encontrar seu olhar.

— Sentimentos são um pouco difíceis de ignorar, Libs. E eu estou chateado pra caralho.

A ponta de seu dedo traça o contorno da minha sobrancelha.

— Eu sei que você está, e estou pedindo que não fique. Vocês precisam um do outro.

ÍDOLO

Eu quero discutir, mas ela fala antes de mim:

— E você não é feliz quando está chateado com ele.

— Há momentos em que eu, realmente, detesto que você me conheça tão bem — resmungo.

— Ele tem o direito de ficar furioso. Fui eu que errei por ter pedido que você escondesse isso de seus amigos, e planejo me desculpar pela manhã.

Ranjo os dentes, pau da vida.

— É melhor que ele se desculpe também. Aquela porra foi totalmente desnecessária e...

— Killian — ela repreende. — Esquece isso. Não quero me arrepender do que fiz esta noite.

— Se arrepender? — caçoo, arrastando seu corpo quente para cima de mim, onde é o lugar dela. Seus seios macios pressionam meu peitoral, e isso me faz liberar um grunhido de puro contentamento. — É melhor não. Foi sexy pra caralho. Um lance tipo a cena de *A força de um destino*.

Ela ri. Eu adoro ouvir minha garota rindo. Ela precisa de mais leveza em sua vida.

— O que você andou tomando?

— Mas foi, ué — protesto, beijando a ponta do nariz dela. — Eu meio que esperava que você me pegasse nos braços e me tirasse de lá.

Ela começa a gargalhar.

— Nerd.

Balanço a cabeça em concordância.

— E adorei te ver toda enciumada.

— Eu não estava com ciúmes — ela protesta, o nariz enrugando em desgosto.

— Estava, sim.

— Não mesmo.

— Estava e muito. Sua pele tinha até um tom esverdeado, sei lá. Estava linda, mas não tanto quanto agora, toda corada e querendo mais de mim. Está tudo bem, gata. Vou dar o que você quiser, porque sou facinho assim.

Sua risada sacode seu corpo, a curva suave de sua barriga pressionando meu pau duro. Ela balança a cabeça novamente.

— Bom. Eu sempre quero isso de você. — Seus olhos brilham sob a pouca claridade. — E eu estava com ciúmes.

— É isso. — Inverto nossas posições, imprensando-a ao colchão. — Nada de dormir essa noite.

Porque preciso esclarecer algumas coisas e vai levar algum tempo.

libby

Killian parece super à vontade em cima de mim, apoiando-se em seus antebraços.

— Não vou ficar com ciúmes de novo — digo a ele, antes que ele possa falar. Estou contra-atacando, porque esse sentimento é mesquinho demais, e não quero isso pra mim, se eu puder evitar. — Essa foi uma anomalia rara.

— Okay. — Ele responde tão de boa, como se estivesse contente com as minhas palavras. Na verdade, acho que está apenas me bajulando. Suas sobrancelhas arqueiam um pouco e há um brilho divertido em seus olhos. — Você proclamou sua reivindicação em mim hoje à noite porque estava com ciúmes?

— Você sabe que sim. — Cutuco suas costelas, encontrando o ponto exato que o faz dar um grito; então fico séria. — Na verdade, pensei em como seria minha vida se nunca tivesse te conhecido e você não fizesse parte dela. Isso é inaceitável.

— Você nunca terá que saber como seria — ele sussurra. — Porque não vou deixar você ir.

Tocando sua nuca com a ponta dos dedos, eu o beijo, e ele suspira, aconchegando-se ao meu toque.

— Ver você sendo usado como cabide de outras mulheres, no entanto, foi uma merda. — Sou sincera, pois ele merece isso.

— Detesto ser agarrado por outras mulheres — ele arfa, contra meus lábios —, me beije e alivie esse sofrimento.

Eu praticamente devoro a boca de Killian, porque ele tem um gosto bom demais, e porque não importa quantas vezes eu o toque, eu sempre quero mais. Meu corpo treme, as pernas enlaçam sua cintura e o puxam para mais perto.

Ele impulsiona os quadris contra os meus, me agarrando com fervor, como se nosso contato não fosse o suficiente. Uma de suas mãos acaricia meu pescoço, enquanto a outra desliza e mergulha entre nós. Seus dedos se entrelaçam aos meus, guiando minha mão para baixo. Sem pudor, envolvo seu comprimento e ele geme.

— Isso é seu — declara, apertando mais meus dedos ao seu redor. — E como dona, você tem a obrigação de cuidar bem dele.

Eu sorrio contra sua boca.

— Ah, é?

— Hmm-hmmm... — Ele morde meu queixo, continuando a trilhar pelo meu pescoço. — Tem que fazer carinho, dar beijinhos e mantê-lo aquecido durante a noite, e entretido durante o dia.

Acarício seu pau grosso, apertando a ponta, deliciada quando Killian grunhe em aprovação.

— Isso, desse jeitinho. — Ele chupa a pele do meu pescoço. — E, sabe de uma coisa? Ele vai precisar de um tempo de qualidade com sua nova melhor amiga, Boceta Bonita.

Uma risada suave me escapa, mas meu corpo inteiro aquece. Estou exausta e dolorida. Nós passamos a noite toda juntos e eu ainda o quero dentro de mim novamente, me penetrando com aquele grunhido áspero e ganancioso que ele sempre faz. O pensamento me deixa tonta. Meu polegar circunda a cabeça larga de seu pênis, que libera uma lágrima salgada. Para mim.

— Se ele é meu — sussurro, mordiscando sua orelha —, talvez ele não tenha que ficar todo agasalhado quando ele vier para uma visitinha.

Killian para na mesma hora, o hálito quente e úmido soprando na minha pele.

— Você está dizendo que quer que eu te foda sem camisinha?

Não sei dizer se o tom em sua voz é de surpresa ou apreensão. Nunca pedi a um cara para deixar de usar preservativo. Eu nunca quis isso. Mas quero com Killian.

— Você não quer? — sondo, cautelosa. — Porque está tudo bem se você...

— Eu quero — ele corta, o tom rouco e agoniado. Seu olhar dispara sobre o meu rosto. — Você está tomando a pílula agora?

— Tomei uma injeção. Três meses de caminho livre. Por assim dizer.

Um sorriso familiar e arrogante se espalha pelo seu rosto.

— Você sabe que fazer isso significa um compromisso de longo prazo, não é? Você não diz: "ei, pode me foder sem camisinha", a menos que esteja pensando que seremos só nós dois na relação por um longo tempo.

Eu paro, levantando a cabeça.

— Você está me tirando do meu lugar feliz, Killian James.

Sua risada vibra ao longo da minha pele.

— E aqui estou prestes a me enterrar em meu lugar mais feliz. — Meu resmungo de irritação só serve para fazê-lo sorrir ainda mais. — Baby, somos só você e eu. — Com isso, seu pau muito grosso, muito duro e perfeito demais mergulha dentro de mim.

A primeira estocada de Killian é sempre um choque, meu corpo reagindo à invasão com uma onda de calor escaldante e uma pitada de dor agridoce. Mas é esse sentimento de conexão, onde nossos corpos se vinculam da maneira mais primal, que comprime o meu coração.

Killian entra em mim e eu me sinto completa. Simples assim.

Eu sei que ele sente isso também, porque seu corpo treme em um arquejo audível. Ele não para até se enterrar por completo – grande, destemido e inegável.

— Ei — diz ele, suavemente, pairando acima de mim. — Olhe para mim.

Minhas pálpebras se abrem, aquela sensação de languidez percorrendo meu corpo como lava liquefeita.

Seus olhos cintilam de emoção.

— Você e eu, Libby. Nós ficamos juntos e tudo ficará bem.

Eu acredito nele. Lá no escuro, rodeada por sua força, acredito que nada nos separará.

CAPÍTULO VINTE E QUATRO

libby

Seattle é uma cidade fria, chuvosa e linda. É também a última parada na turnê norte-americana, pelo menos uma parte. Daqui seguiremos viagem para o exterior – para Berlim primeiro. Não tenho ideia do porquê estamos pulando em todo o lugar, mas Brenna explicou que tem a ver com os promotores de eventos e agenda de shows. Eu realmente não me importo, ir para a Europa é emocionante e mal não posso esperar.

Por enquanto, porém, é Seattle. Assim que fazemos check-in no hotel, os caras e eu nos enfiamos em uma van alugada por Whip. Ele está dirigindo, e, no momento, somos apenas os cinco. Ninguém da equipe, nem gerentes, assistentes ou jornalistas. Isso é muito legal.

A primeira parada é *Caffe Ladro*, onde peço um *latte* tão bonito com seus pequenos corações empilhados na espuma que quase não quero beber. Mas bebo, porque o cheiro de café torrado está fazendo minha boca encher d'água. É intenso, cremoso, escuro e muito delicioso. Não me sinto nem um pouco envergonhada quando gemo.

Os caras riem, mas estão igualmente compenetrados com suas próprias bebidas.

Um par de bolinhos e uma segunda rodada – desta vez em copos para viagem porque, droga, é um café maravilhoso – e nos dirigimos para Aberdeen e Kurt Cobain Memorial Park. As cinzas de Cobain estavam espalhadas, então esta é a coisa mais próxima que os caras podem chegar a um túmulo e eles querem prestar homenagens.

Uma névoa suave circula todo o lugar quando, finalmente, encontramos o parque. É pequeno e desolado; não é lá grandes coisas.

Honestamente, é um lugar meio deprimente. Um sem-teto se move na ponte próxima ao rio enquanto ficamos em um silêncio respeitoso em volta do memorial de mármore.

O braço de Killian envolve meus ombros, me puxando mais para perto; Jax está do meu outro lado, amontoado como todos nós. Estou segura de que Killian acha o lugar igualmente triste. Mas é a expressão de Jax que chama minha atenção. Ele parece assombrado, a boca pálida.

Sei que Cobain era o seu ídolo. Há semelhanças entre eles – ambos guitarristas canhotos, ambos atingidos pela fama com velocidade vertiginosa e ambos incapazes de lidar com isso. Infelizmente, Cobain, ao contrário de Jax, conseguiu acabar com sua vida.

Não tenho ideia do que Jax está pensando, mas não consigo evitar e acabo segurando sua mão. Ele enrijece ao contato, meio que perdendo o fôlego. Não estou surpresa. Nós não conversamos muito desde que ele descobriu sobre o meu relacionamento com Killian. Ele não foi grosso ou me excluiu, mas, definitivamente, recuou ainda mais em sua concha.

Sem olhar para cima, aperto sua mão tentando dizer a ele que estou aqui, que sou uma amiga se ele me aceitar.

Seus dedos frios se mantêm imóveis por um momento, depois, lentamente, ele retribui o gesto e aperta minha mão.

— *"Love Buzz"* foi a primeira música que aprendi a tocar no baixo — diz Rye, de repente. Em seguida, dá uma risada. — Só percebi que o Nirvana fez um cover anos depois.

— Se eles gostavam de uma música, eles tocavam — Killian comenta. — Nenhuma pretensão sobre só usar as próprias músicas. Era tudo música para eles.

O sorriso de Jax é apenas um esgar em seus lábios.

— Lembra da fase quando tentamos cantar como Kurt? — Ele olha para Killian. — E você perdeu a voz?

Todos eles riem quando Killian estremece.

— Ah, cara. Eu parecia um touro sendo castrado.

Dou risada ao imaginar a cena. Ainda mais porque a voz de Killian agora é mais parecida com a de Chris Cornell.

— Na faculdade, alguém me alimentou com 'brownies especiais' — conto a eles. — Eu não tinha ideia do que era aquilo. Acabei dançando por todo o dormitório, cantando *"Heart-Shaped Box."*

— Eu pagaria uma grana para ter visto isso — diz Killian. — Muito dinheiro.

ÍDOLO

— Aparentemente, eu estava com fixação por comida na cabeça, já que continuava cantando: *'Hey, Blaine, eu tenho um prato de milho azul! Caindo mais fundo ainda em uma montanha de arroz preto'*.

Os caras gargalham, e eu me junto a eles até que nosso riso desaparece. Ficamos ali em silêncio por mais um minuto, perdidos em nossos pensamentos.

Então Jax solta minha mão e voltamos para a van. No caminho, noto os olhos injetados de Killian. Eu estava tão preocupada com Jax, que não pensei em como seria para o resto deles. Eles poderiam muito bem ter feito o que fiz pelo amigo deles.

Mas Killian me dá um pequeno sorriso.

— Obrigado — diz ele, olhando para Jax, em seguida, me dando um beijo de leve. — Ele precisava disso.

Horas depois, o meu humor meio sombrio não melhorou quando assistimos à festa da gravadora da Kill John, na área da piscina na cobertura do hotel. A vista de *Puget Sound* é de tirar o fôlego, a comida excelente. As pessoas? Espalhafatosas e falsas me vêm à mente.

— Você está comigo esta noite, garota. — Whip aparece ao meu lado e me puxa para um abraço de urso. Eu quase me engasgo com um pedaço de salmão.

— Para o que devo essa honra? — pergunto, limpando o canto da minha boca.

Seu perfil bonito é sério enquanto ele examina a multidão.

— As piranhas estão atacadas hoje à noite. Um cara poderia ser comido vivo.

Há muitas mulheres lindas aqui, e muitos ternos, como Killian chama os executivos das gravadoras. Não sei o que deixa o Whip mais cauteloso. Na boa, definitivamente, não estou gostando do jeito com que os caras ficam olhando para mim como se eu fosse uma vagabunda que entrou na festa sem ser convidada. Embora seja, provavelmente, tudo coisa da minha cabeça.

— Você precisa ser minha acompanhante — Whip comenta, a título de esclarecimento.

— Você é bi? — pergunto, porque realmente não sei.

Ele olha para mim, os olhos azuis cintilando.

— Bem, quando era adolescente, achei que dar uma variada aumentaria minha mística sexual. Mas, infelizmente, não tenho o menor tesão por paus. Sou mais de boceta.

Estou revirando os olhos quando outra mão masculina envolve meu pulso.

Esse toque eu conheço bem.

Killian lança um olhar irritado para Whip.

— Cara, vá arranjar sua própria mulher.

— Eu tentei. Você me bloqueou. — Whip pisca para mim.

— O que aconteceu com a repórter com quem você estava se pegando no cinema? — pergunto.

— Você viu aquilo?

— Todo mundo viu — Killian e eu dizemos em uníssono.

Whip faz uma careta.

— Acontece que ela pensou que a melhor maneira de obter informações de mim era chupando meu pau.

— Parece um trabalho árduo — comenta Killian, rindo logo depois.

— Mais como uma causa perdida. — As narinas de Whip dilatam, em seguida, a expressão desaparece. — Mas ela desempenhou uma excelente técnica.

— La-la-la — cantarolo. — Eu não quero ouvir.

Rindo, Whip me solta enquanto Killian se aninha às minhas costas, enlaçando meus ombros em um abraço apertado.

— Que ótimo — Whip graceja. — Empata-foda.

Killian recosta a bochecha à minha por um segundo antes de me dar um beijo.

— Ele acha que só porque somos 'primos de mentira', eu não vou dar uma surra nele. Pobrezinho... ele está muito enganado.

Eles estão sorrindo, então ignoro a provocação.

— Primos de mentira? — sondo.

— As garotas costumavam pensar que éramos parentes, porque nos parecemos muito — diz Whip. — Nós contamos pra geral que éramos primos. Por algum motivo esquisito, a mulherada se amarrou. — Ele franze a testa. — As mulheres são criaturas estranhas.

Eu rio, me aconchegando de volta ao abraço de Killian. Ele é quente, sólido e todo meu.

— Se você diz... Embora eu ache que, provavelmente, tenha mais a ver com vocês, supergostosos, ao invés desse lance de parentesco.

— Viu? — Whip diz, com um sorriso arrogante. — Ela me acha gostoso.

— Ela acha que eu sou bem mais — salienta Killian. — Não é mesmo, amor?

— Scottie é, na verdade, o mais gostosão de todos vocês — digo a eles.

Killian dá uma risada maliciosa e sua mão desce um pouquinho.

ÍDOLO 241

Oculto pelo outro braço dobrado à minha frente, seus dedos roçam a lateral do meu seio, a palma quente me dando um aperto suave. Eu me contorço um pouco e sinto seu sorriso contra o meu pescoço.

— Se você diz, boneca.

Babaca insolente.

Whip revira os olhos, mas se inclina e me dá um beijo rápido na bochecha.

— Quando quiser dar um pé na bunda desse vagabundo, sabe onde me encontrar.

Ele dá um tapinha no ombro do amigo e segue em direção à multidão.

— Podemos ir embora agora? — Killian murmura. Sua mão ainda está ocupada, lentamente me acariciando, cada toque se tornando mais intenso, mais firme. Eu me contorço de novo, esfregando a bunda contra o crescente volume em sua calça.

Com um grunhido rouco, ele impulsiona os quadris de leve.

— Não podemos — sussurro, embora esteja louca para fugir dali. — Você prometeu ao Scottie que seria simpático com esses jornalistas.

Killian suspira, sarrando o pau contra a minha bunda uma última vez antes de me soltar.

— Okay, tudo bem. Mas não vamos ficar por muito tempo.

Eu o observo se afastar, porque adoro admirar aquele traseiro preenchendo a calça jeans surrada. Já estou me arrependendo de estar agindo como uma boa menina esta noite.

— Uau — diz uma voz masculina, em algum lugar. — Você tem Whip Dexter e Killian James na palma da mão. Você deve ser boa.

A mesa de bar ao meu lado está meio oculta e às sombras, distante da maior parte dos frequentadores da festa. Eu não tinha visto o cara até agora.

Ele caminha na minha direção, nitidamente pensando que é o maior gato do pedaço. Calça de couro, camisa branca de seda. Quero perguntar a ele qual guarda-roupa dos anos 80 ele assaltou. O cara é lindo, de jeito arrogante e sexy – o cabelo escuro caindo sobre a testa, lábios carnudos, traços finos e quase femininos.

Eu o encaro, nem um pouco impressionada com o jeito casual com que afasta o cabelo do rosto.

— Boa em quê?

Quero dizer, sei muito bem o que ele insinuou. Só quero que ele diga em voz alta.

— Você está transando com os dois? — Dá um sorriso prepotente. — Ou talvez com a banda toda?

— Deixe eu perguntar uma coisa: você realmente acha que esse tipo de questionamento é aceitável?

O Bonitão me dá um sorriso inocente.

— Ah, qual é... Eu só estou brincando. É sério. Eu conheço o esquema. Nós, novatos, não chegamos a lugar nenhum sem um pouco de persuasão. — Ele me oferece a mão. — Eu sou Marlow.

Eu encaro a mão estendida.

— Marlow, estou pouco me fodendo se você chupou um pau para ser convidado aqui ou não, mas não desrespeite as mulheres como forma de puxar papo. — Eu me afasto da mesa. — Se você me der licença.

Uma mão firme agarra meu ombro, me puxando para trás. O cara é assustadoramente forte – algo que não previ, já que ele é magrelo. Os olhos cinzentos zangados me encaram.

— Você é corajosa, hein? — ele rosna, cravando os dedos na minha pele. — Eu sou um artista contratado. E você, quem é? A putinha do Killian James.

— Vá pro inferno...

Ele invade meu espaço, e minhas costas se chocam contra a borda da mesa do bar.

— Por que você não fica de boa? Seja um pouco amigável.

Só então reparo nos olhos vidrados, as pupilas dilatadas. E isso me distrai. Sem aviso, o cara agarra meu seio e aperta. Com brutalidade.

Repulsa, raiva, choque – tudo isso me inunda de uma só vez. Por um segundo, não consigo me mexer. E então a ira assume o controle. Ergo a mão e cravo os dedos em suas órbitas.

Ele cambaleia para trás e eu dou uma joelhada entre as pernas. Infelizmente, meu golpe acerta apenas a coxa, mas ele está desnorteado, piscando sem parar conforme prageja mil e uma maldições.

Eu sei quando devo sair correndo de uma situação. Meus pés golpeiam o piso quando giro, o coração quase saindo pela garganta. Eu o ouço vindo atrás de mim.

— Sua puta do caralho! — Sinto as unhas arranhando minhas costas expostas, a mão firme agarrando a alça e rasgando o tecido com um puxão.

Levanto as mãos para segurar a roupa no lugar, cobrindo meus seios. Acho que dou um grito, porém não sei ao certo porque um rugido abafa todo ruído ao redor.

E então Killian está lá, vindo até nós com uma expressão letal. Eu começo a soluçar. A fisionomia de seu rosto é assustadora, mas sei que não é dirigida a mim. Ele inspira, solta um urro enfurecido e agarra Marlow pelo pescoço.

O cara não tem a menor chance. Killian o joga no chão, sem dizer qualquer coisa; ele não hesita e começa a esmurrar o cara sem dó. É assustador e brutal.

Ao meu redor, uma multidão se reúne. Os flashes das câmeras de celulares disparam, outras pessoas começam a filmar. Mais três caras passam por mim. Whip, Rye e Jax.

Eles estão tentando tirar Killian de cima de Marlow, que consegue acertar um soco no queixo de Killian; embora ele não demonstre ter sentido o golpe. Ele luta contra o agarre de Whip e Jax, tentando se soltar.

— Me larguem, porra! Seu filho da puta... — Ele consegue acertar um chute na barriga de Marlow.

Engulo outro soluço; algo suave e quente é colocado sobre os meus ombros – uma jaqueta de couro feminina. Uma mulher com maquiagem carregada nos olhos cor de mel me dá um sorriso gentil.

— Sinto muito por isso. — Ela envolve meus ombros expostos com um braço. — Você está bem, querida?

Ela é uma *groupie*. Eu a conheço de vista. E sua bondade me desfaz. Começo a chorar outra vez, e outras duas garotas me cercam, me protegendo das câmeras dos celulares.

Talvez a fúria de Killian tenha acabado, talvez ele tenha ouvido meu pranto. Seja qual for o motivo, ele empurra Jax e Whip para longe, rosnando:

— Estou bem, caralho.

Seu olhar encontra o meu e a expressão feroz em seu rosto desaparece quando vem até mim.

— Libs...

Eu agarro sua camisa e ele me abraça com força, o corpo encharcado de suor. O resto é um borrão quando voltamos para o nosso quarto. Mas não antes de ver o semblante sério de Scottie.

A merda acabou de bater no ventilador.

— Que caralho foi aquilo?

Killian olha para cima de seu lugar no sofá e lança um olhar frio na direção de Scottie.

— Aquilo fui eu dando uma surra no filho da puta.

Ele não parou de tremer e não me soltou até agora. Mesmo quando um médico examinou sua mão inchada e machucada – e sugeriu que Killian fizesse um Raio-X para avaliar se havia qualquer fratura –, seus braços estavam ao meu redor, me abraçando com força. O único instante em que ele me soltou foi para tirar a camisa e cobrir meu corpo.

Scottie dá uma risada sarcástica.

— O filho da puta era o Marlow. A mais nova estrela em ascensão da gravadora, pelo amor de Deus.

Que maravilha. A sensação de náuseas intensifica.

— Ele vai cantar usando uma sonda de alimentação se eu o vir de novo — Killian dispara.

— De qualquer forma — responde Scottie —, eu estava perguntando a Libby, não a você.

Todos os olhares se voltam para mim, exceto o de Killian. Ele apenas me abraça mais apertado.

— Solte a garota um pouco, porra. Deixa-a respirar.

— Está tudo bem, Killian. — Arrasto a mão pelo seu antebraço, tentando acalmá-lo. Ele resmunga, mas relaxa um pouco.

Scottie, Jax, Whip, Rye e Brenna estão todos esperando uma explicação. Eu respiro fundo, porque só de lembrar meu corpo estremece.

— Ele veio do nada — comento. — Disse que eu deveria... — Eu olho para Killian.

Ele exala ruidosamente.

— Apenas diga, boneca. Não vou caçar o filho da puta nem nada.

Isso não parece nem um pouco sincero.

— Ele insinuou que já que eu estava transando com todos os membros da Kill John, eu deveria fazer o mesmo com ele.

— Filho da puta — rosna Killian.

— Caralho — Whip murmura.

O resto fica em silêncio, esperando que eu continue o relato.

— Eu... hmm... disse a ele o que pensava sobre isso, então tentei me afastar. — O medo gelado desliza pela minha coluna. Estou segura, e sei disso. Mas não é como me sinto. Ao meu lado, sinto Killian tensionar cada vez mais.

Eu pisco várias vezes.

— Ele... ah... agarrou meu seio.

Killian faz um som indecifrável e, de repente, estou sentada no colo dele, sendo abraçada com força. Eu respiro fundo algumas vezes antes de concluir a história:

— Essa confusão foi culpa minha.

— De jeito nenhum, porra — assobia Killian.

— Nunca é sua culpa — interrompe Brenna. Ela estava em silêncio até agora, mas vejo seu corpo inteiro tremer. — Nunca.

— Eu só quis dizer que, quando ele me agarrou, eu meio que enfiei os dedos nos olhos dele e tentei chutar seu saco. Só assim ele me soltou. Ele mereceu, mas eu deveria ter lidado com isso de um jeito mais discreto, me afastando mais cedo.

— E eu teria espancado o babaca mais cedo ainda — declara Killian, pressionando o rosto na curva do meu pescoço. — Linda, me desculpe.

— Tudo bem. — Mas meus olhos marejam. Nunca fui fisicamente atacada antes. Fiz cursos de autodefesa durante a faculdade, porque parecia a coisa certa a fazer para me proteger. Só que a realidade é diferente e não é tão fácil esquecer uma merda assim.

Scottie suspira e passa a mão pelo cabelo.

— Não está tudo bem. — Ele me encara com o olhar gelado. — Você está bem?

— Sim.

— Bom. Então descanse um pouco. — Ele volta sua atenção para Killian. — Você. Eu quero esses dedos imobilizados na maldita tala que o médico deixou. Nem comece a falar merda ou, puta que pariu... — Ele levanta a mão e parece estar fazendo uma contagem regressiva mental para se acalmar.

— Eu vou colocar a tala, caralho — diz Killian, exasperado. Seus dedos já estão envolvidos por uma compressa de gelo. Estou até com medo de olhar. Sua mão estava toda inchada, os nódulos dos dedos esfolados e sangrando, antes que o médico a tratasse.

Por fim, Scottie solta outro suspiro.

— Precisamos resolver isso.

— Não vai ser fácil — diz Brenna, séria. — A briga inteira foi filmada de vários ângulos e já está em tudo quanto é lugar.

— Porra — Jax rosna.

Ele não olha para mim, embora eu sinta o peso de sua decepção no ar. Não importa que estejamos aqui porque um idiota egocêntrico pensou que era de boa me tocar, ou que me defendi da melhor maneira que pude. A culpa ainda me assola. Sou a única envolvida nessa merda. Todo mundo aqui sabe que Killian não teria surtado daquele jeito se não tivesse sido por mim.

Envergonhada, não consigo olhar para ninguém.

CAPÍTULO VINTE E CINCO

libby

É tarde da noite, quando, finalmente, nos deitamos na cama, com Killian me segurando apertado, o peito firme aninhado às minhas costas. Eu me aconchego em seu calor, corpo e alma sossegados. Ele inspira meu cheiro, como se estivesse memorizando meu perfume.

— Eu poderia tê-lo matado — sussurra, contra o meu cabelo.

No escuro, minha mão encontra seu antebraço pressionado ao meu peito, e acaricio sua pele, traçando os músculos por baixo.

— Mas você não o fez.

Sua respiração é suave e baixa.

— Eu surtei total. Não pensava em nada além de espancar o babaca.

— Acabou, agora. — Sob o frescor das cobertas, com seu calor cercando minha pele, estou segura. E apesar de Killian ser mais do que capaz de se proteger, eu gostaria que ele se sentisse seguro também.

Seus dedos envolvem a curva do meu ombro.

— Nunca precisei de ninguém além dos caras. Nós nos tornamos a família um do outro. Eu tomo conta deles.

Não digo nada, simplesmente arrasto os dedos pela extensão de seu braço, na parte interna, onde a pele é como seda suave sobre rocha.

— Eu falhei com eles, Libs. Eu deveria ter percebido que Jax estava perdendo o controle.

— Killian…

— Eu deveria ter nos mantido juntos depois que ele tentou aquela porra, ao invés de me afastar por completo.

As cobertas farfalham quando me viro para encará-lo.

— Durante um ano, quase todas as noites, fui me deitar pensando que deveria ter tentado colocar meu pai na reabilitação. Eu deveria ter dito algo, em vez de fingir que não estava vendo nada. — Beijo a bochecha áspera com a barba por fazer. — Metade do tempo, eu não conseguia nem me olhar no espelho porque pensava: *"será que meu pai seria mais feliz e teria bebido menos, se não tivesse desistido da carreira quando nasci?"*

Os olhos de Killian se arregalam como se ele estivesse sofrendo.

— Não, Libby. Ninguém que te conhece poderia sequer considerar você como um fardo ou motivo de arrependimento.

Eu suspiro, meu polegar tocando o canto da boca firme.

— E esse é o problema. A lógica diz uma coisa, mas você ainda sente outra. Você pode me dizer que estou errada sobre o meu pai. E eu posso dizer que você está errado em pensar que falhou com seus amigos. Mas acreditar é mais difícil, não é?

Seus lábios pressionam contra a minha testa.

— Não quero falhar com você, Libs. E, agora, não sei como evitar isso.

— Eu sinto o mesmo — sussurro.

Ele se posiciona em cima de mim, acomodando-se entre minhas pernas. Ali, no escuro, nós fazemos amor. A forma como nos tocamos é quase desesperada, a busca desenfreada por beijos, carícias afoitas. E é doloroso. Cada toque parece o fim de algo, o começo de outra coisa.

Estou apavorada e não sei por quê. Talvez ele também esteja, porque não me solta em momento algum. Nem quando alcançamos o clímax juntos, nem quando adormecemos no meio da madrugada.

De manhã, acordo sozinha. Killian foi fazer um Raio-X, para examinar a mão em caso de fraturas.

Tomo o café da manhã no quarto, sem esperar a visita de ninguém. Quando Jax aparece, estou cautelosa. Ele mal olhou na minha direção na noite passada, como se não pudesse suportar a minha presença.

— Você aceita um café? — ofereço, e ele me segue até a sala de estar da suíte, onde o carrinho do serviço de quarto está.

— Sim, claro. — Tamborila os dedos contra a coxa.

Temos viajado juntos por um tempo agora, mas nunca ficamos realmente sozinhos, exceto na primeira noite em que ele veio me ver, presenciando meu infeliz caso de medo do palco. Não somos amigos, mas nunca o considerei meu inimigo. Infelizmente, não tenho ideia se ele pensa o mesmo ou não.

Em silêncio, nós tomamos café morno até que eu não aguento mais:

— Você veio aqui para me esculhambar ou algo assim?

Jax sorri.

— Você tem um lado um pouco dramático, não é?

— Ah, para, você parecia que queria xingar até a minha última geração noite passada.

Sua boca se contorce.

— A noite passada foi fodida. Em todos os sentidos.

Arrasto o dedo pela borda espessa da caneca.

— Foi mesmo.

Jax coloca a xícara sobre a mesa.

— Apesar do que você pode pensar, eu gosto de você, Libby. Você é talentosa pra caralho, e pertence a este mundo tanto quanto qualquer um de nós. — O choque percorre meu corpo, mas ele não para por aí: — E eu sinto muito por aquele filho da puta ter colocado as mãos em você. A surra que ele levou foi mais do que merecida.

— Por que sinto que há um 'mas' vindo logo a seguir?

Seus olhos verdes se conectam aos meus.

— A gravadora vai infernizar por causa do Killian. Certo ou errado, o que ele fez meio que queima o filme da banda. E o seu.

— Eu sei isso.

— Eu sei que você sabe. Porém você entende o poder que exerce sobre Killian? É bem aparente: ele sempre escolherá você acima de qualquer outra coisa.

— O que você quer que eu diga? — pergunto. — Sinto muito que isso tenha acontecido. Eu gostaria que não tivesse, mas não posso mudar a forma como Killian reagiu.

Jax esfrega a testa com a ponta dos dedos e olha para mim.

— E no futuro? Quando outros idiotas aparecerem do nada? Porque isso vai rolar. Metade do público já culpa você, pelo simples fato de você ser mulher e Killian agora estar agindo de forma desequilibrada.

— Ótimo. — Embora eu não esteja surpresa. A culpa é sempre da vítima nessa sociedade moderna de merda.

— Sim, ótimo — ele repete, com um suspiro. — Ele não consegue lidar com isso, não quando o holofote das críticas e julgamentos caem sobre alguém com quem ele se importa. Ele não pôde suportar isso quando eu fiz o que fiz, e, de jeito nenhum, será capaz de suportar quando você for o alvo. — Jax se ajoelha ao meu lado, o olhar cansado, mas intenso. — Não passa um dia sequer em que eu não sinto as repercussões do que fiz. Eu me sinto culpado pela maneira como magoei meus amigos. Mas, especialmente, pela maneira como aquela merda destruiu Killian. Porque foi ele quem tentou me proteger da imprensa e arcar com o peso de tudo em seus ombros.

Depois da confissão da noite passada, sei mais do que ninguém o quanto Killian ainda sofre. Minha garganta tem um nó alojado.

— É por isso que você não me quer aqui?

Jax acena com a cabeça.

— Eu não sabia o que aconteceria, mas tinha certeza de que haveria alguma coisa. — Ele dá uma risada triste. — Sempre rola alguma coisa em turnê. E eu sabia que Killian não estava pronto, porque ele não tem mais suas barreiras erguidas.

Não, ele não tem. Eu também não. Nós dois estamos andando por aí, expostos e vulneráveis. Eu me sinto nua o bastante. Mas pensar que também sou uma fraqueza para Killian é intolerável. Devemos proteger a quem amamos, não fazê-los sofrer ainda mais.

— Só me prometa uma coisa — sussurro, porque minha voz está vacilando. — Seja... gentil com ele. Cuide dele. Ele precisa disso.

Jax assente, tensão criando um vinco entre suas sobrancelhas. Quando Jax sai, sigo para outro quarto no corredor.

Scottie responde à segunda batida. É uma traição o que estou prestes a fazer. Mas nem isso me impede.

— Posso entrar?

killian

— Não estamos nem um pouco felizes, Sr. James.

Ficar sentado à mesa lustrosa, em uma sala de reuniões de um hotel frio, não é minha ideia de diversão. Ouvir a dupla que gosto de chamar de Smith Um e Smith Dois está me dando azia. Meus dois produtores-executivos menos favoritos estão diante de mim, ambos trajando ternos Armani pretos idênticos e compartilhando a mesma expressão de reprovação. Eles só precisam de óculos escuros e auriculares para completar a aparência do agente Smith.

Assim que me acalmei ontem à noite, soube que esta reunião aconteceria em breve. Você causa uma cena em uma festa da indústria fonográfica, e é batata: vai rolar sermão.

Quando a Kill John começou, nós éramos a vadia deles – participando de festas e eventos quando eles queriam, excursionando quando exigiam, cada maldito aspecto de nossas vidas estava sob estrito controle. Esses dias ficaram para trás há tempos. Você lança um álbum com status de diamante como fizemos com "*Apathy*" e as mesas viram. Kill John não obedece mais, nós mandamos.

Não significa que determinados executivos não se esqueçam disso de vez em quando, especialmente quando sentem o cheiro de sangue na água – algo pelo qual Smith Um claramente esperava.

— Primeiro tivemos que lidar com o vício em drogas de John Blackwood...

— Ele não tinha um vício em drogas, porra — esbravejo. — Ele estava enfrentando uma depressão, e ficarei grato se você fechar a ma...

Scottie levanta a mão, me impedindo de continuar.

— O que aconteceu com Jax não é pertinente aos eventos de ontem.

— Eu discordo — diz Smith Um. — É mais um episódio caótico que tem se tornado frequente com a Kill John ultimamente.

Uma neblina vermelha se espalha pela minha visão.

— Metal Death deixou uma banheira toda cagada em um quarto de hotel, mas você tem um problema comigo por defender uma mulher?

— Danos a propriedades podem ser resolvidos com discrição — retruca Smith Um. — Você, por outro lado, agrediu um homem em um ambiente lotado de repórteres.

— Isso foi um pormenor.

— Você prejudicou nosso mais jovem talento, fraturando o nariz dele e o enchendo de hematomas, só porque não pôde manter seu pau dentro da calça.

— Não — digo, com cuidado exagerado —, eu bati naquele bosta, porque ele não conseguiu manter as mãos para si mesmo. — Dou um sorriso amplo para Smith Um. — Você vê a diferença? Porque é importante. Você persegue uma mulher não disposta aos seus avanços, minha mulher em particular, e você vai se machucar.

Ele não deixa passar despercebido a advertência em meu tom.

Seus olhos se entrecerram.

— Tivemos que adiar nossos planos promocionais até o rosto de Marlow se curar. Milhares de dólares desperdiçados em aparições canceladas.

— Você provavelmente deveria conversar com o babaca sobre o comportamento dele. Atribuir-lhe serviço comunitário para que ele possa pensar sobre seus pecados.

— Você acha que isso é engraçado, Sr. James? — Smith Dois bate a caneta dourada na mesa, para chamar minha atenção. — Porque garanto que a gravadora não está achando a menor graça.

— Não — eu concordo. — Eles estão varrendo para debaixo do tapete uma tentativa de assédio e abuso sexual. Parabéns por isso.

— Sem mencionar — Smith Um pontua —, que você lesionou *sua* mão. Eu me recuso a afastar os dedos imobilizados para longe do olhar deles.

— Está tudo bem por aqui.

— É um seguro de um milhão de dólares, Sr. James. — Smith Um empurra uma pilha de documentos para mim como se eu fosse lê-los. — As apólices acabaram de sofrer um aumento.

Dou uma risada, soando mais como um latido curto de aborrecimento, e então capto o olhar de Scottie. Até agora, ele está sentado, quase relaxado contra sua cadeira. Embora os Smiths estejam usando Armani, a alfaiataria refinada de Scottie faz com que aqueles dois pareçam vagabundos, porque seu terno de três peças em tom cinza-carvão é direto da *Gieves & Hawkes*, na *Savile Row*. Meu pai faz compras lá e seus padrões são apenas um pouco menos específicos do que os de Scottie.

A aparência dele é sua própria forma de intimidação. O fato de que nada o assusta é outro.

— Marlow é um sucesso passageiro — diz Scottie, entediado. — E, no entanto, aqui estão vocês insultando seu cliente mais bem-sucedido. Sugiro que façam as pazes por desperdiçar seu tempo com esta reunião e direcionem seus esforços para dar uma melhor guinada na história.

Smith e Smith piscam em uníssono e Smith Um zomba.

— O Sr. James está sob contrato...

— O Sr. James tem cinquenta milhões de seguidores só no Twitter.

Isso é novidade para mim. Mas me junto a Scottie e lanço um olhar arrogante do tipo: *"e aí, filhos da puta, o quanto vocês me adoram agora, hein?"*. Farei o que for preciso para tirá-los do meu cangote e para se manterem longe de Libby.

Scottie se levanta.

— Nenhum de seus seguidores ficaria feliz se ele for destratado. Nunca subestime o poder das mídias sociais ou dos fãs fanáticos. Agora, se nos dão licença, senhores. Meu cliente tem um show a fazer.

Os olhos frios de Smith Dois seguem nossos movimentos.

— Faça todas as ameaças veladas que você quiser, Sr. Scott, mas estabeleceremos ordens daqui por diante. Saiam da linha e haverá consequências.

— Esses dois são insuportáveis — resmungo, a caminho da minha suíte.

— Eles estão certos, sabia? — O olhar fuzilante de Scottie se concentra em mim. — O que você fez foi estúpido. Em todos os sentidos.

— Que diabos? — Eu olho para ele. — Você está realmente tomando o lado deles?

Ele para, de repente, virando-se para mim. Temos quase a mesma altura e estamos com os olhares nivelados.

— Você está sob contrato. Eles podem dificultar a sua vida, e, certamente, podem fazer com que a Liberty não consiga se firmar neste setor, se assim o escolherem. Eles estavam interessados em contratá-la, mas agora estão preocupados com publicidade negativa criada pela sua explosão.

Meu coração salta uma batida, o frio inundando minhas veias. Sou tão intocável quanto posso ser. Porém, um arrepio me percorre só de pensar em colocar o futuro da Liberty em perigo.

— Deixando isso de lado — continua ele —, você conseguiu trazer a Kill John de volta ao centro das atenções, embora não como uma banda unida, mas como alvo de uma piada infeliz onde Killian James fica furioso e todo enciumado porque Marlow, a mais nova e jovem estrela, com uma aparência de milhões, deu em cima de uma garota qualquer.

— Ei! — Eu me aproximo. — Não chame Libby disso.

— Eu não estou chamando-a assim. Eles estão.

— Você acha que eu deveria ter deixado esse idiota sair impune?

— Não. Se fosse eu, teria feito o mesmo. Eu gostaria de ter arrancado as minúsculas bolinhas do moleque e enfiá-las goela abaixo. Mas isso não muda o fato de que precisamos resolver esta merda. Urgente.

— Porra. — Com as mãos nos quadris, abaixo a cabeça e inspiro fundo para acalmar um pouco a respiração. — Como?

Scottie não perde uma batida.

— Tire ela da turnê.

— Não. — Minha resposta alta ecoa no corredor. — Ela vai pensar que a estamos punindo, porra.

— Isso é meramente uma questão do seu próprio medo e do ego dela em risco. A realidade é que ela será infeliz com toda essa especulação adicional, com vocês dois, constantemente, sob as lentes de um microscópio. No entanto, se ela estivesse sozinha...

— Carreira solo?

— As pessoas já a amam. A equipe de Brenna está recebendo centenas de solicitações diariamente, pedindo por ela. É o momento dela para sair. Então deixe-me colocá-la no mercado, enquanto ela é novidade.

Não quero concordar. Tudo em mim grita em protesto. Se ela for, vou perdê-la. Meu medo é tão simples. Porém não é minha decisão para tomar. Nem do Scottie – é de Libby.

Eu sei disso, e, ainda assim, a ideia de mandá-la para os lobos, de repente, me arrepia. Eu quero que ela brilhe, e quero mantê-la em segurança ao meu lado.

— Ela me procurou esta manhã, para conversar — anuncia Scottie. — Ela concordou em me deixar cuidar de sua carreira. E também me perguntou o que eu achava que ela poderia fazer para facilitar as coisas para você.

Essa merda não deveria parecer uma traição, mas parece. Não que ela queira tentar ou que ela estivesse preocupada comigo, mas porque discutiu essas coisas primeiro com Scottie.

Não tenho nenhuma experiência em relacionamentos, mas tenho certeza de que confiar no outro sobre decisões que alteram a vida é um componente chave.

Minha cabeça lateja, as entranhas se revirando como eu estivesse de ressaca. Eu quero mais tempo sozinho com Libby, longe do mundo. Mas isso não vai acontecer. Quero fazer o certo por ela, e sinto que estou atrapalhando.

— O que você disse a ela?

— Eu disse a ela para deixar a turnê.

— Jesus, você é um babaca mesmo, não é?

— Estou sendo realista. E acho que ela entende isso.

Minha mandíbula dói por ranger os dentes com força.

— Se ela quiser fazer isso, não sou eu que vou segurá-la. Eu já te disse isso.
— Sim, eu sei. O problema é, cara, que ela não quer *deixar* você.

Eu ficaria feliz com isso, exceto que tenho um mau pressentimento de que ela está se segurando por alguma besteira de lealdade. Toda a situação é uma merda das grandes. E nem é meio-dia ainda.

— Ela é durona, Scottie. Mas não resistente. Não quero que ela seja esmagada antes que tenha chance de florescer.

— Estou planejando ficar com ela, se isso te deixa mais confortável. — O olhar de Scottie é calmo. — Jules pode gerenciar os detalhes do dia a dia da turnê aqui.

Jules, assistente do Scottie, é ótima. Mas, na verdade, não dou a mínima para a turnê neste momento. Tentando engolir o nó na garganta, procuro pelas palavras certas:

— Proteja-a. — Pressiono as palmas das mãos contra os olhos para aliviar a ardência súbita. — Isso é tudo que me importa.

O silêncio se prolonga. Pela primeira vez, o homem de gelo se foi. Em seu lugar está o Scottie que conheci anos atrás como um jovem *punk* faminto por fama, aquele que cuidou de Jax quando ele tentou tirar sua vida. Este Scottie é o homem a quem você segue a qualquer lugar, porque sabe que ele vai te proteger.

Aqueles misteriosos olhos azuis parecem queimar com determinação.

— Não há garantias na vida. E não posso prometer a você que o mundo não tentará mastigar Liberty e cuspi-la. Mas a mulher não abaixa a crista para mim em momento nenhum. E olha que já fiz homens adultos chorarem.

Apesar do meu péssimo humor, sinto um sorriso se formando.

— Meu favorito foi quando o dono da *The Lime House* gaguejou e quase se mijou nas calças.

Os olhos de Scottie se estreitam com alegria, diante da lembrança.

— Completamente. — Sua expressão volta ao de sempre. — Como você diz, ela é durona. E me terá ao lado dela.

O que, em termos de Scottie, é o mesmo que dizer que sua carreira será bem-cuidada de todas as maneiras. O sentimento ainda amarga dentro do peito, só de saber que ela não *me* terá por perto. Não se eu fizer o que precisa ser feito para obrigá-la a ir.

Minha dor de cabeça ameaça esmagar meu crânio. Eu vou ter que deixar Libby ir. Libertá-la.

Engulo em seco e aceno com a cabeça.

— Eu vou conversar com ela.

kristen callihan

CAPÍTULO VINTE E SEIS

libby

Estou sentada confortavelmente no sofá da nossa suíte, tocando violão, quando Killian retorna. Ele se recosta ao batente da porta por um longo minuto, a cabeça inclinada para trás, olhando para algum ponto distante. Seu corpo está retesado, seu aspecto abatido. Quero ir até ele, abraçá-lo apertado. Mas ele se afasta e vem até mim.

— Tudo bem? — sondo, colocando o violão ao lado enquanto ele se agacha diante de mim, sentado na mesinha de centro. Hematomas escuros marcam sua pele. Há um arranhão ao longo de sua mandíbula, onde Marlow lhe deu um soco, e sua mão está imobilizada. A culpa que sinto por dentro é como um soco no peito.

Killian suspira e se inclina para descansar a cabeça no meu ombro, as mãos se alojando nos meus quadris. Na mesma hora, envolvo seu corpo forte com os braços e massageio as costas. Ficamos em silêncio até ele respirar fundo e soltar lentamente:

— Dia de merda, boneca.

— Sim — concordo, com o nó na garganta.

Ele beija a lateral do meu pescoço, uma leve pressão dos lábios, depois se endireita. A expressão sombria.

— Conversei com os executivos da gravadora.

Aprumo a postura.

— Eles estão criando caso, não é?

— Eles tentaram. — Dá de ombros. — Estavam putos por causa da briga. Mas isso já era de se esperar.

— Eu sinto muit...

— Não — ele me interrompe. — Não comece isso de novo. Nós

dois sabemos quem é o culpado, e esse filho da puta não chegará perto de você novamente.

— Isso não facilita as coisas, certo?

O suspiro de Killian é cansado e baixo.

— Acho que não. — Ele bufa, em desgosto. — Eles querem que eu me comporte e ande nos trilhos a partir de agora.

Meus dedos estão gelados, então esfrego as palmas úmidas ao longo das minhas coxas.

— Killian ...

— Você falou com o Scottie. — A mágoa escurece seus olhos, tornando-os opacos. Ele não pergunta sobre o quê. É óbvio que já sabe.

Eu pigarreio de leve.

— Você está chateado.

Ele sorri, mas é um sorriso triste.

— Não, Libby. Estou orgulhoso. Isso é sensacional. É o próximo passo mais lógico na carreira, e você está dando. — Suas mãos grandes cobrem meus joelhos, dando um pequeno aperto. — É sensacional. Estou feliz por você.

— Você não parece exatamente feliz — saliento. Meu coração começa a bater com um medo doentio, e eu nem sei por quê.

O olhar de Killian desvia para o lado, os dentes mordiscando o lábio inferior.

— Eu só queria que você tivesse vindo falar comigo, ao invés dele.

— Eu sei. Eu sinto muito. — Toco sua mão, sentindo o tanto que está fria. — Eu queria um ponto de vista diferente. E você continuou me dizendo que estava tudo bem, que eu não devia me preocupar. Mas não está nada bem. E eu me preocupo. Eu quero te ajudar.

Killian interpreta isso com uma expressão que não consigo decifrar. Pesar, talvez? Mágoa, definitivamente. Mas sua voz soa tranquila quando ele diz:

— Scottie me disse que achava que você deveria começar a trabalhar com ele agora. Disse que era sua hora de sair.

— Ele disse — murmuro, devagar —, mas a turnê ainda continua.

Killian agarra a nuca, flexionando o braço, sem fazer contato visual.

— A turnê está se mudando para a Europa. Ninguém vai questionar se você está lá ou não.

Ninguém vai se importar. Porque não sou realmente parte da Kill John, de qualquer maneira. Eu sei disso. Nunca quis entrar na banda deles. Ainda assim, essa percepção não impede que os fragmentos dolorosos penetrem no meu peito.

Eu preciso me controlar. Eu fui atrás do Scottie. Ele me disse que sair da turnê era o melhor a ser feito. Mas por alguma razão ridícula, pensei que Killian relutaria. Que se recusaria a me deixar sair. Orgulho. Orgulho estúpido.

— Não, eu suponho que não. — Odeio que minha voz fraqueje.

Ele acena com a cabeça, como se estivesse criando coragem.

— Scottie pode te colocar num estúdio amanhã, em Los Angeles.

Meu estômago embrulha.

— Amanhã?

Puta merda, estou sendo tratada como um problema a ser varrido para debaixo do tapete. Uma coisa é assumir o controle do problema, mas ter Killian concordando com Scottie é perturbador.

Ainda assim, tenho que perguntar:

— É isso que você quer?

Killian olha para mim, num rompante.

— Não é mais sobre o que eu quero. — Ele estende a mão e, por um segundo, penso que é para me tocar. Mas ele abaixa novamente e a repousa sobre as coxas. — É sobre o que é melhor para você. Para a banda. Seria melhor se você fizer isso agora.

— Mas é isso que você quer? — repito, incapaz de deixar o assunto de lado.

Killian parece se preparar. Quando levanta a cabeça, seus olhos estão límpidos.

— Sim, Libby, é o que eu quero. Eu acho que você deveria ir.

Sinto a náusea revirar meu estômago na mesma hora. Meu Deus, quantas vezes minha mãe me avisou?

Músicos não se apegam quando a vida se torna difícil. E se fizerem isso, acabam se arrependendo amargamente. Eu faço menção de me levantar do sofá, e ele tenta segurar minha mão.

— Libs...

Eu o afasto e dou um sorriso fugaz.

— Estou bem. Eu tenho que ficar de pé... minhas pernas adormeceram.

Ando até a janela e contemplo a chuva criando riachos na superfície fria, a paisagem embaçada e cinzenta.

— É um bom plano — murmuro. — O melhor plano.

Ele está em silêncio e eu arrisco um olhar. Eu queria não ter feito isso. Seu semblante está marcado com a compaixão. Não preciso de pena. Foda-se essa merda. Meus dedos se enrolam em torno das cortinas pesadas. Ele está me mandando embora. Depois de toda a bajulação, depois de me persuadir a me juntar a ele, quando a merda bate no ventilador, ele me manda embora.

— Eu poderia ir com você por um tempo — diz ele. — Pra te ajudar a se preparar.

A advertência de Jax passa pela minha cabeça. Killian me colocará em primeiro lugar. Mesmo que esteja claro que ele quer que eu vá embora, a lealdade dele sempre o levará a fazer a coisa mais nobre. Eu sou o problema aqui. Recuso-me a acrescentar mais, arrancando-o da sua vida, das suas obrigações.

Killian teve a coragem de me empurrar para uma vida que eu não queria admitir que ansiava. Posso fazer isso por ele agora e sair com dignidade. O nó na garganta atinge proporções épicas. Engulo convulsivamente, reprimindo o choro.

— E deixar a turnê? — Engasgo, dando uma risada quase histérica. — Não. Isso é ridículo.

Ele franze a testa.

— Libby, se você precisar de mim...

— Não preciso. — Eu sei que ele se importa. Mas acabei me tornando um problema para ele resolver.

Ele recua como se eu tivesse dado um tapa em seu rosto. Isso também dói. Não sou eu que estou recuando aqui. Ele prometeu que tudo ficaria bem, desde que ficássemos juntos. E agora isso.

— Okay, então — diz ele, o semblante fechado.

Eu quero me enfurecer e brigar. Mas o orgulho me obriga a permanecer calma. Eu me recuso a ser a causa do arrependimento de qualquer homem. Dou um suspiro longo e passo a mão pelo cabelo. Minha cabeça dói. Meu coração dói.

— Killian, eu vou ficar bem. É como você disse: esse é apenas o próximo passo. — *Onde eu deixo você. Mesmo sem querer te deixar.* — E sua turnê não vai durar para sempre. Eu vou esperar em LA... — Eu paro, sem saber o que mais dizer. Tudo está confuso e aprisionado no meu peito.

Seu corpo está rígido, as mãos apoiadas nos quadris.

— Olha... você estará ocupada. Eu estarei ocupado. — Ele respira fundo, como se estivesse tentando forçar as palavras: — Você pode aproveitar esse tempo para se instalar, ver o que você realmente quer.

— O que eu realmente quero? — Meus lábios parecem anestesiados. Ele não está apenas me mandando embora. Ele está terminando tudo. E eu aqui preocupada em não *prendê-lo*. Quero rir. Ou chorar. Ou os dois ao mesmo tempo.

— Sim — ele murmura. — Sem mim por lá, pairando por perto ou te bloqueando. Você pode... você pode descobrir se esta é a maneira que realmente quer viver.

De alguma forma, encontro forças para balançar a cabeça.

— Sim, você está certo. Tudo foi intenso demais, né? Metade do tempo, nem parecia real.

Ele empalidece diante das minhas palavras, mas solta um murmúrio de acordo. É tão áspero, tão impessoal.

Eu me vejo balbuciando, dando desculpas para nós dois.

— E seria estúpido prender um ao outro quando não sabemos onde isso pode acabar.

Mentira. Mentira. Mentira. Eu quero implorar a ele para me abraçar apertado, para me segurar e mandar o mundo ir se foder. Mas ele já está recuando.

Seu olhar é vazio.

— Isso é bom, Libs — diz, a voz calma. — Você vai ver. Você pode aproveitar o tempo agora e descobrir se esta é a vida que você quer, sem que eu interfira. E eu posso... — Ele dá de ombros. — Eu posso fazer a turnê como um bom roqueiro e ficar de fora das notícias.

Eu recuo. É minha culpa ele estar nos noticiários.

— Então, é isso.

Os olhos escuros de Killian se prendem aos meus.

— Sim, eu acho que é.

killian

Eu a deixei ir. Era o que precisava ser feito. Para o bem dela. Eu digo a mim mesmo essas coisas, como desculpa para dar o fora do quarto, alegando que preciso fazer uma checagem de som. Ela não me impede. Isso dói tanto quanto qualquer coisa. Talvez eu tenha esperado que ela me dissesse que tudo era um erro, que estava apenas dizendo o que achava que eu queria ouvir, que ela precisava de mim.

Mas ela me deixou sair. Nós terminamos? Eu nem tenho certeza. Eu estava tentando ser racional, para tirá-la dessa bagunça. Mas parece com outra coisa. Como se estivéssemos...

Descendo o elevador, não consigo me olhar no reflexo da porta. Todo o meu corpo dói, meu coração gritando para eu voltar naquela porra de quarto e reivindicar a garota como minha.

Ela não precisa de mim. E deixou isso claro.

Ninguém na minha vida precisa de mim. Nem minha família, nem o Jax quando estava sofrendo tanto que preferiu tentar dar cabo das coisas do que me procurar por ajuda; nem a Libby.

O que diabos há de errado comigo, que preciso ser necessário?

Quando chego à sala de ensaio, em uma sala de reuniões qualquer, sinto a raiva bombeando através do meu sangue. Eu disse o que tinha que dizer para fazer Libby ir embora. Só agora percebi que eu queria que ela brigasse comigo com a mesma convicção com que ela briga contra todo o resto. Eu queria que ela me escolhesse. Quão egoísta é isso?

Eu fiz a coisa certa aqui. Ela ficará fora do olhar crítico da turnê. As pessoas não a verão como minha garota, mas um talento por si só.

Eu conecto minha guitarra no amplificador. Estou tremendo tanto, que é preciso pegar a palheta do chão duas vezes.

— Porra — rosno.

— Alguém está de bom humor — diz Whip, da porta. Ele entra e se senta em seu kit. — O que foi?

— Libby não vai para a Europa com a gente.

— Por quê? Por causa da noite passada? — Ele balança a cabeça e bate no címbalo. — Isso é foda. E você está de boa com isso?

Não, não estou bem. Eu mal consigo me conter.

— Ela quer. Scottie vai empresariá-la. — As palavras têm gosto de cinzas na minha boca.

Whip me encara, boquiaberto.

— E ela disse isso? Ela disse: *"Killian, eu quero largar você e sair com o Scottie para encontrar a minha fama."*

— Não — murmuro. — Ela não disse nada assim. — Eu me viro de costas para ele e pego uma nova palheta. — Ela... eu dei a ela um empurrão.

— Cara, eu não acho...

— Está feito. — Ligo o amplificador e aumento o volume ao máximo. — Você vai tocar ou vai continuar a me irritar com perguntas?

— Por favor — diz Whip, girando as baquetas. — Vamos tocar.

Mas o ensaio é uma merda. Não vou além de alguns acordes antes que a raiva irrompa mais uma vez. Meus dedos dedilham as cordas. Eu não consigo tocar. Não *quero* tocar. Desta vez, a raiva me sufoca. Não consigo respirar, sequer pensar. Mal estou ciente de arrancar a correia da guitarra por cima da cabeça. A *Telecaster* na minha mão se choca ao chão com um baque satisfatório e um zumbido ensurdecedor de reverberação.

Guitarra destruída, peito arfando, não me sinto melhor. Nem um pouco. Whip se posta ao meu lado, avaliando o dano.

— Acho que não vamos tocar hoje. Vamos. Nós vamos nos medicar com um uísque maltado, como estrelas do rock.

Libby não gostaria que eu bebesse. Mas Libby não estará por perto amanhã. Eu pressiono meus dedos na minha testa dolorida.

— Sim, uma bebida parece bom.

Volto para Libby no meio da noite e ela está dormindo. Eu me aninho ao corpo dela de qualquer maneira; é tão gostoso senti-la contra mim, que mal consigo reprimir o desejo de tocá-la, não quando ela estará indo embora em breve.

O pensamento me atinge como um meteorito e meu interior se incendeia. Devo ter feito algum barulho, porque ela se mexe, a voz suave e arrastada pelo sono:

— Killian?

Ela se vira em meus braços, seu corpo quente, os dedos traçando minha testa. Eu ia deixá-la dormir, mas não consigo. Seguro seu rosto entre as mãos.

— Me dê isso — eu sussurro. — Antes de você ir. Eu preciso disso.

Então tomo sua boca. Eu diria que beijá-la é como voltar para casa, mas nunca tive um lar verdadeiro. Não sei se a sensação de decência que sinto com ela significa um lar ou não. Agora é algo mais forte, tingido de desespero. Estou desesperado por ela. Pelo seu sabor, o jeito que ela se move, os pequenos sons e suspiros que só ela faz.

Não há mais ninguém como ela. Nunca haverá. Eu sei disso agora. Talvez soubesse desde sempre, mas agora é como se tivesse descoberto tarde demais.

Libby se move contra mim, despertando em meus braços, e ela me beija de volta, as mãos vagando sobre meus braços, pescoço, costas, como se ela não conseguisse encontrar um lugar para pousar. Nós vamos devagar, desfrutando, memorizando um ao outro. Eu inclino a cabeça e abro sua boca ainda mais, aprofundando o beijo, devorando seus lábios. Eu preciso de tudo.

A cama range quando rolo e me encaixo entre as coxas macias. Ela ofega contra a minha boca e eu inspiro seu fôlego. Eu quero tudo, e não é nem metade suficiente agora. Interrompendo o beijo, afasto um pouco o tronco para conseguir tirar sua camiseta. A minha camiseta velha – a que eu estava usando na praia quando nos conhecemos. Tem que significar algo o fato de ela estar sempre usando essa porra.

Estou tirando a sorte, deparando com sua nudez abaixo de mim. Minhas mãos percorrem a pele sedosa e perfeita. No escuro, traço a topografia do corpo dela com meus dedos e lábios, beijando o pescoço gracioso, ao longo de sua clavícula. Eu me demoro nos pequenos lugares que tenho frequentemente negligenciado – o centro de seu peito onde posso sentir seu coração batendo forte, a curva suave e perfumada da lateral de seus seios.

A pele da parte interior do braço, tão macia como cetim. Ela treme quando minha língua traça padrões intrincados até seu cotovelo. Libby suspira meu nome, os dedos penteando meu cabelo e massageando os nós de tensão à nuca. Abaixo de mim, suas coxas estão abertas, seu corpo flexível. O calor úmido de seu sexo pressiona contra meu peito, chamando minha atenção.

Eu deslizo mais para baixo, lambendo e mordiscando por todo o caminho. Eu amo a forma como ela se contorce. Eu sei o quanto ela fica na expectativa até eu chegar ao meu destino. É um joguinho que jogamos muitas vezes: quanto tempo podemos brincar, tocar um ao outro, sem tocar os lugares que mais queremos.

Eu pressiono meus lábios contra a curva acentuada de seu quadril, meus braços enlaçando sua cintura com força. Porra. Ninguém me conhece melhor do que essa mulher. E eu apostaria minha vida, que a conheço melhor do que qualquer um na face da Terra. E vou mandá-la embora. Ela está indo. Essa porra é tão errada que está me sufocando.

Eu tento não deixar transparecer. Mas não consigo conter o tremor que varre meu corpo.

— Killian? — Sua voz sensual ecoa através da escuridão.

Diga a ela. Diga a ela o que ela é para você. Que ela é sua pedra fundamental. Diga que você tem a porra de um mapa tatuado no corpo, mas está completamente perdido sem ela ao seu lado. Diga a ela.

Eu respiro e desço. Minha boca encontra sua carne lisa e inchada e eu me banqueteio como se essa fosse minha última refeição.

Libby ofega, seu corpo se arqueando no colchão. No quarto escuro, sua pele é um creme perolado, os seios pequenos apontando para cima e balançando de leve à medida que se contorce. Eu seguro seus quadris para baixo e a devoro sem a menor delicadeza, apenas ganância. E ela choraminga e grita.

Bom. Lembre-se disso. Precise disso. Anseie por isso. Eu sei que vou.

Eu não a deixo gozar. Ainda não. Quando ela começa a latejar contra a minha língua, seu clitóris cada vez mais inchado, eu me afasto. Libby grita, estendendo os braços para me impedir.

— Shhh... — sussurro, rastejando sobre ela. — Estou aqui.

Seus seios úmidos amortecem meu peito enquanto eu me ajusto, precisando desse contato pele a pele. A ponta latejante do meu pau encontra sua fenda lisa e molhada, e eu arremeto, sem hesitação – até com um pouco mais de brutalidade. Nós dois precisamos disso.

O primeiro impulso é sempre o mais doloroso. Porque nunca deixa de me surpreender quão perfeita, quente e apertada ela é. Libby é meu total aconchego, assim como um lar. É isso aí, essa garota é minha casa. Meu tudo.

Ela nunca se retrai à intrusão, e ergue os quadris, abrindo ainda mais as coxas, como se precisasse tomar cada centímetro que eu pudesse oferecer. Suas pernas me envolvem, as mãos segurando meus ombros.

— Killian.

Nós nos movemos em sincronia, como se fôssemos um só ser; entrando, saindo, em uma doce e lenta tortura.

Toda vez que me retiro de seu calor, sinto frio. A cada impulso, quero me afundar lá dentro.

Meus braços ladeiam seus ombros magros. No escuro, vou ao encontro dela. Os olhos claros cintilam a cada estocada lenta. O ar que ela respira se torna meu.

Diga a ela. Implore para ela não ir.

Abaixo a cabeça e a beijo com vontade, até não sentir nada mais além de sua boca, seu corpo. Eu a beijo até que o pensamento sobre o dia de amanhã desaparece.

É bem provável que a estou esmagando com meu peso, já que não há um centímetro entre nós. Libby envolve meu corpo com ardor, como se não quisesse me soltar. Seus lábios me consomem, sua doce boceta aprisiona meu pau quando ela goza. E eu quero gritar. Não pode terminar agora. Ainda não.

Mas então eu gozo também; o clímax tão avassalador que meu corpo inteiro treme. Fico calado, no entanto. Não posso abrir a boca, porque senão, vou acabar implorando por ela.

Adormeço aninhado ao seu corpo, meus dedos a agarrando com tanta força a ponto de as articulações doerem.

De manhã cedinho, suas malas já estão prontas antes mesmo de eu sair da cama. Sinto o peso dentro do peito ao ver suas bagagens ali, enquanto visto meu jeans.

— Você está saindo agora? — pergunto, atestando o óbvio. Mas, Jesus, é tudo rápido demais.

Libby estaca em seus passos; é como se já estivesse a caminho da porta.

— Seu avião sai hoje à noite, de qualquer maneira. Scottie conseguiu reservar um voo mais cedo para nós.

Certo. Porque agora é ele quem gerencia as coisas. Ele é o empresário dela. Ele deve estar planejando a vida dela nesse instante. Exatamente como faz com a minha. Sinto um ciúme corrosivo me dominar.

— Tudo bem, então. Acho que você tem que ir.

Libby assente e agarra a alça da mala de rodinha.

— Faça uma boa viagem.

— Sim, você também. — Porra, já estamos conversando como dois estranhos.

Ela olha para a porta e um pequeno sorriso curva os belos lábios.

— Parece que estamos destinados a sempre deixar um ao outro.

Então, fique. Diga que não pode viver sem mim do jeito que não posso viver sem você. Mas ela não diz nada, assim como eu também. Eu deveria dizer.

Meu coração grita que estou sendo um tolo por não declarar meus sentimentos. Mas já a pressionei demais. Ela precisa disso e eu me recuso a ficar em seu caminho só porque estou sofrendo.

Se você ama alguém, você o liberta. Não é isso que diz o ditado? Que, se a coisa for para acontecer, haveria um reencontro? Essa porra não me ajuda bosta nenhuma.

— Bem... — Faço menção de ir até ela, mas Libby se adianta e se inclina para me abraçar em despedida.

Nós nos atrapalhamos, nossos lábios roçando de leve, os narizes se chocando. É desajeitado, rápido, impessoal. É uma merda.

— Ligue para mim — digo a ela. Seu olhar está focado no chão.

— Pode deixar.

Um último abraço esquisito e então retrocedo em meus passos, enfiando as mãos nos bolsos. Não tenho orgulho em fazer isso, mas sei que não conseguirei deixá-la ir embora, se não me distanciar primeiro.

Eu não a observo se afastar, apenas me viro de costas e me dirijo ao banheiro.

Ouço o clique da porta se fechando, assim como o silêncio gritante de um quarto vazio.

CAPÍTULO VINTE E SETE

libby

Ao embarcar no avião, percebi duas coisas: desisti do meu relacionamento com Killian. E ele também não lutou por mim.

Na hora, tudo parecia muito altruísta. Agora sinto como se tivesse engolido lâminas de barbear. Por que, simplesmente, não conversamos um com o outro? Por que não discuti sobre essa merda? Por que ele não fez o mesmo?

A dúvida começa a sussurrar mentiras no meu ouvido. Killian se arrependeu de ter colocado o dele na reta por mim? Por ter colocado sua banda sob o crivo da mídia de novo?

Recosto a cabeça contra a pequena janela do avião e fecho os olhos. Quando dar um tempo já resultou em algo bom? Não é apenas outra maneira de dizer adeus?

O avião decola e eu sinto que deixei um grande pedaço de mim mesma para trás.

Los Angeles é... não é o que eu esperava. Pensei que haveria sol, mar e palmeiras. É claro que tem muito disso. O que não imaginei é que uma boa parte da cidade é repleta de centros comerciais compridos.

Tudo isso muda quando Scottie nos leva ao Hotel Bel-Air. O lugar é lindo com seus jardins perfumados, arquitetura colonial espanhola, com padrão de cores elegantes. Deve ser o olho da cara, mas Scottie deixou claro que está pagando a conta até assinarmos um contrato com uma gravadora. E Scottie *não* se hospeda em lixões. Ele fez questão de dizer antes de nos separarmos para nos acomodar em nossos quartos.

Meu quarto tem seu próprio terraço – com jardim e uma jacuzzi –, sala de estar e lareira. Na mesma hora, quero tirar uma foto e mostrar para Killian. Ele adoraria esse lugar. Só então me dou conta de que ele deve ter ficado aqui um monte de vezes.

Mas não envio foto nenhuma. Preciso dar um tempo com isso. Ficar em abstinência mesmo. Se eu continuar ligando para ele, vou querer manter o relacionamento de qualquer jeito. E posso acabar dizendo algo estúpido como "por favor, me aceite de volta!"

Largo meu celular e decido por um longo banho. Se algum dia eu tiver grana para construir uma casa, quero que seja projetada como esse lugar. Eu só não decidi ainda em qual parte do país será.

Após o serviço de quarto entregar uma espetacular salada Cobb de lagosta, sigo ao encontro de Scottie no saguão.

O homem parece à vontade em seu costumeiro terno bege, uma gravata de seda cinza e camisa social azul-claro. Ele está usando mocassins e óculos escuros. Tudo isso pareceria ridículo em um simples mortal, mas não em Scottie.

— Tem certeza de que você nunca modelou para *Dolce & Gabbana*? Porque você parece muito com o modelo...

— Não diga o nome dele — Scottie ralha, olhando para mim por cima da armação dos óculos. — Nunca.

— Você está apenas me dando munição — brinco, conforme ele me conduz até um Mercedes Sedan.

— Eu enchi um cemitério inteiro com músicos que tentaram me provocar, Srta. Bell.

Ele não parece estar falando sério. Claro que com os óculos de sol, é difícil dizer.

Nosso destino é um estúdio de gravação enorme, e tenho que me controlar para manter a boca fechada e não babar quando avisto não apenas algumas famosas estrelas de cinema passando ao meu lado, mas duas das minhas cantoras favoritas conversando em uma sala de descanso de vidro e aço dentro.

— Por aqui. — Scottie me leva a uma cabine pequena e privada, onde um homem espera por nós.

O careca – com alguns fios grisalhos ainda tentando sobreviver – de olhos azuis parece ter uns quarenta e poucos anos, e quando me vê, se levanta e me analisa com seu olhar astuto.

— Scottie. Bom te ver.

Eles trocam apertos de mão, e então o homem volta sua atenção para mim.

— Esta é a Srta. Liberty Bell — Scottie me apresenta a ele.

— Adorei o nome. — Ele aperta minha mão. Seu aperto é rápido e firme, o sorriso genuíno. — Vocês dois inventaram isso?

ÍDOLO

— Não, senhor. Meus pais tiveram essa honra.

— A voz doce como mel também. Excelente.

Eu poderia ficar ofendida se não estivesse claro que ele estava projetando mentalmente a melhor forma de me divulgar. Scottie gesticula para eu me sentar, e os dois tomam seus assentos logo depois.

— Esse é Hardy — diz Scottie, para mim.

— Tipo... *"Hardy Jenns. Com dois enes"*? — Puta merda, eu só posso estar louca, porque acabei de citar uma cena do filme *Alguém muito especial*, onde o personagem diz o nome completo e mostra o dedo, putaço; detalhe: eu fiz a mesma coisa. Morta de vergonha, abaixo a mão. — Eu sinto muito...

— Deixe-me adivinhar — Hardy interrompe, com um sorriso debochado. — Você odeia quando isso acontece.

Um sorriso se alastra pelo meu rosto também.

— É um péssimo hábito que tenho de misturar citações de filmes.

Scottie olha para nós com o semblante inexpressivo de costume.

— Quando os dois terminarem de fofocar sobre filmes dos anos 80, eu gostaria de continuar com isso.

Tanto Hardy e eu o encaramos, chocados.

— Caralho, Scottie — o homem diz, rindo —, eu não tinha ideia de que você já se rebaixou e assistiu a filmes dos anos 80.

— Mmm... — Scottie rebate, sem se abalar. — E, às vezes, ouço rock dessa década também. Imagine só...

Hardy se inclina para mais perto de mim e cochicha:

— Um aviso: não cutuque a onça com vara curta.

Gostei de Hardy, com seu bom humor e olhos gentis. Ele não é nem um pouco parecido com a imagem que pintei de um produtor-executivo, ainda mais depois que meus pais contaram que a maioria deles não passava de artistas egocêntricos que gostavam de intimidar músicos.

O pensamento me diverte, a ponto de eu virar a cabeça esperando deparar com Killian ao meu lado, porém, só encontro o vazio. Sua ausência esfria meu corpo inteiro, e meu sorriso desvanece.

Felizmente, nenhum dos homens nota.

— Hardy é um excelente produtor e estamos discutindo suas opções.

— Eu vi alguns clipes seus com a Kill John, Liberty...

— Me chame de Libby. Por favor.

— Bem, Libby, você tem uma voz natural e singular que caras como eu sonham em lapidar. — Seus olhos azuis cintilam em empolgação. — Tenho algumas ideias que gostaria de discutir com você.

— Estou dentro se você estiver. — Isso pareceu uma resposta tranquila, não é? Por dentro, estou tremendo mais do que vara verde. Se eu conseguir sair daqui sem fazer papel de boba, ficarei feliz.

Scottie está enviando mensagens de texto, mas olha para a porta quando ela se abre e mais três homens entram.

— Ah, sim. — Scottie coloca o celular na mesa. — Sua banda de apoio. Tom na guitarra, Murphy no baixo e Jefferson na bateria.

Os caras entram; todos mais velhos do que eu, músicos nitidamente experientes. Caras como meu pai, que trabalhou na indústria, mas nunca tentou conquistar o estrelato. Na mesma hora, sinto-me reconfortada. Lanço um olhar de esguelha para Scottie, pois deduzo que ele sabia exatamente o que estava fazendo quando os contratou. Sinto uma vontade intensa de dar um beijo em seu rosto bonito. Se eu não soubesse que isso o deixaria desconfortável pra cacete, eu faria.

— Você se parece com sua mãe — diz Tom, ao se sentar.

Minha pele arrepia em surpresa.

— Você a conhecia?

Dos três homens, ele é o mais velho, provavelmente em seus quarenta anos.

— Conheci sua mãe e seu pai. Marcy e George eram talentos natos. — Seus olhos castanhos se tornam solenes. — Fiquei triste ao saber de suas mortes.

— Obrigada.

Murphy e Jefferson também se sentam.

— Marcy e George — diz Jefferson. — E seu nome é Liberty. É algum tipo de piada interna com George e Martha Washington?

— Sabia que você é a primeira pessoa que realmente se tocou disso? — comento, com uma risada. — A maioria das pessoas fica focada na coisa toda de Liberty Bell.

— Meu nome é uma homenagem ao Thomas Jefferson — diz ele. — Então, sou atormentado por isso também.

— Merda, pelo menos o nome de vocês não foi escolhido por causa do lugar onde foram concebidos — acrescenta Murphy. O cara alto e magro sorri para mim, por baixo da cabeleira loira.

Todos nós refletimos em suas palavras por um segundo, e então gemo, horrorizada.

— Ai, meu Deus, eles não te deram esse nome por causa da cama Murphy, não é?

ÍDOLO 271

Suas bochechas ficam vermelhas.

— Porra, sim, foi isso mesmo que eles fizeram. O porquê eles decidiram me contar isso é que é uma incógnita.

— E, mesmo assim, você compartilhou o fato conosco — diz Hardy.

— Estava compartilhando a minha dor.

Rindo, passamos a discutir os grandes planos de Scottie para mim, que incluem a composição de algumas músicas novas, gravação, bem como agendamento de um circuito de publicidade com aparições em pequenos clubes e programas de entrevistas.

Parece cansativo e emocionante ao mesmo tempo. Os caras contratados pelo Scottie são compreensivos e talentosos. É um sonho se tornando realidade. Mas o buraco no meu coração ainda sangra. Eu digo a mim mesma que vou superar isso, mas parece uma mentira.

killian

O animal se foi. Em seu lugar está um oceano de pessoas. Um mar infindável de corpos amontoados, gritando pela Kill John, berrando meu nome. Eu tenho que atendê-los, porque eles estão esperando por isso.

— Olá, Londres. — Minha voz ecoa em direção ao mar, que ruge de volta.

Eles me querem, me adoram.

E pela primeira vez na vida, não dou a mínima para isso

"Oi, é o Killian. Aparentemente, minhas tendências maternais são fortes. Você disse que ligaria... mas não ligou. Eu só quero saber se você está bem. É tudo o que quero, daí não vou ficar na tua cola."

"Ah, oi... sou eu, Libby. Você não respondeu, então aqui vai: minha banda de apoio é ótima. Os caras são bem legais. Não tão bons quanto os meninos aí, mas gosto deles. Fiz minha primeira aparição em um programa de entrevistas. Achei um lance muito artificial e fake. Teve uma atriz que entrou antes de mim, e a mulher estava tão distraída que um assistente de palco teve que, literalmente, estalar os dedos na cara dela para fazê-la reagir. Pouco depois, ela se soltou. O entrevistador tinha bafo de tapioca. O que é estranho, porque nunca comi tapioca. Como eu sei que cheiro tem esse negócio? Mas foi a primeira coisa em que pensei quando senti o bafão. Enfim, estou indo para a cama."

"Droga, as festas são muito barulhentas. Desculpe, não vi que você tinha ligado, Libs. O volume do aparelho estava no máximo e, ainda assim, não ouvi tocar. Whip gravou a entrevista e colocou pra gente assistir no DVR do ônibus.

Você estava maravilhosa. Não gostei do jeito que o 'Bafo de Tapioca' estava olhando pros seus peitos. Da próxima vez que que eu for convidado para o programa dele, acho que, acidentalmente, vou pisar nas bolas do babaca. Libby, eu realmente..."

"Seu sinal de internet aí está uma porcaria. Tudo o que ouvi foi algo sobre Whip, incrível e bolas. Então ficou mudo. Não tenho certeza se quero saber. Mentira. Eu quero, sim. Diga-me que você não mudou suas preferências para bolas. Ah, e dê um oi para os caras. Eu tenho que ir."

"Ligar para os EUA é uma porcaria daqui. Quase nunca consigo sinal de telefonia. Ei, vocês podem calar a boca, porra? Estou ao telefone. Desculpa. Estou tentando

achar um cantinho sossegado aqui. Eu poderia até te ligar quando voltasse para o quarto, mas a diferença de horário também é uma droga. Tenho certeza de que você está dormindo agora. Merda. Está acabando... eu..."

"É uma causa perdida tentar se conectar, não é? Por que não tentamos conversar quando as coisas se acalmarem? E... bem, se estamos realmente dando um tempo para descobrir as coisas, talvez não devêssemos nos falar tanto, de qualquer forma. Não que eu não queira falar contigo. É só que... nós dois estamos ocupados. Estou balbuciando, então vou desligar agora. Se cuida, Killian."

Ouço a última mensagem de voz umas três vezes. Nem assim consigo aliviar o sentimento doloroso de que a perdi. Eu só não sei se isso aconteceu porque a afastei e a mandei embora, ou se ela, simplesmente, chegou à conclusão de que não sente mais nada por mim, como sinto por ela.

Eu quero perguntar – não, exigir – que ela me diga. Quero desabafar e esclarecer essa porra. Mas não posso fazer isso por telefone, e não tenho como largar a turnê. Não posso fazer isso com os caras.

Meu polegar tamborila na tela do celular enquanto penso no que dizer.

> **Vou te deixar em paz por agora. Mas me mande uma mensagem se precisar de alguma coisa. Ok?**

Quando ela não responde minha mensagem, arremesso o telefone do outro lado da sala. A porta do camarim se abre pouco antes do impacto, e o aparelho acerta o peito de Jax. Com o cenho franzido, ele encara o telefone agora estatelado no chão, antes de olhar para mim.

— Os fãs estão esperando o *Meet and greet*.

Como se para salientar suas palavras, um grupo de mulheres aparece por trás dele, rindo com euforia. Seus sorrisos ansiosos estão direcionados para mim. Todas elas são loiras, lindas, e estão sussurrando em um idioma desconhecido.

Ah, norueguês. Estamos na Noruega.

Esfrego o ponto dolorido no meu peito. Porra. Eu preciso parar com essa merda de perseguir Libby. Ela está ocupada construindo sua carreira, sua vida. A vida que a aconselhei agarrar com unhas e dentes. Enquanto a minha é essa aqui. Fazendo o que sempre fiz. Eu sobrevivi muito bem por vinte e seis anos sem ela. E posso sobreviver agora.

— Certo. — Dou um sorriso forçado. Não pretendo tocá-las, porque só de pensar nisso já me sinto nauseado. No entanto, posso fingir ser um bom anfitrião. Isso eu posso fazer pelos caras. — Bem-vindas, senhoritas.

CAPÍTULO VINTE E OITO

libby

Estou exausta. Tão cansada que não lembro onde estou na metade do tempo. Tudo é nebuloso. Estou vivendo nesta nuvem esquisita cheia de estranhos e muitos sorrisos falsos – *meus* sorrisos falsos. Aprendi a dá-los como um candidato em campanha política. Só que não me sinto tão bem fazendo isso.

Eu tenho estado completamente sozinha por um tempo agora. Nunca me senti tão solitária, desde que meus pais morreram. Não importa que eu esteja cercada de pessoas, com a agenda cheia. Não tenho a pessoa que quero ao meu lado. Caralho, eu até sinto falta dos caras. E muito.

Minha banda de apoio é ótima, mas não são meus amigos de verdade. Quando o trabalho termina, eles vão para casa, para suas famílias. E Scottie é um homem que vive para si mesmo. De um jeito estranho, ele é muito parecido comigo.

Nem tímido, nem exatamente antissocial, apenas autossuficiente e reservado. Eu não tenho nenhum direito de julgar esse seu jeito introspectivo. Mas ele não é um companheiro ideal.

— É sempre assim? — pergunto a ele, quando saímos de outra festa em um bairro nobre de Los Angeles.

A casa era de tirar o fôlego, as pessoas ainda mais. Conheci atores cuja carreira acompanho desde criança, e também aqueles que são apenas mercadorias de primeira. Tanta gente linda, que eu nem sabia como me comportar ou o que dizer. Não que eu tivesse que dizer muita coisa. A maioria desse pessoal gosta de se ouvir falar.

A noite toda, tive que conter a vontade de me virar e sussurrar algum comentário besta no ouvido de Killian. Porque ele não estava lá. Por que meu cérebro e meu corpo não conseguem receber essa mensagem?

— O que 'é sempre assim'? — Scottie responde, focado na agenda do telefone.

— O ciclo sem fim. — Tiro os saltos discretamente, aliviando a dor insuportável. Graças a Brenna, agora tenho meus próprios *Louboutins*. Minha admiração por eles morreu na primeira vez em que os calcei. — Já estamos há dois meses nisso. Neste momento, sinto-me como uma vendedora de óleo de cobra.

O lábio de Scottie se contorce.

— Eu amo tanto suas expressões. Nunca mude isso. Elas adicionam cor à sua personalidade.

— É bom saber — murmuro, e, em seguida, cutuco o braço dele com o cotovelo. — Estou falando com você. Tire o nariz dessa coisa. É indecente.

Bom senhor, Killian deve ter aprendido aquela arqueada de sobrancelha com o Scottie. Este homem é completamente glacial. No entanto, ele larga o celular.

— Qual é o problema, Srta. Bell?

— Eu vou a essas coisas que você e Brenna agendam pra mim, como se achassem que preciso comparecer, e eu me sinto... não sei. Falsa. Como se estivesse fingindo.

Scottie me encara enquanto nosso carro alugado serpenteia pela estrada sinuosa das colinas. Quando ele fala, seu tom é mais suave do que eu esperava:

— Você está fingindo.

— Oi?

— Calma. — Scottie se recosta no assento, apoiando um tornozelo em seu joelho dobrado. — Aqui, somos simplesmente Libby e Gabriel...

— Esse é o seu nome? Como eu não sabia disso?

Ele aperta a ponte do nariz.

— De volta ao ponto...

— Quantos anos você tem, afinal?

Ele me encara, frio como gelo.

— Vinte e oito.

— Espera um pouco. Sério? Achei que você tinha uns trinta e poucos.

— Nós enxergamos o que queremos enxergar. E se você é boa, faz as pessoas verem o que você quer que elas vejam. No meu trabalho, se eu aparentar ser um pouco mais velho, ganharei mais respeito e credibilidade. Tudo besteira, mas as aparências importam neste mundo. — Ele me fixa

ÍDOLO

com um olhar. — Que é precisamente o meu ponto. O estrelato é uma ilusão, um ideal cuidadosamente cultivado por pessoas como eu e Brenna. No privado, você pode ser você mesma. Mas, no segundo em que você sai e se coloca sob os olhares do público, você se torna Liberty Bell, a talentosa e ingênua...

— Ei! Eu posso ser sofisticada...

— Que — ele não me deixa continuar — está conquistando o mundo da música com sua voz inigualável. Isso é tudo o que eles sabem. Porque isso é tudo que você vai mostrar.

— Eu só quero ser eu.

— Você não entende. Você *está* sendo você. Só que é apenas outra versão de si mesma. É uma armadura, Libby. Se você der tudo de si, o mundo vai drenar você. Mas se comparecer a esses eventos e desempenhar um papel, algo que todos estão fazendo também, você tem uma certa liberdade. Não é real. Portanto, não é você que está constantemente sendo observada e julgada.

Entendi o que ele quer dizer. Isso enraíza mais ainda a solidão que está assombrando minhas entranhas.

— É isso que Killian faz?

O olhar de Scottie se torna aguçado.

— Não com você. Ou com seu círculo íntimo. Mas você deve ter visto a diferença na forma como ele age com o resto do mundo. — Scottie estende a mão na direção do celular que está largado no estofado. — E ele teve anos de prática. Ele sabe o quanto dar sem se perder.

Não tenho tanta certeza disso. Ele estava perdido quando o encontrei desmaiado no meu gramado. Eu o vi voltar a si, vi as sombras sumirem de seus olhos. Juntos, nós éramos felizes, firmes e vivos. E eu o deixei. Tão certo como ele me deixou. De repente, não quero mais falar. Eu só quero me arrastar na cama e me esconder debaixo das cobertas, fingindo que não estou constantemente procurando por alguém que não está lá.

Scottie está certo. Com o passar dos dias, fica mais fácil. Não é exatamente divertido, mas não é a tortura que pensei que seria. E quando eu me apresento, mesmo sozinha, a adoração do público é uma coisa linda. Killian tinha razão: é viciante, quase tão bom quanto sexo com ele. Mas já sei disso há um tempo, e apesar de estar encontrando o meu lugar nesse mundo, ainda está tudo errado. Não consigo esquecer o vazio dentro de mim – um vazio que nunca experimentei antes.

Uma semana depois, Scottie viaja para checar a Kill John em Londres. É preciso tudo que tenho para não implorar que ele me deixe ir junto. Brenna ficará comigo em seu lugar, porém apesar de sentir a falta dela e adorar sua companhia, a presença dela aumenta minha dor. Ela esteve com os caras – com Killian – todo esse tempo. Fico louca para perguntar sobre ele, mas sempre reprimo essa vontade. Chame de orgulho, mas não quero saber notícias dele por terceiros.

Esta noite, Brenna me levou para um clube. Nem posso culpá-la, porque é assim que os meninos relaxam depois do "trabalho". Eu, em contrapartida, prefiro tocar meu violão no quarto.

A música está tão alta que o chão chega a balançar. Corpos se contorcem, se espremem, risadas explodem por todo lugar. Pessoas bonitas – impecavelmente vestidas e com sorrisos perfeitos, largos e falsos – estão por toda parte, de olho em todo mundo. Observe e seja observado.

Eu odeio isso. A saudade da minha varanda me atinge com tanta força que me esforço para recuperar o fôlego.

— Não posso ficar aqui — sussurro para Brenna ao meu lado.

Ela assente em concordância.

— Graças a Deus. Estou realmente começando a odiar essa merda.

Nós fazemos uma careta e Brenna telefona para solicitar nosso carro.

De volta à minha suíte, tomo um longo banho quente. Não parece lavar a ferida da minha pele. Estou imbuída de um sentimento desagradável: o auge da minha vida nada mais é do que um imenso vazio. Visto minha amada camisa de *Star Wars* que costumava ser de Killian. O tecido macio de algodão acaricia minha pele conforme volto para a sala de estar.

Brenna me saúda com um coquetel. Ela tem me servido muitas dessas bebidas, batizadas de 'Festa de Piedade Solitária'. Estendo a mão para pegar o copo de sua mão, meus dedos roçando o cristal frio, quando uma onda de náusea me atinge com tanta força que eu me dobro inteira.

— Não posso fazer isso — lamento, curvando-me no chão.

Em um instante, Brenna está ajoelhada ao meu lado. Sua mão esfrega círculos suaves nas minhas costas enquanto tento recuperar o fôlego.

— O que é isso, Libs?

— Deus, não me chame assim. — Não posso ouvir o apelido carinhoso que Killian me deu.

— Tá bom. Tá bom. — Ela continua a me acariciar como se eu não estivesse totalmente maluca.

Respirando fundo, afasto o cabelo do meu rosto e me sento no chão. O carpete é fedorento, como a maioria dos tapetes de hotel. Com os joelhos dobrados contra o peito, eu me abraço para me reconfortar.

— Sinto muito. Eu não queria surtar desse jeito.

Brenna espelha minha postura, os saltos altíssimos se prendendo no carpete.

— Surtar não me incomoda. É o porquê você surtou que me preocupa.

— Eu não sei. — Seco meus olhos lacrimejantes. — Eu apenas me vi bebendo todas as noites… da mesma forma que meu pai fez, socialmente, como se não fosse grande coisa…

— Você não é seu pai — insiste Brenna. — E está longe de ser uma alcoólatra. Confie em mim, já vi minha cota.

Eu tento sorrir, mas não consigo.

— O que tá te incomodando, Libby? Fale comigo.

Distraidamente, esfrego meu joelho com o polegar.

— Eu tinha um violão nas mãos antes mesmo de aprender a escrever. Eu nunca conto isso a ninguém. Mas é verdade. A música era a maneira de se comunicar da nossa família. Meus pais morreram e eu simplesmente me esqueci disso. Até Killian aparecer.

Eu olho para Brenna.

— Minha mãe não queria essa vida para mim. Ela achou que era muito difícil, desumano demais. Meu pai também não queria, porém porque ele achava que era muito viciante. E eu disse a mim mesma que resisti em estar aqui porque estava com medo ou por timidez. Mas a verdade é que foi por causa deles e de seus constantes avisos de que, se eu tentasse viver assim, eu me perderia.

— Libby — Brenna diz, baixinho. — As experiências dos seus pais não precisam ser suas. O que você quer? Se quiser sair e voltar para sua fazenda, você pode.

Fechando os olhos, posso ver a luz dourada do litoral se infiltrando pelas vidraças da velha casa da minha avó, as tábuas gastas do chão, a mesa surrada da cozinha onde eu servia biscoitos ao Killian.

O eco de sua risada assombra minhas memórias.

— Eu estava de férias lá — digo a Brenna. — Não estava vivendo de verdade.

— O que é viver de verdade para você?

— Eu amo cantar, compor, tocar. Killian viu isso em mim quando não pude ver por mim mesma. Mas esta vida agora? É vazia. Não... não tem ele.

Eu sinto falta de Killian com uma intensidade que chega a ser incapacitante. Nós não nos falamos há um tempo; tudo culpa do meu orgulho. Ainda estou magoada por ele ter me mandado embora. Essa ladainha de me encontrar... Eu me encontrei *nele*. Mas também o deixei. O fato de que nós dois meio que desistimos me deprime. Talvez não estivesse escrito que ficaríamos juntos.

Silêncio.

— Você deve saber que Killian é louco por você — Brenna diz, por fim.

— Eu pensei que era — rebato. — Mas se ele realmente fosse, ele não teria me dito para viver minha vida sem ele. Diria?

— O quê? — Ela parece chocada.

Meu peito aperta, e faço um esforço sobre-humano para contar o resto para ela:

— Ele poderia ter dito que nos encontraríamos no final de sua turnê. Mas não disse. Em vez disso, ele me disse que devemos aproveitar esse momento para reavaliar o que realmente queremos.

Não sabia o quanto ele havia me machucado até dizer essas palavras:

— Ele me afastou.

Brenna olha para mim por um longo minuto.

— Eu conheço meu primo. Ele nunca agiu assim com uma mulher. Nunca. Se ele disse isso, provavelmente estava tentando fazer algo nobre e te deixar livre.

Dou uma risada desprovida de humor.

— Ah, ele certamente fez isso.

— Não — diz ela, baixinho. — O quero dizer é que ele te disse o que achava que você precisava ouvir para perseguir seus sonhos, porque achava que era o melhor para você. Não porque ele não te queria mais. Isso é típico do meu primo de coração grande, mas desajeitado. — Ela dá um cutucão no meu braço. — Vamos, Libby, ele estaria aqui em um piscar de olhos se você pedisse, e você sabe disso.

— Brenna, meu pai bebia para escapar da realidade da vida comigo e com minha mãe. Não posso ser o fardo de ninguém. Não posso. Eu quero que Killian saiba que estou bem sozinha também. Que consigo caminhar, sem ele segurando minha mão.

— Mas você não está bem. — O rosto bonito de Brenna se torna apreensivo. — Você está arrasada.

Eu fico de pé e limpo a sujeira invisível das roupas.

— Quer saber de uma coisa? Estou mesmo. Eu sinto muita saudade dele, e isso está me comendo viva. Mas pior que isso, tenho sentido pena de mim mesma, amargurada. Todo santo dia.

O semblante de Brenna muda.

— Tudo bem...

— Vamos ao *Late Night Show* amanhã?

— Sim.

— Você consegue dar um jeito de o Killian assistir? — Eu sei que ela pode. Ela e Scottie seriam capazes de dominar o mundo se quisessem.

— Claro.

— Tudo bem, então. Eu tenho que ensaiar uma música.

Sigo para o meu quarto, certa de uma coisa: a parede que mantive ao redor das minhas emoções rachou. E agora, quebrada, nada pode conter a maré. Eu preciso encontrar meu caminho de volta para a felicidade.

CAPÍTULO VINTE E NOVE

killian

Não tenho ideia de onde estamos. E realmente não me importo. Jax pode gritar o habitual: "Olá, insira aqui qualquer cidade do mundo", pela primeira vez. Nosso camarim é como todo o resto: austero e cheio de pessoas que não precisam estar aqui.

Uma risada estridente apunhala meus nervos. Eu nem me incomodo em ver de quem é. Scottie trouxe uma pequena TV para o camarim – Libby vai se apresentar no *Late Night Show*. Ela está em Los Angeles. Certo, estou em Nova York. Algumas horas atrás no fuso.

Scottie me dá um aceno de cabeça, liga a TV e se senta na cadeira ao meu lado, cruzando uma perna sobre a outra como o elegante bastardo arrogante que é.

Na tela, o público bate palmas, Libby já foi anunciada. E lá está ela, caminhando para o pequeno estúdio com os passos determinados que conheço tão bem. Brenna criou um estilo característico para ela: vestidos leves na altura dos joelhos, quase boêmios, e botas grandes e volumosas. Libby todinha, sem tirar nem por.

Meu peito aperta ao vê-la, uma pontada de saudade disparando pelo meu coração. Dói demais, porra. Nervoso, aumento o volume enquanto ela dá ao público um aceno de reconhecimento.

Libby testa algumas cordas em seu *Martin* e depois se aproxima do microfone. Seus belos lábios estão com um brilho rosado, e o fantasma de seu toque faz cócegas no meu pescoço.

— Meu melhor amigo me ensinou essa lição — anuncia, naquela doce voz sedutora. — Só demorei um pouco para acreditar.

E meu coração bate. Eu sou esse amigo? Odeio que eu tenha que me perguntar isso. Deus, por favor, que seja eu.

ÍDOLO 283

Libby começa a cantar *"Cream"*, de Prince. Melodia perfeita, performance perfeita.

Há um pequeno sorriso em sua boca, quase irônico, um pouco agridoce. E ela olha para a câmera – diretamente para a tela, como se ela, finalmente, tivesse assumido o talento que possui. Sua escolha de músicas confirma isso, a letra falando sobre pegar sua chance, alcançar o que você quer na vida.

Os pelos da minha nuca estão arrepiados. Um tremor passa por sobre mim, tão poderoso e intenso quanto o que senti quando pisei no palco pela primeira vez. Eu posso realmente sentir o mundo mudando de marcha, mudando a vida dela e a minha para algo novo mais uma vez.

Uma garota tenta se pendurar no meu braço. Eu a afasto, sem tirar os olhos da tela.

— Você tá vendo? — digo para ninguém em particular. — Bem aí, essa é minha garota. Ela não está brilhando?

Whip olha para a TV, com um sorriso orgulhoso.

— Ela tá mesmo, mano.

Eu me viro para Jax.

— E eu a fiz se sentir como se eu não a quisesse quando a mandei embora. Porque sou um idiota.

Jax suspira e passa a mão pelo cabelo.

— Eu também sou. Kill, cara, eu a encorajei a sair da turnê. Disse que você se distrairia com a presença dela. Mas isso era a minha própria merda falando mais alto, eu tentando colocar as coisas de volta no lugar, do jeito que eram antes.

Eu deveria estar pau da vida. Só que estou cansado demais de fingir que está tudo normal.

— Nós fomos estilhaçados, Jax — digo a ele, ainda assistindo ao programa. — Estamos juntos outra vez, mas nunca será o mesmo.

— Porra. Eu sei.

A derrota em sua voz me faz bater o ombro ao dele.

— Não somos quem éramos. Somos melhores. Evolução, Jax. Não regressão.

Ele balança a cabeça, mas está lutando para conter um sorriso.

— Sinto muito, mano. Também sinto falta dela.

A voz rouca de Libby atrai minha atenção novamente.

— Ela foi feita pra mim. É *minha*. — Eu tenho sido dela desde o segundo que ela me acordou. — Minha vida não é mais a mesma sem ela.

— Eu sei, cara. Todos nós sabemos disso. — Jax coloca a mão no meu ombro. — Faça este show e então vá buscar sua namorada.

libby

Leva uma eternidade para tirar toda a maquiagem do meu rosto. Quando termino, a pele está rosada e irritada. Mas me sinto melhor. Mais livre. Às vezes, tudo o que você tem que fazer é tomar posse das coisas que a vida te oferece. Então tudo muda. Será que Killian entendeu? Cantei essa música tanto para ele quanto para mim – para dizer a ele que, finalmente, consegui. A vida é o que você faz dela. Eu sei disso agora.

Por causa dele.

Ouço Brenna entrar na suíte e saio do banheiro para encontrá-la. Ela está com uma caixa de pizza na mão.

— Foi incrível. — Ela faz uma pequena dança da vitória e eu acabo rindo.

— Você me disse isso três vezes já.

— Você tem que agradecer todas as vezes — diz ela, mostrando a língua. — Caso contrário, não vai dar certo.

— Considere-se agradecida, então. — Aceito um pedaço de pizza e dou uma grande mordida. *Tão bom*. Estou morrendo de fome.

Brenna abaixa a própria fatia.

— Os caras estão em Nova York agora.

Eu paro no meio da mordida.

— Pensei que eles estavam em Londres.

— Estavam. Eles chegaram em Nova York esta manhã para o show de encerramento da turnê. Eles gostam de sempre terminar em casa.

— Claro. Eu me esqueci disso. — A saudade cai como um cobertor pesado em meus ombros. Chego a girar o pescoço, para aliviar a pressão. Não funciona. Largo o pedaço de pizza e procuro por uma água no frigobar.

— Eles estão no palco agora — diz Brenna, me lançando um olhar cauteloso. — Scottie gravou uma parte e queria que você visse.

— Scottie queria? — Não consigo disfarçar o tom cético, então Brenna dá um sorriso atrevido.

— Tenho certeza de que mandaram ele te enviar.

— Hmmm... — Não consigo dizer mais nada. Só de pensar em Killian me passando um recado já envia um lampejo de esperança e uma dor de nostalgia.

Nós nos aconchegamos no sofá e Brenna coloca o vídeo. Meu Deus, dói vê-lo. O peito nu brilhando com suor, jeans velhos e surrados delineando com amor aquela protuberância quase obscena dele – ele é um astro do rock no seu melhor momento. E a maneira como segura aquela *Telecaster* branca e preta em suas grandes mãos... caracas, é como pornografia musical.

Sua voz profunda e rouca envia um arrepio na minha espinha quando ele abaixa a cabeça para o microfone:

— Nós gostaríamos de fazer uma homenagem hoje à noite. Se você conhece a letra, cante junto.

Não sei o que estava esperando, mas, com certeza, não *"Darling Nikki"*. Aaah, mas é tão bom. A voz de Killian é puro pecado, como sexo ardente. E vê-lo tocar sua guitarra? Nossa. Calor inunda minhas coxas, umidade crescendo entre as pernas.

O adorado 'Animal' de Killian enlouquece. Mulheres gritam, os homens levantam as mãos em solidariedade. Todos se juntam a ele, gritando as palavras.

Ele absolutamente arrasa com o solo da guitarra, os quadris impulsionando, as costas curvadas. Emoção o faz franzir as sobrancelhas, morder o lábio. Já vi esse semblante antes – quando ele está em cima de mim, gozando, cedendo à luxúria.

Com minha visão periférica, vislumbro Brenna olhando para a tela e depois de volta para mim.

Não sei o que dizer. Um nó se instala na minha garganta. Engulo com força, mas a dor não desaparece. Minhas mãos começam a tremer.

Killian está gritando o quanto deseja se esfregar...?

Ele está cantando uma música sobre uma puta louca? Sobre um acordo com o diabo? Uma mulher inesquecível? Pode ser tudo e qualquer uma dessas coisas. Um tributo? A quem? Prince? Ou a mim? Eu cantei *"Cream"*. Agora ele está cantando isso.

— Libs... — Brenna começa a dizer.

Eu levanto minha mão.

— Eu... ah... estou indo dormir. Eu preciso pensar...

Não digo mais nada, porém deixo meu celular na mesinha de centro antes de me afastar. Tenho a sensação de que ele vai me ligar, só que não há nada que eu possa dizer a ele por telefone.

CAPÍTULO TRINTA

killian

Estou com meu celular em mãos no segundo em que volto ao camarim. Meu sangue está pulsando, o corpo zumbindo. Eu tenho que andar para esfriar. As pessoas pairam ao meu redor, rindo, olhando para mim, tentando se aproximar. Quero que saiam, mas estou muito ocupado tentando ligar para Libby. Eu continuo caindo no seu correio de voz.

Não deixo uma mensagem. Eu quero falar com ela.

Assim que me sento em uma poltrona, começo a digitar uma mensagem para ela, porém visualizo uma de Brenna antes.

> Que porra foi essa? Idiota. (!!!!) >:-(

Leio duas vezes antes de mostrar o telefone para os caras.

— Por que ela está brava e gritando comigo?

— Cara. — Rye balança a cabeça. — Eu te disse para não escolher essa música.

— O que tem de errado com *"Darling Nikki"*? É a minha música favorita em *Purple Rain*, o álbum do qual falamos quando conversamos pela primeira vez sobre música. Ela tocou Prince hoje à noite. Eu toquei Prince hoje à noite. Estou apoiando ela. Como pode ser mais claro?

— Ah. — Rye levanta um dedo. — Isso é muito enigmático.

— Era para ser — eu protesto. — É uma mensagem para ela, não para o resto do mundo.

— Bro — ele diz, para mim —, *"Darling Nikki"* é o que Prince canta para Apollonia, quando ele basicamente a chama de prostituta.

Whip acena com a cabeça.

— É, a letra praticamente diz que ela é boa só para sexo selvagem.

Eu fico olhando para eles, incrédulo.

— Por que vocês não me disseram isso *antes* de tocarmos a porra da música?

— Você insistiu pra caralho — murmura Rye, dando de ombros.

— E você conhecia a letra — aponta Whip, calmamente. — Você acabou de cantá-la.

— Claro que conheço a letra, porra. Foi o contexto que não saquei.

— Contexto é tudo, cara.

Eu pressiono as palmas das mãos contra os meus olhos e tento não gritar.

— Merda. Merda. Merda.

Jax me entrega uma água.

— Relaxa. Se ela te conhece tão bem quanto acho que conhece, ela vai entender sua mensagem. — Ele dá um sorriso forçado.

— Merda.

"Libs, quando ouvir a mensagem, me liga. Por favor. Boneca, por favor. Preciso falar com você. Eu... hmmm... aquela música era pra você. Merda. Não pra te chamar de vagabunda... quero dizer. Isso nunca! Okay? Era só porque eu estava superorgulhoso de você. Eu só queria te dizer... Só me liga, tá bom? Por favor."

"Libs. Estou ficando um pouco preocupado. Onde você está? Atenda seu telefone."

"Nenhuma mensagem também? Você está me matando aqui."

"Ellie May, atenda a porra do telefone. Me ligue de volta. Eu vou entrar em um avião e te rastrear. Ou eu faria isso, se pudesse te encontrar. Droga, eu te disse que ia fazer merda. Eu quero consertar. Por favor, me deixa corrigir essa confusão."

"Eu preciso de você, está bem? Isso é o que eu queria dizer. Você é isso pra mim: meu presente, meu futuro, meu tudo. Não é minha prostituta. Eu nem assisti ao maldito filme! Beleza, apenas... É. Me liga."

libby

Cidade de Nova York. Um voo noturno, olhos injetados e estou aqui. Sinto que fui atropelada por um caminhão de areia. Com os olhos arregalados e doloridos, fico sentada, imóvel, enquanto uma maquiadora faz um milagre no meu rosto. Alguém mais está secando meu cabelo, tentando criar algumas ondas sexy. Boa sorte com isso.

Eu prefiro estar em qualquer lugar, menos aqui. Mas Brenna, agora coroada como Babaca Oficial, agendou uma entrevista com a *Vanity Fair*. Eu poderia cancelar, ela me disse. Mas pegaria malzaço. Especialmente considerando a pequena coluna de fofocas que apareceu na TNV na noite passada.

Não tenho que ler de novo para lembrar. A porra da coisa está queimada no meu cérebro:

"Ontem à noite, no Late Night Show, *a nova queridinha do mundo da música, Liberty Bell, fez uma versão absolutamente atrevida de* "Cream", *do Prince. Nenhuma novidade, a menos que você considere que, apenas uma hora depois, o deus do rock e, de acordo com alguns rumores, namorado da Srta. Bell, Killian James, contracenou um cover de "Darling Nikki" durante o show da Kill John no* Madison Square Garden.

É preciso especular... estaria James declarando, oficialmente, que seu romance chegou ao fim? Agradecendo a Bell por um bom tempo? Ou ele está pedindo a ela outra chance? Seja qual for o caso, estamos certos de que o fã-clube leal de Killian está esperando ansiosamente para descobrir se o ídolo sexy deles está mais uma vez solteiro e livre."

Bem, não posso culpá-los por interpretarem a mensagem de Killian dessa maneira. Mas é difícil saber que as pessoas estão em cima, nos julgando. Eu me sinto nua até a minha alma.

Mas isso vai acabar em breve. Ainda não liguei meu telefone. Sei que Killian tem tentado entrar em contato comigo, mas a conversa que precisamos ter não pode acontecer pelo telefone.

Francamente, estou farta de ligações e mensagens. Evitei as mídias sociais e mensagens de texto casuais todos esses anos por uma razão. Não quero o frio e impessoal. Não quero me esconder atrás de uma tela. Preciso de contato pessoal, comunicação cara a cara.

A maquiadora termina e um assistente com um fone de ouvido Bluetooth me faz sentar em uma cadeira de couro e cromo.

— Tem água aqui — ele informa, como se eu não pudesse ver o balde de gelo ao meu lado. — A garrafa verde é excelente. Importada do Japão, custa mais de quatrocentos dólares por garrafa.

Evito demonstrar o quanto achei grosseiro dizer esse tipo de coisa e escolho a garrafa um pouco menos ostentosa de *Bling H2O*, com a logo conhecida no rótulo.

Uma repórter entra, seu cabelo em um tom de azul brilhante, o sorriso acolhedor. Aprumo a postura e cerro os dentes. *Apenas enfrente logo isso e você estará livre para ir.*

— Muitas matérias têm sido escritas sobre o seu envolvimento com Killian James. Mas você e James têm sido muito discretos sobre o assunto. — A repórter me dá um leve, mas encorajador sorriso, o cabelo azul deslizando sobre um olho. — Dada a performance da noite passada, você se importa de nos dar um pouco mais de informação?

— Não há muito a dizer que o mundo já não saiba. — Não é verdade, porém é o suficiente.

O sorriso da repórter agora tem um toque diferente: uma barracuda sentindo cheiro de sangue na água.

— Ah, não tenho tanta certeza sobre isso. Afinal, não sabemos o seu lado da história.

Nada a perder. E tudo a ganhar.

— O que você quer saber?

CAPÍTULO TRINTA E UM

killian

— *Você já pensou sobre isso?* — *eu sussurro. Ela se senta diante de mim, a pele bronzeada cintilando sob a claridade noturna, os olhos vidrados. Tão linda que parte o meu coração.* — *Como seria? Você e eu?*
— *Sim.*
Eu respiro o seu cheiro. Toco sua pele.
— *Você pode ter o mundo. Apenas tome posse disso.*
— *Eu não preciso do mundo* — *ela sussurra no meu ouvido.*
— *Do que você precisa, então? Eu vou te dar qualquer coisa. Tudo.*
Mãos suaves no meu pescoço, lábios macios mapeando minha pele.
— *De você.*

— Cara, nós temos que sair daqui. — A voz de Rye chega até mim, ao longe. Eu olho para o meu telefone, esfregando a tela com o polegar.
— Mano?
— Killian — diz Jax, mais brusco. — Sai dessa.
Passo a mão pelo cabelo. Agora está precisando de um corte.
— Ela não está me respondendo. E não sei onde ela está. Brenna não quer me dizer.
Estamos de volta ao salão de festas *Bowery*, onde começamos nossa turnê. Memórias de Libby se atropelam na minha mente e eu engulo em seco.

Uma mão pousa no meu ombro. Os olhos de Jax encontram os meus no espelho.

— Assim que o show terminar, vamos cair em cima do Scottie e obrigá-lo a nos dizer.

— Sim — Whip concorda, atrás de mim. — Esse idiota, definitivamente, sabe onde ela está.

Tenho certeza de que poderíamos quebrar as pernas de Scottie, e, ainda assim, ele não falaria. Ele é como uma pedra de gelo. Do lado de fora da porta do camarim, ouvimos a multidão entoando o nome da banda. O ar zumbe, mas não sinto o crepitar familiar de antecipação.

— Vamos, cara. — Rye bate no meu outro ombro. — Levanta essa bunda daí. Ficar se lamentando não é nem um pouco atraente.

Diz o cara que ficou na cama por uma semana quando John Entwistle morreu, dizendo, aos prantos, que o *The Who* nunca mais seria o mesmo. Mas ele está certo. Então, eu me recomponho, porque os caras precisam de mim.

Mais um show e estou livre. Apenas enfrente isso com coragem.

libby

A última vez que vi a Kill John se apresentar, eu estava no camarote, observando-os por trás. Estar junto ao público é uma experiência totalmente diferente. No palco, a energia da multidão chega até você como uma onda. Na plateia, sinto a força total do poder da Kill John. E isso é inspirador.

Os vocais profundos e sedutores de Killian combinam com a melodia brutal de Jax. Juntos, eles estão com raiva e saudade. Whip golpeia sua bateria em um ritmo perfeito, enquanto o baixo descolado de Rye sustenta o som. Esse é o aspecto técnico. Mas a verdade existente em sua música não pode ser definida. Você tem que sentir isso.

Sou arrastada por isso e me vejo dançando com a multidão. Scottie me garantiu proteção na forma de um enorme guarda-costas chamado Joe. Ele está ao meu lado agora, impedindo que as pessoas cheguem muito perto ou esmaguem meus dedos. É até fofo, mas não é necessário. O clube é pequeno e não está tão superlotado a ponto de não conseguir me movimentar.

Kill John termina com *"Oceans"* e um suado Killian tira sua camisa úmida.

Como era previsto, assobios de aprovação irrompem por toda parte. Seus lábios se curvam, mas ele não bajula os fãs, bebendo sua água de uma só vez.

De pé, no meio do caminho, posso vê-lo com clareza suficiente para notar as olheiras profundas marcando sua pele e a tensão ao redor da boca. E, embora ninguém mais percebesse, posso dizer que caras estão preocupados. É a forma como eles o observam, os corpos de Rye e Jax se inclinando na direção dele como se fossem escudos humanos.

Enquanto a multidão grita, enlouquecida, os caras fazem alguns ajustes – Jax e Killian pegam guitarras diferentes e Whip recebe um novo conjunto de baquetas. Os movimentos de Killian são sem pressa, quase lânguidos.

— Toque *"Oceans"* de novo! — um cara às minhas costas berra alto o suficiente para soprar meu cabelo para a frente.

O pedido é ridículo o bastante para chamar a atenção de Killian. Ele levanta a cabeça, um sorriso no rosto como se fosse dizer alguma coisa, mas então nossos olhares se conectam. Sei na mesma hora que ele me reconhece ali. Porque tudo congela. Sua expressão fica em branco, depois se desfaz, os lábios se abrem em um ofego, os olhos se arregalam.

Sinto esse olhar até os dedos dos pés. Meu coração começa a martelar no peito. E fica nítido que ele está sofrendo tanto quanto eu. Está tudo estampado naqueles olhos escuros. Tudo o que se passou entre nós – cada olhar, palavra, toque – está tudo lá. Lágrimas nublam minha visão e eu ofereço a ele um sorriso.

Ele se debate, inquieto, como se estivesse lutando para não pular do palco. Mas então um sorriso lento se espalha. E ele apenas balança a cabeça. Eu me pergunto se ele está tão disfuncional quanto eu.

Ele se vira bruscamente para os amigos, e um a um, três pares de olhos se concentram em mim. A expressão de Whip é de alívio. O sorriso de Rye é amplo e brilhante. Jax me encara por um longo momento e então me dá um pequeno aceno com o queixo.

Meu coração bate forte quando Killian se volta para o microfone, o olhar travado com o meu.

— Eu conheci minha melhor amiga no gramado de um rancho. Eu

tinha perdido meu caminho, minha música. Ela me ajudou a encontrar novamente. — Engulo um soluço, cruzando os braços em volta do meu peito. — Naquela época, ela me pediu para cantar uma das minhas músicas para ela. Eu não quis. A verdade é que eu queria que ela gostasse mais de mim do que da minha música.

A multidão grita um monte de 'awwwns', e ele lhes dá seu sorriso insolente.

— Eu sei. Eu sou patético, não sou?

— Eu te amo, Killian! — grita uma mulher, na parte de trás. — Seja o pai dos meus filhos!

— Não! — berra um homem perto do palco. — Seja o pai dos meus!

Killian ri baixo no microfone.

— Desculpem, gente. Tenho dona. — Enquanto a multidão geme, ele sorri e troca sua *Telecaster* por um imenso *Gibson J-200* acústico, dedilhando alguns acordes. — A coisa é que ainda quero que ela goste de mim. Então, não vou tocar uma música da Kill John agora. Vou tocar uma canção antiga e uma das minhas favoritas. E talvez eu consiga passar a mensagem certa desta vez.

A multidão enlouquece.

Jax se inclina perto de seu microfone:

— É melhor mesmo, ou você vai sofrer as consequências.

As pessoas gargalham, mas estou presa aos sorrisos felizes de Jax e Killian. Acabou a tensão subjacente que parecia dominá-los, substituída por uma alegria descomplicada e admiração mútua. A banda está em perfeita sincronia quando começam a tocar *"Trying to Break Your Heart"*, de Wilco.

Uma risada misturada com soluço me escapa. A escolha é de Killian, com certeza; ele nunca optaria por uma canção melosa de amor. Mas essa música, com sua letra distorcida e o arrependimento latente, faz todo o sentido para mim. A música é alegre, agridoce e cheia de possibilidades.

Lágrimas embaçam minha visão e, de repente, estou rindo e chorando. Ele capta meu olhar e seus olhos suavizam. Através da letra, ele me diz o quanto doeu me deixar partir. O quanto o machuquei. O quanto ele me quer de volta.

Meus pés começam a se mover. Eu atravesso a multidão, com Joe ajudando a abrir o caminho. Killian me observa, todo o seu coração brilhando em seus olhos. Ele está me chamando, cantando em alto e bom tom que ele é o homem que me ama.

ÍDOLO

Quando chego ao palco, fica claro para o público que algo está acontecendo. As pessoas abrem espaço, seus sorrisos se abrem. Mas não tão largos quanto o de Killian.

Colocando sua guitarra no chão, ele vem até a beirada e segura minhas mãos. No segundo em que nossos dedos se entrelaçam, algo dentro de mim relaxa. Ele me puxa com facilidade e então estou em seus braços. Segurando-me com firmeza, seu corpo comprido e magro me cerca, um abrigo contra todas as coisas.

Ele está suado e trêmulo. Meu nariz está quase esmagado contra o seu peitoral. Eu não quero sair daqui.

— Libby — ele respira, o rosto enterrado no meu cabelo. — Você tá aqui.

Seu abraço intensifica ainda mais. Está tudo bem. Eu não preciso de ar. Só dele.

Viro a cabeça e pressiono os lábios em sua mandíbula forte.

— Você me pediu para vir. Na música, você me pediu para voltar para você.

Ele explode em uma risada gostosa que o faz ofegar.

— Você entendeu? Ninguém mais entendeu.

Eu fecho meus olhos, deixando-o sustentar meu peso.

— Ninguém mais importa.

Seu corpo se treme todo.

— Só você, Libs.

De repente, ouço a multidão novamente, gritando e berrando. Killian também escuta, porque levanta a cabeça, dando-lhes um aceno e um sorriso. Eu vejo apenas o borrão de luzes do palco, dezenas de celulares erguidos e a piscadela de Jax. Então Killian me leva para fora dali, recusando-se a me soltar.

Ele não para até que estejamos sozinhos em um pequeno camarim.

Não sei quem se move primeiro, mas a porta se fecha e sou envolvida pelo seu calor. Senti falta do seu gosto, do seu cheiro. Com meu rosto entre as mãos fortes, sua boca toma a minha.

— Senti saudades — diz ele, entre beijos frenéticos. — Eu senti tanto a sua falta. Eu não devia ter deixado você partir. — Ele beija meus olhos, minhas bochechas, o lóbulo da minha orelha. — Pensei que estava te libertando, mas isso acabou comigo. Eu preciso de você, Libs. Muito.

— Eu sei. — Seguro sua nuca em um aperto suave, nossos olhares focados um no outro. — Foi o mesmo para mim. Eu estava... vazia.

Olhos escuros e aflitos me encarando.

— E então aquela música estúpida. Você não me atendia ou respondia... Eu pensei...

— Me desculpa — interrompo —, eu não queria te deixar preocupado. Eu só precisava pensar sobre as coisas. E eu queria falar pessoalmente.

Ele acena em concordância antes de abaixar a cabeça e recostar a testa à minha.

— O que você está pensando, linda? O que você quer?

— Você. — Quando ele faz menção de se afastar um pouco, agarro seus braços para mantê-lo ali. — Eu só quero estar com você.

— Que bom, porque acho que não posso viver sem você ao meu lado.

— Eu senti sua falta — digo a ele. Nem sei se consigo expressar o suficiente.

Por um longo momento ele apenas olha para mim.

— Eu tenho uma carreira sólida como compositor. Recebi inúmeros prêmios pelas minhas letras. E, ainda assim, nunca consigo me expressar direito com você.

— Eu não preciso que você...

— Eu te amo.

Perco o fôlego e meu coração quase para de bater. Quando expiro com força, ele beija meus lábios com suavidade. Um toque delicado. A ternura me desmonta ali mesmo, e quase começo a soluçar quando ele repete o gesto.

— É isso o que tenho tentado dizer todo esse tempo. — Ele sorri, o canto de seus lábios curvados de leve. — Eu costumava pensar que eram apenas palavras. Algo que eu poderia colocar em uma música. Elas não significavam nada. Mas agora entendi tudo.

— Killian...

Seu polegar acaricia minha bochecha.

— O amor quebra seu coração, te fode inteiro... em um caos perfeito e que tudo consome. Eu não sabia o que fazer com isso. Foi mais seguro me afastar. — Ele me envolve em seus braços, os olhos fixos aos meus. — Mas também é isso, saca? Paz e aconchego, e um sentimento tão lindo, que você arriscaria qualquer coisa para mantê-lo.

— Killian... — Seguro seu rosto entre as mãos, meus dedos tocando as pontas de seu cabelo suado. — Você conseguiu passar sua mensagem. Eu também te amo. Muito.

Ah, meu Deus, seu sorriso é de pura felicidade.

— Eu preciso que você entenda, Libby. Você é a razão e resposta para todas as perguntas.

— E você, meu adorável sem-teto, é o meu lar. Estou apenas vagando sem rumo, a menos que esteja com você. E estou tão cansada, Killian. Eu preciso estar em casa agora.

Ele respira fundo, pressionando os lábios contra a minha testa como se precisasse de um momento para se acalmar.

— Estou aqui. Você está aqui. — Deposita um beijo na minha bochecha. — Vamos fazer isso. Vou tirar uma folga e viajar contigo...

— Eu percebi uma coisa — interrompo. — Eu não quero ser uma estrela. Não neste nível. Não sou eu.

Ele franze o cenho.

— Foi tão ruim assim?

— Não, lindo. Foi uma experiência inesquecível. Eu não mudaria em nada cada uma das oportunidades que você me deu. Mas nos últimos meses? — Dou de ombros. — Talvez eu seja exatamente como os meus pais. Tudo o que sei é que não é o estrelato que me ilumina. É o poder tocar, cantar... estar com você. Essas coisas são mais importantes para mim. O resto é apenas... o resto.

A risada suave de Killian curva os cantos de sua boca.

— Que engraçado, eu percebi isso também.

Eu fico imóvel.

— Você quer largar tudo?

— Não. Mas quero diminuir o ritmo. Eu quero um tempo com você. Acho que já passou da hora de aproveitar a vida. — Ele balança a cabeça. — Kill John sempre será uma parte de mim, mas eu mudei. Nós todos mudamos. Não sei o que vai acontecer, mas não tenho mais medo disso.

Eu respiro fundo, pressionando a bochecha à dele.

— Você me tirou da minha concha. Tudo o que sou agora é por sua causa.

Seus dedos se enroscam no meu cabelo, puxando os fios de leve.

— E você me despertou de novo. Vamos construir uma vida juntos, Liberty. Vai ser bom. Bom pra caralho.

Encontro seu olhar, contemplando aqueles olhos escuros que sempre prometem pecado e doçura. Excitação arrepia minha pele, me fazendo ofegar.

— Eu mal posso esperar.

EPÍLOGO

killian

O gramado seco por conta do inverno se estende em direção ao céu cinzento. Está ventando pra caralho estes dias, o ar úmido e carregado com a maresia. Mas na varanda da casa do rancho de Libby, com o fogão de ferro fundido aceso, está quente o suficiente para eu ficar de jeans e camiseta, os pés descalços batucando contra as tábuas gastas do assoalho.

Estou sentado em uma cadeira de balanço, tomando café e inalando um prato recheado com os melhores biscoitos do mundo. Se eu parar para pensar, é capaz que me apaixonei por Libby na primeira vez em que comi um de seus biscoitos.

Digo isso para ela nesse exato momento, e recebo uma olhada de lado. O tipo de olhar que diz que ela me acha divertido, mas sem querer admitir isso.

— Mamãe sempre disse que homens são conquistados pelo estômago e pelo pênis — comenta, da cadeira de balanço ao lado e, distraidamente, dedilhando seu violão. — Foi apenas uma questão de descobrir qual deles ganhar no momento.

Eu como outro pedaço dessa delícia celestial.

— Depois que comermos, você pode ganhar meu pau.

Ela cantarola.

— Ainda bem que você é fofo ou eu ficaria longe disso.

— Fofo? Meu pau não está mais satisfeito.

Libby tenta conter o sorriso. Sua atenção está concentrada no Gibson em suas mãos. Era o meu violão, e ela o toca bem demais, entoando uma suave melodia das antigas, carregada de nostalgia. Sua voz rouca se junta aos acordes, cantando *"Sea of Love"*.

Sua música envolve o meu coração. Seu som está em casa. Sempre esteve. Sempre estará.

Quando ela termina, eu me viro para ela.

— Isso foi para mim? — Seu sorriso é suave, lindo.

— Todas são.

É bom que os caras não estejam por perto para me verem naquele instante. Ainda ontem, Rye mandou uma mensagem para dizer que era apenas uma questão de tempo antes que Libby e eu começássemos a parecer o casal retratado na famosa obra de arte intitulada *American Gothic*, e que eu só precisava de um forcado. Nós tiramos uma foto diante de casa, com o dito forcado em mãos, e enviamos para ele.

Não estamos sempre à toa. No mês passado, Libby e eu compusemos várias músicas. Algumas delas são para a Kill John, umas duas são para o álbum de Libby. Ela ainda não quer ser o centro das atenções, mas Jax, de todas as pessoas, fez questão de dizer que ela pode ter uma carreira em seus próprios termos. Então é isso que ela vai fazer: compor, gravar e tocar em pequenos eventos.

Na próxima semana, vamos voltar para Nova York. Vou começar a ensaiar as novas músicas com os caras e Libby vai ao estúdio de gravação. Mas, por enquanto, estou aproveitando ao máximo as nossas férias.

Coloco meu prato no chão e pego meu violão Martin, fazendo alguns ajustes.

— Eu tenho uma música. Mas você tem que cantar comigo.

— Eu canto, se você me disser o que pretende tocar — rebate.

Sorrindo, mordo meu lábio inferior, sentindo uma emoção se apoderar de mim.

— Você vai dar conta.

Começo a dedilhar as notas de *"Hotel Yorba"*, do White Stripes. No final do *riff* de abertura, ela se junta a mim, em uma sincronia perfeita. Nós cantamos o refrão aos risos, tocando nossos violões em ritmo acelerado.

Seus olhos brilham quando a música acaba.

— Você colocou essa como meu toque personalizado no seu celular.

— Sim. — Coloco o violão no chão. — Coloquei assim que saí desta casa.

— Por quê, especificamente?

— A letra combinava com o meu humor. Eu também só queria estar de volta a esta varanda, sozinho com você.

Sua expressão suaviza.

— Bem, aqui estamos nós.

— E o resto, Libs? — pergunto, meu peito ficando apertado. — Eu sou o homem a quem você mais ama?

Um rubor irrompe em suas bochechas enquanto ela olha para mim, sua pulsação nítida naquele pontinho específico do seu pescoço. Ela conhece a letra. Sabe muito bem sobre o que estou perguntando.

— Sim — diz ela, quase timidamente.

Eu tinha tudo planejado, mas isso não impede que meu coração quase saia do peito. Devagar, eu me ajoelho diante dela, minhas mãos alojadas em seus quadris exuberantes.

— Eu vou te amar toda a minha vida, e, ainda assim, não será o bastante. Então, o que me diz, Libs? Quer se casar comigo?

Seu sorriso é o meu sol. Ela enlaça o meu pescoço na mesma hora e me beija.

— Onde está a minha aliança, cabeçudo?

Eu sorrio contra seus lábios.

— Olhe no meu bolso, Elly May.

Seu pequeno choque em surpresa é fofo. Ela achou que eu não teria uma? A forma como a mão dela treme ao pegar a caixinha de joias revela que ela está tão nervosa quanto eu. Por um longo momento, ela admira o anel de ouro com uma esmeralda, em estilo vintage. Então ela ergue o olhar e envolve meu pescoço com os braços, acabando com meu sofrimento.

— Ah, caralho. Eu vou me casar com um músico.

Eu a abraço apertado, inspirando seu cheiro.

— Vamos nos divertir muito.

Sua risada sopra como uma carícia quente contra o meu pescoço.

— É, nós vamos mesmo. E eu vou te amar para sempre, Killian James. Isso eu sei com certeza.

fim

Muito obrigada por ter lido este livro! Espero que tenha gostado, de verdade.

As resenhas ajudam novas leitoras a encontrarem os livros. Sou grata por todas, sejam elas positivas ou negativas ou no meio-termo.

Gosto de estar ativa nas redes sociais, então interaja comigo no *Callihan's VIP Lounge, The Locker Room*, em minha página de autora no Facebook e Twitter.

GERENCIADO

Livro 2 da série VIP

*Este trecho do livro do Scottie ainda é passível de alteração.

sophie

Sabe aquelas pessoas que parecem ter nascido com a sorte a seu favor? Aquelas que recebem uma promoção apenas por aparecer no trabalho? Que ganham um prêmio incrível na rifa? O tipo de pessoa que encontra uma nota de cem dólares no chão? Então, essa não sou eu. Provavelmente, a maioria de nós não é. A sorte é uma vadia seletiva.

Mas hoje? A sorte, finalmente, sorriu para mim. E quero me ajoelhar em gratidão. Porque hoje fizeram um *upgrade* para a primeira classe no meu voo para Londres. Talvez seja por superlotação e só Deus sabe o motivo de terem me escolhido, mas escolheram. Primeira classe, olha só. Estou tão animada que praticamente danço em meu assento.

E, nossa, que assento maravilhoso, todo revestido em um couro bege macio, com apoios de madeira – embora eu suponha que seja madeira falsa, por questões de segurança. Não que isso importe. É uma pequena cabine independente, completa com um armário para minha bolsa e sapatos, um bar, uma lâmpada de leitura decente e uma TV enorme.

Afundo na poltrona com um suspiro. É um assento na janela, separado do meu vizinho por um painel de vidro fosco que posso abaixar apenas tocando um botão. Ou então os dois assentos podem se tornar uma cabine aconchegante, ao fechar o painel lustroso que os isola do corredor. Parece muito com o compartimento luxuoso de um trem à moda antiga.

Sou uma das primeiras pessoas a subir a bordo, então cedo à tentação e vasculho todas as coisinhas disponíveis: balas, meias, máscara para dormir e – uau – um saquinho com produtos para a pele. Em seguida, brinco em meu assento, levantando e abaixando o vidro de privacidade – isto é, até ouvir um clique preocupante. O vidro para alguns centímetros acima do divisor e se recusa a subir novamente.

Enquanto me encolho, afasto a mão dali depressa e me ocupo em tirar os sapatos e folhear o cardápio da primeira classe. É vasto, e tudo parece delicioso. Nossa, cara, como voltarei para o inferno de carne ou frango enlatados da classe econômica depois disso?

Estou decidindo se quero uma taça de champanhe ou de vinho branco antes do voo, quando ouço a voz de um homem. É profunda, distintamente britânica e muito irritada.

— O que essa mulher está fazendo no meu lugar?

Meu pescoço tensiona na mesma hora, mas não olho para cima. Deduzo que ele esteja falando a meu respeito. Sua voz está vindo de algum lugar acima da minha cabeça e só existem passageiros do sexo masculino aqui além de mim.

E ele está muito errado. Estou no meu lugar. Verifiquei duas vezes, me belisquei, chequei novamente e só depois me sentei. Eu sei que estou onde deveria estar – embora não faça ideia de como consegui isso. Olha, fiquei tão surpresa quanto qualquer um quando fui ao balcão apenas para ser informada de que estava na primeira classe. De jeito nenhum vou voltar para a econômica agora.

Meus dedos apertam o cardápio com força, e finjo folheá-lo com indiferença. Estou, descaradamente, ouvindo a conversa alheia. A resposta da comissária de bordo é baixa demais para ser ouvida, mas a dele, não.

— Comprei exatamente dois assentos neste voo. Dois. De forma que não tivesse que me sentar ao lado de mais ninguém.

Bem, isso é... idiota? Estúpido? Faço um esforço sobre-humano para não fazer uma careta. Quem faz isso? É realmente tão horrível sentar ao lado de alguém? Esse cara já viu a classe econômica? Podemos visualizar os pelos do nariz um do outro naquele lugar. Aqui, minha cadeira é tão larga que estou a uns bons centímetros do seu assento.

— Sinto muito, senhor — a comissária de bordo contemporiza, com a maior gentileza, o que é estranho. Ela deveria estar irritada. Talvez seja tudo parte do pacote da primeira classe: *"puxe o saco dos passageiros, porque eles estão pagando um dinheiro absurdo para estar aqui"*. — O voo está lotado e todos os assentos estão indisponíveis.

— E foi exatamente por isso que comprei dois — ele retruca.

Ela murmura algo reconfortante outra vez. Não ouço as palavras, porque dois homens passam ao meu lado para chegar aos seus assentos, falando sobre as possibilidades no mercado de ações. Depois que se afastam, escuto o Sr. Esnobe novamente.

— Isso é inaceitável.

Percebo um movimento à minha direita e quase pulo. Vejo o paletó vermelho da aeromoça quando ela se aproxima, o dedo sobre o botão da tela de privacidade do homem. Calor invade minhas bochechas quando ela começa a explicar:

— Há uma tela para privacidade...

Ela hesita, porque a tela não está subindo. Enfio a cara no cardápio.

— Não está funcionando? — questiona o Esnobe.

O momento seguinte passa tão bem quanto você pode imaginar. Ele reclama, ela tenta acalmá-lo e eu me escondo entre as páginas um e dois do cardápio.

— Talvez eu possa convencer alguém a trocar de assento? — oferece a atendente, prestativa.

Sim, por favor. Deixe esse babaca com outra pessoa.

— Que diferença isso faria? — o homem retruca. — O objetivo era ter um assento vazio ao meu lado.

Eu adoraria sugerir que ele esperasse o próximo voo e nos poupasse da dor de cabeça, mas isso não é uma opção. O impasse termina com o idiota se acomodando em sua poltrona com um suspiro exasperado. Ele deve ser corpulento, porque chego a ouvir o estofado ranger sob seu peso.

O calor de sua encarada chega a ser palpável antes de se virar para o outro lado.

Filho da puta.

Fechando o cardápio com força, decido: *"foda-se; vou me divertir um pouco com isso"*. O que poderiam fazer? Já estão abastecendo o avião; meu assento está seguro.

Pego um chiclete na bolsa. Algumas mascadas depois, consigo fazer uma grande bola de chiclete. Só então me viro para ele.

E então paraliso no meio da mastigação, momentaneamente atordoada com a visão ao meu lado. Porque, meu Deus do céu, ninguém tem o direito de ser tão gostoso e tão babaca ao mesmo tempo. Esse cara é, definitivamente, o homem mais lindo que já vi. E isso é estranho, porque seus traços não são perfeitos ou suaves. Não, são fortes e ásperos – uma mandíbula afiada o suficiente para cortar aço, queixo firme, maçãs do rosto salientes e um nariz quase grande demais, mas que se encaixa perfeitamente em seu rosto.

Eu esperava um aristocrata grisalho com rosto pálido, mas ele é bronzeado, seu cabelo preto como carvão caindo sobre a testa. Os lábios bem-desenhados e carnudos estão comprimidos em irritação enquanto ele faz uma careta para a revista em suas mãos.

Mas ele, claramente, sente o meu olhar – o fato de eu estar boquiaberta como um peixe fora d'água não ajuda –, e se vira para me encarar. Sou atingida por sua beleza viril com força total.

Seus olhos são azuis da cor do mar. As sobrancelhas grossas e escuras estão franzidas, o semblante fechado. Ele está prestes a me incendiar com o olhar. O pensamento vem junto com outro: é melhor eu fazer com que isso seja bom.

— Jesus — deixo escapar, levantando a mão como se quisesse proteger meus olhos. — É como olhar para o sol.

— O quê? — ele retruca, aqueles olhos brilhantes como lasers se estreitando.

Isso vai ser divertido.

— Apenas pare, beleza? — Entrecerro o olhar para ele. — Você é muito gostoso. É demais para aguentar. — É a verdade, embora eu nunca tivesse coragem de dizer isso em circunstâncias normais.

— Você está bem? — pergunta, como se pensasse o contrário.

— Não, você quase me deixou cega. — Agito a mão. — Você tem um interruptor para desligar isso? Ou talvez reduzir um pouco a intensidade?

Suas narinas se alargam, a pele ficando um pouco mais escura.

— Ótimo. Estou preso ao lado de uma louca.

— Não me diga que não está ciente do efeito impressionante que tem sobre o mundo. — Lanço uma expressão de admiração, com os olhos arregalados. Pelo menos espero que seja isso o que estou fazendo.

Ele se encolhe quando agarro a tela que nos separa e me inclino um pouco. Caralho, ele tem um cheiro gostoso – como perfume caro e lã de boa qualidade.

— Você, provavelmente, tem mulheres caindo aos seus pés como moscas.

— Pelo menos moscas caídas ficam em silêncio — ele murmura, folheando furiosamente sua revista. — Senhorita, faça-me o favor de se calar e não falar mais comigo durante o resto do voo.

— Você é um duque? Você fala como um.

Sua cabeça se levanta como se quisesse virar em minha direção, mas ele consegue manter o olhar à frente, os lábios comprimidos com tanta força que estão ficando brancos nas bordas. Um ultraje.

— Ah, ou talvez um príncipe. Já sei! — Estalo os dedos. — Príncipe encantado!

Ele deixa escapar uma lufada de ar, como se estivesse preso entre a risada e a indignação, mas escolhe a indignação. E então fica imóvel. Sinto um pouco de ansiedade, porque, obviamente, ele percebeu que estou tirando sarro dele. Eu não tinha notado quão grande esse cara era até agora.

Ele deve ter mais de um metro e oitenta, as pernas longas e musculosas sob a calça social cinza e impecável.

Nossa, ele está vestindo um colete de malha grafite que envolve seu torso esbelto. Ele deveria parecer um completo idiota, mas não... a roupa apenas destaca a força em seus braços, aqueles músculos esticando a camisa social branca até o limite. É injusto.

Seus ombros são tão largos que fazem as poltronas enormes da primeira classe parecerem pequenas. Mas ele é alto e magro.

Estou supondo que a definição muscular por baixo dessas roupas feitas sob medida também seja digna de admirar.

Observo tudo, incluindo a maneira como suas mãos enormes se retorcem. Não que eu ache que ele se valerá de toda essa força para me agredir. Seu comportamento o define como arrogante, mas ele não parece violento. Na verdade, ele não elevou a voz para a comissária de bordo em momento algum.

Mesmo assim, meu coração acelera quando ele, devagar, se vira em minha direção. Um sorriso maldoso curvando sua boca exuberante.

Não olhe. Ele vai te puxar para um furacão ardente e não haverá escapatória.

— Você me descobriu — ele confidencia, em uma voz baixa que é como manteiga derretida. — Príncipe Encantado, ao seu dispor. Perdoe-me por ter sido ríspido com você, senhorita, mas estou em uma missão de extrema importância. — Ele se inclina para mais perto, o olhar percorrendo o ambiente antes de retornar para mim. — Estou procurando minha noiva, entende? Infelizmente, você não está usando um sapatinho de cristal, então, não pode ser ela.

Nós dois olhamos para meus pés descalços e o *All Star* vermelho largado no chão. Ele balança a cabeça.

— Espero que entenda, preciso manter o foco em minha busca.

Ele me lança um sorriso largo – embora falso –, revelando uma covinha em uma bochecha, me deixando sem fôlego. Puta merda!

— Uau. — Dou um suspiro sonhador. — É ainda pior quando você sorri. Você realmente deveria vir com um aviso, raio de sol.

Seu sorriso desaparece na mesma hora, e ele abre a boca para retrucar, mas a comissária aparece, de repente, ao seu lado.

— Sr. Scott, gostaria de uma bebida antes do voo? Champanhe? Pellegrino, talvez?

Estou meio surpresa que ela não tenha se colocado como uma opção no menu. Mas a intenção fica evidente no modo como se inclina sobre ele, a mão apoiada no assento perto do ombro masculino, as costas arqueadas o suficiente para empinar os seios. Não posso culpá-la. O cara é poderoso.

Ele mal olha para ela.

— Não, obrigado.

— Tem certeza? Talvez um café? Chá?

Uma sobrancelha se arqueia daquele jeito arrogante que apenas um britânico sabe fazer.

— Não quero nada.

— Champagne parece ótimo — digo.

Mas a comissária de bordo não desvia o olhar em momento algum de sua presa.

— Eu realmente peço desculpas pela confusão, Sr. Scott. Avisei meus superiores e eles farão de tudo ao seu alcance para acomodá-lo.

— Já não importa mais, obrigado. — Ele pega sua revista, a capa ostentando um carro esportivo elegante. Típico.

— Bem, então, se houver algo que o senhor precise...

— Eu não sei ele — interrompo —, mas eu adoraria um... ei! Oi? — Agito a mão enquanto ela se afasta com uma rebolada exagerada dos quadris. — Ela me ignorou?

Posso senti-lo sorrindo e lanço um olhar para o homem.

— Isso é culpa sua.

— Minha culpa? — Ele ergue as sobrancelhas, mas não desvia o olhar da revista. — Como você chegou a tal conclusão?

— Sua aparência estonteante a deixou cega para todos, exceto você, raio de sol.

Seu rosto é inexpressivo, embora os lábios se contraiam de leve.

— Se ao menos eu tivesse o poder de deixar as mulheres sem fala. Não posso evitar, sou obrigada a sorrir.

— Aposto que você acharia isso maravilhoso; todas nós, mulheres indefesas, apenas sorrindo e assentindo. Mas acho que isso nunca funcionaria comigo.

— Claro que não — ele responde. — Estou preso ao lado de uma mulher que sofre de um caso, aparentemente, incurável de diarreia verbal.

— Disse o homem socialmente entupido.

Ele para outra vez, os olhos arregalados. E então uma bufada estrangulada escapa e se transforma em uma risada contida.

— Nossa. — Ele aperta a ponte do nariz enquanto luta para se controlar. — Estou ferrado.

Dou um sorriso, querendo rir também, mas me seguro.

— Calma, calma. — Dou um tapinha em seu antebraço. — Vai passar em cerca de sete horas.

Ele geme, levantando a cabeça. A diversão em seus olhos é genuína, e, por isso, muito mais letal.

— Não sobreviverei por tanto tempo...

O avião dá um leve solavanco quando começa a se afastar do portão de embarque para circular na pista. E o Sr. Raio de Sol empalidece, adquirindo um adorável tom esverdeado antes de chegar à palidez mortal. Um homem com medo de voar. Mas que claramente preferiria que o avião caísse do que admitir isso.

Ótimo. Ele provavelmente estará hiperventilando antes de decolarmos.

Talvez seja porque minha mãe também tenha pavor de voar, ou talvez porque gosto de pensar que o comportamento horroroso do Sr. Raio de Sol é baseado no medo e não porque ele é um babaca, mas decido ajudá-lo. E, claro, me divertir um pouco enquanto faço isso.

continua...

ÍDOLO

AGRADECIMENTOS

Muito obrigada às minhas leitoras-beta Kati, Sahara, Tessa, Elyssa e Monica.

Obrigada às preparadoras e revisoras Dana Waganer e Jessica Royer Ocken.

Minha fantástica capista, Sarah Hansen.

Dani, por sua excelência em relações públicas e por toda a ajuda em geral.

E Natasha por... você sabe o quê. ;-)

E um agradecimento especial a todos os blogueiros e leitores que ajudam a divulgar meus livros de forma tão desprendida.

Todo meu amor!

SOBRE A AUTORA

Kristen Callihan é autora, porque não há mais nada que ela prefira fazer. Três vezes indicada ao prêmio RITA, já venceu duas premiações *RT Reviewer's Choice*.

Seus romances receberam críticas aclamadas da *Publisher's Weekly* e do *Library Journal*, e seu livro de estreia, FIRELIGHT, recebeu o Selo de Excelência da RT Magazine, além de ter sido nomeado como melhor livro do ano pelo *Library Journal*, melhor livro da Primavera de 2012, pela *Publisher's Weekly*, e melhor livro de romance de 2012, pela *ALA RUSA*.

A The Gift Box é uma editora brasileira, com publicações de autores nacionais e estrangeiros, que surgiu no mercado em janeiro de 2018. Nossos livros estão sempre entre os mais vendidos da Amazon e já receberam diversos destaques em blogs literários e na própria Amazon.

Somos uma empresa jovem, cheia de energia e paixão pela literatura de romance e queremos incentivar cada vez mais a leitura e o crescimento de nossos autores e parceiros.

Acompanhe a The Gift Box nas redes sociais para ficar por dentro de todas as novidades.

 www.thegiftboxbr.com

 /thegiftboxbr.com

 @thegiftboxbr

 @GiftBoxEditora

Impressão e acabamento